# Shanti M. C. Lunau

# Armania

## Auf der Suche nach dem Bernsteinblut

**Bibliografische Information der Deutschen Bibliothek**
Die Deutsche Bibliothek verzeichnet diese Publikation in der Deutschen
Nationalbibliografie; detaillierte bibliografische Daten sind im Internet über
http://dnb.ddb.de abrufbar.

*www.buchverlagkempen.de*

1. Auflage, Kempen 2015
© 2015 BUCHPROJEKT VERLAG, Kempen

Nach der neuen deutschen Rechtschreibung

Alle Rechte dieser Ausgabe vorbehalten durch den
BUCHPROJEKT VERLAG, Kempen.

Umschlaggestaltung: BVK, unter Verwendung der Grafiken © Milosz_G / Shutter-
stock.com (Hintergrund); © Sergey Nivens / Shutterstock.com (Flügel); © Anna
Ismagilova / Shutterstock.com (Gesicht); © antart / Shutterstock (Auge, auch im
Inhalt); © Elinalee / Shutterstock.com (Klekse); © AltedArt / Shutterstock.com
(Hintergrund)
Gestaltung: BVK
Druck / Bindung: GrafikMediaProduktionsmanagement GmbH, D-Köln
Vertrieb durch BVK Buch Verlag Kempen GmbH, Kempen
*www.buchverlagkempen.de*

Printed in Europe

Bestell-Nr.: BP19, ISBN 978-3-86740-579-9

Für Inhalt, Sprache und Gestaltung dieser Ausgabe ist ausschließlich die Autorin
verantwortlich.

Shanti M. C. Lunau

# Armania

*Auf der Suche nach dem Bernsteinblut*

*Hier beginnt eine Geschichte.*

*Eine Geschichte, die für viele unglaubwürdig klingen mag. Doch für mich ist sie etwas Besonderes. Dieses einzigartige Abenteuer, welches ich euch nun erzähle, hat mein Leben für immer verändert.*

*Ich erzähle euch die Geschichte vom BERNSTEINBLUT!*

# Inhaltsverzeichnis

Er bleibt stehen, als hätte er etwas besonders in einem der Schaufenster entdeckt. Seine empfindliche Nase reckt sich vorsichtig, fast unsichtbar ein wenig nach oben und zieht die Düfte der Umgebung ein, während seine leuchtenden Augen sich suchend umblicken. Dieser Geruch, der sich in seiner Nase festsetzt. Er kennt ihn gut, mehr als gut. Er verursacht eine Gänsehaut bei ihm, seine Muskeln spannen sich beinahe automatisch an, doch er kann die Richtung nicht einordnen. Im Schaufenster des Schmuckladens, vor dem er steht, spiegeln sich die Bewohner und Besucher der Stadt. Er meint etwas Silbriges hinter sich aufblitzen zu sehen, doch als er sich umdreht, kann er nichts entdecken.

*Magnum hatte Recht,* denkt er. *An einem Ort voller Menschen kann man nicht viel im Auge behalten. Die Gerüche sind zu intensiv, die Geräusche zu laut und die Augen können nicht alles erfassen. Egal wie gut meine Sinne sind. Es ist riskant.*

Der junge Mann setzt sich wieder in Bewegung, als hätte er sich dazu entschlossen, dass der Schmuck nicht seinem Geschmack entspräche. Beiläufig kramt er seine Sonnenbrille aus dem Rucksack und zieht sie auf. *Je weniger Leute auf mich aufmerksam werden, desto besser.* Eine Sonnenbrille trägt beinahe jeder, dem er begegnet. Doch den bekannten Geruch, den er aus seiner Kindheit kennt, wird er nicht los. Er hat das Gefühl, irgendetwas stimme nicht.

*Ich sollte zurückgehen. Nicht zu Magnum, das nicht. Er soll endlich merken, wie viel sie mir bedeutet. Das ich in ihrer Nähe sein muss um mich wieder ganz zu fühlen. Ich brauche sie. Sie gibt mir ein Gefühl von Akzeptanz und Wichtigkeit. Sie zeigt mir, wie es sich anfühlt, wenn man lebt. Ich muss zu ihr und ich muss ihr endlich sagen, wer ich wirklich bin. Sie vertraut mir. Ich bin sicher, sie wird es verstehen.*

Ein letztes Mal reckt er die Nase in die Luft, doch der Geruch ist fort. Nicht der kleinste Hauch liegt in der Luft und es scheint, als habe er sich das alles nur eigebildet. Menschenmassen strömen an ihm vorbei, die meisten von ihnen sehen ihn nicht einmal an.

# Aller Anfang war ein Sturz

Die lautstarke Stimme meiner Mutter hallte durchs ganze Haus, die Treppe nach oben, durch die Tür meines Zimmers und mitten hinein in meinen Schlaf: „Frühstück!"

Ich hielt die Augen geschlossen und zog mir grunzend die Decke über den Kopf, während ich mich zur Seite drehte und zurück in meinen Traum wünschte. Meine Lider fühlten sich an wie Blei und ich war zu müde, um die Anstrengung aufzubringen, die Augen zu öffnen. Der Grund für meine Müdigkeit war, dass ich bis in die frühen Morgenstunden gelesen hatte, weil ich unbedingt das Ende des Buches wissen wollte. Und wenn ich las, vergaß ich die Zeit. Eigentlich vergaß ich sogar alles um mich herum. Ich war immer so in der Geschichte gefangen, dass ich das Gefühl hatte, selbst ein Teil davon zu sein. Ich spürte den Wind und den Regen, die trockene Kehle, wenn die Sonne gnadenlos auf einen niederknallte. Ich spürte das Adrenalin durch meine Adern hetzen und das schnelle Pochen meines Herzens, wenn ich Zeit hatte zu verschnaufen. Ich war woanders und ich war gerne dort, ignorierte die leisen Worte der Menschen um mich herum, denn in den Büchern war ich so viel cooler als in echt. Ich war tough, stark, furchtlos und hatte immer die richtigen Worte parat. In der Realität hingegen war ich einfach nur ein Mädchen, ging zur Schule und erntete belustigte oder genervte Blicke, wenn ich meine Bücher mit mir herumschleppte. Ich fragte mich oft, wie es wohl wäre, in so einem Abenteuer zu stecken. In einer Welt mit Drachen, außergewöhnlichen Wesen und Liebe auf den ersten Blick. Aber ich würde es nie erfahren, denn in meinem echten Leben gab es keine anderen Wesen und ich war ein Feigling, der sich in seine Fantasie verkroch, wenn andere große Sprüche klopften. Ich war definitiv nur dafür gemacht, ein Abenteuer passiv zu erleben.

„Rina! Manuel! FRÜHSTÜCK!", brüllte meine Mutter erneut und ich schlug stöhnend die Decke weg, quälte mich aus dem Bett, schlurfte nach nebenan ins Badezimmer und spritzte mir kaltes Wasser ins Gesicht. Mit einem Mal war ich hellwach. Ich starrte mit roten Augen in das Gesicht eines blassen jungen Mädchens, deren blonde Haare in alle Richtungen abstanden. *Da hat die Haar-Fee ja wieder ganze Arbeit geleistet,* dachte ich und stieß einen leisen Seufzer aus.

℘

Als ich endlich in der Küche erschien, saß meine Mutter bereits vor dem gedeckten Frühstückstisch. So wie jedes Wochenende bestand sie auch am heutigen Samstag wieder auf ein gemeinsames Frühstück. Das wäre ja auch gar nicht das Problem, wenn ich nicht so unglaublich müde wäre.

„Oh, guten Morgen, mein Schatz. Sieht man dein Gesicht auch mal wieder! Heute kein Buch?", begrüßte mich meine Mutter grinsend.

„Morgen, Mum. Nein, ich hab das letzte gestern Abend ausgelesen, wollte aber nachher wieder in die Buchhandlung und schauen, was es so Neues gibt", antwortete ich gähnend und setzte mich ihr gegenüber auf den Stuhl.

„Wie wäre es denn, wenn du stattdessen mal deine Schulbücher zur Hand nimmst?" Ihr Ton hatte etwas Unterschwelliges, aber ich wollte an diesem Morgen nicht über meine bevorstehenden Abiturprüfungen reden. Ich wusste, dass ich lernen musste, nur eben noch nicht jetzt.

„Ich weiß, was du damit andeuten möchtest, Mum, aber diese Bücher? Zum Frühstück? Die liegen so schwer im Magen, da bekomme ich doch keinen Bissen mehr runter und wie soll ich dann die Energie bekommen, um den Tag zu überstehen? Lass mich dieses Wochenende noch warten, ich verspreche dir, ich fange am Montag an. Wirklich!"

„Na ja, es ist ja deine Sache, wie und wann du lernst. Ich habe nur manchmal das Gefühl, du lebst zu viel in deinen Fantasiewelten und zu wenig in der Realität. Ich finde es schön, dass du gerne liest, aber das richtige Leben kann einem auch etwas bieten. Es gibt so viel zu entdecken." Meine Mutter war Landschaftsarchitektin, führte jedoch seit einigen Jahren ein Floristikgeschäft in unserem Dorf. Sie sah viele Dinge anders.

„Na, was muss sich unsere kleine Träumerin heute wieder für eine Rede anhören?", ertönte die gutgelaunte Stimme meines Vaters, als er die Küche betrat und mir mit der Hand über die Haare rubbelte, während meine Mutter einen Kuss auf die Wange bekam.

„Daaad!", maulte ich und tauchte unter seiner Hand hindurch.

„Ach komm, Socke. Die waren sowieso noch nicht gebürstet", war seine knappe Entschuldigung. „Also, was habe ich verpasst?"

„Mum möchte, dass ich Schulbücher lese anstelle von Romanen", sagte ich in gespieltem Ernst.

„Nein, ich möchte bloß nicht, dass du dich versteckst, das hast du nicht nötig. Diese ganzen Bücher und Geschichten …"

„Ach Mara, lass unserer Tochter doch ihre Fantasien. Sie wird früh genug erwachsen sein und Verantwortung übernehmen müssen, dann kann sie bis dahin doch noch ein wenig träumen. Träume und Fantasie sind sehr wichtig, vor allem in kreativen Berufen. Nur wer Fantasie hat, kann einem Essen etwas völlig Neues und Einzigartiges geben."

Mein Vater führte ein Restaurant-Café auf dem Marktplatz und versuchte immer wieder unterschwellig einfließen zu lassen, wie schön es doch wäre, wenn ich meine Ausbildung in der Gastronomie machte. Dass er mich längst so weit hatte, wollte ich aber noch nicht zugeben.

„Manni, es geht hier nicht um irgendwelche neuen Gerichte, es geht um unsere Tochter. Sie sitzt seit Jahren in ihrem Zimmer, liest sich durch ihre Bücher und geht nur raus, um sich in der Buchhandlung ein neues Buch zu kaufen. Die letzten Wochen war es sogar ganz extrem."

„Dank ihr werden die armen Autoren wenigstens nicht verhungern", lachte mein Vater und zwinkerte mir zu. Irgendwie ging dieses Gespräch in eine Richtung, von der ich nicht wusste, was ich davon halten sollte. Eilig schob ich mir die letzten Bissen meines Müslis in den Mund und stand auf.

„Ich geh mit Spyke in den Park und schau danach bei Line vorbei, okay?", sagte ich und verabschiedete mich. Ich sah die Erleichterung über meine Entscheidung, nach draußen zu gehen, in den Augen meiner Mutter, als ich die Küche verließ. Dass ich mir unterwegs dennoch ein neues Buch kaufen wollte, behielt ich besser für mich.

෨

Draußen war noch immer alles weiß vom Schnee und obwohl der Frühling schon ein paar Mal an die Tür geklopft hatte, war noch niemand bereit, ihn hereinzulassen und der Winter blieb. Und mit ihm die Kälte.

Mit gefühlten fünf Lagen Kleidung am Leib rumpelte ich die Treppe wieder nach unten. Unser wenige Wochen alter Berner Sennenhund saß bereits schwanzwedelnd an der Treppe. „Komm, Spyke!", flüsterte ich mit einem Seitenblick zur Küche. Mein Vater grinste mir verschwörerisch zu, während ich Spyke an die Leine nahm und zurückgrinste. Mein Vater war einer der fröhlichsten Menschen, die ich kannte, und er schaffte es immer wieder, mich mit seiner guten Laune anzustecken. Wenn er schlechte Laune hatte, dann war etwas wirklich, wirklich Schlimmes passiert.

Nachdem ich mir in der Buchhandlung ein neues Buch gekauft hatte, das ich schon lange einmal lesen wollte, machte ich noch einen Abstecher zum See, damit Spyke ein wenig frei herumlaufen konnte. Schon von weitem sah ich eine Handvoll Leute auf dem zugefrorenen Gewässer stehen. Fassungslos schüttelte ich den Kopf. Der See war zwar noch gefroren, doch die Eisdecke längst nicht mehr so dick, wie vor einigen Wochen. Erst letztes Jahr, als die Eisdecke sogar noch etwas dicker gewesen war, war jemand ins Eis eingebrochen und mit starken Erfrierungen zu Henry in die Praxis gekommen. Der Vater meiner besten Freundin Line führte ein kleines Krankenhaus in unserem Ort. Dass aus diesem Unfall niemand gelernt hatte, konnte ich nicht verstehen. Womöglich ging es hier wieder um eine Mutprobe.

„Hey, Rina. Auch mal draußen? Wo sind denn deine Bücher?", hörte ich eine Stimme vom See aus rufen, ehe ich richtig erkennen konnte, um wen es sich bei den Personen handelte. Die fünf Jungen gingen in meine Parallelklasse und machten sich, wie so viele andere, gerne darüber lustig, dass ich nie ohne ein Buch anzutreffen war. Da ich nicht besonders mutig war, ließ ich die Sticheleien täglich über mich ergehen. Doch obwohl ich ihnen nicht sehr viel Beachtung schenken wollte, taten sie innerlich ziemlich weh. Wie gut fühlte es sich dann an, als mutige und starke Kriegerin ein Abenteuer zu meistern.

Eilig ging ich am See vorbei, die Leine von Spyke fest in der Hand und das neue Buch in meiner Tasche unter den Arm geklemmt.

„Tut mir leid, Kleiner, ich mach dich nachher los", flüsterte ich meinem jungen Begleiter zu. Das gejohlte „Rina Bücherfreak" der Jungs hallte hinter mir her.

Anstelle zum Hundeplatz zu gehen, lief ich den Seeberg hinauf, um dort ein wenig zu lesen, während Spyke im Schnee spielte. Der große Felshang über dem Meer gab mir stets das Gefühl von Sicherheit, was eigentlich absurd ist, wenn man bedenkt, dass es verboten ist, hierher zu kommen. Angeblich ist es zu gefährlich. Ich aber konnte mich hier meinen Träumereien und Fantasien hingeben, ohne mir Sticheleinen anhören zu müssen.

Der Ausblick auf das weite, blaue Meer, nur das Geräusch der Wellen, das Schreien der Möwen in der Luft und der salzige Wind in Haaren und Gesicht gaben mir ein Gefühl von Freiheit. Und ich hatte es ganz für mich allein.

Während Spyke die Schneeflocken, die langsam vom Himmel fielen, aufzufangen versuchte, setzte ich mich an den Rand der Klippe und ließ die Beine baumeln. Anstatt mein neues Buch aufzuschlagen, schaute ich auf die Weite des

Meeres und das Glitzern der Sonne auf dem dunklen Wasser. Hier oben konnte ich die Worte meiner Mutter verstehen, dass es so viel zu entdecken gibt in der Welt. Aber für mich würde es immer nur aus sicherer Entfernung passieren, wie von dieser Klippe hier.

෴

Ich las doch noch einige Seiten in meinem neuen Buch, aber als der Schneefall immer stärker und die Kälte in meinen Beinen immer intensiver wurde, machte ich mich auf den Rückweg. Um die Jungs nicht ein weiteres Mal zu treffen, lief ich durch die Wohnsiedlungen außerhalb des Parks zurück. Als ich bei Lines Wohnung vorbeikam, versuchte ich mein Glück und klingelte. Sie war tatsächlich zu Hause.

„Hey, Line, ich bin es. Hast du Zeit?", fragte ich durch die Gegensprechanlage und erhielt sogleich Antwort.
„Klar, komm rauf!" Summend öffnete sich die Tür im Erdgeschoss und ich stieg die Treppen bis zur zweiten Etage nach oben, wo Line bereits wartete.
„Hey Spyke, du kleine Ratte!", begrüßte sie den Welpen und ging lachend in die Hocke, um das nasse Fell zu kraulen. Zu mir gewandt fügte sie hinzu: „Du kommst genau richtig, es gibt gerade Mittagessen."
Ich betrat hinter ihr die Wohnung und legte meine Sachen ab. Lines Blick fiel dabei auf meine Büchertasche.
„Hey, du hast es dir gekauft! Wohl auch noch keine Lust auf Lernen, oder? Leihst du es mir aus, wenn du es gelesen hast?", fragte sie, nachdem sie das Buch aus der Tasche geholt und auf den Buchrücken geschaut hatte. Ich musste

grinsen. In Line hatte ich jemanden, der mich als Einzige zu verstehen schien. Auch wenn es bei ihr nicht so stark war, wie bei mir, teilte sie meine Leidenschaft für Bücher.

„Hallo, Rina, schön, dich mal wiederzusehen", begrüßte mich Lines Mutter Klara, als ich hinter ihrer Tochter die Küche betrat. „Hunger?"

Der Geruch von frischer Tomatensoße und Nudeln stieg mir in die Nase und mein Magen gab ihr die passende Antwort.

„Das nenne ich mal ein klares Ja", ertönte da auch schon eine weitere, tiefere Stimme hinter mir. Michael war der neue Mann von Lines Mutter, von dem sie gerade ein Kind erwartete. Liebevoll strich er ihr über den runden Bauch und küsste Klara in den Nacken.

&#8526;

Nach dem Essen flüchteten Line und ich uns mit Spyke in ihr Zimmer.

„Und, was führt dich hierher? Irgendeinen bestimmten Plan gehabt?", fragte Line und setzte sich zu mir aufs Bett.

„Nicht direkt. Aber es ist echt schön draußen, vielleicht können wir rausgehen. Schauen, was in unserem Dorf so Neues los ist. Vor lauter Lesen komme ich viel zu wenig an die frische Luft", erwiderte ich schulterzuckend und zu meiner Freude nickte sie. Wir schauten gerne Leuten zu, die sich unterhielten und dachten uns eigene Gespräche zu ihren Gesichtern und Bewegungen aus.

Line zog sich also etwas Wärmeres an und dann ging es auch schon wieder nach draußen. Wir trotteten den kleinen Feldweg entlang über die Straße in den Park und kamen bald an eine kleine Siedlung, in der viele alte Häuser standen. Ich mochte diese Straße, nur leider zog fast nie jemand zu uns ins Dorf, geschweige denn in eine der *wilden Siedlungen*. Möglicherweise erschien das Dorf auf den ersten Blick nicht sehr vielversprechend, und die meisten fuhren daher einfach daran vorbei. Das Dorf war klein, alles Nötige war zu Fuß oder mit dem Fahrrad zu erreichen, ein Auto benutzte man hier eigentlich nur, um aus dem Dorf heraus und zur nächsten Stadt zu fahren. Manchen Besuchern waren aber auch die *wilden Siedlungen* einfach zu verwirrend, weil hier alle Häuser kreuz und quer stehen und nicht in einer Reihe. Ich liebte genau das an diesem Dorf. Dass es nicht so groß, nicht so gradlinig war. Manchen hingegen war das Dorf aber auch einfach nur zu klein. Es passierte selten, dass es neue Leute hierher verschlug, doch wenn dies tatsächlich einmal der Fall war, dann wollten sie meist so schnell nicht wieder weg.

$\wp$

An diesem Samstag sahen wir zu unserer Freude tatsächlich einen Umzugswagen. Der Schnee auf den Straßen war bereits so hoch, dass der große Wagen ihn vor sich herschieben musste und er nun als Berg vor der Motorhaube lag. Der Weg zur Tür hingegen war von Schnee befreit worden, damit die Packer es einfacher hatten, die Möbel nach innen zu tragen. Line und ich machten uns einen kleinen Spaß daraus zuzusehen und Gespräche zwischen den Möbelpackern zu erfinden. Zusätzlich aber versuchten wir herauszufinden, wer die Neuen waren, wie sie aussahen und ob vielleicht sogar jemand in unserem Alter dabei war. Spyke schaute dabei aufgeregt zwischen Line und mir hin und her. Wir malten uns die freundlichsten Leute aus, stellten dann aber später fest, dass es sich lediglich um einen alten Mann handelte. Enttäuscht standen wir von der kleinen Gartenmauer, auf der wir gesessen hatten, auf und machten uns auf den Weg zurück zu Line nach Hause. Mit einem alten Mann konnten wir nicht so viel anfangen.

„Schade irgendwie. Hatte gehofft, mal wieder ein neues Gesicht in der Schule zu sehen", seufzte Line, während wir an den Häusern entlang zurückgingen.

„Hmm", stimmte ich zu. „Aber eigentlich hätten wir es uns denken können. Die wenigsten, die neu hierherziehen, sind jünger."

„Dabei gibt es hier doch so viel zu entdecken", redete Line weiter. Ich verdrehte die Augen.

„Wie sieht es aus, Line? Schneeballschlacht? Spyke können wir da vorne anbinden", versuchte ich das Thema zu wechseln. Ich drückte ihr die Leine in die Hand und beschleunigte bereits meinen Schritt, den Blick noch immer auf Line gerichtet, um ihre Antwort abzuwarten. Ihr Lächeln verschwand.

„Rina, pass auf!", rief sie noch, doch da war es bereits zu spät. Mit voller Wucht prallte ich gegen etwas und hörte, wie neben mir ein paar Dinge in den Schnee fielen. Ich ebenfalls. Ich hörte das laute Lachen von Line und ihre stapfenden Schritte. Meine Mütze war mir über die Augen gerutscht und als ich sie hochschob, sah ich den Schlamassel: Ich war gegen einen Jungen gelaufen, der nun mit zwei halbvollen, kaputten Papiertüten aus dem Supermarkt über mir stand. Seine Einkäufe lagen um mich herum verteilt im Schnee. Ich spürte, wir mir die Hitze ins Gesicht schoss.

„Oh man, tut mir voll Leid. Ich hab dich nicht ... also ich wollte ... war keine Absicht, wirklich ... ich ...", stammelte ich hilflos vor mich hin und sammelte dabei hektisch die

Einkäufe vom Boden auf. Ich hörte, wie ein tieferes und ehrlich klingendes Lachen in das von Line mit einstieg.

Mein Gesicht lief noch dunkler an, während ich mich mit vollen Armen aufrappelte. Jetzt sah ich den Jungen zum ersten Mal richtig an. Er war etwa einen Kopf größer als ich, ungefähr in unserem Alter und trug eine graue Mütze über seinen hellen rot-braunen Haaren. Sie schauten an manchen Stellen ein wenig unter der Kopfbedeckung hervor.

Mein Blick jedoch blieb an seinem Gesicht hängen, aus dem mir ein breites Lächeln und strahlende, warme, orangefarbene Augen entgegenblickten. Mir blieb die Spucke weg und ich muss ihn wohl ziemlich belämmert angesehen haben, denn ich spürte Lines Ellenbogen in meiner Seite.

„Gib mir mal 'ne Tüte. Wir helfen dir tragen", sprach Line den Jungen an und er reichte ihr lächelnd eine seiner kaputten Tüten.

„Das wäre echt super. Und deine Freundin ist mir das ja wohl schuldig, oder? Ich wohne auch nicht weit von hier", erwiderte er und zwinkerte mir grinsend zu. Ich versuchte zurückzulächeln und scheiterte kläglich.

In der Hoffnung, dass es doch noch eine weitere neue Familie hierher verschlagen hatte, folgten wir ihm, doch zu unserer Verwunderung steuerte er direkt auf das Haus des alten Mannes zu. Der Umzugswagen war bereits weg, die Einfahrt frei von den letzten Möbeln und Kisten.

„Moment mal! Hier wohnst du?", fragte ich unsicher, blieb stehen und sah mich suchend um, ob ich das Haus auch wirklich nicht verwechselte.

„Ja", kam es kurz und knapp von ihm, dabei drehte er sich um und schaute mich verwundert an. „Alles in Ordnung?"

„Äh, ja, ich ... ähm ... alles gut. Nicht so wichtig." Ich setzte mich wieder in Bewegung.

„Danke für eure Hilfe", sagte der Junge, nachdem wir seine Tür erreicht hatten, und nahm uns die Einkäufe wieder ab, um sie ins Haus zu bringen.

„Kein Problem", erwiderte Line freundlich und ich stand stumm daneben. *Sag etwas Kluges, etwas Lustiges, sag irgendwas!*, redete ich mir in Gedanken ein, brachte aber nur ein leises, kratziges und eilig aneinandergenuscheltes „Gern geschehen" zustande.

„Hey!", rief er uns noch hinterher, als wir bereits einige Schritte gegangen waren. Wir drehten uns um. Seine Augen sahen direkt in meine. „Pass auf, wo du hinläufst, sonst fällst du noch in ein Loch und tust dir weh! Okay?"

„Alles in Ordnung?", fragte Line, sobald wir außer Reichweite waren.

Ich nickte, öffnete den Mund, um ihr zu antworten und sprudelte sogleich einen ganzen Wortschwall hervor: „Wahnsinn, hast du das gesehen? Diese Augen. Hast du schon mal von Menschen gehört, die orangefarbene Augen haben? Also ich nicht. Da wird einem gleich so richtig warm ums Herz. Hast du das nicht gespürt? Meinst du, er trägt Kontaktlinsen? Aber es sah gar nicht aus wie Kontaktlinsen. Solche Augen müssen mega selten sein."

Das Lachen von Line ließ mich in meinen Worten innehalten. „Was ist?"

„Also, ich habe etwas ganz anderes gesehen. Oh man, das war ein Bild, wie du gegen ihn gestoßen bist. Der Knüller, da hätte man ein Video von machen sollen, wirklich."

Ich spürte, wie mir erneut die Röte ins Gesicht schoss.

„Na ja, ich muss dann auch langsam mal wieder zurück. Ich schlaf heute bei meinem Vater und helfe ihm am Wochenende ein bisschen in der Praxis. Wir sehen uns Montag in der Schule. Und hör auf die Worte des Jungen, fall nicht in ein Loch oder so! Bis Montag!", verabschiedete sich Line an der Kreuzung zu ihrer Wohnung und drückte mir die Leine von Spyke zurück in die Hand.

Den ganzen Weg nach Hause musste ich an den Vorfall denken, wobei ich einmal beinahe wirklich in ein kleines Loch gefallen wäre, dass jemand in den Schnee gegraben hatte. Mir gingen diese Augen einfach nicht aus dem Kopf, und seine Stimme war so warm gewesen. Irgendetwas hatte er mit mir angestellt und ich wusste einfach nicht, was. Ich wusste nur, dass es mir noch nie zuvor passiert war.

ℬ

~~Hallo~~ Hey

Irgendwie bekomme ich das nicht so hin wie ich wollte. Egal. Magnum und ich sind gestern in diesem kleinen Dorf Wabel angekommen. Haben zwar vorher noch nie davon gehört, aber vielleicht ist genau das für einen Neuanfang ja gut. Magnum ist nicht wirklich zufrieden, aber er wird sich daran gewöhnen müssen. Ich bin kein kleiner Junge mehr. Ich möchte nicht den Rest meines Lebens in meinem Zimmer verbringen und die Welt aus dem Fenster betrachten. 15 Jahre verstecken, Privatunterricht und das Gefühl, niemals irgendwo wirklich da zu sein. Die Zeiten sind vorbei. Ich will nicht immer nur die Erinnerungen an mein altes Leben, ich will ein neues. Ist das so schwer zu verstehen?

Magnum jedenfalls fällt es nicht leicht, daher versuche ich ihm so sanft wie möglich zu zeigen, dass ich mich erwachsen verhalten kann. Dass ich vorsichtig sein kann. Unser Haus ist eines von vielen in einer Straße, in der alle Häuser wild durcheinander stehen. Um Magnum etwas unter die Arme zu greifen, bin ich sogleich los und habe den nächsten Supermarkt gesucht. Ich war noch nie in einem Supermarkt und der Anblick dieser vielen Sachen war überwältigend. Vielleicht habe ich ein klein wenig zu viel gekauft ... Auf dem Rückweg wurde ich jedenfalls umgerannt und die Einkäufe landeten im Schnee. Ich erzählte Magnum davon, sobald ich zu Hause war. Dass das blonde Mädchen und seine braunhaarige Freundin mir geholfen haben, die Sachen nach Hause zu bringen, dass sie mir nichts tun wollten und dass auch niemand so reagierte, wie Magnum es mir immer prophezeit hat ... Sie waren ... ganz normal. Magnum war zwar nicht sehr begeistert, aber damit muss er klar kommen. Ich wüsste nur gerne, wie dieses Mädchen heißt.

# Der Alltag beginnt – oder nicht?

„Es ist 6.30 Uhr und wir haben einige tolle Lieder für euch, mit denen ihr bestimmt gut in den neuen Tag starten könnt. Hier kommt ..." ertönte die Stimme des Radiomoderators neben meinem Ohr, ehe ich ihn mit einem leichten Klapps auf das Plastik des Weckers zum Schweigen brachte. Meine Augenlider klebten so fest zusammen, als hätte sie jemand mit Sekundenkleber eingeschmiert. Es war einfach zu früh.

ဢ

Den gestrigen Tag hatte ich mit meinem Vater zu Hause Plätzchen gebacken und das ganze Haus roch an diesem Abend köstlich nach frischem Gebäck. Sehnsüchtig zog ich nun mit der Nase die Luft ein, konnte aber leider keinen Plätzchengeruch mehr ausmachen. Widerwillig kroch ich aus dem warmen Bett und schlurfte ins Badezimmer für meine tägliche Portion kaltes Wasser.

Als ich wenig später angezogen in der Küche erschien, um mir meine Schulbrote zu machen, begegnete ich meiner Mutter, die eilig an mir vorbeihuschte.

„Bis heute Abend. Viel Spaß in der Schule", sagte sie dabei und drückte mir einen Kuss auf die Nase.

„Hmm", gab ich nur zurück, denn Spaß in der Schule war bei mir doch eher eine Seltenheit. „Dir auch bei der Arbeit!", rief ich noch, ehe die Haustür ins Schloss fiel. Mein Vater musste erst später arbeiten und ich hörte ihn kurz darauf in der Küche die Kaffeemaschine anschmeißen, während ich in meinem Zimmer bereits die letzten Schulsachen in meine Tasche packte. Bevor auch ich mich auf den Weg zur Schule machte, gab ich ihm ebenfalls einen Guten-Morgen-Kuss auf die Wange.

„Denk daran, mit Spyke zu gehen, Dad!", erinnerte ich ihn und schnappte mir einen Apfel aus der Obstschale.

„Ja, Frau Lehrerin", antwortete mein Vater und verschwand grinsend im Bad.

ℰↄ

In der Nacht hatte es wieder heftig geschneit, daher beschloss ich, an diesem Morgen mit dem Schulschlitten zu fahren. Im Vorbeigehen strich ich einem der großen Pferde über den Hals.

„Guten Morgen, danke fürs Warten und Mitnehmen", begrüßte ich auch die anderen Pferde, ehe ich mir einen freien Platz suchte. Ich sage Tieren gerne Dinge, die ich auch einem Menschen sagen würde. Warum auch nicht, immerhin haben sie genauso ein Recht auf nette Worte wie wir.

Die Sache mit dem Schulschlitten war aus einer Laune unseres Bürgermeisters entstanden. An einem Morgen, im Winter vor etwa vier Jahren, hatte er aus Spaß einen Schlitten bereitgestellt, der die Kinder zur Schule bringen sollte. Das hat er dann die ganzen letzten vier Wochen vor Weihnachten gemacht und irgendwann ist es zur Tradition unseres Dorfes geworden, weil es so gut ankam. Es ist nur eine kurze Strecke, aber es beschert den Kindern einen lustigen Schulweg. Vor allem die kleineren Kinder gehen im Winter nun besonders gerne zur Schule. Möglich war dies aber nur, wenn genügend Schnee lag und auch nur am Morgen. Mittags wurde gelaufen.

৪০

Am Schultor unserer 275 Jahre alten Schule angekommen, quetschte ich mich durch die Schülermassen und gelangte so ins warme Innere des Gebäudes. Schnell sprang ich die Stufen zur ersten Etage hoch und kam etwa 30 Sekunden vor meinem Lehrer an. Ich hasste Montage. Wir hatten Erdkunde in den ersten beiden Stunden und dieses Fach lag mir einfach überhaupt nicht. Egal, wieviel ich lernte, ich vergaß alles wieder. Das merkte auch mein Lehrer, und in der Hoffnung, dass ich irgendwann mal einen sinnvollen Satz herausbrachte, nahm er mich leider fast jede Stunde dran. Ich bewunderte, dass er es noch nicht aufgegeben hatte, doch es demütigte einen ziemlich, wenn die Klasse jedes Mal mitbekam, wie wenig ich in diesem Fach auf die Reihe bekam.
„Du müsstest doch so was wissen, so viel wie du immer liest", meinten die einen, während die anderen zurückriefen: „Quatsch, die kennt doch nur die Orte aus ihren Geschichten. Da gibt es Spanien und Deutschland und so nicht."
Wie froh war ich, wenn ich diese Tortur bald hinter mir hatte. Nie wieder Erdkunde-Unterricht. Nie wieder fiese Kommentare. Ich konnte es kaum erwarten.
Vom Unterricht bekam ich wie immer nicht viel mit. Ich schaute gelangweilt nach draußen und was Herr Watz sagte, gelangte durch das eine Ohr in meinen Kopf und durch das andere wieder hinaus. Eben ein ganz normaler Montagmorgen.

৪০

In der Pause traf ich mich mit Line wie immer an der Schulmauer, die wir von Schnee befreiten und uns anschließend daraufsetzten.

„Oh man, Herr Isge war heute echt total verpeilt. Der hat seinen Stift zur Kreide von der Tafel gelegt, seine Brille auf die Fensterbank und den Tafelschwamm in seine Tasche. Natürlich hat er nichts wiedergefunden. Außerdem hampelte der die ganze Zeit herum und stotterte nur noch, wenn er versuchte, uns was zu sagen. Ich glaube, der ist nervöser als wir!", lachte Line, als sie über ihren Biologie-Lehrer redete.

„Hmhm", murmelte ich nachdenklich, ohne wirklich zuzuhören.

„Was ist mit Frau Sonn, ist die noch genauso streng wie vorher oder lässt sie die Zügel etwas länger?", fragte Line weiter und schaute mich von der Seite an.

„Ja", sagte ich bloß und ließ meinen Blick über den Schulhof gleiten, ohne recht zu wissen, wonach ich suchte.

„Und, was steht bei dir diesen Sommer an? Badeseen und Eisessen? Ausflüge in die Stadt? Oder doch lieber den ganzen Tag arbeiten und eine Ausbildung anfangen?"

„Ja gut", antwortete ich noch immer geistesabwesend.

„Hey!", Line stieß mir lachend mit dem Ellenbogen in die Seite. „Alles okay bei dir? Suchst du etwas Bestimmtes?"

„Was? Ich … nein … also … ja… sag mal Line, meinst du, dieser Junge von Samstag geht auf unsere Schule?"

Sie grinste mich wissend an. „Hat es da etwa jemanden erwischt?"

„Quatsch!", antwortete ich, und machte eine abfällige Handbewegung, merkte jedoch im selben Augenblick, wie mir die Hitze in den Kopf stieg und mein Herz schneller zu schlagen begann. *Verräter*, schickte ich meinem Körper eine Botschaft.

„Jetzt sag doch mal", bat ich nach einer kurzen Pause um Antwort auf meine vorherige Frage. Line sah sich nachdenklich auf dem Schulhof um, so wie ich es bereits zuvor getan hatte, ehe sie mir antwortete: „Ich glaube nicht. Tut mir leid, aber er wirkte etwas älter als wir, ich bin mir sicher, er ist schon fertig mit der Schule. Wieso sollte er sonst so kurz vor Schulende umziehen? Der studiert doch bestimmt schon oder macht eine Ausbildung oder sowas. Sorry, Rina."
Ich antwortete nicht darauf.

ᔤ

Als ich mittags zu Hause war, setzte ich mich zu Spyke auf den Boden und drückte mein Gesicht in sein dickes Fell. Er hörte mir aufmerksam zu, als ich ihm von meinem Tag berichtete und erntete dafür ein Küsschen auf seine Nase.
„Komm, Kleiner, lass uns ein bisschen frische Luft schnappen, bevor es ans Lernen geht", sagte ich und zog ihm das Geschirr über. Der Himmel hatte sich bereits wieder zugezogen und es begann erneut zu schneien, daher wurde unser Spaziergang nur sehr kurz. Ich ging den gleichen Weg wie Samstag durch die Siedlung zurück, begegnete jedoch niemandem. Als ich wieder zu Hause ankam, war ich so dick eingeschneit, dass ich mit einer Möhre als Nase durchaus als Schneefrau hätte durchgehen können. Ich sehnte mich nach dem Sommer, wenn die Vögel wieder in den Bäumen zwitscherten und die Sonne die blasse Haut küsste.
Seufzend ließ ich mich hinter meinem Schreibtisch nieder und fing an zu arbeiten. Immer wieder schweiften meine Gedanken ab, doch ich zwang mich, die Texte, die vor mir lagen, zu lesen und zu behalten, was ich gerade gelesen hatte.

Als ich schließlich die Stimmen meiner Eltern im Erdgeschoss hörte, gab ich es auf.

„Rina? Hilf uns mal!", rief die Stimme meiner Mutter nach oben. Ich sprang sogleich auf und eilte die Treppe hinunter. Die beiden standen vor der Haustüre und stemmten sich mit ganzer Kraft dagegen.

„Kannst du den Schlüssel drehen, während wir drücken?", fragte mein Vater, während der Schnee von seiner Jacke tropfte.

„Was ist denn los? Wo kommt der Sturm denn auf einmal her?", fragte ich überrascht, während ich den Schlüssel drehte.

„Wenn ich das wüsste, Socke. Wenn ich das wüsste. Ich weiß nur, dass ich einen riesigen Hunger habe. Wie sieht es aus, hast du Lust, für uns zu kochen?", antwortete mein Vater keuchend und erntete ein Grinsen von mir. Der Tag sollte noch kommen, an dem ich nicht kochen wollte!

Ich briet selbstgemachte Gemüse-Burger und servierte sie mit in Paprika-Soße geschwenkten Spätzle und grünem Salat. Meine Eltern luden sich ihre Teller voll und hörten erst mit dem Essen auf, als nichts mehr da war, was man auf den Teller hätte legen können. Ich stocherte währenddessen noch immer in meiner ersten Portion herum, die Gedanken permanent unterwegs.

„Hey, Socke, alles in Ordnung bei dir?", fragte mein Vater und legte sein Besteck beiseite. „Schmeckt es dir nicht?"

„Doch", antwortete ich eilig, „ich habe nur heute nicht so großen Appetit. Ich bin müde und würde gerne früh schlafen. Ist das okay für euch?"

„Natürlich, ich räum hier auf, leg dich ruhig hin. Hast viel gelernt heute, oder? Das macht müde. Bis morgen, meine Süße", antwortete mir meine Mutter und küsste mich auf die

Stirn, bevor ich mein Besteck beiseitelegte und in meinem Zimmer verschwand.

Ich schlief an diesem Abend schnell ein und träumte von einem paar wunderschöner orangefarbener Augen.

ℰↄ

Am nächsten Morgen musste ich mich wieder einmal beeilen, weil ich nach dem Weckerklingeln doch noch eine Runde geschlafen hatte. Ich schaffte es gerade noch, mir etwas zu Essen einzupacken, dann raste ich auch schon aus der Tür. Was ich draußen sah, musste ich jedoch erstmal für einen kurzen Augenblick auf mich wirken lassen. Der große Sturm am Abend zuvor hatte nun endgültig den Frühling gebracht, der Schnee war bis auf eine hauchdünne Schicht verschwunden und es was spürbar milder geworden. Ich war erstaunt, wie schnell sich manche Dinge ändern konnten.

ℰↄ

Nach der Schule ließ ich mir Zeit für den Heimweg und wollte am See entlang nach Hause gehen, um den Kopf freigepustet zu bekommen. So langsam musste ich wirklich intensiver mit dem Lernen anfangen und wollte keine störenden Gedanken haben. Die Eisschicht auf dem See begann zu tauen und war an manchen Stellen schon dem klaren Wasser gewichen. Schon von weitem sah ich Marco und Luis am Ufer stehen und wollte gerade abbiegen, damit sie mich nicht sahen, als ich bemerkte, dass sie nicht alleine waren. Da war noch eine weitere Person bei ihnen. Es war Jörn, wie ich bei genauerem Hinsehen erkannte, und alle drei traten sie auf jemanden ein, der bereits am Boden lag. Ich blieb stehen, starrte mit großen Augen auf das Schauspiel, das sich mir bot und spürte, wie eine unheimliche Wut sich den Weg nach oben bahnte. Dass diese Jungen es lustig fanden, mich für meine Bücherliebe zu schikanieren, war die eine Sache. Dass sie sich aber an jemand Unschuldigen vergriffen, das ging zu weit. Ohne, dass ich wirklich darüber nachdachte, bewegten sich meine Beine auf die drei Jungen zu.

„Hey!", rief ich, sobald ich näher war, und für einen kurzen Augenblick hörten die Jungen auf zu treten und schauten mich an. Angst kroch meinen Hals hoch und ich verkrampfte die Hände zu Fäusten.

„Na, wen haben wir denn da? Rina Bücherfreak!", riefen sie und lachten über ihren eigenen Witz. „Was hast du vor? Willst du uns mit deinem magischen Schwert zum Kampf herausfordern?"

„Nein! Ich will, dass ihr aufhört, auf andere Leute einzuprügeln!", antwortete ich, so laut ich konnte. Es war nicht so ausdrucksstark, wie ich gehofft hatte.

„Und wenn wir nicht wollen?", fragte Marco und grinste mich an.

„Dann wird das Konsequenzen haben", antwortete ich, spürte jedoch, wie mein Fünkchen Mut langsam in sich zusammenfiel. Weit und breit war niemand anderes zu sehen, der mich in irgendeiner Weise unterstützen konnte. Während sich die drei Jungen in einer Reihe vor mir aufbauten, begann ich, meinen Einsatz zu bereuen. Ich hätte einfach weggehen und jemanden holen sollen.

„Hör zu, Rina, am besten gehst du nach Hause und liest weiter deine Bücher und wir bringen zu Ende, was wir angefangen haben, okay?", fragte Jörn und sorgte somit dafür, dass neue Wut in mir aufkochte.

„Nein!", sagte ich und erntete ein abfälliges Lachen der drei Jungen. „Hört auf damit!"

„Wir haben aber keine Lust!", antwortete Marco und trat erneut auf den Jungen am Boden. Dessen linkes Auge war bereits zugeschwollen und blau, seine Nase begann zu bluten.

„Hört auf, oder ich rufe die Polizei!", entgegnete ich nun wieder. Sie lachten erneut.

*Okay, ihr habt es nicht anders gewollt,* dachte ich daraufhin und kramte mein Handy aus der Tasche. Mit pochendem Herzen tippte ich die Nummer der Polizei hinein.

„Das würde ich lassen", hörte ich da die Stimme von Luis, der angriffslustig auf mich zukam. Meine Finger zitterten und ich traute mich nicht, den grünen Hörer zu drücken. Stattdessen presste ich die Augen zusammen und wartete auf den Schlag. Er kam nicht.

Dafür hörte ich eine Stimme, die mein Herz wieder in seinen normalen Rhythmus lenkte.

„Hey, lasst sie aus dem Spiel!" Ich öffnete meine Augen und sah den Jungen an, der auf dem Boden gelegen hatte. Es war der, den ich umgerannt hatte, und er packte Luis am erhobenen Arm.

„Lass mich los, du Freak", maulte Luis und versuchte, sich zu befreien.

„Lasst sie in Frieden und verschwindet von hier, wir wollen alle keinen Ärger", entgegnete der fremde Junge ruhig. Es war absurd, aber ich hatte das Gefühl, so etwas wie plötzlich aufkommende Angst in den Augen von Luis, Marco und

Jörn zu erkennen. Als würde sie die ruhige Stimme des Fremden einschüchtern, während sie mich beruhigte. Der Junge ließ Luis los und die drei rannten fort. Der fremde Junge wischte sich mit dem Ärmel das Blut von der Nase.

„Bist du okay?", wandte er sich nun unsicher an mich und ich schaffte es, zu nicken. Seine Nase hörte bereits auf zu bluten.

„Mach das bitte nicht noch einmal, okay? Ich hatte echt Angst, dass sie dir wehtun."

Ich blickte verwundert auf. „Was? Aber … die haben auf dich eingetreten, ich wollte … das muss man doch melden!", stotterte ich.

„Ach was, ist nicht der Rede wert!"

„Nicht der Rede wert? Hallo? Das ist nicht witzig, sowas. Dagegen muss man sich wehren. Für die drei wird das Konsequenzen haben, das kannst du mir glauben! Ich ruf die Polizei an, je eher, desto besser!" Energisch tippte ich erneut die Nummer in mein Handy.

„Nein!", hörte ich seine Stimme. Ich blickte wieder zu ihm auf.

„Nein?", fragte ich nach, als hätte ich ihn nicht richtig verstanden. „Wieso nein?"

„Ich … bitte, wenn mein Vater hiervon erfährt, dann bin ich geliefert. Ich würde einfach nicht so gerne Aufmerksamkeit erregen, weißt du." Sein Blick ging unruhig hin und her.

„Aber, wir können die doch nicht einfach so davonlaufen lassen", antwortete ich erklärend, die Hand noch immer an meinem Handy. „Die machen das doch weiter, wenn die damit durchkommen."

„Bitte!", sagte der Junge, drehte sich um und verschwand. Ich sah ihm fassungslos hinterher.

*Was ist denn hier gerade passiert,* dachte ich verwundert und starrte auf das Handy in meiner Hand. Mein Verstand arbeitete auf Hochtouren, um das Geschehene zu verarbeiten. Trotzdem brauchte ich einige Zeit, bis ich realisierte, dass das linke Auge des Jungen nicht mehr geschwollen gewesen war, als er ging.

Auf dem Rückweg ließ mich der Vorfall jedoch nicht los und als ich endlich zu Hause ankam, griff ich sogleich nach dem Telefon und informierte dennoch die Polizei. Ich erzählte, was ich gesehen und getan hatte. Ich erwähnte, dass ich den Jungen, der angegriffen worden war, nicht kannte und er einfach verschwunden war. Und ich nannte die Namen der Jungen. Es gab mir ein besseres Gefühl, etwas getan zu haben, auch wenn die bisherigen Informationen nicht ausreichten, um ernsthaft polizeilich einschreiten zu können. Warum der Junge sich geweigert hatte zur Polizei zu gehen und anschließend verschwunden war, wurde mir jedoch auch nach einer ganzen Weile nicht klar.

ℬↄ

*Neuer Versuch*

*Keine Ahnung, warum ich das schreibe. Wenn Magnum diese Texte in die Hand bekommt, dann bin ich dran. Dann lässt er mich so schnell nicht wieder alleine nach draußen, weil er wieder Panik bekommt.*

*Als ich letztens durch den Park gelaufen bin, fanden es drei junge Männer plötzlich lustig, auf mich ein-zuprügeln. Ich habe mir den See angesehen und plötzlich hatte ich eine Faust im Gesicht. Keine Ahnung wieso, vermutlich mussten sie ihre Wut irgendwie rauslassen. Von so etwas habe ich schon mal in der Zeitung gelesen. Es ist traurig zu wissen, dass es Menschen gibt, die sich untereinander be-kämpfen. Bei mir zu Hause gab es so etwas damals nicht. Wir lebten alle friedlich nebeneinander und hielten zusammen, wenn es darauf ankam. Egal, wer oder was wir waren.*

*Ich habe versucht, mich an Magnums Worte zu halten und diesmal nicht zurückzuschlagen. Ich wollte den gleichen Fehler nicht noch einmal machen. Das blonde Mädchen von neulich kam mir dann auch plötzlich zu Hilfe und wollte die Polizei rufen, nach-dem wir die Jungen losgeworden waren. Ich konnte sie davon abhalten. So bekommt Magnum hoffentlich nichts mit. Leider hatten schon nach kurzer Zeit meine Verletzungen zu heilen begonnen und ich habe mich eilig aus dem Staub gemacht. Ich hoffe, sie hat es nicht bemerkt. Zeit, um ihr so richtig zu danken, hatte ich dadurch aber leider keine. Ich bin einfach gegangen. Bescheuert, ich weiß.*

Die Tage wurden länger und wärmer und unsere Schultage immer kürzer. Dann kamen die Osterferien und mit ihnen die letzten zwei Wochen, um das nötige Wissen in unsere Köpfe zu bekommen. Meine letzten Ferien hatte ich mir anders vorgestellt. An den Vormittagen wurde gelernt, gegen Mittag machte ich mit Spyke einen Abstecher zum Seeberg und danach setzte ich mich wieder an meine Notizen. Ich konnte es kaum erwarten, die Prüfungen hinter mich zu bringen und endlich wieder ein gutes Buch lesen zu dürfen. Zwischen all den Zahlen und Wörtern vermisste ich die Drachen und fremden Wesen, die mir so vertraut waren.

Das einzig Gute in dieser Zeit war, dass man Jörn, Marco und Luis tatsächlich erwischt hatte. Ich las in der Zeitung, dass es vermehrte Anschuldigungen gegen die drei gegeben hatte, bis sie vor den Augen eines Polizisten in Zivil handgreiflich geworden waren. Der Vorfall am See wurde nicht explizit erwähnt, somit hatten der Junge und ich nichts mit der Sache zu tun.

$$\mathcal{SO}$$

„Noch zehn Minuten", hörte ich die leise Stimme meines Lehrers in die Klasse sagen und setzte den letzten Punkt hinter meinen Text. Die erste Klausur war somit geschafft. Nachdem ich alles erneut gelesen und schließlich abgegeben hatte, fiel mir ein kleiner Stein vom Herzen.

So schnell ich konnte, ging ich nach draußen und überquerte zügig den Schulhof, bevor die Prüfungszeit vorbei war und alle Schüler hinauseilten. Ich hatte keine Lust, den anderen zu begegnen, mit ihnen über die Klausur zu reden und somit unnötige Panik aufzubauen. Was geschrieben war, konnten wir nun nicht mehr ändern. Ich setzte meinen Weg durch den Park Richtung Seeberg fort, um mich dort endlich wieder meinem neuen Buch widmen zu können. Als ich jedoch fast angekommen war, sah ich wenige Meter vor mir den fremden Jungen auf dem Weg zum Strand. Mir blieb das Herz fast stehen und ich flüchtete mich hinter den nächsten Baum, den Rücken fest an die Rinde gepresst.

*Okay, Rina, ganz ruhig bleiben. Er hat dich nicht gesehen, warte einfach einen Moment hier, bis er am Strand ist, und dann lauf so schnell du kannst nach oben. Es ist alles in Ordnung, er müsste jeden Moment weg …*

„Hey", unterbrach eine warme Stimme meinen panischen Gedankengang.

*Oh, Mist, Mist, Mist, was mache ich denn jetzt? Ganz ruhig, bleib ganz ruhig und lächle einfach, beim Lächeln kann nicht viel passieren,* versuchte ich mir einzureden und löste meinen Rücken langsam von der Baumrinde.

„Hey", quiekte ich.

Er stand nun direkt vor mir, sein braunes Haar schimmerte in der Sonne leicht rötlich, die braun gebrannte und muskulöse Haut brachte das weiße T-Shirt darüber zum Strahlen. Seine orangefarbenen Augen musterten mich belustigt.

„Ich wollte mich noch einmal für neulich bedanken. Dass du mir geholfen hast. Ich hoffe, die vier haben dir keinen Ärger gemacht?", begann er ein Gespräch. Ich schüttelte verneinend den Kopf.

„Na ja, jedenfalls war es sehr mutig von dir, einzugreifen. Danke also dafür." Ich starrte ihn weiterhin einfach nur stumm an.

*Sag was, Rina! Los komm! Irgendwas!,* versuchte ich meine Gedanken auf Trab zu bringen, doch es blieb gähnende Leere.

„Tja ... also ... ich geh dann auch mal wieder. Du musst bestimmt noch irgendwohin. Schönen Tag also." Er drehte sich bereits um, als aus meinem Mund ein undefinierbarer Laut ertönte.

„Wie bitte?", fragte er höflich und mein Gesicht begann zu glühen.

„Ich ... also, eigentlich muss ich nirgendwo hin. Ich wollte fragen, ob du etwas trinken gehen magst. Alleine. Also mit mir. Vielleicht", stammelte ich und wünschte mich selbst an einen Ort ganz weit weg.

„Gerne", antwortete er lächelnd. „Ich würde sehr gerne etwas trinken gehen. Mit dir."

„Wirklich?", fragte ich verdattert, hatte ich doch mit einer Abfuhr gerechnet.

„Wirklich!", versicherte der Junge lachend. „Heute Abend? Sieben Uhr? Ich warte am Brunnen auf dich."

Ich konnte bloß nicken, so unwirklich erschien mir dieser Moment. Nachdem der Junge bereits gegangen war, starrte ich noch immer eine Weile vor mich hin, bis auch ich mich umdrehte und nach Hause ging. Das musste ich sofort Line erzählen.

# Der kleine Sprung
## über den großen Schatten

„Weißt du denn schon, was du nachher anziehst?", fragte Line und zog den Lockenstab aus meinen Haaren.

„Nein. Doch. Ich weiß nicht. Ich dachte, vielleicht die dunkle Jeans mit der weißen langen Bluse, die wir letztens gekauft haben. Ich habe doch noch diese braune Lederimitatjacke. Oder meinst du nicht?", antwortete ich unsicher.

„Klingt perfekt, dann flechte ich dir ein paar kleine Strähnen in die Locken, das sieht super aus mit deinem blonden Haar. Deine Mutter hat doch noch diese braunen Stiefelletten, kannst du die anziehen?"

„Ja, ich glaub, die habe ich unten stehen sehen. Oh Mann, Line, ich bin so aufgeregt. Was ist, wenn wir uns nichts zu sagen haben?"

„Ach Quatsch, du wirst sehen, das geht von ganz allein. Wie heißt er denn eigentlich?" Ich stutzte. Danach hatte ich ihn gar nicht gefragt. Ich starrte Line mit großen Augen an.

„Egal, das wirst du heute schon erfahren. Du ziehst dich jetzt an, nimmst deine Tasche und fährst dorthin. Zur Not sagst du so was wie 'Du hast mir deinen Namen noch gar nicht verraten.' Und wenn du wieder zu Hause bist, rufst du mich an, okay?"

„Okay", sagte ich leise.

ℰℴ

Um zehn vor sieben erreichte ich den Marktplatz und sah schon von weitem den Jungen am Brunnen sitzen. Sofort fühlte ich mein Herz in der Brust schneller schlagen. Als er mich sah, stand er auf.

„Hey" sagte er sanft und kam auf mich zu. „Schön, dich zu sehen."

Er stand jetzt direkt vor mir und musterte mich mit seinen ungewöhnlichen Augen, die mir sogleich das Gefühl von Wärme und Geborgenheit gaben. Ich spürte, wie die Anspannung in mir nachließ, als unsere Blicke sich trafen.

„Hey", antwortete ich und grinste.

„Was hältst du von dem Café hier vorne? Es sieht gemütlich aus", fragte er und zeigte auf das Oreo. Ich nickte und folgte ihm hinein.

„Du ... wir ... Also, ich weiß deinen Namen noch gar nicht", fing ich das Gespräch vorsichtig an, sobald wir es uns auf einer Eckbank bequem gemacht hatten.

„Stimmt", erwiderte er lachend und schlug sich mit der flachen Hand leicht gegen die Stirn. „Wie kann man so was vergessen! Tut mir leid, also ich bin Criff. Du bist Rina, oder?" Ich nickte stumm.

„Wohnst du schon lange hier?", fragte er weiter, und ich war ihm dankbar dafür, dass er das Gespräch begann, denn so hatte ich Zeit, meine Gedanken zu ordnen.

„Mein ganzes Leben, um genau zu sein. Ich bin hier auf die Welt gekommen und hatte bisher auch noch nicht das Bedürfnis, woanders leben zu wollen. Die nächste Stadt ist nur 30 Minuten mit dem Fahrrad entfernt und hier ist es so still und friedlich, ganz anders als in den lauten und hektischen Großstädten. Und weil unser Dorf so klein ist, findet man sich auch schnell zurecht. Und du? Was führt dich hierher?"

*Wo kamen denn jetzt die ganzen Worte plötzlich her? Ohne stot-tern!*, dachte ich erstaunt über meine Antwort.

„Bisher gefällt es mir sehr gut. Abgesehen von diesen Jungs am See sind die Menschen hier wirklich unglaublich freund-lich und offen. Na ja, und hingezogen bin ich mit meinem Zieh-Vater Magnum. Wir haben vorher in einem großen Haus ziemlich weit abseits von einer Stadt gewohnt. Als Magnum mir gesagt hat, dass wir umziehen, habe ich darauf bestanden, dorthin zu gehen, wo mehr Menschen sind. Es kann ganz schön einsam sein in einem großen Haus ohne Besucher."

„Ach so, apropos Jungs am See, ich muss gestehen, dass ich an dem Abend doch noch die Polizei informiert habe. Ich konnte die drei einfach nicht damit durchkommen lassen", begann ich leise auf den Nachmittag einzugehen und be-trachtete meine Fingerspitzen. „Aber keine Sorge, ich habe gesagt, dass ich dich nicht kenne und nicht weiß, wie du aus-siehst und so. Jedenfalls habe ich in der Zeitung gelesen, dass die drei erwischt wurden, als sie es weitere Male bei Leuten gemacht haben. Wir wurden aber gar nicht erwähnt. Ich hoffe, du bekommst jetzt keinen Ärger oder so."

„Nein", antwortete Criff und lächelte mich schief an. „Das war wirklich mutig von dir, einzuschreiten und dann auch noch die Polizei zu benachrichtigen. Wirklich. Ich glaube, ich hatte an diesem Nachmittag einfach einen kleinen Schock. Aber das ist ja jetzt vorbei. Also lass uns über etwas anderes reden. Wie sieht`s aus, was kann man hier so unternehmen?"

ॐ

Nachdem wir bei einer netten Kellnerin einen Kaffee und einen heißen Tee bestellt hatten, unterhielten wir uns noch eine ganze Weile. Es war unglaublich, wie viel ich plötzlich reden konnte. Ich erzählte ihm von mir, meinen Eltern und Line. Wir machten Späße und lachten über unsinnige Sachen. Er erzählte mir, dass sein Zieh-Vater Magnum ihn mit sechs Jahren aufgenommen hatte und wie einsam er sich als Kind oft gefühlt hatte.

Ich erfuhr, dass er diese Zeit sehr viel mit Lesen verbracht hatte und wir hatten viele Bücher gemeinsam, die uns gefielen. Er schaffte es, dass ich mich im Laufe dieses Abends so fühlte, als würde ich ihn bereits mein Leben lang kennen.

„Entschuldigung, aber wir schließen gleich", unterbrach uns schließlich die schüchterne Stimme der Kellnerin.

Criff zahlte auch meine Getränke und half mir anschließend in meine Jacke.

„Es ist schon dunkel draußen. Darf ich dich begleiten? Mir wäre wohler dabei zu wissen, dass du sicher zu Hause angekommen bist", fragte er vorsichtig und ich nickte.

ℰᴐ

„Trägst du eigentlich Kontaktlinsen?", konnte ich mir die Frage unterwegs nicht verkneifen.

„Wieso?", kam die Antwort, und mit klopfendem Herzen sagte ich: „Deine Augen sind so ... also die Farbe. Ich habe noch nie solche Augen bei einem Menschen gesehen und auch noch nicht davon gehört. Ich frage mich das schon die ganze Zeit, tut mir leid."

Er lachte auf. „Nein, ich trage keine Kontaktlinsen. Das ist alles echt. Die Menschen reagieren manchmal etwas ver-

wirrt, aber da muss man dann eben durch, nicht wahr?"
„Ich finde sie schön", sagte ich leise und spürte ihn neben
mir lächeln.

Als ich am nächsten Tag meine zweite Abschlussklausur geschrieben hatte und erleichtert auf den Schulhof trat, sah ich
Criff bereits am Schultor lehnen. Er grinste mich breit an und
kam schnellen Schrittes auf mich zu.
„Woher wusstest du, dass ich heute eine Prüfung habe?",
fragte ich ihn, sobald ich nah genug war.
„Du hast es gestern erzählt, also dachte ich, ich warte hier
auf dich. Vielleicht hast du Lust, an den Strand zu gehen.
Nur, wenn du magst." Er klang unsicher, als würde er daran
zweifeln, ob ich mich ein weiteres Mal mit ihm treffen wollte.
„Sehr gerne. Ein bisschen Ablenkung kann nicht schaden",
antwortete ich und schob mein Fahrrad neben ihm her.

სე

Das kalte Meer umfloss unsere Füße und kribbelte auf der
Haut, während der Wind mein Haar immer wieder in mein
Gesicht wehte. Aufgrund der vielen schnellen Kopfbewe-
gungen meinerseits, um das Haar wieder aus meinem Blickfeld zu entfernen, übersah ich das Loch im Sand und landete
prompt der Länge nach im Wasser. Sofort war ich von oben
bis unten nass. Noch ehe ich darüber nachdenken konnte,
was mir da gerade Peinliches passiert war, half mir Criff wieder hoch und reichte mir seinen Pulli. Unsicher nahm ich ihn
an und war froh, das nasse T-Shirt darunter auszuziehen zu
können. Der Pulli war groß und warm und er roch nach ihm.
Er roch unglaublich gut.

Von einer Mauer aus beobachteten wir noch eine Weile den Wellengang und unterhielten uns lachend, ehe wir auf die Uhr schauten und merkten, wie lange wir schon unterwegs waren. Als wir uns schließlich verabschiedeten, wollte ich ihm seinen Pulli wiedergeben, doch er lehnte ab.

„Dein T-Shirt ist doch noch nass. Behalt ihn und gib ihn mir zurück, wenn wir uns wiedersehen, okay?" Seine Worte machten mich glücklich, er wollte mich wirklich wiedersehen. Ich schlief an diesem Abend besser als je zuvor, die Nase tief in seinem Pulli vergraben.

ℬ

Bereits beim nächsten Treffen gab ich ihm seinen Pulli zurück. Ich brauchte ihn nicht mehr, denn von nun an trafen wir uns fast täglich. Meist blieben wir bis in den Abend hinein am Strand und beobachteten die Sonne bei ihrem Tauchgang im Meer. Die Mauer wurde dabei schnell zu unserem Stammplatz. Wenn ich mit Criff zusammen war, verging die Zeit wie im Fluge.

Auch an diesem Nachmittag trafen wir uns wieder an der Mauer und starteten zu einem Spaziergang. Wir liefen anfangs eine Weile nebeneinander her, bis er irgendwann zurückfiel. Kurz darauf landete ein Schwall Meerwasser in meinem Rücken. Erschrocken drehte ich mich um und sah ein breites Grinsen auf seinem Gesicht.

Mit gespielter Empörung plusterte ich meine Wangen auf und fragte: „Hast du mich gerade nass gemacht?"

Er schaute unschuldig in den Himmel, während er antwortete: „Ich glaube ... schon ..."

„Na warte!" rief ich, bückte mich und spritzte ihm eine riesige Ladung Salzwasser ins Gesicht. Die Wasserschlacht begann und wir hörten erst auf, als wir beide keine einzige trockene Stelle mehr an unserem Körper hatten und uns erschöpft in den Sand fallen ließen. Keuchend lag ich neben ihm auf dem Rücken und schaute in den dunkler werdenden blauen Himmel hinauf.

„Du bist unglaublich, Rina", sagte er irgendwann, drehte seinen Kopf zu mir und sah mit seinen warmen Augen tief in meine. Sein Blick ließ mein aufgeregt schlagendes Herz wieder ruhiger werden und ich fragte mich, wie jedes Mal, wie er das machte. Doch meine Gedanken wurden unterbrochen von einer Bewegung seinerseits. Zögernd kam sein Gesicht näher an meines, bis irgendwann seine Lippen auf meine trafen. Ganz sanft und vorsichtig, um mich nicht zu überrumpeln. Erst als ich liegenblieb und meine Lippen leicht gegen seine schmiegte, wurde sein Druck stärker. Es war atemberaubend. Wie bei einem Feuerwerk schienen alle negativen Gedanken und Gefühle, die bis dahin noch in meinem Kopf gewesen waren, plötzlich aus meinem Körper zu springen, zu zerplatzen und den positiven Dingen somit Platz zu machen. Ich fühlte eine Wärme in meiner Brust, von der ich nicht geglaubt hatte, dass ich sie jemals würde spüren können. Noch nie hatte sich etwas so gut angefühlt.

$\infty$

Okay, ich weiß, ich wollte versuchen, mehr zu schreiben, aber irgendwie haut das nicht so ganz hin. Ich wollte diesen neuen Schritt in meinem Leben schriftlich festhalten, aber es geht nicht. Man kann das hier nicht in Worte fassen. Nicht alles.

Es ist nämlich so. Das Mädchen, das mir damals meinen Einkauf aus der Hand gestoßen hat, ist jetzt meine Freundin. Und nicht nur irgendeine, sondern meine feste Freundin! ICH habe Freunde!

Es fing damit an, dass wir etwas trinken gegangen sind und ich wollte sie wiedersehen. Ich hätte nicht gedacht, dass sie das Gleiche für mich empfinden würde, wie ich für sie. Sie ist wirklich süß und man kann unheimlich gut mit ihr lachen. Seit wir im Café waren, haben wir uns fast jeden Tag getroffen und ich bereue keine Stunde, die ich mit ihr verbracht habe. Rina strahlt eine innere Freude aus, die mein Herz einen Looping schlagen lässt. Eine Achterbahnfahrt der Gefühle. Ich kann es nicht fassen und ich hoffe, diese Fahrt geht nie zu Ende. Die meiste Zeit sitzen wir einfach nur am Strand und reden. Neulich aber waren wir mit dem Fahrrad in der Stadt. Wahnsinn, wie viele Menschen sich auf einer Stelle tummeln können. Kein Wunder, dass Magnum immer außerhalb wohnen wollte. Ich habe Magnum allerdings noch nichts von unseren Ausflügen gesagt. Sicher ist sicher.

Mit Rina fühle ich mich anders. Ich fühle mich mit ihr verbunden, sie gibt mir neue Energie. Plötzlich habe ich wieder das Gefühl, richtig lebendig zu sein. Und ich hoffe, dass ich ihr irgendwann die Wahrheit über mich erzählen kann.

Es war wirklich passiert. Mit 18 Jahren hatte auch ich endlich das Glück in der Liebe gefunden. Und es fühlte sich gut an. Richtig gut!

An diesem Morgen wollte ich Criff zu Hause überraschen und bei ihm vorbeischauen. Er hatte am Abend vorher erzählt, dass er seinem Vater noch bei etwas helfen musste und ich beschloss, vorbeizugehen und auch meine Hilfe anzubieten. Ich kam von hinten an das Haus heran und konnte durch die Gartentür aus Glas in das dunkle Wohnzimmer des Hauses sehen. Es war leer und wirkte, als wäre niemand zu Hause.

*Komisch,* dachte ich. *Vielleicht mussten sie weg.*

Ich trat näher an die Hecke heran, die einige Lücken aufwies und den Blick freiließ. An den restlichen Fenstern waren die Vorhänge zugezogen und die Rollladen heruntergelassen. Nicht die kleinste Bewegung war im Haus zu sehen. Ich wollte mich gerade abwenden und zurückgehen, als ich einen Schatten im Zimmer sah. Kurz darauf erschien erst ein alter Mann im Zimmer, es musste Magnum sein, und dann Criff. Anhand ihrer Bewegungen und Gesichtsausdrücke, die ich durch die Gartentüre sehen konnte, schienen die beiden sich über irgendetwas zu streiten. Mir fiel jedoch noch etwas anderes auf. Criffs Oberkörper war frei, überall klebten kleine Elektroden auf seiner Haut. Ich kannte sie aus dem Krankenhaus, wo man sie bei einem EKG verwendete. Nach und nach zog er die kleinen, runden Dinger ab, bis keines mehr übrig war. Noch immer war sein Körper angespannt vor Ärger. In diesem Moment drehte er sich ruckartig um und starrte nach draußen. Ich ließ mich so schnell ich konnte in die Hocke sinken. Hatte er mich gesehen? Nur einen Augenblick danach ertönte das Geräusch der sich öffnenden

Gartentüre. So leise wie möglich zog ich mich um die nächste Ecke zurück, erst dann stand ich auf und rannte los. So schnell ich konnte, raste ich die Straße entlang zu mir nach Hause.

*Hat er mich gesehen? Was denkt er von mir? Denkt er, ich spioniere ihm nach? Was sage ich ihm? Erzähle ich ihm davon, was ich gesehen habe? Vielleicht hat er mich gar nicht gesehen!* Die Gedanken jagten durch meinen Kopf, als wären sie ein reißender Gebirgsfluss. Keuchend kam ich zu Hause an, setzte mich auf mein Bett und versuchte, zu Atem zu kommen. Ich hatte ein furchtbar schlechtes Gewissen, obwohl ich ihn doch nur besuchen wollte. Kurz darauf ging das Telefon. Mein Herz setzte einen Moment aus, als ich seine Stimme hörte.

„Hey, Schmetterling, ich bin es." Normalerweise hätte mich seine warme Stimme zum Schmelzen gebracht, doch jetzt fühlte ich leichte Panik aufkommen. War es nur Zufall, dass er jetzt anrief oder hatte er mich tatsächlich gesehen?

„Hey, Criff. Was gibt's? Schon fertig mit allem?", fragte ich betont beiläufig und hoffte, meine Unsicherheit würde er nicht bemerken.

„Ja, es hat doch nicht so lange gedauert wie ich dachte. Sag mal, wieso bist du denn so außer Atem?" Der Kloß in meinem Hals wurde größer.

„Ich … war joggen!"

„Joggen? Ich dachte, du hasst joggen?"

„Ja … tue ich auch. Jetzt weiß ich auch wieder warum. Das ist einfach nicht mein Sport. Meine Lunge brennt, als hätte jemand mit Schmirgelpapier darüber gerieben." Ich wählte diese Worte mit Bedacht, denn ich wollte so nah wie möglich an der Wahrheit bleiben.

„Ein gutes Argument. Pass auf, ich bin hier in etwa fünf Minuten fertig, was hältst du von einem Spaziergang am Strand?"

Der Kloß in meinem Hals wurde kleiner. Anscheinend hatte Criff nichts gemerkt.

„Klingt super, ich zieh mir eben etwas anderes an, dann komme ich", schnaufte ich.

„Alles klar, ich warte auf dich, bis später!"

Erleichtert legte ich auf und ließ mich rücklings auf mein Bett fallen. Das war gerade noch einmal gutgegangen.

# Kennenlernen

Es war sonnig und warm, als ich mir meine Schuhe anzog, um mit Spyke zum See zu gehen. Line und Criff kamen auch und gemeinsam wollten wir uns die Beine vertreten und die Sonne genießen. Ich hatte gerade die Leine in der Hand, als meine Mutter um die Ecke in den Flur schaute.

„Na, Socke, wo soll es denn hingehen?", fragte sie und obwohl sie versuchte, gleichgültig zu klingen, hörte ich eine gewisse Neugierde aus ihrer Stimme heraus.

„Ich wollte mit Criff und Line an den See und dachte, ich nehme Spyke mit. Wieso?"

Meine Mutter wurde leicht rosa im Gesicht. „Ach, hat mich nur so interessiert. Vielleicht habt ihr drei ja Lust, nachher noch herzukommen. Papa wollte Crêpes mit Beeren machen."

Ich wusste, worauf meine Mutter hinaus wollte. Sie und mein Vater hatten Criff bisher noch nicht kennengelernt und wollten nun wissen, mit wem ich meine Zeit verbrachte, wenn nicht mit meinen Büchern.

„Ich werde sie fragen, okay? Aber ich muss jetzt wirklich los, bis nachher, Mum", antwortete ich und verschwand zur Tür hinaus.

ℰↃ

„Hey, sagt mal, habt ihr vielleicht Lust, nachher mit zu mir zu kommen? Mein Vater macht Beeren-Crêpes und lädt euch ein", fragte ich Criff und Line nach einer Weile und warf den Stock für Spyke in den See.

„Oh ja, ich bin sofort dabei. Ich liebe es, wenn dein Vater kocht. Seine Crêpes sind himmlisch, du musst sie unbedingt probieren, Criff!", rief Line sogleich euphorisch und grinste mich an. Ich grinste zurück, ehe ich Criff genau ansah.

„Was ist? Bist du dabei?"

„Klar, wieso nicht? Bin schon gespannt, wie du so wohnst. Und wenn die Crêpes so gut sind, wie Line sagt, dann sollte ich sie mir nicht entgehen lassen, oder?"

ဢ

Also machten wir uns kurz darauf zu dritt auf den Weg zu mir nach Hause, wobei der nasse Spyke mit seinem Stock im Maul fröhlich hinter uns herhüpfte.

Zögernd schloss ich die Türe auf und ließ meine Freunde in den Hausflur treten.

„Hallo, ich bin es!", rief ich und hängte die Leine an den Haken.

„Hallo, Socke!", rief die Stimme meines Vaters aus dem Garten zurück.

Ich sah, wie Criff anfing zu grinsen. „Socke?", fragte er stumm und hob die Augenbrauen.

„Frag nicht", antwortete ich und ging in den Garten, dicht gefolgt von Line und Criff.

„Hallo Manni, hallo Mara", grüßte meine Freundin und setzte sich zu meinem Vater an den Tisch.

„Mum, Dad, darf ich euch jemanden vorstellen? Das ist Criff. Criff, das sind meine Eltern Manuel und Tamara", stellte ich alle einander vor. Sobald ich den Namen meines Freundes

ausgesprochen hatte, stoppte meine Mutter das Blumen-
gießen und blickte auf.

„Hallo", lächelte Criff und hob verlegen die Hand.

„Hey Criff, schön dich kennenzulernen", grüßte mein Vater
zurück. „Ich bin Manni. Wie sieht es aus, Leute. Lust auf ein
paar Crêpes und Eis? Hab gerade Zitroneneis mit Brombee-
ren fertig."

„Oh ja, bitte! Ich nehm auch das von den anderen, wenn es
keiner will!", rief Line und trommelte mit den Fingern auf
den Tisch.

„So weit kommt es noch!", lachte ich und zog Criff auf den
Stuhl neben meinem.

℘

Es wurde ein richtig schöner Nachmittag und wir aßen so
viele Crêpes und Eis, dass ich noch eine ganze Weile danach
das Gefühl hatte, ich würde platzen. Criff blieb noch etwas
länger als Line, weil sie am nächsten Morgen früh bei ihrem
Vater sein wollte. Erst am Abend verabschiedete sich auch
Criff.

„Jetzt, wo du meine Eltern kennst, musst du mir Magnum
aber auch bald vorstellen, okay?", fragte ich leise und küsste
ihn auf die Wange.

„Mach ich. Versprochen!", antwortete er, ehe die dunkle
Abenddämmerung ihn verschluckte.

„Guter Fang, Socke. Wo hast du den denn entdeckt?", fragte
meine Mutter, sobald ich zurück in der Küche war.

„Ich hab ihn umgerannt", antwortete ich betont beiläufig
und holte ein Glas aus dem Schrank.

„Du hast was?", meine Mutter schaute meinen Vater alarmiert an.

„Ich hab ihn umgerannt. Versehentlich", wiederholte ich mich.

„Das ist meine Tochter!", sagte mein Vater und fing lauthals an zu lachen. Wie so oft konnte ich nicht anders und stieg in sein Lachen mit ein.

„Er liebt dich, das kann man richtig fühlen", sagte meine Mutter und strahlte mich an. „Ihr seid ein wirklich schönes Paar. Und dank ihm bist du öfter draußen, das ist schön. Du bist schon richtig braun geworden."

Ich wusste, dass sie vor allem froh war, dass ich mich nicht mehr in meine Bücher verkroch, doch ihre Worte machten mich dennoch glücklich.

ℰℴ

Ich lernte Criffs Zieh-Vater Magnum Menius bereits am nächsten Tag kennen. Ich hatte den weißhaarigen Mann zwar schon durch die Gartentüre gesehen, doch das wussten sie ja nicht. So richtig zu trauen schien er mir jedoch nicht und ich hatte das Gefühl, dass er Criff immer ein klein wenig besorgt anschaute.

„Ich glaube, dein Vater mag mich nicht", sagte ich leise, als wir wenig später in Criffs Zimmer auf seinem Bett saßen.

„Wieso?" Er wirkte erstaunt.

„Er schaut dich immer so an, als würde ich dir jeden Moment wehtun wollen. Und er mustert mich dauernd, jede Bewegung, die ich mache, ohne was zu sagen. Er starrt mich einfach nur an."

„Ach, das legt sich mit der Zeit. Magnum ist Wissenschaftler, der mustert alles, was er noch nicht kennt. Und er hat es nicht so sehr mit Menschen, braucht einfach ein wenig Zeit. Warte ab, das wird schon, versprochen." Ich kuschelte mich in seine Arme und sog seinen herben Geruch ein, während ich in seine Augen sah. Es war noch immer faszinierend für mich, wie schnell mich sein Blick beruhigen konnte. Ich hatte Line nach Criff gefragt, doch für sie war er wie jeder andere, der lediglich eine seltene Augenfarbe besaß. Für mich war da mehr. Er hatte eine so ruhige und entspannte Aura, die mir unheimlich guttat.

„Vermisst du deine richtigen Eltern manchmal?", fragte ich nach einer Weile vorsichtig und hörte, wie Criff einige Male tief ein- und ausatmete, ehe er antwortete.

„Ja, sehr. Ich habe sie das letzte Mal gesehen, als ich sechs Jahre alt war, das ist jetzt 15 Jahre her. Ich würde gerne wissen, wie es ihnen jetzt geht."

„Warum gehst du sie denn nicht besuchen?", fragte ich weiter und hob den Kopf.

„Das geht leider nicht. Es wäre einfach zu gefährlich." Ich spürte, dass Criff nicht weiter darüber reden wollte, also beließ ich es dabei. Doch plötzlich richtete sich Criff auf und wirbelte seine Haare unruhig mit den Händen hin und her.

„Oh man, Rina. Ich würde dir so gerne mehr von mir erzählen, aber ich kann nicht ... Ich weiß nicht, wie. Ich ..."

„Hey, schon okay. Ich versteh das. Ich dränge dich nicht dazu, erzähl mir, was immer du sagen willst, aber nur dann, wenn du bereit bist. Ich liebe dich und zu sehen, dass dir etwas innerlich wehtut, macht mich traurig, also quäl dich nicht für mich, okay?"

Ich richtete mich nun ebenfalls auf und nahm seine Hand fest in meine, drückte sie gegen meine Lippen. Seine Gesichtszüge entspannten sich wieder und er nahm mein

Gesicht in seine Hände, musterte mich mit seinem warmen Blick. „Ich bin so froh, dass ich dich gefunden habe, Rina. Du kannst dir gar nicht vorstellen, wie gut du mir tust."

ॐ

Schnell schlich sich der Alltag wieder in unser Leben und ich half Line oft dabei, wenn sie Henry in der Praxis unterstützte, während Criff seinem Vater bei verschiedenen Dingen unter die Arme griff. Worum es genau ging, sagte er allerdings nie.

ॐ

„Hallo, Magnum, ist Criff zu Hause?", grüßte ich freundlich, nachdem Magnum mir eines Morgens die große Holztür des alten Hauses öffnete. Ich hatte meine Schwimmsachen dabei und wollte mit Criff zum Strand fahren.

„Hallo, Rina. Nein, der Junge ist einkaufen, aber er müsste bald kommen. Ich muss noch einige Besorgungen machen, aber komm rein und warte drinnen, ich finde nämlich meinen Haustürschlüssel gerade nicht und weiß dann, dass jemand hier ist", begrüßte er mich ebenfalls und ging an mir vorbei.

„Ist gut", sagte ich nur und er schloss die Tür, sobald ich die Türschwelle passiert hatte. *Ich warte am besten im Wohnzimmer auf ihn, dann bekomme ich es sofort mit, wenn er kommt,* dachte ich und betrat das große Wohnzimmer aus hellem Holz. Es war nur sehr dürftig eingerichtet, mit einem Fernseher, einer Musikanlage, einer Couch und einem alten Holztisch, auf dem sich einige Unterlagen stapelten. Neugierig ging ich hin und überflog die Papiere. Es interessierte mich wahnsinnig, woran Magnum forschte, doch ich wurde aus den ganzen Begriffen und Zahlen nicht schlau. Mein Blick blieb schließlich an einem kleinen, ledernen Buch hängen, das meine ganze Aufmerksamkeit in Anspruch nahm. Der Grund war der Titel des Buches. **Criff** stand dort mit einem dicken Stift auf das Cover geschrieben und ich spürte, wie sich die feinen Härchen in meinem Nacken aufrichteten. Fast mechanisch bewegte sich meine Hand auf das Buch zu und nahm es vom Tisch. Es war nicht sehr schwer und einige Seiten lagen lose zwischen den Buchseiten. *Was ist das?*, fragte ich mich und schlug es auf. Vorsichtig blätterte ich zwischen Fotos, Zeichnungen und geschriebenem Text hin und her. Anhand des Datums sah ich, dass die ersten Einträge bereits vor 15 Jahren entstanden waren. Die Schrift war hier schon leicht verblichen. Ich überflog die Seiten eilig, wobei ich auf einen kurzen Steckbrief stieß.

Name: Criff Ucello
Alter: 6
Größe: 1,45
Gewicht: 22 Kilo
Geburtsort: Armania
Art: Humanil
Fundort: Silberwald, Kreis Fuben
Sonstiges: Hat sich schnell erholt. Innerhalb weniger
Zeit komplett fit und munter. Sehr aufgeschlossen
und anhänglich. Hält sich für einen Prinzen. Gebe ihm
Zeit, sich zu entwickeln.

Hält noch immer an seiner Theorie fest.
Schon in seinen jungen Jahren ein Tattoo am Oberarm.
Verändert sich jedes Jahr ein wenig. Wächst mit.
Knochenbrüche heilen innerhalb kurzer Zeit.

Noch immer von seiner Aussage überzeugt.

Mache mir Sorgen. Dauerhafte Ohnmachtsan-
fälle, Herz-Rhythmus-Störungen, Schweißausbrüche
und Wutanfälle.

Wahre Gestalt gesehen. Theorie scheint wahr
zu sein. Erzählte mir seine Vorgeschichte.

Umzug. Schien zu unsicher.

Umzug

Umzug

Umzug

Umzug

Scheint sich gut zurechtgefunden zu haben.
Anfälle lassen nach. Stattlicher Mann geworden.

Keine Anfälle mehr.

Umzug. Hat zu viel Aufmerksamkeit erregt, als
er jemandem half. Sicher ist sicher.

Umzug Wabel

Hier Kontakt zu anderen Menschen. Der Ort
scheint sicher. Hat Freunde gefunden. Lacht nun
öfter.

Ich wurde nicht schlau daraus. *Anfälle? Herz-Rhythmus-Störungen? Wahre Gestalt?* Was hatten all diese Begriffe mit Criff zu tun? Er war doch gesund, oder nicht? In mir machte sich leichte Unruhe breit.

Magnums Notizen waren kurz und lückenhaft, nicht für andere Augen bestimmt. Immer wieder hatte er nur kurze Sätze geschrieben, Stichpunkte. Doch es gab Begriffe, die mir nicht aus dem Kopf gingen. Der Silberwald war nicht weit von hier, doch wo lag dieses Armania, in dem Criff angeblich geboren worden war. Und was bitteschön war ein Humanil? Das alles machte keinen Sinn! Fragen über Fragen entstanden in meinem Kopf und sie alle drängten nach Antworten. Ich war nun so sehr mit dem Buch beschäftigt, dass ich gar nicht merkte, das Criff bereits nach Hause gekommen war. Erst sein Rufen nach Magnum ließ mich aufschrecken. Eilig legte ich das Buch zurück auf den Tisch und schaffte es gerade noch, einige Blätter darauf zu legen, ehe Criff im Wohnzimmer erschien.

„Hey, Schmetterling, was machst du denn hier? Wo ist Magnum?", begrüßte er mich und stellte die Einkäufe ab.

„Hey, Criff, Magnum macht Besorgungen, aber ich durfte hier warten. Ich wollte mit dir zum Strand. Lust?"

„Klar, gerne. Ich hol nur schnell meine Badehose und pack etwas zu trinken ein. Bis dahin ist Magnum bestimmt zurück und dann können wir sofort los. Ich wollte auch gleich bei dir vorbeikommen, aber das hat sich ja jetzt erledigt." Mit diesen Worten war er auch schon wieder die Treppe rauf und nach oben verschwunden. Ich lachte nervös hinter ihm her. Sobald er außer Sichtweite war, ging mein Blick wieder zurück zu dem Tisch mit dem Buch.

*Scheiße! Was hast du gemacht?*, schoss es mir durch den Kopf.

Ich fühlte mich, als würde ich Criff hintergehen. Als hätte ich absichtlich geschnüffelt, weil ich ihm nicht traute. Und auch wenn es nicht stimmte, trafen mich die Schuldgefühle mit voller Wucht. Gerade jetzt, wo Magnum mir tatsächlich etwas mehr Vertrauen entgegenbrachte.

Magnum kam tatsächlich schnell wieder und wünschte uns viel Spaß am Strand. Ich lächelte ihn dankbar an, doch der Knoten in meinem Magen blieb. Unterwegs fragte ich Criff nach dem Bereich, in dem Magnum forschte, doch er antwortet mir lediglich, dass Magnum sich auf unbekannte Tierarten spezialisiert hatte. Ich beließ es dabei, um seine Aufmerksamkeit nicht noch mehr zu wecken.

Als ich am Abend in meinem Zimmer saß, konnte ich dennoch an nichts anderes mehr denken als an das, was ich gelesen hatte. Ich beschloss kurzerhand, ein wenig nachzuforschen, um mich so etwas beruhigen zu können. Also ließ ich meinen Laptop hochfahren und öffnete die Suchplattform. *Humanil* war das erste Wort, das ich in die Suchleiste eingab, und zu meiner Überraschung tauchten tatsächlich verschiedene Beiträge auf. Die meisten brachten mich nicht wirklich weiter, doch zwischen einigen Ergebnissen stieß ich schließlich dennoch auf einen Link, der mir hilfreich erschien. Ich landete auf einem Fantasy-Lexikon. Neben verschiedenen Wesen, die ich aus vielen meiner Bücher kannte, tauchte auch der Begriff auf, den ich suchte.

Humanil *Arm.* – menschliches Tierwesen

Ich runzelte die Stirn. *Menschliches Tierwesen? Was soll denn das bedeuten?* Ich scrollte die Seite weiter runter, doch ich fand nichts Weiteres, also kehrte ich zur Suchleiste zurück und tippte den neu gefundenen Begriff ein. Ich erhielt sogleich eine ganze Menge mehr Links, in denen dieser Begriff zu finden war. Die meisten dieser Internetseiten waren Plattformen, in denen User sich über Tiere, die sich wie Menschen verhielten oder Menschen, die sich wie Tiere verhielten, austauschten. Nichts, was mich in irgendeiner Hinsicht weiterbringen würde, denn Criff benahm sich ganz sicher nicht wie ein Affe oder Hund. Ich wollte gerade aufgeben weiterzusuchen, als ich auf einen interessanten Bericht über einen Fabel-Forscher stieß. Der Bericht war bereits viele Jahre alt.

**Menschliche Tierwesen.** Laut dem deutschen Forscher Saragan Princen gibt es sie wirklich. Jahrelang suchte er nach Anzeichen, die die Existenz dieser Wesen in unserer Welt beweisen. Für viele eine Zeitverschwendung, erwiesen sich seine bisherigen Vermutungen oftmals als Fehlschlag, erhielt Princen dennoch eine Bestätigung für seine Untersuchungen. Ein Fossil eines Pferdeskeletts und eines Menschenskeletts miteinander vereint, bestätigte ihn in seinen Theorien und stiftete ihn an, weiter nach Beweisen zu suchen. Doch die Menschen glaubten nicht an seine Theorie der sagenhaften Mischwesen und verspotteten ihn. Bezeichneten seine Funde als Fälschung. Die Wut und die Verzweiflung, der Welt beweisen zu wollen, dass es diese Wesen gibt, bewirkten eine Veränderung in dem Fabel-Fanatiker. Der einst so ehrgeizige und freundliche junge Mann wurde aggressiv, schloss sich tagelang in seinem Labor ein und schottete sich mehr und mehr von Umwelt und Freunden ab. Schließlich zog er in die Welt mit den Worten: „Ich werde Beweise finden, und wenn ich sie gefunden habe, bringe ich sie euch. Jedes einzelne Fundstück werdet ihr sehen, lebendig oder tot. Und ihr werdet bereuen, dass ihr an mit gezweifelt habt!"
Seit diesem Tag hörte man von Saragan Princen nichts mehr. Allein die Tatsache, dass er ein ungeheures Talent in der Entwicklung von technischen Geräten besaß und sein Glaube an das Überirdische werden ihn in unserem Gedächtnis behalten. *kmz*

Fassungslos starrte ich auf den Bericht. Es gab tatsächlich einen Wissenschaftler, der alle Fantasy-Geschichten für wahr gehalten hatte, obwohl sich nur irgendwann mal jemand eine dieser Geschichten ausgedacht und aufgeschrieben hatte. Er war tatsächlich in die Welt gezogen, um diese Dinge zu beweisen. Und er hatte ein Fossil gefunden, was entweder diese Theorie zu beweisen schien oder einen Fund eines Reiters mit seinem Pferd darstellte. Aber was hatten Magnum und Criff damit zu tun?

Meine Gedanken kreisten, ich hatte Blut geleckt und wollte Antworten.

*Armania* war das nächste Wort in meiner Suchleiste, während mein Drucker den Artikel über den Forscher ausspuckte. Das Wort hatte ebenfalls im Notizbuch gestanden und ich konnte mir nicht erklären, was es bedeutete. Es schien ein Ort zu sein, das stand fest. Da ich in Erdkunde nach wie vor eine Niete war, hoffte ich auf Hilfe aus dem Netz. Doch ich fand nichts. Keinen Eintrag, keinen Artikel, keine Fabel. Nichts! Enttäuscht fuhr ich meinen Laptop runter und legte ihn auf den Schreibtisch. Mein Wecker verriet mir, dass es bereits spät in der Nacht war, doch die vielen Fragen in meinem Kopf ließen mir lange Zeit keine Ruhe.

☙

Am nächsten Morgen wusste ich bereits beim Aufstehen, dass ich keine andere Wahl hatte. Wenn ich Antworten auf meine Fragen wollte, müsste ich Criff fragen. Und musste zugeben, dass ich das Buch gelesen hatte. Sogleich durchschlich Panik meinen Körper. Was, wenn Criff mir irgendwann offenbarte, dass wir nicht zusammenbleiben konnten?

Dass ich nicht gut genug war? Oder dass er mir nicht die Wahrheit sagte? Was, wenn er mich verließ, weil ich Dinge über ihn gelesen hatte, die ich nicht hätte lesen dürfen? Mein Herz schlug schneller, und mein Atem ging stoßweise.

*Warte ab, Rina. Mach dich nicht schon selbst so verrückt!*, dachte ich mir und versuchte, wieder ruhig zu atmen. Versuchte, mir seine warmen Augen vorzustellen und schaffte es so tatsächlich, meinen Körper besser unter Kontrolle zu bekommen.

Ich ging dennoch erst einmal in die Bibliothek, um weitere Infos und Hinweise über Armania zu finden, doch es war vergeblich. Dieser Ort existierte nicht. Weder in Atlanten, den Biologie- oder Geschichtsbüchern, noch in den Fabeln und Mythen. Auch unter Science Fiction konnte ich nichts entdecken: Armania gab es einfach nicht. Das Einzige, was ich wusste war, dass Magnums Notizen geheim waren und daher traute ich mich nicht, einen Mitarbeiter der Bibliothek nach dem Begriff zu fragen.

৪১

Bereits am nächsten Tag entschied ich mich, Criff tatsächlich anzusprechen, koste es, was es wolle. Die ganze Nacht hatte ich kaum geschlafen, mich von der einen zur anderen Seite geworfen und mir war deutlich geworden, dass es so nicht weiterging. Ich wusste, dass ich da etwas Heißem auf der Spur war und ich wusste auch, dass ich die Wahrheit wollte. Von ihm! Es war noch sehr früh, als ich mich anzog und aus dem Haus schlich. Leise fiel die Tür hinter mir ins Schloss, und ich machte mich in der frühen Morgendämmerung auf den Weg zu Criffs Haus. Ich klingelte an der Tür und betete, dass ich niemanden aus dem Schlaf riss. Zu meiner Erleichterung war Magnum bereits wach. Wie ich bei seinem Anblick vermutete, sogar schon eine ganze Weile. Er hatte eine Schweißerbrille auf und trug einen grauen Kittel, der nach hinten gebunden wurde.

„Rina? Was machst du denn hier?", fragte er mich ungläubig, doch bevor ich darauf antwortete, fragte ich: „Darf ich reinkommen?"

„Sicher, sicher!" Er öffnete die Tür und ich betrat den hellen Flur des alten Hauses.

„Was führt dich hierher?", fragte er zum wiederholten Male, doch ich ging noch immer nicht darauf ein und startete eine erneute Gegenfrage.

„Ist Criff wach?"

„Nein, er schläft noch. Ist gestern spät für ihn geworden, lass ihn besser etwas schlafen, du kannst mit mir nach unten kommen, wenn du magst. Dann kannst du mir auch verraten, warum du hier bist." Ich nickte und folgte Magnum die Holztreppe nach unten. Mein Magen zog sich zusammen. Magnum schien so langsam Vertrauen zu mir zu bekommen und ich hatte Angst, es wieder zu zerstören. Mit Criff über die Dinge zu sprechen, die ich herausgefunden hatte und die mir im Kopf herumschwirrten, war schon schwer genug, aber Magnum zu offenbaren, dass ich spioniert hatte, ließ Übelkeit in mir aufkommen.

Im Keller angekommen führte Magnum mich in einen dunklen Raum voller Reagenzgläser und Werkzeuge, ein Labor, wie mir schnell bewusst wurde. Auch hier befanden sich wieder Zettel und Notizen auf den Tischen verstreut. Auf einem der Tische lag das Notizbuch von Criff aufgeschlagen, ich erkannte es an der abgewetzten rechten Buchecke. In meinem Magen bildete sich ein Kloß. Magnum bot mir einen Stuhl, den er vorher von Werkzeugen befreite, zum Sitzen an, und ich setzte mich stumm. Während er sich seine Schweißer-Handschuhe überstreifte, blickte ich mich um. Überall standen Geräte und Flüssigkeiten herum, dazwischen Bilder von Criff. Ich versuchte, nicht genau hinzusehen.

„Was genau erforschst du eigentlich, Magnum?", fragte ich leise und richtete dabei meinen Blick starr auf den Boden.

„Ich erforsche andere Lebewesensarten und Pflanzen. Dinge, die noch weitestgehend unbekannt sind oder bedroht werden. Aber ich probiere auch gerne viel mit Technik aus. Vielleicht schaffe ich es ja irgendwann etwas zu erfinden, was das Leben etwas leichter macht." Mein Gehirn arbeitete fast hörbar und speicherte jede Information ab, die mit Criff zu tun haben könnte.

„Was für Lebewesen erforschst du genau?"

Ich tastete mich langsam an mein eigentliches Vorhaben heran. Nur nicht mit der Tür ins Haus fallen. Magnum begann zu stocken.

„Na ja, also … Katzen … Vögel … weitestgehend Wildtiere … und manchmal auch …"

„Humanil?" Ich unterbrach ihn und hätte mir dafür am liebsten selber eine reingehauen. *So viel zu deinem Vorhaben, dich langsam heranzutasten,* schalt ich mich selbst. Mit klopfendem Herzen sah ich, dass Magnum mitten in der Bewegung stehengeblieben war.

Plötzlich drehte er sich in einer schnellen Bewegung um und funkelte mich mit ernsten braunen Augen an. „Bitte was?", fragte er nach, als hätte er nicht richtig verstanden, und ich wiederholte das Wort noch einmal, diesmal etwas vorsichtiger.

„Erforschst du auch Humanil?"

„Woher … Woher kennst du diesen Begriff?" Er schob die Schweißerbrille hoch, zog die Handschuhe aus und kam auf mich zu. Ich schaute erneut zu Boden.

„Rina, ich muss wissen, woher du diesen Begriff kennst."

„Ich bin darauf gestoßen", antwortete ich abweisend, spürte jedoch, wie mich Magnum mit seinem Blick beinahe durchbohrte.

„Wo? Wo hast du diesen Begriff gesehen? Rina, es ist unheimlich wichtig, dass du es mir sagst! Hörst du?"

„Ich … als ich letztens alleine hier auf Criff wartete, lagen ein paar Unterlagen auf dem Tisch im Wohnzimmer. Ich wollte wissen, was genau du eigentlich erforschst. Ich war neugierig. Und dann lag da dieses Buch über Criff, und ich hab es aufgemacht und überflogen, und dann habe ich diese Begriffe gesehen und im Internet danach gesucht, aber ich bin nur auf grobe Infos gestoßen. Ich habe einen Zeitungsartikel über einen Forscher gefunden, aber da war ein Begriff, den ich nirgends finden konnte und ich hatte gehofft, dass ihr mir etwas dazu sagen könnt, weil er doch in diesem Buch gestanden hatte", sprudelte es mit einem Mal aus mir hervor. Ich sah, wie Magnums Gesichtszüge entgleisten.

„Du …"

„Es tut mir leid, Magnum, ich wollte es nicht lesen, wirklich nicht. Aber es lag einfach da und es stand sein Name darauf und ich dachte, es wären vielleicht Bilder oder so darin und … Es tut mir so leid. Ich weiß auch nicht, wieso ich das getan habe …", versuchte ich mich mit nassen Augen zu entschuldigen. „Hier, ich habe den Bericht dabei." Ich kramte in meiner Tasche und holte das Papier heraus. Magnum nahm es entgegen, las es jedoch nicht. Stattdessen presste er Daumen und Zeigefinger gegen seinen Nasenrücken.

„Wer oder was ist Criff wirklich, Magnum?" Er sah mir in die Augen, ganz tief und durchdringend, als würde er direkt in meine Seele sehen, seufzte tief und fragte betont neutral: „Wie kommst du darauf, dass Criff anders als wir sein könnte?"

„Ich weiß es nicht. Es sind nicht nur seine Augen. Es ist auch, wie er sich bewegt. Ich meine … er ist mein Freund. Ich liebe ihn, egal, was er ist. Aber ich bekomme das Gefühl nicht los, dass er etwas … etwas Besonderes … Ich will es einfach nur gerne wissen!" Er seufzte noch einmal laut und sah mich mit müden Augen an.

„Rina … es wäre besser, wenn du jetzt gehst", sagte er und seine Stimme klang auf einmal um einiges älter.

„Magnum, ich … es …", versuchte ich, mit ihm zu reden, doch er schnitt mir das Wort ab:

„Nein, geh jetzt bitte einfach. Es wäre besser. Es … du interpretierst hier Sachen in uns rein und die solltest du so schnell wie möglich vergessen, hörst du? Das alles hat nichts mit uns zu tun. Vergiss es einfach und geh nach Hause." Sein Blick war so durchdringend, dass ich nicht anders konnte, als seinen Worten zu folgen. Er ging hinter mir die Treppe hoch und begleitete mich zur Tür.

„Könntest du Criff sagen, dass er nachher vorbeikommen soll? Ich wollte ihm etwas geben. Ich …" begann ich, doch ich wurde nur wieder unterbrochen.

„Ich … Criff kann heute nicht, Rina. Hat er das nicht erwähnt? Und ich glaube, dass wird noch eine ganze Weile so sein."

„Was? Aber er …" Weiter kam ich nicht, denn Magnum sagte nur: „Tschüss Rina!" und schloss die Tür.

Fassungslos stand ich vor der geschlossenen Tür. Was sollte denn das jetzt? Er hatte mich rausgeworfen und offensichtlich verbot er mir, meinen Freund zu sehen. Okay, es war falsch gewesen, dieses Buch zu lesen, aber ich hatte es doch zugegeben und Ehrlichkeit war doch immer etwas Gutes, oder nicht? Ich hatte gehofft, dass ich damit an die Informationen gelangen würde, die ich mir gewünscht hatte. Doch im Gegenteil dazu schien es nun, als hätte ich gerade alles zerstört. Magnum schien mir endlich etwas Vertrauen geschenkt zu haben, doch an seinem letzten Blick konnte ich deutlich sehen, dass ich das wenige bereits wieder verloren hatte. Ich stand noch einige Zeit fassungslos vor der geschlossenen Tür und starrte auf das Namensschild. *Menius, Menius, Menius.*

Irgendwann drehte ich mich dann langsam um, schloss mein Fahrrad auf, schwang mich auf den Sattel und fuhr zum Seeberg. Den Teil im Dorf, bei dem ich allein sein konnte. Den ich, seit ich Criff kannte, seltener besucht hatte und den ich nun umso dringender brauchte. Nur hier hatte ich genug Freiraum, um in Ruhe nachdenken zu können, ohne gestört zu werden. Denn das musste ich jetzt. Nachdenken. Allein.

Ich wusste nicht, was ich erwartet hatte. Womöglich, dass sie mir die Wahrheit sagten, mich einweihten. Oder mir beweisen konnten, dass ich falsch lag. Doch stattdessen saß ich hier alleine auf dem Seeberg und dachte darüber nach, wie ich wieder geradebiegen konnte, was ich angerichtet hatte. Criff meldete sich nicht bei mir. Nicht an diesem Tag und auch nicht die Tage danach. Ich saß zu Hause in meinem Zimmer oder auf dem Seeberg und starrte vor mich hin. Je mehr Zeit verging, desto schmerzlicher wurde mir bewusst, dass meine Aktion womöglich der Grund dafür war. Doch ich ertrug es nicht, ihn nicht zu sehen, nicht zu wissen, wie er zu mir stand. Ich konnte nicht anders, ich musste ihn sehen. Wenigstens fünf Minuten. Um ihm zu sagen, dass es mir leid tat.

Einige Meter vor seinem Haus jedoch wurde ich unsicher. *Was, wenn er mir das Gleiche sagt wie Magnum zuvor? Was, wenn Magnum die Tür öffnet und mich nicht zu ihm lässt? Was, wenn ... Ich verwarf die Gedanken. Wer nicht wagt, der nicht gewinnt,* dachte ich stattdessen und drückte auf die Klingel.

Genauso wie ich es befürchtet hatte, öffnete mir Magnum die Tür. Doch noch bevor einer von uns beiden etwas gesagt hatte, fiel mir etwas auf. Etwas war anders. Magnum war bereits um die 70 Jahre alt, das wusste ich, doch bisher hatte er fit und aktiv gewirkt und ausgesehen. Nun stand ein ganz anderer Magnum vor mir. Der Mann an der Tür lief gebückt, er wirkte zerbrechlicher und unendlich traurig. Seine braunen Augen saßen hinter tiefen, dunklen Augenringen versteckt in seinem blassen Gesicht

„Hallo Magnum, ist Cr … ist alles in Ordnung?", fragte ich unsicher. Ich hatte Angst, dass er noch immer sauer war.

„Criff ist nicht hier", erhielt ich als Antwort auf meine Frage. Ich runzelte die Stirn.

„Wo … wann kommt er denn wieder?"

„Keine Ahnung. Ich weiß nicht, wo er ist." Ich war sprachlos. Magnum wusste nicht, wo Criff war?

„Und … wann ist er gegangen?"

„Vor drei Tagen." Ich riss erschrocken die Augen auf. Criff war drei Tage lang nicht nach Hause gekommen. Hatte sich drei Tage nicht bei Magnum gemeldet. *Und bei mir leider auch nicht,* dachte ich enttäuscht. Trotzdem, das passte nicht zusammen. Das war doch nicht Criff, jemand, der einfach abhaute. Und vor allem, wieso sollte er sowas tun? Doch noch während ich darüber nachdachte, bemerkte ich etwas anderes. Magnum war ein Stück zur Seite gegangen, nur ein ganz kleines Stück, doch es bewirkte, dass ich sie sah. Die Umzugskartons. Erst jetzt fiel mir auf, dass auch die Bilder überall abgehangen und die Deko verschwunden war. Aber ehe ich ihn danach fragen konnte, sagte Magnum: „Hör mal, Rina, ich muss noch viel tun. Also, ich wünsche dir noch einen schönen Tag" und schloss die Tür.

Magnum wollte umziehen. Einfach so, ohne was zu sagen. Wegen mir? Weil ich so neugierig gewesen war? Ich hätte mich ohrfeigen können für das, was ich getan hatte. Aber es änderte nichts. Es war geschehen. Magnum wollte umziehen und Criff war weg. Einfach so aus meinem Leben verschwunden. Ich fühlte mich noch leerer als zuvor, obwohl ich dachte, dass es nicht möglich wäre. Wie in Trance schwang ich mich auf mein Fahrrad. Ich wusste nicht, wie ich nach Hause gekommen war, aber ich wusste, dass ich die nächsten zwei Tage nicht aus meinem Bett kommen würde. Ich rief niemanden an und ging nicht nach draußen oder an die Tür. Auf meinem Handy waren ein paar Nachrichten von Line, doch ich antwortete nicht. Ab und an versuchte ich Criff auf seinem Handy zu erreichen. Vergeblich. Meine Eltern und Line machten sich Sorgen, aber ich wollte ihnen nicht erzählen, was wirklich passiert war. Und ich wollte kein Mitleid, immerhin war ich selbst schuld. Also erzählte ich ihnen, dass ich vermutlich etwas Falsches gegessen oder Migräne hatte. Und anscheinend merkten sie, dass ich nicht darüber reden wollte, denn sie ließen mich in Ruhe.

Am dritten Tag nach meinem Besuch bei Magnum klingelte unser Telefon und ich hörte, wie mein Vater den Anruf entgegennahm. Kurz darauf rief er meinen Namen.
„RINA! TELEFON!"
Ich rechnete damit, dass es Line war und sie mich erneut überreden wollte, etwas zu unternehmen, aber ich war nicht in der Stimmung, mit ihr zu telefonieren und über alltägliche Dinge zu reden. Ich wollte noch eine Weile alleine sein.
*Heute nicht, Sorry. Bin noch nicht so weit*, schickte ich ihr daher eine kurze Nachricht per Handy, während ich gleichzeitig „ICH BIN NICHT DA!" nach unten rief.
„ICH GLAUBE, ES IST WICHTIG!" Wenn mein Vater sagte, dass es wichtig war, dann war es das vermutlich. Also seufzte ich einmal tief und nahm den Anruf entgegen.
„Rina Becks."
„Hey, Schmetterling", ertönte eine warme Stimme im Flüs-

terton aus dem Hörer. Sofort begann mein Herz in der Brust wie die Flügel eines Kolibris zu schlagen.

„Criff? Bist du das?"

„Ja, ich bin es. Hör …", begann er, doch ich unterbrach ihn sofort.

„Wo warst du?"

„Erzähl ich dir später. Kann ich reinkommen?"

„Reinkommen? Wo bist du denn?"

„In eurem Garten!" Ich wartete nicht ab, ob er noch etwas sagte, sondern sprang sofort aus meinem Bett, die Treppe nach unten zu unserer Gartentür. Und dort stand er tatsächlich. Groß, braungebrannt, mit dem üblichen verwuschelten rot-braunen Haar und seinem schiefen Lächeln. Auf seinem Rücken ein schwarzer Rucksack. Ich bat ihn nicht herein. Ich sah ihn einfach nur an. Und dann ging ich auf ihn zu und legte meine Arme um seinen warmen Körper. Und während ich ihn an mich drückte, liefen mir die Tränen über die Wange.

„Wo warst du?", fragte ich erneut und sah ihn mit nassen Augen an. Er wischte mir mit seinem Daumen die Tränen von der Wange.

„Können wir das drinnen besprechen?"

„Nein!" Ich weiß, ich hätte ja sagen können, aber ich wollte es jetzt hören. Hier und jetzt. Von ihm!

„Okay … Ich … war sauer auf meinen Vater. Wie er mit dir umgegangen ist. Und dann hat er gesagt, er will umziehen, da bin ich wütend geworden, hab meine Sachen gepackt und bin nach … können wir bitte reingehen?" Er sah sich unsicher in unserem Garten um, als suche er jemanden. Also nickte ich und hielt seine Hand fest, während ich ins Haus ging.

Erst oben in meinem Zimmer, nachdem er die Tür geschlossen hatte, begann ich wieder etwas zu sagen.

„Warum bist du weggegangen, ohne etwas zu sagen?"

„Ich ... war so wütend ... und ich wollte nicht, dass mein Vater weiß, wo ich bin. Ich wusste ja nicht, dass du ..."

„Du hättest dir nicht denken können, dass es mir wehtun könnte, wenn du einfach so, ohne etwas zu sagen, verschwindest? Dich nicht meldest, keiner weiß, wo du bist und wie es dir geht? Ich dachte, du bist wegen mir abgehauen, dass du wütend bist und dich deshalb nicht bei mir meldest. Weil ich Dinge herausgefunden habe, die ich nicht wissen sollte."

Jetzt kamen mir schon wieder die Tränen.

„Nein, das stimmt nicht. Du hast da durch Zufall etwas herausgefunden, aber ich habe schon eine ganze Weile überlegt, wie ich es dir sagen soll. Jetzt habe ich einen Ansatzpunkt. Rina, es tut mir leid. Wirklich! Ich weiß nicht, was mich da gebissen hat. Es kam so über mich, und ich musste einfach weg. Eine Zeitlang alleine sein und nachdenken. Das habe ich getan und jetzt weiß ich, was ich tun muss." Seine Stimme klang so traurig und gleichzeitig so ehrlich.

„Worüber musstest du nachdenken?"

„Über uns." Mein Herz zog sich schmerzhaft zusammen und meine Hände ballten sich zu Fäusten.

„Über uns?", fragte ich zittrig und presste meine Fingernägel tiefer in meine Handflächen, als er nickte.

„Ja ... über uns. Über das, was wir haben. Wie wichtig du mir bist, Rina, und was das bedeutet. Ich habe darüber nachgedacht, wie ich die ganze Zeit mir dir umgegangen bin, und dass es falsch war. Wenn es einen auf der Welt gibt, der es verdient hat, anders behandelt zu werden, dann bist du das.

Du hast die Wahrheit verdient. Nicht von einem Blatt Papier oder einem blöden Buch, sondern von mir."

„Die Wahrheit? Welche Wahrheit?"

„Hör zu, Rina. Du bist etwas Besonders für mich. Seit ich dich kenne, macht mein Leben wieder einen Sinn, ich kann wieder lachen und den Moment genießen. Den Moment mit dir. Du hast mir ein Licht wiedergegeben, das ich verloren geglaubt hatte. Lebenslust und Glück kannte ich nicht mehr. Und als ich jetzt alleine war, endlich Zeit zum Nachdenken hatte, da wurde mir bewusst, wie wichtig du mir bist. Wie sehr ich dich brauche und wie sehr ich will, dass du die Wahrheit weißt. Egal, was mein Vater sagt, ich weiß, dass du es wert bist, es zu wissen. Dass ich dir vertrauen kann. Ich will mich nicht immer vor allen verstecken und nur Magnum als Vertrauten haben. Wenn ich es dir nicht sagen kann, wem dann?"

Ich wusste nicht, wie ich reagieren sollte, aber der Anblick seines Gesichtes sagte alles. Es war Schmerz darin, tiefer Schmerz – und Ehrlichkeit. Ich war ihm wichtig!

„Was muss ich wissen?", fragte ich nach.

„Ich ... versprich mir, dass du keine Angst vor mir hast. Niemals."

Ich sah ihn mit gerunzelter Stirn an.

„Wieso sollte ... wieso sollte ich denn Angst vor dir haben?"

„Ich ... ", er machte einen tiefen Atemzug, sah erst zum Fenster hin und dann zur Zimmertür, bevor er weiterredete. „Rina. Ich bin kein ... Mensch!"

Ich starrte ihn einen Moment einfach nur stumm an, ehe ich vorsichtig nachfragte.

„Was meinst du damit, du bist kein Mensch. Was bitte sollst du denn sonst sein?" Ich sah ihn mir genauer an. Er sah aus wie einer, er bewegte sich wie einer und er redete auch wie einer. Dann zuckte ein schneller Gedanke durch meinen Kopf, der meine Glieder anspannte. Mir fielen Geschichten ein, die ich gelesen hatte. Vampir-Geschichten. Aber Criff war doch kein Vampir, oder? Ich meine, er sah nicht so aus, wie ich sie mir immer vorgestellt hatte. Ich schaute auf seine Ohren, doch sie waren auch nicht spitz wie die eines Elben. *Reiß dich zusammen, Rina. Du hast zu viele Geschichten gelesen, die haben dir dein Gehirn vernebelt.*

„Ich meine, ich bin kein richtiger Mensch. Ich weiß, es klingt seltsam, aber so ist es nun mal, und ich kann dagegen nichts tun. Ich bin kein Mensch, ich bin ein Humanil!"

Da war es wieder. Dieses Wort, dieser Begriff.

„Humanil?", wiederholte ich langsam und er nickte. Als er meinen seltsamen Blick sah, ging er zum Fenster und ließ die Rollladen herunter, sodass niemand mehr hineinsehen konnte. Dann drehte er sich wieder zu mir um.

„Erschreck dich jetzt bitte nicht, okay?", sagte er, während er sein T-Shirt auszog. Ich nickte nur kurz und sah ihn an. Und ich sah auf sein Tattoo am Oberarm, das Tattoo, das er schon als Kleinkind gehabt hat, wie ich gelesen hatte. Das Tattoo, das ich so oft mit dem Zeigefinger nachgemalt hatte. Und das nun vor meinen Augen zu leuchten begann.

Es leuchtete gelb und rot, zeitgleich begann sich an seinem Rücken etwas zu verändern. Weißes Licht kam aus ihm hervor, wurde dunkler, bräunlicher, wie seine Haare. Dann hatte er plötzlich Flügel. *Wahnsinn*, war das einzige Wort, das mein Kopf in diesem Augenblick fähig war zu formulieren. Aus dem Rücken meines Freundes waren gerade innerhalb eines Wimpernschlages riesige Flügel gewachsen, die ausgebreitet fast mein ganzes Zimmer durchmaßen. Fassungslos klappte mein Mund nach unten. *Wie geht denn so was?*

„Wie … was … woher … das ist unglaublich!", stotterte ich, während meine Augen sich anfühlten, als würden sie jeden Moment aus meinem Kopf fallen. „Sind die echt?". Ich ging mit ausgestreckter Hand auf ihn zu, um sie anzufassen.

„Jede einzelne Feder", sagte er und kam mir entgegen. Sie waren groß, riesig groß! Und weich!

„Criff, das … das ist unglaublich. Wie hast du das gemacht?"

„Ich weiß nicht, es ist ein Teil von mir."

„Ein Teil von dir … weil du … ein Humanil bist?" Er nickte und sah mich an, ließ seine Flügel wieder verschwinden und nahm meine Hände in seine, sein Blick war ernst.

„Das ist nicht alles. Ich … da ist noch mehr. Weißt du, ich kann zu einem … Tiger werden. Ich …"

„Einem Tiger?", unterbrach ich. „Einem echten?" Sobald ich diese Frage ausgesprochen hatte, hätte ich sie am liebsten nie gesagt. Ich kam mir dumm vor. *Natürlich ein echter, Rina!*, dachte ich. *Was soll es denn sonst sein? Einer aus Plastik?*

„Zeigst du ihn mir?", fragte ich atemlos, erreichte jedoch nur, dass Criff ein paar Schritte zurückwich, den Rücken zu mir gedreht.

„Nein!", antwortete er dabei. „Das ist zu gefährlich. Ich habe Angst, ich könnte dir wehtun." Weil ich nichts sagte, drehte er sich wieder zu mir um. Sein Blick war fragend. Gequält. „Alles in Ordnung?"

„Klar, in Ordnung. Das ist nur alles so unglaublich … abgefahren. Ich habe das Gefühl, ich träume, aber ich tue es nicht."
Ich rieb mir die Stelle an meinem Arm, wo ich mich wenige Augenblicke vorher selbst gekniffen hatte.

„Das ist alles, was du dazu sagst? Abgefahren?", fragte Criff, drehte sich nun gänzlich zu mir um und zog eine Augenbraue hoch.

„Ja! Ich meine, das ist es doch. Abgefahren! Was soll ich denn sonst sagen?"

„Na ja, du … ich hab dir … gerade gesagt, was ich bin … ich meine …", stammelte er, aber ich unterbrach ihn.

„Na und?" Er stockte und sah mich an, unsicher, skeptisch.

„Na und?" Ich nickte. „Aber …"

„Nichts *Aber*, Criff! Das ändert doch nichts an dir! Ich meine, du bist noch immer ein- und dieselbe Person! Ich hab dich kennengelernt, ich hab dich lieben gelernt, daran ändert sich doch nichts, weil du … na ja, weil du Flügel hast … oder … oder ein Tiger bist. Ich meine, natürlich ist es überraschend und so, aber … also, andere Dinge sind auch überraschend und meistens ändert sich doch danach auch nicht viel mehr."

Sein Gesichtsausdruck wechselte in Unglauben. „Ich denke, ich lese einfach zu oft Fantasy-Geschichten. Ich bin anscheinend ein paar Mal zu oft mit Elfen um die Wette gelaufen."

„Du musst wissen", begann er, „wenn ich wütend werde, so wütend, dass meine Augen komplett gelb sind, solltest du mir nicht zu nahe kommen. Ich bin dann unberechenbar und habe mich nicht mehr unter Kontrolle. Dann bricht das Tier quasi aus mir heraus und schaltet mein Gehirn ab. So in etwa kann man das beschreiben. Ich weiß dann nicht mehr, was ich tue. Also versprich mir, wenn es jemals so weit kommen sollte, dass du dich von mir fernhältst und mich im Anschluss nicht dafür strafen wirst. Dir etwas anzutun oder dich zu verlieren, weil ich mich nicht kontrollieren konnte … das würde ich mir nie verzeihen."

„Hey!" Ich strich mit der Hand durch sein Haar. „Keine Sorge! Ich habe dich noch nie so richtig wütend gesehen und ich kenne dich jetzt schon einige Zeit. Ich weiß, wie du in Wirklichkeit bist. Ich werde keine Angst haben, nicht vor dir. Okay? Also mach dir darüber mal keinen Kopf. Und überhaupt, wann wird jemand schon mal so wütend, dass er alles andere um sich herum ignoriert. Eigentlich nie! Also hör auf, dir über Dinge Gedanken zu machen, die nicht eintreffen, und sei einfach du selbst. So wie bisher auch, okay? Ich will hier keine Drama-Geschichte hören, bei der du mir sagst, dass du dich jeden Tag beherrschen musst, um mich nicht zu töten. Das ist doch Schwachsinn! Und dass du dich von mir fernhalten willst, weil ich dann sicherer bin. Wäre es so, hättest du es mir früher gesagt. Aber du hast es nicht gesagt. Oder hättest du es darauf ankommen lassen? Und jetzt rufen wir am besten Magnum an, damit er weiß, dass du hier bist und dann …"

„Nein!", unterbrach er mich und ich stutzte.

„Nein?", fragte ich vorsichtig nach. „Wieso nein? Er macht sich Sorgen um dich. Er hat so unglaublich zerbrechlich ausgesehen."

„Ich weiß, es ist nur … ich will ihn gerade nicht sehen. Er … ich … er soll es noch nicht wissen, dass ich es dir gesagt habe … und auch nicht, wo ich bin. Vielleicht später. Ich wollte dich eigentlich fragen, ob ich einige Zeit bei dir bleiben kann, ich … also … draußen war es schon ziemlich ungemütlich."

„Du hast draußen geschlafen? Criff! Natürlich kannst du hierbleiben. Aber überleg dir gut, ob du deinem Vater nicht

Bescheid sagen willst. Es ginge ihm dann vermutlich besser!"

„In Ordnung. Danke", sagte er nur und setzte sich erschöpft auf mein Bett. Er sah unglaublich müde aus. Ich setzte mich neben ihn, nahm seine Hand in meine und betrachtete seine Finger.

„Warum stehen unten Koffer?", fragte Criff nach einer Weile.

„Meine Eltern fahren heute Abend in den Urlaub. Sie haben erst überlegt, ob sie es abblasen, weil es mir nicht so gut ging. Aber ich war ganz froh, mal eine Zeitlang ohne nervige Fragen zu sein und in Ruhe nachdenken zu können. Ich wollte kein Spaßverderber sein. Und jetzt bist du ja auch da, also ist doch alles in Ordnung. Spyke nehmen sie auch mit."

ℰ

Criff blieb mehrere Tage bei mir und ich genoss es ungemein. Wenn ich morgens aufwachte, dann roch das Haus nach frischen Omeletts oder Brötchen und wir frühstückten im Bett. Ab und an lag er neben mir und schaute mich einfach nur an, wie ich noch neben ihm schlief. Manchmal sogar Stunden, erzählte er mir. Ich tat es auch, allerdings mitten in der Nacht. Ich strich ihm dann manchmal eine Strähne seiner Haare aus der Stirn, schaute seinen Lidern dabei zu, wie sie sich langsam bewegten und lächelte ihn an, wenn seine Augen sich öffneten und in meine sahen. Ich fragte mich oft, womit ich jemanden wie ihn verdient hatte. Es tat gut, ihn bei mir zu haben.

„Du hast dich verändert", sagte Criff irgendwann zu mir und ich wurde unsicher.

„Verändert? Wie meinst du das?"

„Im positiven Sinne. Du bist so ruhig und gelassen, du strahlst richtig. In dir kann ich das sehen, was ich tief in mir fühle. Ein Licht, so hell und warm wie die Sonne. Als ich dich die ersten Male gesehen habe, sahst du aus wie ein verschrecktes Reh am Straßenrand."

„Rehe haben keine grünen Augen", nuschelte ich leise.

„Da, wo ich herkomme, schon", antwortete er verträumt und drehte sich so, dass er gegen die Decke starrte.

„Wo kommst du wirklich her, Criff?", fragte ich nun, denn diese Frage brannte mir schon eine Weile auf der Zunge, und ich wollte es endlich wissen. Dieser Moment war die perfekte Gelegenheit.

„Ich komme aus Armania."

„Armania?" Der Ort aus Magnums Buch. Der Ort, den ich nirgendwo hatte finden können.

„Du meinst, es gibt tatsächlich eine Stadt, die so heißt? Aber wo soll das sein?"

Nun musste er lachen. „Armania ist keine Stadt, Rina. Armania ist eine Welt. Die Welt der Humanil. Meine Heimat."

„Eine Welt? Du meinst, du kommst von einem anderen Planeten? Kann man ihn von hier aus sehen?" *Rina, denk doch mal für einen Augenblick nach. Wenn es ein Planet wäre und wenn man ihn von hier sehen könnte, würde die Menschheit nicht seit Jahren das Universum nach weiteren Lebensformen abklappern müssen,* tadelte ich mich im selben Moment selbst. Dennoch wollte ich eine Antwort, also stützte ich mich auf die Ellenbogen und schaute ihn interessiert an. Er schüttelte den Kopf.

„Nicht ganz. Es ist schwer zu erklären, ich weiß es selbst nicht so genau. Aber ich weiß, dass es unsere Welt da oben nicht gibt. Man kann nicht einfach mit einer Rakete dort landen. Es ist eine Parallelwelt zur Erde. Die Humanil haben sie aufgebaut und die Humanil leben dort. Zumindest sollten sie es dort tun, alleine. Nur sie."

„Eine richtige Parallelwelt? Groß, rund, grün und blau und braun? So wie die Erde?" fragte ich nach, denn ich konnte mir noch immer nichts Genaues vorstellen.

„Ja, im groben schon. Sie ist kleiner und hat mehr Wasser als die Erde. Die Inseln sind meistens etwas grüner als hier und es gibt normalerweise keine Kriege. Zumindest gab es sie früher nie. Wir haben ähnliche Nahrungsmittel wie ihr und doch auch ganz unterschiedliche, die ihr euch noch nicht einmal in euren Träumen ausmalen könnt. Wir haben ähnliche Kleidung, mancherorts die gleiche Technik, aber manchmal auch eine ganz andere. Armania ist wie die Erde aufgeteilt in Kontinente, auch wenn ihre Anordnung etwas mysteriös ist. Wir haben eine Wüste direkt neben einer Art Nord- oder Südpol. Es ist unglaublich! Aber abgesehen davon ist Armania eurer Erde sehr ähnlich, ja."

„Du sagst, es gibt dort *normalerweise* keine Kriege. Was meinst du damit?" Das Wort hatte mich verwirrt. Es passte nicht zum Rest. Sein Gesichtsausdruck verkrampfte sich und das Lächeln verschwand.

„Wir haben Besuch von einem Menschen bekommen und er ist dabei, Armania zu zerstören. Als ich sechs war, hat er meine Familie angegriffen und viele Humanil gefangen und getötet. Bei meiner Flucht landete ich durch Zufall hier und traf auf Magnum, der einige Pflanzen untersuchte. Er nahm mich bei sich auf, glaubte mir meine Geschichte und zog mich groß. Ich habe meine Familie seitdem nie wieder gesehen, ich weiß nicht mal, ob sie noch am Leben ist." Mit einem Mal sah er unbeschreiblich traurig aus. Ich wusste nicht, was ich sagen konnte, um ihn zu trösten, also stellte ich eine neue Frage.

„Und du hast nie daran gedacht, zurückzugehen?"

„Doch", seufzte er. „Bis ich hierher kam, fast jeden Tag und jede Nacht. Ich hatte viel Zeit zum Nachdenken, weil Magnum mich immer verstecken wollte. Manchmal wäre ich gerne abgehauen, aber ich habe es nie getan. Ich habe Magnum viel zu viel zu verdanken, ohne ihn wäre ich vielleicht gar nicht mehr am Leben. Ich war früher nicht sehr gesund. Und ich kehrte nicht nach Armania zurück, weil es so gefährlich war, als ich fortging. Ich versprach jemanden, mich zu verstecken und auf mich aufzupassen. Wenn ich das Risiko eingegangen wäre, zurückzugehen, dann hätte ich mein Versprechen gebrochen, und das könnte ich mir nicht verzeihen. Und ich hatte Angst davor, was ich herausfinden könnte." Seine Stimme war immer leiser geworden, bis er letzten Endes beinahe flüsterte.

„Wieso weißt du das alles noch so genau?", fragte ich weiter. „Du warst damals so jung, wie kannst du dich an all das so gut erinnern? Ich weiß nicht mal mehr, wie mein Zimmer aussah, als ich sechs war.

„Wir Humanil ... wir ... können nichts vergessen", gestand er.

„Was?" Ich dachte, ich hätte mich verhört. „Du kannst nichts vergessen? Gar nichts?"

Er schüttelte den Kopf. „Alles, was man mir sagte, zeigte, beibrachte, ist fest in mir verankert. Ich konnte mit drei Jahren bereits schreiben, ich spreche verschiedene Sprachen, weil ich sie mir aus Lageweile in den letzten Jahren beibrachte. Ich erinnere mich an mein Zimmer, an die Gesichter meiner Freunde und Familie, an den Himmel und die Sterne. Es ist alles da, wie am ersten Tag." Ich war fasziniert und gleichzeitig machten mich diese Worte noch ein wenig trauriger. Ich kuschelte mich an ihn, schlang meine Arme um seine Brust und hielt ihn fest.

„Es tut mir so leid. Dass muss doch furchtbar sein, all diese Bilder sehen zu können und dennoch nicht zu wissen, ob sie immer noch wahr sind. So viel Zeit ohne Gewissheit. Ich weiß nicht, ob ich das durchhalten würde, nicht zu wissen, wie es meiner Familie, wie es Line geht. Oder dir. Wie schaffst du das?"

„Die ganzen Bilder sehen zu können, diese ganzen Erinnerungen, die helfen dabei. Sie lassen einem den Glauben, dass alles in Ordnung ist. Aber es war nicht einfach. Erst seit ich dich kenne, habe ich wieder einen Funken Hoffnung, ein Licht am Ende des Tunnels. Dank dir habe ich einen Grund hierzubleiben, jemand, der mir etwas bedeutet und den ich in meiner Nähe haben möchte." Mit diesen Worten schlang auch er seine Arme um mich und drückte mich gegen seinen Körper. Ich fühlte eine Träne von seinem Gesicht auf meine Stirn tropfen.

ॐ

„Criff?", sagte ich nach einer Weile, die wir schweigend ineinander verschlungen auf dem Bett gelegen hatten.

„Hmm?", brummte er leise und ich hob den Kopf.

„Rede mit Magnum. Er vermisst dich, er hat Angst um dich. Lass ihn wenigstens wissen, wo du bist. Dass es dir gutgeht. Du sagst selbst, du hast ihm viel zu verdanken. Tu ihm das nicht an." Er öffnete seine Augen und sah mich einen kurzen Moment stumm an.

„Du hast Recht. Es wäre nicht fair ihm gegenüber. Aber ich möchte, dass du mitkommst."

„Bist du sicher?", fragte ich und zog die Augenbrauen hoch.

„Zu hundert Prozent!", antwortete er.

Zusammen machten wir uns noch am Abend auf den Weg zu Magnums Haus. Von außen sah es so ruhig und unbewohnt aus, dass ich dachte, er wäre vielleicht schon ausgezogen. Doch als wir klingelten, wurde uns bereits nach kurzer Zeit die Tür geöffnet. Magnums Augen wurden erst groß, als er seinen Adoptivsohn sah, dann füllten sie sich mit Tränen und er nahm Criff in den Arm.

„Mein Junge, wo warst du denn?", fragte er leise und musterte Criff besorgt.

„Ich war … für eine Weile in der Stadt. Und dann war ich bei Rina."

„Du warst aus dem Dorf raus?" Magnums Stimme klang alles andere als glücklich über diese Neuigkeit, die Veränderung in seiner Stimme entging auch Criff nicht.

„Ja, ich war außerhalb von Wabel. Und wie du siehst, bin ich noch hier, und es geht mir gut. Es geht mir besser denn je, seit ich Rina alles erzählt habe."

„Du hast es … ihr gesagt?" Magnum war fassungslos und ich sah an seinem Blick, dass ihn diese Information wenig begeisterte.

„Ja, habe ich. Und es ist mir egal, was du davon hältst, denn ich kenne Rina und ich liebe sie und sie hat das Recht zu erfahren, was hier vor sich geht!"

„Criff, komm rein, wir besprechen das drinnen!" Magnum klang mittlerweile ziemlich wütend, doch Criff passte sich dieser Stimmung an.

„Nein Magnum, ich werde nicht kommen. Ich werde das hier mit dir besprechen, Rina wird dabei sein und du wirst das akzeptieren. Ich habe mein ganzes Leben lang alles geheimgehalten, ich will mich endlich mal jemandem öffnen. Ich will offen sein können, wie andere Menschen auch und mein Leben genießen."

„Du bist aber kein … Criff, bitte, komm rein. Allein!"

„Nein, Rina kommt mit."

Ich ging zu ihm und legte ihm meine Hand auf die Schulter. „Criff, es ist okay. Vielleicht solltet ihr das wirklich unter vier Augen besprechen. Das ist eine private Angelegenheit, und dabei habe ich einfach nichts zu suchen. Du schaffst das auch ohne mich, davon bin ich überzeugt. Womöglich sogar besser, als wenn ich dabei bin. Ich warte oben auf dem Seeberg auf dich, bis du fertig bist, okay?"

Seine Augen huschten unsicher über mein Gesicht. „Sicher?"

„Sicher!" Ich sah ihn entschlossen an. Was ich sagte, war doch wahr, bei diesem Gespräch hatte ich nichts zu suchen.

„Dann bis nachher!" Er küsste mich und ging dann an Magnum, der mich mit einem finsteren Blick ansah, vorbei und ins Haus. Magnum folgte ihm.

ॐ

Ich ließ die Beine über den Rand der Klippe baumeln und starrte auf das offene Meer, betrachtete die winzigen Boote am Horizont und die Surfer, die sich in Strandnähe tummelten. Die Möwen flogen unter mir durch die Luft und der Wind wehte mir durch das Haar. Ich wusste nicht, wie lange ich bereits dort saß, doch irgendwann spürte ich, dass sich jemand neben mich setzte. Ich blickte nach rechts und lächelte Criff glücklich an.

„Schön, nicht?", fragte ich und legte meine Hand auf seine.

„Ja."

„Ich liebe es, hier oben zu sitzen und die Zeit vergehen zu lassen. Man kann das Leben genießen, fühlt sich sicher, als ob einem nichts passieren kann. Als würde die Zeit stillstehen, bis man wieder nach unten geht und den Alltag weiterlebt. Nur hier kann ich richtig abschalten."

Ich fragte ihn nicht, wie das Gespräch verlaufen war. Wenn er es mir sagen wollte, dann sollte er das von alleine tun, ich würde ihn nicht drängen.

Unsere Füße baumelten über den Rand der Klippe, darunter war ein kleiner Felsvorsprung und dann das weite Meer. Die Wellen schlugen gegen die Felswand und ab und an spritzte das Wasser sogar bis zu uns nach oben.

„Am liebsten würde ich immer hier sitzen", seufzte ich und legte mich mit dem Rücken auf den Boden, um in den Himmel zu sehen, die nackten Füße noch immer hinunterbaumelnd. Ich merkte, wie Criff es mir gleichtat.

„Willst du wissen, was er gesagt hat?", fragte er nach einer Weile.

„Wenn du es mir sagen möchtest", antwortete ich neutral.

„Er war nicht wirklich glücklich. Dass ich in der Stadt war, nannte er unvorsichtig, dass ich bei dir war, ohne mich zu melden, nannte er egoistisch, und dass ich dir gesagt habe, wer ich wirklich bin, das nannte er dämlich." Er seufzte auf.

„Er mag mich nicht, oder? Magnum? Er hasst mich!"

„Nein!" Criff griff meine Hand und drückte sie fest in seine. „Nein, er traut nur niemandem. Er hat Angst, dass man uns verrät und all die Jahre des Versteckens sinnlos werden würden. Aber ich habe ihm gesagt, was ich davon halte. Dass ich dich liebe und dass ich weiß, dass du uns nicht verrätst. Ich habe ihm gesagt, wie sich all die Jahre mein Innerstes angefühlt hat und dass dort jetzt wieder ein Funken ist, der langsam zu einem Feuer der Hoffnung wächst. Hoffnung auf ein normales Leben in einer normalen Welt ohne Angst und ohne Verstecken. Hoffnung auf eine Zukunft. Mit dir." Er seufzte erneut. „Aber er wollte das nicht hören. Er blieb bei seiner Meinung also habe ich ihm ein Ultimatum gestellt. Entweder er akzeptiert, was wir beide haben und lässt mich in deiner Nähe bleiben, oder ich würde verschwinden und mich niemals mehr bei ihm melden."

Ich drehte mich erschrocken zu ihm um. „Criff! Das darfst du nicht! Es würde ihn zerbrechen!"

„Aber mich von dir fernzuhalten, das würde mich zerbrechen. Nochmal jemand zu verlieren, der mir so viel bedeutet, das schaff ich einfach nicht. Und er hat versprochen, es zu versuchen."

Ich wusste, was Criff da zu beschreiben versuchte. Zwar steckte bei mir nicht der gleiche Schmerz dahinter, doch ich konnte mir ein Leben ohne Criff nicht mehr vorstellen. Er war alles für mich. Alles!

# Das Abenteuer beginnt

Es hatte ein ganz normaler Tag werden sollen, stattdessen wurde er zu einem der schlimmsten Tage meines Lebens. Gemeinsam mit Line hatten Criff und ich den Tag am Strand verbracht, gegen Mittag aber musste Line zu ihrem Vater in die Praxis. Sie wollte ihm vor ihrem Studium noch ein wenig über die Schulter schauen. Criff und ich begleiteten sie bis zur Praxis, setzten unseren Weg dann aber fort, den Seeberg hinauf. Oben angekommen alberten wir verspielt mit unserem Volleyball herum und übten uns an einigen Balltricks, von denen die meisten ziemlich in die Hose gingen. Als dies bei mir wieder der Fall war, rollte der Ball den Hang hinab und ich rannte hinterher. Ich fand ihn etwas weiter unten zwischen den Ästen eines Busches. In dem Moment, in dem ich mich bückte und den Ball anhob, hörte ich einen lauten Knall, der mir das Blut in den Adern gefrieren ließ.

*Was war das? Das kommt doch von oben, wo Criff …* Ich dachte diesen Gedanken nicht zu Ende. Eine dunkle Vorahnung überkam mich, und ich rannte so schnell ich konnte den Hang wieder hinauf. Oben angekommen blieb ich abrupt stehen und starrte auf die Plattform. Da waren Leute, drei, um genau zu sein, die eine Aura ausstrahlten, die mich davon abhielt, weiterzugehen. Stattdessen fiel ich hinter einem Busch auf die Knie. Ich konnte sehen, dass es sich bei den Leuten um einen großen bärtigen Mann, eine kleine zierliche und eine große, kräftige Frau handelte. Sie hatten sich vor Criff aufgebaut, der am Rande der Klippe stand und mir zum ersten Mal ein wenig Angst einjagte. Jetzt wusste ich, warum ich ihm nicht zu nahe kommen sollte, wenn er wütend war. So hatte ich ihn noch nie gesehen. Seine Augen funkelten gelb wie die eines Adlers in der Sonne, der seine Beute entdeckt hatte, jeder Muskel seines Körpers war bis aufs Äußerste gespannt. Ich drückte den Ball fest gegen meinen Bauch, die Anspannung ließ meinen Körper unkontrolliert zittern.

„Was wollt ihr hier?", knurrte Criff.

„Wir haben den Auftrag, den Prinzen von Armania lebend zu holen", antwortete der Mann mit einer eigenartig monotonen Stimme. Als wäre er zu müde, um sich die Mühe zu machen, die Worte in der richtigen Betonung auszusprechen.

„Wer gab euch diesen Auftrag?", fragte Criff weiter, und nun antwortete ihm die kleine Frau in derselben Stimmlage wie vorher der Mann.

„Saragan Princen, unser Herr, erteilte uns den Auftrag, dich zu holen." Der Name kam mir bekannt vor. Ich hatte ihn irgendwo gelesen.

„Dann sagt eurem Herrn doch bitte einfach, dass ich derzeit nicht die Lust empfinde, diesem Auftrag zu entsprechen", antwortete Criff.

„Saragan sucht seit Jahren nach dir. Wenn du nicht freiwillig mitkommst, sollen wir dafür sorgen", leierte die große Frau daraufhin.

„Viel Spaß bei dem Versuch!" Mit diesem Worten verschwand Criff vor meinen Augen und an seiner Stelle stand nun ein riesiger, wütender und zähnefletschender Tiger am Abhang. Meine Finger krallten sich in das dicke Kunstleder des Volleyballs, als ich mit Schrecken erkannte, dass der bärtige Mann eine kleine Armbrust hervorholte, sie mit einem dicken kurzen Pfeil spannte und auf Criff zielte. „Gib dich geschlagen, dann müssen wir nicht schießen", sagte er dabei.

„Niemals!" Mit hochgezogenen Lefzen und einem tiefen Grollen in der Stimme rannte Criff, der ja nun ein Tiger war, auf die drei Angreifer zu. Mit einem Satz warf er sich auf die kräftige Frau und biss sich in ihrem Arm fest. Ich unterdrückte den Impuls aufzuschreien. Erst beim zweiten Hinsehen erkannte ich jedoch, dass Criff gar nicht nach dem Arm geschnappt hatte, sondern danach, was sich daran befand: ein dickes, silbernes Armband.

*Er will es abbeißen. Warum will er es abbeißen?*, fragte ich mich in meinem Versteck, während mir das Herz im Hals schlug. Ich hörte erneut einen lauten Knall, wie er auch zuvor ertönt war, als der Mann einen Pfeil mit der Armbrust abschoss. Er verfehlte Criff knapp. Criff biss um sich, während er zugleich versuchte, den Geschossen auszuweichen. Was er nicht merkte war, dass die drei Angreifer ihn immer weiter an den Abhang zurückdrängten. Ich war vor Angst wie gelähmt, krallte meine Finger noch tiefer in das dicke Plastik des Balles, bis sie schmerzten. *Was geht hier vor sich. Wer sind diese Leute? Was wollen sie von Criff? Sind sie aus Armania? Sind das die Leute, vor denen Criff all die Jahre geflohen ist? Wie haben sie hierher gefunden?* Meine Gedanken überschlugen sich im Sekundentakt, während ich mich hinter dem Busch zwingen musste zu atmen. Ich wollte rufen, ich wollte helfen, aber ich konnte nicht. Ich hatte so eine große Angst vor dem, was da passierte, und ich hatte Criffs Warnung im Ohr, ihm in diesem Zustand aus dem Weg zu gehen. Also blieb ich, wo ich war und presste mir den Volleyball in den Magen. Plötzlich ertönte ein neuer Knall, kurz darauf erklang das laute

Brüllen einer Raubkatze. Es hörte sich wütend an und es klang schmerzverzerrt. Mit großen Augen sah ich, wie Criff versuchte, mit seiner Schnauze einen der Pfeile aus seiner Pfote zu ziehen, doch er zerbrach in seinem Maul. Und schon schoss der bärtige Mann erneut und traf die Tigerschulter. Schwankend verwandelte Criff sich in seine menschliche Gestalt zurück und versuchte nochmals, den Pfeil aus seinem Körper zu ziehen. Doch ehe er ihn packen konnte, traf ihn ein weiterer ins Bein. Er taumelte nach hinten, doch da war nichts mehr als der Abgrund; er sah ihn nicht. Mit Müh' und Not versuchte er sich aufrecht zu halten, doch sein angeschossenes Bein knickte immer wieder ein. Und dann sah ich mit blankem Entsetzen, wie Criff ins Leere trat und aus meinem Sichtfeld verschwand. Ein lautes Knacken ließ alle Haare auf meinem Körper zu Berge stehen und ich presste mir die schmerzenden Finger vor den Mund, um nicht laut aufzuschreien.

Da erschien auch schon die stämmige Frau in meinem Sichtfeld und starrte die Plattform hinunter. In ihrer blutverschmierten Hand hatte sie nun ebenfalls eine kleine Armbrust. Sie musste sie herausgeholt haben, als ich Criff beobachtet hatte. Doch die Armbrust enthielt nicht dieselben Pfeile wie die des Mannes, sondern ein leicht ovales Geschoss, etwa so groß wie ein Hühnerei. Die Frau zielte den Abhang hinunter und entsicherte die Armbrust mit lautem Knall, noch ehe der Mann die Worte „Nicht schießen" heruntergeleiert hatte.

„Wir sollten ihn doch lebend zurückbringen!", sagte die kleine Frau.

„Nimm ihm Blut ab und dann verschwinden wir!", entgegnete die andere Frau so unbeteiligt und gelangweilt, als ginge sie das Ganze hier nichts an. Als sie sich daraufhin abwandte, konnte ich zum ersten Mal ihr Gesicht richtig sehen. Ihre Augen wirkten farblos und leer, als würde sie schlafwandeln. Ich sah, wie die kleine Frau mit einem spritzenähnlichen Gestell den Abhang hinunterkletterte und nach kurzer Zeit wieder herauf kam. Die vorher durchsichtige Kanüle war nun mit einer dunkelroten Flüssigkeit gefüllt.

Die drei versteckten ihre Waffen in zwei schmalen Taschen und verschwanden den Hang hinunter. Schon nach kurzer Zeit waren sie nicht mehr zu sehen.

Mit wackligen Beinen tauchte ich aus meinem Versteck auf. Der Ball rollte den Abhang ein Stück hinunter, doch es war mir egal. Wie in Trance ging ich auf den Abgrund der Klippe zu, starrte auf das weite blaue Meer vor mir, ehe ich es wagte, nach unten zu sehen. Was ich dann sah, ließ Übelkeit in mir hochkommen. Criff lag seltsam gekrümmt auf einem Felsvorsprung, der ihn vor dem Sturz ins Meer bewahrt hatte. Er bewegte sich nicht, seine Augen waren geschlossen, sein linker Arm stand in einem merkwürdigen Winkel ab, und er hatte überall blutende Wunden. Am deutlichsten war eine Platzwunde an der Stirn, aus der eine Menge Blut sickerte. In seinem rechten Arm und in einem Bein steckten drei Pfeile. Und von meiner Position sah es aus, als würde er nicht atmen.

*Nein! Bitte, mach, dass das nicht wahr ist. Lass mich aus diesem Albtraum aufwachen, bitte!* Mit zitternden Händen kletterte ich die Klippen bis zum Felsvorsprung nach unten. Mein Herz pochte unnatürlich laut und schnell gegen meine Rippen und ich versuchte mir einzureden, das hier wäre alles nur ein böser Traum. Aber ich glaubte mir nicht.

Vorsichtig näherte ich mich Criff, versuchte, das viele Blut an seinem Körper zu ignorieren und nach einem Lebenszeichen zu suchen. Ich sah die leichte Bewegung seines Oberkörpers und die sanfte Vibration seiner Halsschlagader.

„Criff? Kannst du mich hören?", fragte ich vorsichtig, erhielt jedoch keine Antwort. Ich hatte, um ehrlich zu sein, auch nicht damit gerechnet. Noch immer zitterten meine Hände unkontrolliert, trotzdem versuchte ich mein Handy aus der Hosentasche zu holen und es nicht fallenzulassen, während ich Henrys Nummer wählte.

Während das Freizeichen in meinem Ohr widerhallte, setzte ich mich mit wackeligen Beinen auf den Boden des Felsvorsprungs, lehnte meinen Rücken gegen den harten Stein der Felswand und unterdrückte den Schwindel und die Übelkeit, die das viele Blut bei mir auslösten. Ich dachte, ich stünde zu sehr unter Schock um zu weinen, aber als ich Henrys vertraute Stimme hörte, brach ich in Tränen aus.

„Henry? K-k-kannst du bitte zum S-S-Seeberg kommen? Es ist Cr-Cr-Criff. Er bewegt sich nicht u-u-u-und er blutet so stark!", schrie ich fast ins Handy, während mir Tränen an den Wangen herunterrannen.

„Rina? Bist du das? Wieso blutet Criff? Was ist passiert?", fragte Henry zurück, aber ich schrie nur: „Er ist die Klippe hinuntergefallen. Ich weiß nicht, was ich machen soll. Hier ist alles voller Blut, er bewegt sich nicht. Ich hab so unglaubliche Angst, Henry. Hilf mir!" Ich war mit den Nerven am Ende, wusste nicht, ob ich Criff anfassen oder liegenlassen sollte. Wenn er doch wenigstens die Augen aufmachen würde. Seine warmen Augen würden mir vielleicht Mut und Kraft geben, so wie sie es immer taten.

„Ich bin schon unterwegs, Rina! Rühr dich nicht von der

Stelle!" Mit diesen Worten beendete Henry das Gespräch und ich ließ schluchzend das Handy sinken.

Als ich meinen Blick erneut zu Criff drehte, fielen mir die drei Pfeile wieder auf. Langsam tastete ich mich heran, versuchte das plötzlich auftauchende laute Fiepen in meinen Ohren zu unterdrücken und packte nach und nach die Pfeile mit meiner Hand. Der zerbrochene war etwas schwieriger herauszuziehen, doch ich schaffte es mit einem kräftigen Ruck. Dort, wo die Pfeile gesteckt hatten, waren nun neue blutige Wunden entstanden. Ich lehnte mich zurück an die Felswand, kniff die Augen zusammen und versuchte, durch zwanghaft langsames Atmen das Flimmern und Fiepen in mir zu vertreiben. Die Pfeile lagen nun in meiner Tasche. Ich wollte, dass Magnum sie sich ansah.

∽

„Rina? Bist du in Ordnung?" Ich blickte nach oben, als ich Henrys ruhige Stimme hörte und versuchte zu antworten, aber es kamen nur ein paar gurgelnde Laute aus meiner Kehle, also ließ ich es bleiben und nickte.

„Ich schicke welche mit einer Trage runter, schaffst du es allein nach oben oder brauchst du Hilfe?"

Weil ich immer noch nicht antworten konnte, stand ich auf und begann langsam die Felswand nach oben zu klettern. Henry half mir beim letzten Stück.

„Was habt ihr euch dabei gedacht? Es ist gefährlich hier oben. Ihr wisst, dass es verboten ist, hierherzukommen!", hielt Henry mir eine Standpauke, hörte aber sogleich damit auf, als er mein blasses Gesicht und meine verkrampfte Körperhaltung sah.

„Line ist dabei, am besten gehst du zu ihr und lässt dich checken, in Ordnung? Ich regle das hier."

Während Henry die Trage und zwei Sanitäter nach unten auf den Felsvorsprung schickte, ging ich über die Wiese zu Line hinüber. Sie nahm mich sogleich in den Arm.

„Oh Gott, Rina. Du bist total blass. Setz dich hin!", sagte Line, sobald ich sie erreichte. Ich hörte nicht auf ihre Worte, sondern schlang meine Arme um ihren Hals und vergrub den Kopf in ihrer Halsbeuge, während erneut die Tränen über meine Wangen flossen. Meine Knie gaben unter mir nach, doch Line stützte mich und ließ mich sanft auf den Boden sinken.

Als ich schnelle Schritte an uns vorbeilaufen hörte, blickte ich auf. Criff lag auf einer Trage und die Sanitäter eilten mit ernstem Blick an uns vorbei. Ich versuchte aufzustehen und ihnen zu folgen.

„Geht es?", fragte Line und ich nickte, hielt mich aber trotzdem an ihrem Arm fest, weil mir etwas flau im Magen war.

Im Krankenhaus begegneten wir Magnum, der von Henry informiert worden war. Immerhin war er Criffs Ziehvater und somit seine einzige Kontaktperson. Ich hatte Henry unterwegs die Telefonnummer gegeben. Zusammen mit Criff und den Sanitätern verschwand Magnum eilig in einem Zimmer, während Line mich in einen Untersuchungsraum brachte.

„Leg dich auf die Liege, du kannst derzeit sowieso nicht viel machen. Henry wird wissen, was zu tun ist, okay? Ich hol dir was zu trinken und sag unterwegs einem Sanitäter Bescheid, der nach dir sieht", sagte Line und drückte mich sanft auf die Untersuchungsliege.

„Nein, ist schon gut. Alles okay", flüsterte ich leise, erntete aber nur einen skeptischen Blick. „Verarsch dich nicht selber, Rina!", entgegnete sie, ehe sie aus dem Zimmer verschwand. Ich wollte mich nicht hinlegen, wollte nach Criff sehen, wissen, wie es ihm ging. Doch noch ehe ich richtig aufgestanden war, wurde mir schwindlig und ich sank auf die Liege zurück.

„Hey, schön liegenbleiben, sonst fällst du mir noch um. Ich dachte, Line übertreibt, als sie sagte, dir ginge es nicht gut, aber du siehst wirklich übel aus." Ich öffnete die Augen und blickte in das freundliche Gesicht von Kai, einem kräftigen jungen Mann, nur wenig Jahre älter als Criff. Er war einer der Auszubildenden von Henry und ich kannte ihn von den Tagen, als ich mit Line bei der Essensausgabe half.

„Brauchst du eine Decke?", fragte er fürsorglich, und erst zu diesem Zeitpunkt merkte ich, dass längst nicht mehr nur meine Hände zitterten. Auf meiner Stirn und in meinem Nacken hatte sich kalter Schweiß gebildet und verursachte mir eine Gänsehaut. Noch bevor ich antwortete, legte Kai bereits vorsichtig eine warme Wolldecke um mich. Wenige Augenblicke danach kehrte auch Line zurück. In der einen Hand eine Apfelschorle, in der anderen ein trockenes Brötchen.

„Hier, gegen den Schwindel", sagte sie und hielt mir den Becher hin. Vorsichtig setzte ich mich auf, lehnte den Rücken gegen die Wand und nahm einen Schluck von der Apfelschorle. Sie hinterließ einen merkwürdigen Geschmack in meinem Mund, doch die Fruchtsüße ließ das Schwindelgefühl tatsächlich ein wenig verschwinden. Das Brötchen legte ich nach einem Bissen allerdings wieder zur Seite, es pappte in meinem Mund und trocknete ihn aus.

„Achtung Rina, es wird jetzt kurz ein wenig hell", sagte Kai und kam mit einer kleinen Taschenlampe auf mich zu, um mir damit in die Augen zu leuchten.

„Tut mir leid, aber ich muss dich aufgrund des Schocks auf deine Reflexe testen. Geht auch ganz schnell." Ich ließ die wenigen, harmlosen Tests über mich ergehen, dann ließ Kai uns auch schon wieder alleine.

„Was ist passiert?" fragte Line, sobald Kai die Tür hinter sich geschlossen hatte, und setzte sich neben mich. Anstatt Lines Frage zu beantworten, sagte ich nur leise: „Ich möchte zu ihm."

„Bist du sicher? Du bist immer noch so blass. Vielleicht solltest du noch etwas warten."

„Bitte Line! Ich möchte ihn sehen!" Sie zögerte, nickte dann aber doch und half mir, aufzustehen. Den kurzen Weg über den Flur spürte ich ihre Blicke auf mir, damit sie handeln konnte, sollte mir erneut schwindlig werden.

Vorsichtig öffnete ich die Tür, durch die zuvor Henry und die anderen verschwunden waren, wäre aber am liebsten gleich wieder umgedreht. Criff lag in einem Krankenbett, überall standen Geräte, die ein hässliches Piepen verursachten und durch Schläuche mit ihm verbunden waren. Henry hatte sich bereits um alle großflächigen Wunden gekümmert. Der gebrochene Arm war eingerenkt und geschient worden, die Platzwunde am Kopf von einem großen Pflaster verdeckt und die Schrammen am Körper mit Verbänden umwickelt. Es war einfacher ihn anzusehen, wenn nicht überall Blut klebte. Magnum stand neben Criff und wischte das restliche Blut aus seinen Haaren, während ich sehen konnte, wie sich das Pflaster auf der Stirn wieder rot färbte. Außer ihm und Criff war niemand im Zimmer.

„Kannst du uns kurz alleine lassen, Line?", wandte ich mich an meine Freundin. Sie sah mich besorgt an, nickte dann aber und verließ den Raum. „Wenn was ist, ruf mich einfach, okay? Ich bin gleich nebenan."

„Du solltest nach Hause gehen, Rina", sagte Magnum ausdruckslos, sobald die Tür hinter Line geschlossen war. Ich schüttelte den Kopf, sah den sturen Blick von Magnum, hielt ihm jedoch stand. Hier lag mein Freund, ich würde hierbleiben und niemand würde mir das verbieten.

„Was ist auf dem Seeberg passiert?" Mit verschränkten Armen sah er mich an, der Blick noch hasserfüllter als an dem Tag, an dem ich ihm verraten hatte, dass ich das Notizbuch gelesen hatte.

„Ich weiß es nicht", flüsterte ich und trat etwas näher an Criffs Bett ran.

„Lüg mich nicht an, Rina! Natürlich weißt du, was da oben vor sich gegangen ist. Immerhin warst du doch mit ihm zusammen. Ich weiß nur, dass seine Wunden längst geschlossen sein müssten und ich verstehe nicht, wieso das nicht der Fall ist. Wieso er nicht bei Bewusstsein ist. Seine Selbstheilung müsste längst eingesetzt haben!" Magnum war immer lauter geworden und hatte angefangen, unruhig hin und her zu laufen.

„Selbstheilung?", fragte ich vorsichtig nach, weil ich dachte, ich hätte mich verhört.

„Ja, Criff kann sich selbst heilen. Wie sonst hätte er als Kind all das überleben können? Aber ich weiß nicht, warum es jetzt nicht funktioniert. Rina, was ist da oben auf dem Berg passiert?"

„Ich … Wir haben Ball gespielt und als der Ball weggeflogen ist, bin ich los und habe nach ihm gesucht. Plötzlich habe ich einen lauten Knall gehört und bin zurückgelaufen, und auf einmal waren so komische Leute auf der Plattform, die wollten, dass Criff mit ihnen geht. Aber er wollte nicht und dann hat er sich in einen Tiger verwandelt und versucht, ihnen so komische Armbänder abzubeißen, und dann haben sie auf ihn geschossen. Als sie ihn getroffen haben, ist er getaumelt und die Klippe hinuntergefallen, aber sie haben trotzdem noch einmal auf ihn geschossen. Schließlich haben sie gesagt, er sei tot, haben ihm Blut abgenommen und sind einfach gegangen. Ich weiß nicht, was das alles bedeutet, Magnum. Aber ich habe die Pfeile mitgenommen, die sie auf ihn geschossen haben." Ich beendete meine kurze Erzählung und holte die drei Pfeile aus meiner Tasche.

„Das sind Betäubungspfeile." In diesem Moment, als Magnum das sagte, betrat Henry eilig den Raum. Magnum ließ die Pfeile in seiner Tasche verschwinden.

„Ich verstehe das nicht, was ist das für ein Zeug. Ich muss es mir nochmal ansehen. Rina, am besten gehst du nach draußen", wandte sich Henry an mich, aber ich schüttelte den Kopf und blieb, wo ich war. Henry ließ das unkommentiert und wandte sich Criff zu, schob die Decke weg und legte den Brustkorb von Criff frei. Mein Herz begann wieder schneller zu schlagen, als ich sah, was Henry solche Sorgen bereitete. In Criffs Brust klaffte eine große Wunde, ein riesiges, blutiges Loch. Und von diesem Loch bahnten sich feine, grüne Linien ihren Weg. Henry betrachtete die Wunde sorgenvoll.

„Ich werde sofort eine Notoperation veranlassen, da steckt irgendwas drin." Ich schluckte den dicken Kloß, der sich in meinem Hals gebildet hatte, mühsam hinunter.

Henry verließ den Raum erneut, um die Operation vorzubereiten.

„Du solltest jetzt nach Hause gehen und dich ausruhen, das war nicht einfach für dich. Ich werde dir Bescheid sagen, wenn sich hier etwas tun sollte", wandte sich Magnum nun, da wir alleine waren, wieder an mich.

„Nein, ich bleibe heute Nacht hier!", sagte ich, fügte dann jedoch noch ein „Bitte!" hinzu. Ich sah, wie Magnum mit sich haderte, er sah zwischen mir und Criff hin und her und willigte schließlich ein.

„Ich kann es dir eh nicht verbieten", sagte er noch, ehe auch er den Raum verließ.

Zitternd setzte ich mich neben Criffs Bett auf einen Stuhl und nahm seine Hand fest in meine. Ich sah ihn lange an. Er sah so zerbrechlich aus, so schwach und so klein. Ganz anders als der Criff, den ich kennengelernt hatte, der so stark und selbstsicher war, so viel Wärme ausstrahlte. Lines Stimme durchbrach meine Gedanken.

„Tut mir leid, Rina. Mein Vater sagt, ich soll dich holen und bei dir bleiben, während sie ihn operieren." Ich nickte, wandte mich aber trotzdem noch einmal zu Criff um und hauchte ihm einen Kuss auf die Lippen.

„Ich warte auf dich", flüsterte ich und folgte Line den Gang hinunter in den Aufenthaltsraum.

„Und du bist sicher, dass du nicht nach Hause fahren willst?", fragte Line, während wir warteten. Ich nickte. „Ich kann nicht. Es wäre nicht richtig."

ℰℭ

Die Operation dauerte ziemlich lange und ich schlief irgendwann auf meinem Sessel ein. Line weckte mich durch ein leichtes Rütteln an der Schulter.

„Sie sind fertig. Ich dachte, du willst vielleicht bei ihm sein", sagte sie leise. Langsam hievte ich mich hoch.

Criff roch nach Desinfektionsmittel und lag ziemlich blass in seinem Bett, Magnum saß auf einem Stuhl daneben. Ich starrte eine Weile auf den Rhythmus von Criffs Herzschlag, den ich auf einem Computer verfolgen konnte. Irgendwann stand Magnum auf und verließ das Zimmer, draußen war es bereits dunkel. Ich saß noch lange in dem Zimmer und hielt Criffs leblose Hand in meiner.

§

Als ich am nächsten Morgen aufwachte, spürte ich eine sanfte Bewegung an meiner Wange. Ich hob träge den Kopf und blinzelte ins Sonnenlicht. Dann realisierte ich, woher das Gefühl in meinem Gesicht stammte und setzte mich ruckartig auf. Criff sah mich mit seinen warmen Augen an und lächelte müde.

„Hey, Schmetterling", sagte er mit rauer Stimme. „Hast du die ganze Nacht hier gesessen? Das hättest du nicht tun müssen."

„Natürlich hätte ich das. Ich hab mir so große Sorgen gemacht. Wie fühlst du dich?"

„Ging schon mal besser." Er versuchte zu lachen, verzog dann aber schmerzhaft das Gesicht.

„Was ist passiert? Ich weiß nur noch, dass da diese Leute auf dem Berg waren und ich hatte Angst, sie hätten dir etwas getan. Und plötzlich wurde es dunkel."

„Sie haben mit Betäubungspfeilen auf dich geschossen und drei davon haben dich getroffen. Du bist nach hinten gestolpert. Und dann … dann … bist du einfach runtergefallen!"

Ich spürte, wie meine Stimme zu zittern begann, also machte ich eine Pause und versuchte ein paar Mal tief durchzuatmen, ehe ich weitersprach. „Du bist auf dem kleinen Felsvorsprung gelandet. Einer von ihnen hat dich mit einer komischen Kugel beschossen. Sie erklärten dich für tot. Henry hat dich operiert, um diese Kugel aus deinem Körper zu holen. Criff, wer waren diese Leute? Was wollten die von dir?"

„Ich denke, es waren Black Burner." Auf meinen fragenden Blick reagierte er mit einer Erklärung. „Die Black Burner haben damals dafür gesorgt, dass ich meine Welt verlassen musste – und seitdem bin ich vor ihnen auf der Flucht. Sie tragen alle silberne Armreife, durch welche ihr Wille gesteuert wird. Sie sind Humanil, genau wie ich, aber sie wissen nicht, was sie tun. Sie werden ausgewählt, um ihresgleichen einzusperren oder sogar zu töten."

„Das ist furchtbar! Wie kann man denn so grausam sein? Und, du bist doch so lange erfolgreich geflohen, wie kommt es, dass sie dich plötzlich gefunden haben? Und woher wissen sie, wo sie suchen müssen?" fragte ich und sah Criff mit großen Augen an.

„Vermutlich hatte diese ganze Umzugsgeschichte mit Magnum doch etwas Gutes. Wie sie mich aufspüren konnten, weiß ich nicht", antwortete er leise und schloss müde seine Augen. Ich schaute ihm eine Weile dabei zu, wie sich sein Brustkorb hob und senkte, seine Hand fest in meiner.

Als sich die Zimmertür öffnete und Magnum hereinkam, schreckte ich auf. „Wie geht es ihm?", fragte Magnum und sah mich mit strengem Blick an.

„Besser, denke ich. Er war eben wach und hat mit mir geredet. Er sagt, diese Menschen auf dem Seeberg wären Black

Burner gewesen. Manipulierte Humanil, die ihn damals aus Armania vertrieben haben und vor denen ihr auf der Flucht wart. Jetzt weiß ich auch, warum du mir so wenig traust. Du hattest Angst, ich würde euch verraten. Dass ich etwas herausfinden könnte und Aufsehen errege. Stimmts?" Die Art und Weise, wie sich seine Mimik veränderte, bestätigte meinen Verdacht.

„Ich geh mir einen Kaffee holen, möchtest du vielleicht auch was?", wich Magnum meiner Frage aus.

„Nein danke", antwortete ich nur und sah Magnum dabei zu, wie er sich erneut zum Gehen wandte.

„Nun gut", sagte er und zog die Tür hinter sich zu. Im selben Moment spürte ich plötzlich einen stärkeren Druck an meiner Hand. Criffs Hand krampfte sich zusammen und drückte zu. Panisch schrie ich auf. Criffs Augen waren weit aufgerissen und gelb, sein Körper bis auf den letzten Muskel angespannt und die Zähne fest aufeinander gepresst. Sofort ging die Tür wieder auf und Magnum stürmte, gefolgt von Line, ins Zimmer.

„Magnum, was passiert hier?", schrie ich, während Magnum Criffs Oberkörper bereits gegen das Bett zu drücken versuchte. Criffs Kopf drehte sich hektisch von links nach rechts und zurück.

„Keine Ahnung!", brüllte er als Antwort auf meine Frage, riss Criff die Decke vom Körper und hob das T-Shirt so weit an, dass er das Pflaster auf seiner Brust sehen konnte. An dessen Rand befanden sich giftgrüne Linien.

„Das kann nicht sein. Wir haben die Kapsel entfernt, das Gift kann sich nicht weiter ausbreiten. Das ist doch nicht möglich!", redete Magnum mehr mit sich selbst als mit uns.

„Tut irgendwas, er hat Schmerzen!", brüllte ich lauthals, während Line etwas anderes sah.

„Magnum, reich mir die Maske hinter seinem Bett und dreh den Verschluss nach rechts, er bekommt keine Luft!" Ehe ich mich versah, hatte Magnum ihr die Atemmaske gegeben und die Luftzufuhr aktiviert. Line versuchte, die Maske über Criffs Mund zu stülpen, doch sein Kopf bewegte sich noch immer ruckartig hin und her, während sich sein Oberkörper aufbäumte. Ich hatte bisher einfach nur dagestanden und auf das gestarrt, was hier gerade passierte. Doch als ich Lines verzweifeltes Gesicht sah, gab ich mir einen Ruck und versuchte, seinen Kopf zu fassen zu bekommen, indem ich eine Hand an seine Schläfe presste.

„Criff, hör mir zu! Ich bin bei dir, hörst du? Magnum, Line und ich sind bei dir und versuchen dir zu helfen, aber dafür musst du still liegenbleiben. Ich weiß, dass du Schmerzen hast und dass sie unerträglich scheinen, aber du musst versuchen dagegen anzugehen, hörst du? Du darfst dich nicht von ihnen steuern lassen. Ich weiß, dass du das kannst!" Sein Kopf versuchte noch immer hin und her zu zucken, sein Brustkorb bäumte sich erneut auf und er brüllte vor Schmerz. Magnum presste noch kräftiger Criffs Schultern zurück auf die Matratze.

„Komm schon, Criff! Ich weiß, dass du das kannst. Tu es für mich, bitte!", rief ich nun lauter, um gegen sein Schreien anzukommen.

„Bitte! Für mich!" Ich wurde leiser, legte all meine Verzweiflung in diese drei Worte und spürte schließlich, wie Criff gegen den Schmerz anzugehen versuchte. Seine Zähne bissen krampfhaft aufeinander, sein Körper zuckte, doch der Griff um meine Hand wurde weicher. Es steckte weniger Kraft dahinter. Und dann, ganz plötzlich, war der Anfall vorbei. Einen kurzen Moment waren seine Augen wieder in dem ursprünglichen, warmen Orange und ich hatte das Gefühl, er blickte mir direkt in die Seele.

„Rina …", flüsterte Criff so leise, dass ich ihn kaum verstand, ehe sich seine Augen schlossen und er das Bewusstsein verlor.

„Alles ist okay, Criff. Ich bin hier, hörst du? Es ist alles gut!", redete ich auf ihn ein und löste langsam seine Hand von meiner, während Magnum die Schultern seines Adoptivsohnes losließ und Line endlich die Atemmaske über seinen Mund legen konnte.

Ich spürte die Blicke von Magnum und Line auf mir, schaute aber nicht zurück. Stattdessen starrte ich auf das blasse Gesicht meines Freundes. Erst als die Zimmertür aufging und Henry hereinkam, sah ich auf. In seiner Hand befand sich ein Klemmbrett, das er stirnrunzelnd musterte. Seine Stirn hatte tiefe Furchen.

„Was ist los, Pa?", fragte Line vorsichtig.

„Ich weiß es nicht, ich verstehe es einfach nicht. Das, was da in seiner Brust steckte, kenne ich nicht. Dieser Wirkstoff ist mir unbekannt. Aber er wirkt sich auf Criffs Blut aus, zerstört es von innen und verhindert, dass sich der Körper regeneriert. Die Medikamente, die wir bereits testen können, reagieren überhaupt nicht, die anderen werden eine Weile brauchen, bis Ergebnisse sichtbar sind. Ich habe das Gefühl, irgendetwas ist faul an der Sache, aber ich weiß noch nicht, was es ist. Tatsache ist, dass die Operation die Vergiftung des Körpers zwar verlangsamt, aber nicht gestoppt hat und ich weiß nicht, wie wir das Gift aus seinem Körper bekommen. Es fließt unheimlich langsam und bahnt sich einen gezielten

Weg. In unseren Proben bewegt es sich gar nicht, in Criffs Körper hingegen wächst es immer weiter. Wenn ich nicht bald herausfinde, was es mit diesem Gift auf sich hat und etwas finde, was dagegen hilft, dann weiß ich nicht, was ich noch tun soll. Es tut mir leid, Rina. Es tut mir leid, Magnum. Ich werde mein Bestes geben, aber ich fürchte, diesmal reicht es nicht. Dafür reicht die Zeit nicht aus."

Der grüblerische Blick war aus Henrys Gesicht gewichen und einem Blick voller Qual, Unsicherheit und Trauer gewichen. Ich starrte ihn mit großen Augen an. *Das kann nicht sein. Henry ist Arzt, er muss doch wissen, was man da machen kann. Es muss doch ein Medikament, eine Lösung geben, mit der man Criff helfen kann!*, dachte ich verzweifelt und schaute unruhig zwischen all den stummen Gesichtern hin und her.

„Ich muss nach meinen anderen Patienten sehen", unterbrach Henry irgendwann die Stille und ging aus dem Zimmer. Noch immer standen wir alle unbeweglich. Line war die erste, die die drückende Stille brach.

„Kann man da denn wirklich gar nichts tun?"

„Es gibt ein Mittel, aber nicht hier", antwortete Magnum mit ernster Miene.

„Im Ernst? Dann los, wir müssen es Henry sagen! Je schneller er das Medikament besorgen kann, desto besser!" Line griff bereits nach dem Türgriff, ließ ihn jedoch los, als auch ich eine Frage an Magnum stellte. „Was meinst du mit *nicht hier*?"

„Weil es möglicherweise etwas in Armania gibt. Criff hat mir damals davon erzählt, als wir getestet haben, auf welche Medikamente er reagiert."

„Und was bitte wäre das?", fragte ich nach, doch nun unterbrach Line mich. „Moment! Armania? Was ist das denn?"

„Ich erkläre er dir nachher, Line, okay? Aber ich muss das jetzt wissen. Magnum, was hat Criff dir gesagt?"

„Er hat mir von einem Mittel erzählt, welches aus armanischen Kräutern gemacht wird. Es heißt Bernsteinblut und hat angeblich unglaubliche Kräfte. Doch diese Kräuter sind extrem selten zu finden, und nur ein sehr erfahrener Arzt oder Medizinmann kann es brauen, denn die Herstellung dieses Trankes ist sehr kompliziert, wenn man Criffs Worten glauben darf."

„Und, welche Wirkungsweise soll dieses angebliche Wundermittel haben?", fragte Line skeptisch, und Magnum sah sie streng an.

„Es wird aus zwei sehr seltenen Kräutern gekocht und besitzt eine etwas dickflüssigere Konsistenz, mit der von Blut zu vergleichen. Doch die Farbe ähnelt der eines Bernsteins. Daher der Name. Die Wirkung dieses Mittels ist sehr stark. Es kann das Blut der Humanil erneuern, zum Beispiel, wenn sie viel verloren haben. Außerdem kann es reinigen und entfernt jeden Fremdkörper, der sich fälschlicherweise im Blut der Humanil befindet. Es ist unglaublich stark, kein anderes Medikament hat diese ungeheure Kraft. Das ist alles, was ich weiß. Und es ist das, was ich nicht beweisen kann, denn wir haben die Kräuter nicht.

„Dann muss ich sie suchen gehen", sagte ich entschlossener, als ich mich fühlte.

„Was?", fragten Line und Magnum gleichzeitig. Ihr Gesicht spiegelte Fassungslosigkeit wider.

„Du sagst doch selbst, dass dieses Mittel die einzige Chance ist, die wir haben, um ihn zu retten. Also werde ich nach Armania gehen und das Medikament holen. Wie sollen wir es sonst bekommen?"

„Und wie stellst du dir das vor?", fragte Magnum gereizt. „Meinst du, du kannst einfach so in eine Welt spazieren, die ganz anders ist als unsere, die Criff seit 15 Jahren nicht betreten hat, weil sie so gefährlich geworden ist? Du denkst, du kannst da einfach reinspazieren, nach dem seltensten Medikament vermutlich des ganzen Universums fragen, es mitnehmen und dann einfach wieder gehen? Du weißt ja nicht mal, wo Armania überhaupt ist!" Die Verachtung aus Magnums Stimme war nicht zu überhören, aber als ich zu Criff sah und dabei Magnums Worte hörte, wurde auch ich sauer. Mit blitzenden Augen wandte ich mich ihm wieder zu. „Pass auf, Magnum. Ich weiß, dass du mir nicht hundertprozentig vertraust, okay? Aber die Sache ist, dass Criff es tut und ich denke, dass er das sehr gut einschätzen kann. Er hat mir gesagt was er ist und wo er herkommt, und es hat sich dadurch für mich nichts geändert. Der Grund, warum er jetzt hier liegt ist nicht, weil ich etwas getan habe, sondern weil du nichts getan hast. Er war wütend, er wollte endlich ein richtiges Leben haben, das du ihm nicht gegeben hast, also ist er abgehauen. Er hat mir erzählt, dass er in der Stadt etwas bemerkt hat, weshalb er zurückgekommen ist. Er hatte Recht. Jetzt liegt er hier und die einzige Chance, dass er überlebt, ist dieses Medikament aus seiner Welt. Und nichts wird mich davon abhalten, dorthin zu gehen und zu versuchen, dieses Medikament zu bekommen. Egal, was ich dafür tun muss. Denn ich werde nicht einfach nur hier rumsitzen und warten, bis alles vorbei ist. Also, entweder bist du einverstanden und hilfst mir, indem du mir alle Infos gibst, die du hast, oder ich werde es alleine versuchen. Vielleicht verliere ich dabei wichtige Zeit, aber ich habe wenigstens etwas Sinnvolles getan und nicht schon aufgegeben, obwohl es noch

Hoffnung gibt!" Ich holte Luft und spürte die drückende Stimmung im Zimmer. Sah das verschlossene Gesicht von Magnum und das verwirrte Gesicht von Line, die verunsichert zwischen mir und Magnum hin und herschaute.

„Ich muss hier raus. Aber ich sag dir eines, Magnum: Wenn du Criff so sehr liebst, wie du vorgibst, dann ist das nur ein Bruchteil von dem, was ich für ihn empfinde. Und wenn er dir etwas bedeutet, dann sagst du mir alles, wirklich alles, was du weißt und hilfst mir, ihn zu retten. Morgen gehe ich los und niemand hält mich davon ab!", fauchte ich erneut und war selbst ganz überrascht von mir. So kannte ich mich nicht. Aber in diesem Moment fühlte es sich einfach gut, einfach richtig an, all meine Wut herauszulassen. Ich stand von meinem Sitz auf, drehte mich auf der Stelle um und stapfte aus der Tür, in den Flur und aus dem Krankenhaus hinaus.

ჯე

Im Nachhinein weiß ich nicht, was mich da geritten hatte. Ich hatte keinen Plan oder überhaupt eine Idee, wie das alles funktionieren sollte und dennoch packte ich meinen alten Trekking-Rucksack voll mit Dingen, die bei einer Rettungsaktion nützlich sein könnten. Da der Rucksack nicht nur groß, sondern darüber hinaus auch wind- und wasserfest war, schien er mir für eine so ungewisse Reise durchaus optimal. Ich begann mit den allgemeinen Dingen, die man auf eine Reise mitnahm, wie eine Garnitur Wechselkleidung und eine Flasche Wasser. Ich fand sogar noch ein altes Taschenmesser und ein dünnes 1-Personen-Zelt in der Garage. An der oberen Lasche des Rucksacks befestigte ich noch einen dünnen, aufgerollten Schlafsack.

In der Nacht schlief ich nicht gut und begann nun, da der wutbedingte Adrenalinstoß nicht mehr da war, an meinem Vorhaben zu zweifeln. *Wie soll das gehen, Rina? Wie willst du denn ohne Hilfe diese unbekannte Welt finden? Da gibt es keine Tür, durch die man einfach so rein- und rausgehen kann und die für jeden offensteht,* ermahnte ich mich in Gedanken selbst, während mein Blick auf den Rucksack an der Wand fiel. Es dauerte lange, bis meine Gedanken ruhig genug waren, um mich in den Schlaf schicken zu können.

ℬ

Müde reckte ich meine steifen Glieder, meine Augenlieder fühlten sich an, als wären sie mit Beton zugemauert und ich kam nur mühsam aus dem Bett.

*Wieso machst du das,* fragte ich mich, gab mir jedoch noch im selben Moment die Antwort darauf: *Weil du ihn liebst!* Ja, ich machte es, weil ich ihn liebte, mehr als alles auf der Welt.

Nachdem ich mich im Bad frisch gemacht und angezogen hatte, sah ich mich noch ein letztes Mal im Zimmer um. Mein Blick blieb an einem Bild hängen, das über meinem Schreibtisch hing. Es war ein Bild von Criff und mir am Strand. Ich nahm es vorsichtig von der Wand und sah es mir an. Vor gar nicht allzu langer Zeit hatte Criff noch so neben mir gesessen. Gesund und munter. *Wie schnell sich Dinge verändern können und dein Leben auf den Kopf stellen,* dachte ich und steckte das Foto ein. Es bei mir zu haben, gab mir Mut.

ℬ

Criff hatte Fieber, das spürte ich sofort, als ich ihm das nasse Haar aus der Stirn strich. Doch der Rest seines Körpers war eisig kalt und bildete einen Kontrast zu seiner sonst so angenehm warmen Haut. Um das Pflaster auf seiner Stirn hatten sich kleine Schweißperlen gebildet. Ich holte ein kleines Handtuch und feuchtete es an. Während ich vorsichtig die Schweißperlen von seiner Stirn tupfte, hörte ich plötzlich seine Stimme. Sie klang rau und brüchig und kam nur schwer gegen das laute Geräusch des Atemgerätes an.

„Ich werde sterben, oder?" Mein Kopf fuhr herum zu Criffs Gesicht, aus welchem mich seine warmen Augen ansahen. Doch das sonst so leuchtende Orange wirkte stumpf und leer, seine Lider müde.

„Nein, wirst du nicht. Das lasse ich nicht zu", flüsterte ich. Dabei strich ich mit dem Daumen sanft über seine Schläfe, wie es meine Mutter bei mir als Kind immer gemacht hatte, wenn ich erkältet war.

„Es gibt hier keine Medikamente, Rina. Was die Burner hatten, war Kaktaron. Damit haben sie schon viele andere Humanil getötet. Um dieses Gift zu vernichten, braucht es mehr als nur eure Medikamente."

„Aber bei euch gibt es ein Medikament. Das Bernsteinblut. Du hast Magnum davon erzählt."

„Seit Jahren hat niemand die nötigen Kräuter gefunden. Und niemand weiß, ob es noch einen Arzt gibt, der es brauen kann. Die Burner haben dafür gesorgt, dass alles vernichtet wurde, was ihr Vorhaben scheitern lassen könnte. Ob sie wollten oder nicht." Es machte ihm Mühe so viel zu sprechen, und ich musste mich voll und ganz auf seine Stimme konzentrieren, damit ich sie über das laute Atemgerät verstand.

„Ich werde dieses Medikament finden, Criff. Ich muss nur wissen, wie ich nach Armania komme, aber das finde ich schon noch heraus. Ich gebe keine Ruhe, ehe ich nicht alle Infos von Magnum habe. Ich habe dich doch gerade erst gefunden, ich kann nicht zulassen, dass man dich mir wegnimmt und ich dich nie mehr wiedersehe." Meine Stimme klang fest und entschlossen, anders als ich es selbst von mir gewohnt war.

„Ich will nicht, dass du gehst. Es ist viel zu gefährlich in Armania." Seine Worte kamen stockend und sein Gesicht verzog sich vor Schmerz, während sich seine Hände in die Bettdecke krallten.

„Bitte, Criff! Ich kann nicht hier sitzenbleiben und dir dabei zusehen, wie du leidest. Ich kann das einfach nicht! Nach Armania zu gehen und das Medikament zu suchen, ist die einzig Chance, die ich habe, damit du bei mir bleiben kannst. Ich muss das tun! Und ich möchte, dass du das verstehst. Und dass du weißt, dass ich bei dir bin, auch wenn ich nicht ins Krankenhaus komme." Sein Blick ruhte auf meinem Gesicht. Ich sah die Angst und die Trauer in seinen Augen, die er so lange versteckt gehalten hatte. Jahrelang war er vor seiner Vergangenheit geflohen und nun hatte sie ihn doch eingeholt.

„Es ist nicht sehr weit von hier. Und du brauchst mein Medaillon", gab er schließlich nach, musste seine Worte jedoch unterbrechen. Seine Lider fielen zu, sein Körper vibrierte und verspannte sich, doch es flaute schneller ab als zuvor. Seine Augen jedoch blieben geschlossen. Ich sagte nichts. Ich saß einfach nur neben ihm und überlegte, welches Medaillon er meinte, doch ich kam nicht darauf. Criff war nicht ansprechbar, also blieb mir nichts anderes übrig, als zu

Magnum zu gehen und ihn zu fragen. Sofern Criff ihm erzählt hatte, wo sich der Eingang befand und welches Medaillon er meinte. Als ich aufstand um zu gehen, beugte ich mich ein letztes Mal über Criff und hauchte ihm einen Kuss auf die Schläfe neben das große Pflaster. Sein Mund war verdeckt von der Sauerstoffmaske.

„Ich liebe dich!", flüsterte ich und ging aus dem Zimmer.

Als ich aus dem Krankenhaus trat und mein Fahrrad aufschloss, kam mir eine keuchende Line entgegen.

„Warte!", schrie sie und blieb schnaubend mit ihrem Fahrrad vor mir stehen. Zu meiner Überraschung trug sie einen Rucksack auf ihrem Rücken.

„Line? Was machst du hier? Wofür ist der Rucksack?", fragte ich und hielt mein Fahrrad mit beiden Händen am Lenker fest.

„Na, meinst du, ich lass dich alleine losziehen? Ich komme natürlich mit dir mit!"

„Was?", fragte ich ungläubig und erntete ein genervtes Augenrollen.

„Ich komme mit dir. Wo auch immer dieses Armania liegen soll, es scheint unsere einzige Lösung zu sein. Und zu zweit ist man immer schneller als alleine. Hast du echt geglaubt, dass ich hier sitzenbleibe und warte? Dann kennst du mich aber schlecht! Also, wo geht es lang?" Ihre Augen blitzen voller Tatendrang.

„Keine Ahnung, ich wollte gerade zu Magnum und dann meine Tasche holen", nuschelte ich verlegen, doch ich war froh, dass mich meine beste Freundin begleiten wollte. Egal, wohin es ging. Mit jemandem wie Line an meiner Seite würde ich das schon schaffen. Ich musste es schaffen!

Vor Magnums Haus stellten wir unsere Fahrräder ab, doch als ich vor der Tür stand und auf die eiserne Klingel drückte, bildete sich ein dicker Kloß in meinem Hals. Die Beziehung zwischen Magnum und mir war ziemlich kühl und distanziert und ich war froh, dass Line mich begleitete, dass ich da nicht allein rein musste.

Magnums Blick, als er die Tür öffnete, war eisig, doch ich ignorierte ihn und sprach sofort aus, warum ich hergekommen war.

„Magnum, ich brauche deine Hilfe. Hat Criff dir damals etwas gesagt, wie er aus Armania hierhergekommen ist? Er sagte, es sei nicht weit von hier gewesen, mehr hat er leider nicht geschafft zu erzählen. Ach, und von einem Medaillon hat er geredet. Er meinte, ich brauche es. Kannst du mir dabei helfen?"

„Ihr solltet das lassen!", erwiderte er lediglich.

„Werden wir aber nicht! Und mit deiner Hilfe würde es um einiges leichter gehen", erwiderte ich trotzig. „Ich mache das hier nicht zum Spaß, Magnum. Ich mache das aus Liebe. Und aus Angst, ihn zu verlieren."

„Okay, okay, ich sehe schon, du bist davon nicht abzuhalten. Also dann, kommt mit in mein Labor."

Wir folgten ihm die Treppe nach unten in den Raum, in dem ich schon einmal mit ihm gewesen war. Ich wollte nicht an diesen Tag denken.

„Das hier hatte er damals bei sich", sagte Magnum, nachdem wir das Labor betreten hatten und holte eine kleine graue Stofftasche aus einer Schublade, die er auf einem notdürftig freigeschobenen Tisch entleerte. Zu sehen waren außer der

Gürteltasche ein kleines Kinderklappmesser, ein schwarzes Buch und ein Medaillon. Außerdem noch zwei Steine und eine kleine Flöte. Zögerlich betrachtete ich das dünne hölzerne Musikinstrument und drehte es in meiner Hand. Als ich es zurücklegte, fiel mein Blick auf das Medaillon.

„Ist es das? Das Medaillon, von dem Criff gesprochen hat?", fragte ich und ließ es vor meinen Augen pendeln.

„Ja, zumindest hat Criff damals behauptet, dass er damit hierher gelangen konnte. Mehr weiß ich aber auch nicht. Ihr merkt also, ich kann euch auch nicht sehr viel helfen."

„Es ist okay, danke, Magnum." Ich packte die Sachen zurück in die Tasche, das Medaillon hängte ich mir um den Hals. Es war ganz leicht und man spürte es kaum. Als ich das kleine Täschchen in meinen Rucksack packte, ich hatte Magnum gefragt, ob ich es mitnehmen dürfte, drehte sich Line wieder zu uns um. Sie hatte die ganze Zeit schweigend neben uns gestanden und ihren Blick durch das Labor schweifen lassen.

„Jetzt muss ich nur wissen, wo du Criff gefunden hast. Er sagt, es sei hier in der Nähe gewesen, wo genau war das? Irgendwo dort, wo du ihn gefunden hast, muss doch auch der Ort gewesen sein, an welchem Criff in unsere Welt kam."

„Ja, es war tatsächlich nicht weit weg. Criff hat sich gleich von diesem Ort angezogen gefühlt, weil er seine Heimat spüren konnte. Ich war dagegen, weil ich dachte, es wäre zu gefährlich. Was geschehen ist, zeigt, dass ich Recht hatte. Ich hätte ihm diese Bitte abschlagen sollen. Für euch kann das nun durchaus zum Vorteil werden."

„Nein, es war richtig, dass du ihm das ermöglicht hast. Criff hat mir erzählt, er wäre die ganzen Jahre in euren Häusern so einsam gewesen. Dass du es ihm möglich gemacht hast, seiner Heimat wieder näher zu sein, war gut, besser als alles

andere. Aber ich muss wissen, wo genau das war, Magnum."
Mein Blick wurde scharf und durchdringend und er bewirkte, dass Magnum endlich antwortete.

„Es war in einem Wald. Ich habe dort gesessen und Pflanzen gesammelt, damit ich sie analysieren kann, um sie für meine Forschungen zu verwenden. Criff kam mitten zwischen den Bäumen heraus, total abgehetzt und viel zu dünn. Dass er überhaupt stehen, geschweige denn gehen konnte – Criff war damals sechs – war mir ein Rätsel. Er ist beinahe in mich reingelaufen, so panisch rannte er durch den Wald. Als er mich sah, keuchte er. *Hilf mir,* dann kippte er um, einfach so."

„Einfach so", wiederholte Line langsam.

„Wo war das?", fragte ich Magnum weiter aus. Ich hatte das Gefühl, dass mir die Zeit davonlief.

„Es war im Silberwald, an der Grenze nach Berx."

Im Silberwald? Das war nun wahrlich nicht weit von hier, mit dem Fahrrad einfach zu erreichen. *Aber der Wald ist groß, es kann überall gewesen sein,* dachte ich, während Line meine Worte laut aussprach. „Weißt du denn ungefähr, wo im Wald das war?"

„Es war weiter mittig, man hörte etwas rauschen in der Nähe, ein Fluss oder so. Genaueres kann ich dir … euch, leider nicht sagen."

„Ist schon in Ordnung, danke Magnum." Mit Line im Schlepptau stieg ich die Treppe wieder nach oben und trat aus dem Haus.

„Na dann … bis bald", sagte ich noch, als ich bereits auf dem Sattel meines Fahrrads saß. Bevor ich jedoch in die Pedale treten und losfahren konnte, rief Magnum noch einmal meinen Namen. Ich drehte mich zu ihm um, während er auf mich zukam. Neben meinem Fahrrad blieb er stehen und streckte mir seine geschlossene Hand entgegen. Ich hielt ihm meine offene Handfläche hin und er legte mir eine kleine silberne Armbanduhr hinein. Als ich ihn fragend ansah, sagte er nur: „Melde dich mal. Ich hab sie erfunden und vielleicht funktioniert sie in Armania ja auch."

„Danke Magnum, ich werde es versuchen", erwiderte ich und zog sie gleich an, verwundert, warum ich eine Uhr von ihm mitnehmen sollte. „Wie genau funktioniert sie?"

„Du musst sie aufklappen. Anschließend wird eine Verbindung zwischen ihr und meinem Computer hergestellt. Die Uhr besitzt eine kleine Kamera, sodass ich dich sehen kann, während ich auf dem Uhren-Display erscheine. Probier es aus!" Ich klappte den oberen Teil der Uhr nach oben und blickte sogleich in Magnums Büro.

„Ich lasse den Computer immer an, damit wir sofort in Kontakt treten können", erklärte mir Magnum. Ich lächelte dankbar. Dass er mir etwas gab, um an Informationen zu kommen, freute mich und ich betete, dass es funktionieren würde. Entschlossen fasste ich den Lenker meines Fahrrads. Auf meiner linken Schulter spürte ich den Druck seiner Hand.

„Viel Glück und … beeilt euch." Ich nickte, Magnum sah so zerbrechlich aus, so viel älter. Sein Bart war länger, seine Haltung gebückter und sein Blick trauriger – irgendwie leer. Ich nickte nur stumm, und gemeinsam mit Line machte ich mich auf den Weg.


„Du hast mir noch gar nicht gesagt, was Armania genau ist. Ist das echt eine andere Welt?", fragte Line, während sie neben mir herfuhr.

„Ja, soweit ich weiß, ist Armania eine Parallelwelt zu unserer. Criff ist vor einigen Jahren hierhergekommen, weil er sich verstecken musste. Ich habe auch nur durch Zufall davon erfahren", antwortete ich. „Weißt du, Criff ist kein richtiger Mensch. Eher so eine Mischung aus Mensch und Tier. Er nennt es Humanil. Er musste damals von zuhause fliehen und wäre dabei fast gestorben. Er ist hier bei uns gelandet, und Magnum hat ihn aufgenommen. Sie haben immer abseits von allen anderen gelebt und Criff ist kaum anderen Personen begegnet, weil Magnum Angst hatte, dass seine Verfolger ihn finden. Das haben sie nun leider doch geschafft. Aber Criff meint, es sind auch Humanil und sie werden gegen ihren Willen gesteuert. "

„Ist ja abgefahren", staunte Line bloß und blickte mich mit großen Augen an.

„Meinst du, wir finden ihn? Den Eingang nach Armania? Ich meine, der ist doch bestimmt irgendwo versteckt und vielleicht kann man ihn gar nicht sehen", eröffnete Line das Gespräch erneut, nachdem wir eine Weile schweigend nebeneinander gefahren waren.

„Wir müssen es wenigstens versuchen. Ich hoffe einfach, dass Criff Magnum in der Nähe des Eingangs getroffen hat und wir ihn schnell finden", antworte ich, und wir bogen in den Wald hinein. „Ich frage mich eher, wo wir mit der Suche anfangen, wenn wir Armania erreicht haben."

Die Blätter und Bäume des Waldes wurden immer dichter, je weiter wir hineinfuhren, und das Licht der Sonne schwächer und schwächer. Die Lichtpunkte auf dem Waldweg verschwanden langsam und wurden zu grauen und dunkelgrünen Flächen, während es gleichzeitig kühler wurde. Irgendwann waren das Rascheln der Blätter an den Bäumen und das Zwitschern der auf den Ästen sitzenden Vögel die einzigen Geräusche, die zu hören waren. Es war beruhigend, durch diese Stille zu fahren. Weit entfernt hörte man das Plätschern von Wasser. *Das muss der Fluss sein, den Magnum gehört hat,* dachte ich.

„Sollen wir unsere Fahrräder abstellen, Rina? Der Wald wird immer dichter, ich denke, wir sollten zu Fuß weitergehen", riss mich Line aus meinen Gedanken.

„Ja, wahrscheinlich hast du Recht", stimmte ich zu, also lehnten wir die Räder gegen einen Baum.

„Wo sollen wir anfangen?", fragte ich Line und sah mich genauer um. Der Waldweg war hier zu Ende, wir mussten also durch den tieferen Wald gehen.

„Am besten, wir teilen uns auf. Wir sind von hier hinten gekommen", sie zeigte auf den Weg hinter uns, „also würde ich sagen, du gehst hier links entlang und ich gehe rechts herum." Sie zeigte mit der Hand in die entsprechende Richtung.

„Okay, also gut, sagen wir, in einer Stunde wieder hier?", fragte ich und als Line nickte, packte ich entschlossen die Riemen meines Rucksackes und marschierte los. Je weiter ich in den Wald hineinging, desto unebener wurde der Boden. Ich sah mir jeden Baum und jede größere Lücke genau an. Nach einiger Zeit waren meine Beine müde und die Ziffern meiner Uhr zeigten, dass die Stunde fast vorbei war. Ich legte meine Hoffnung in Line, doch als ich wieder an unserem Treffpunkt ankam, sah ich sie dort stehen, mit dem gleichen hoffnungsvollen Gesicht wie ich es hatte.

„Ich habe nichts gefunden", sagte ich. Line schüttelte bedauernd den Kopf. „Ich auch nicht. Und was machen wir jetzt?"

„Pause, würde ich sagen. Vielleicht können wir den Fluss suchen, den Magnum gehört hat. Dem Rauschen nach zu urteilen ist er nicht sehr weit. Wir könnten unsere Füße ins Wasser halten und uns überlegen, wie wir weitermachen", schlug ich vor und Line stimmte mir zu. Also machten wir uns erneut auf den Weg, diesmal gemeinsam. Je weiter wir gingen, desto lauter wurde das Rauschen des Flusses und wies uns den Weg. Das Medaillon an meinem Hals fühlte sich mit der Zeit immer schwerer an, doch es gab mir Sicherheit. Die Erde wurde feuchter und die Bäume ein wenig lichter, als wir tatsächlich auf einen breiten Fluss stießen. Ich war erstaunt, als ich die Wassermassen sah. Die Strömung war stark und trotz des klaren Wassers konnte man den Grund kaum sehen. Schaumkronen bildeten sich durch die Reibung von Wasser an kleinen Felsen. Durch die Sonnenstrahlen, die hier durch das Blätterdach auf die feinen, grauen Steinchen am Grund des glasklaren Flusses schienen, wirkte er wie flüssiges Silber. „Wow, ich hätte nicht gedacht, dass der Fluss so groß und wild ist. Guck mal, wieviel Wasser er hat", sprach Line meine Gedanken aus.

„Ich würde vorschlagen, dass wir ihn überqueren und auf der andern Seite nach einem Eingang suchen. Wenn Criff und Magnum die Wahrheit sagen, dann muss Criff doch hier irgendwo herausgekommen sein. Oder nicht? Schau mal, da vorne sind ein paar Steine, da kommen wir bestimmt rüber." Line zeigte auf eine Stelle links von uns, an der sich einige graue Steine aus der Wasseroberfläche erhoben. Sie waren feucht und voller Moos.

„Meinst du nicht, dass es irgendwo noch eine andere Stelle gibt, die sicherer ist? Der Fluss ist recht breit und die Steine nass", meinte ich mit einem skeptischen Blick.

„Ach was, da sind wir im Nu drüber. Komm schon, einfach nicht daran denken." Schon war meine Freundin losgelaufen und begann vorsichtig auf die Steine zu treten. Zögerlich setzte ich einen Fuß auf den ersten Stein, zog den zweiten Fuß nach und setzte ihn auf den folgenden Stein, während um mich herum die Strömung des Flusses Äste und Blätter mit sich riss. Ganz langsam und vorsichtig bahnte ich mir meinen Weg nach vorne. Als Line auf der anderen Seite angekommen war, drehte sie sich grinsend zu mir um.

„Siehst du? Ganz einfach! Und ich bin mir sicher, wir finden den Eingang in dieses Armania auf dieser Seite!" Ich hatte mittlerweile die Mitte des Flusses erreicht. Doch plötzlich, kurz nachdem Line das Wort Armania ausgesprochen hatte, spürte ich eine Veränderung. Das Medaillon an meinem Hals schien wärmer zu werden. Und schwerer. Ich hatte das Gefühl, als wäre es plötzlich kiloschwer und würde mit diesem Gewicht an mir ziehen, während es sich immer weiter aufheizte.

„Was ist los?", fragte mich Line, als ich stehengeblieben war.

„Keine Ahnung", antwortete ich ebenso verwundert.

Mit einem Mal fühlte sich der kleine rote Anhänger an, als hätte er die letzten Stunden in offenem Feuer verbracht.

„Aua!", rief ich und wollte mir das Medaillon vom Hals reißen, ehe es mir die Haut verbrannte, doch noch bevor ich es richtig packen konnte, spürte ich einen Ruck an meinem Hals und verlor das Gleichgewicht. Mit einem lauten Aufschrei stürzte ich in den reißenden Fluss. Prustend tauchte ich an der Wasseroberfläche auf und versuchte zu atmen, das eiskalte Wasser des Sees drückte meine Lunge zusammen, während mich Rucksack und Medaillon nach unten zogen.

„Rina! Pass auf!", hörte ich die Stimme von Line aus einiger Entfernung. Als ich mich zu ihr umdrehte, sah ich sie ein ganzes Stück entfernt von mir am Ufer entlanglaufen. Die Strömung des Flusses riss mich mit und ich versuchte verzweifelt, nicht nach unten zu sinken. Gleichzeitig griff ich nach den Steinen und Ästen, die an mir vorbeirauschten, doch ich bekam sie nicht zu packen. Immer mehr Wasser schwappte mir ins Gesicht und ich musste hustend nach Luft schnappen. Das kalte Wasser ließ meine Glieder steif werden und das Gewicht von Rucksack und Medaillon zogen immer mehr nach unten.

„Hilfe! Line, hilf mir!", brüllte ich, wann immer ich die nötige Luft dazu hatte, schluckte jedoch gleichzeitig auch immer mehr Wasser. Hektisch versuchte ich ans Ufer zu paddeln, doch immer, wenn ich es beinahe erreicht hatte, machte der Fluss eine Kurve und katapultierte mich so wieder zurück in seine Mitte.

*Ich kann nicht mehr!,* dachte ich ängstlich und bemühte mich weiterhin, an der Wasseroberfläche zu bleiben. Mit einem Mal wurde es dunkler. Dicke Wolken schoben sich vor die Sonne, das lauter werdende Rascheln des Windes in den Blättern vermischte sich mit dem Rauschen des Flusses und verschluckte alle anderen Geräusche der Umgebung. Dann entdeckte ich einen See in meinem Blickfeld. Wie flüssiges Silber lag er vor mir, umgeben von einem schmalen Ufer aus silbrigem Sand, in der Mitte ein reißender Strudel.

„Rina!", hörte ich Line meinen Namen rufen, während ich den See erreichte und von dem Strudel angezogen wurde. Ich hatte das Gefühl, das Medaillon würde mich erwürgen, so stark zog es mich an meinem Hals voran. Ich sah noch, wie Line das Ufer erreichte und in den See sprang. Dann hatte mich der Strudel verschluckt und ich verlor das Bewusstsein.

Als ich meine Augen wieder öffnete, lag ich mit dem Gesicht nach oben im Sand. Blinzelnd blickte ich in einen strahlend blauen Himmel und spürte die angenehme Wärme der Sonne auf meiner Haut. Meine Brust hingegen brannte von dem vielen Wasser, das ich geschluckt hatte. Vorsichtig setzte ich mich auf, meine Glieder taten weh und meine Kleidung und Haare klebten mir nass am Körper. Ich tastete nach dem Medaillon an meinem Hals, das nun wieder kalt und federleicht war. Gleich neben mir lag mein Rucksack. Um mich zu orientieren und herauszufinden, was passiert war, sah ich mich um. Der Sand, auf dem ich lag, war nicht grau, sondern er bestand aus vielen winzigen schwarzen und roten Steinchen, der See neben mir schimmerte nicht silbern, sondern lila, und die Bäume um mich herum waren irgendwie … größer. Von einem Felsen auf der gegenüberliegenden Seite des Sees kam ein Wasserfall herunter und wirbelte die Wasseroberfläche leicht auf. Ich konnte mich nicht erinnern, einen Wasserfall gesehen zu haben. Erneut ging mein Blick zu den großen Bäumen, die sich zu einem Wald vereinten. Doch es war nicht der Wald, durch den Line und ich gelaufen waren, da war ich mir sicher. Die Bäume hier waren gigantisch, ihre Wipfel schienen bis zu den Wolken zu reichen, die hellbraunen Stämme waren breit und kräftig. Mit einem Mal schoss ein Gedanke in meinen Kopf, der mein Herz beinahe einen Salto schlagen ließ.

*Wir sind da. Es kann nicht anders sein. Hier sieht alles anders aus.*

*Alles! Es muss so sein! Wir haben den Eingang gefunden. Der See war der Eingang und das Medaillon der Schlüssel. Wir sind da! Wir sind in Armania! – Wo ist Line?*

Suchend sah ich mich nach meiner Freundin um. Ich war mir sicher, dass sie hinter mir her in den Strudel gesprungen war, also musste sie hier irgendwo sein. Tatsächlich sah ich sie nur wenige Meter von mir auf dem Boden liegen und sich gerade langsam aufsetzen.

„Line", rief ich, stand auf und ging auf sie zu. „Line, wir sind da!" Als sie ihren Namen hörte, drehte sie sich suchend zu mir um und grinste mir ins Gesicht. Doch gleich darauf erstarb ihr Lächeln.

Zitternd zeigte sie auf etwas hinter mich. Ich wollte mich gerade umdrehen, als ich von hinten einen Stoß spürte. Ehe ich mich versah, landete ich mit dem Gesicht nach unten auf dem Boden. *Autsch!*

Jemand lag auf mir und drückte mich nach unten, jemand anderes untersuchte meine Kleidung. Als ich meinen Kopf leicht drehte, konnte ich aus dem Augenwinkel erkennen, dass dieser andere ein Marder war, zumindest was die Körperform anging. Sein Fell, die Farbe und der Schwanz, erinnerten eher an einen Waschbären.

„Wow", keuchte ich in meiner ungemütlichen Lage, spürte jedoch sogleich den Druck auf meinem Rücken stärker werden.

„Aua, das tut weh!" Ich versuchte, mich unter dem Druck wegzurollen, vergeblich.

„Wer seid ihr!", donnerte eine weibliche Stimme über mir.

„Wir sind Rina und Line, wir … sind auf der Durchreise … Aua!", stieß ich mühsam hervor, denn es war schwer, mit dem Druck auf dem Rücken zu Atem zu kommen. Anscheinend bemerkte das auch das Wesen über mir und ich spürte, wie der Druck schwächer wurde. Ich wollte gerade erleichtert aufatmen, als ich mit einem Ruck hochgezogen und mit Schwung umgedreht wurde. Ich sah nun genau in das Gesicht einer jungen Frau. Sie war schätzungsweise um einige Jahre älter als ich, ihr schwarzes Haar fiel glatt über die schmalen Schultern, unter dem weißen Top schauten dunkle Arme hervor und anstelle ihrer Beine hatte sie einen Rehkörper – hellbraun mit einem weißen Streifen auf dem Rücken. Ich konnte nicht anders, als sie mit offenem Mund anzustarren.

Doch lange staunen durfte ich nicht, denn mit lauter Stimme fragte sie mich: „Wo hast du das her?" Mit ihren schmalen Fingern zeigte sie dabei auf das Medaillon an meinem Hals, ihr Blick aus grünen Augen war hasserfüllt und bedrohlich. Ich spürte, wie mir die Angst im Nacken saß. Der Waschbär-Marder saß mittlerweile auf der Schulter des Mädchens und knurrte mich böse an. Zwei Reihen spitzer weißer Zähnchen, die ich nicht in meiner Haut stecken haben wollte, flößten mir einen gehörigen Respekt ein.

„Das ist von meinem Freund", sagte ich und versuchte dabei meine Unsicherheit zu verstecken.

„Das Medaillon trägt das königliche Wappen, wie kommt dein Freund an so ein seltenes Stück?" Noch immer machte mir ihr Blick Angst und ich musste schlucken, bevor ich antworten konnte.

„Mein Freund ist auch ein Humanil." Ich betrachtete meine Füße und hörte, wie die Reh-Zentaurin anfing zu lachen.

„Und das soll ich dir glauben, ja? Du gehörst doch bestimmt auch zu diesen Burnern, genauso wie deine Freundin dahinten. Haha, wie heißt denn dein Freund, vielleicht kenne ich ihn ja." Ihre Stimme klang sarkastisch und nun fiel auch der Marder in das Lachen mit ein.

„Sein Name ist Criff Ucello", antwortete ich trotzig und bewirkte damit, dass die beiden schlagartig verstummten.

„Was sagst du da? Wie ist sein Name?" Ihr Blick wurde bohrend, weshalb ich ihm erneut auswich und meine nassen Schuhe betrachtete.

„Sein Name ist Criff Ucello", wiederholte ich meine Worte etwas lauter.

„Das ist unmöglich, der Prinz ist vor 15 Jahren gestorben." Nun war ich es, die verwirrt war. *Prinz? Was für ein Prinz?*

„Da muss ein Irrtum vorliegen, mein Freund ist kein Prinz, er ist ein einfacher Humanil, er ..."

„Na was denn jetzt, es gibt nur einmal den Namen Ucello und das ist der Name der Königsfamilie!", schnitt mir der kleine Marder abfällig das Wort ab. „Oder gibt es ihn etwa doch nicht?"

„Natürlich gibt es ihn!" Nun wurde ich langsam sauer, was glaubten die denn, was ich hier machte?

„Woher sollte ich denn sonst das Medaillon haben? Criff lebt seit 15 Jahren in unserer Welt, ein Wissenschaftler zog ihn groß. Ich stockte, als mir die Parallele der Jahreszahl bewusst wurde, fasste mich aber schnell wieder und fuhr fort. Wenn das nicht stimmen würde, woher sollten wir dann von euch wissen, warum sollten wir uns in eine Welt wagen, die so ganz anders ist als unsere?" Ich verwies mit den Händen auf die hohen Bäume und den See. „Wieso sollten wir hierherkommen, ohne einen Grund zu haben? Und woher sollte ich sonst das Medaillon haben? Glaubt ihr nicht, dass wir schon lange etwas gemacht hätten, wenn unsere Absichten böse wären? Ich habe doch mit eigenen Augen gesehen, wie die Burner programmiert sind."

„Programmiert?", fragte das Mädchen verwundert.

„Ja, mir wurde gesagt, dass so ein Forscher die Humanil benutzt, damit sie sich gegenseitig zerstören. Er manipuliert sie total, ich hab es sogar selbst an den Stimmen gehört. Sie tragen seltsame Armbänder." Ich sah, wie es in dem Kopf der jungen Frau arbeitete. Ihre Augen blickten unruhig hin und her, bis sie schließlich wieder an mir hängenblieben.

„15 Jahre sagst du?", bezog sie sich auf meine vorherigen Worte und ich antwortete mit einem stummen Nicken. Der Waschbär-Marder flüsterte ihr derweil etwas ins Ohr, sie schaute daraufhin auf meine Handgelenke und dann rüber zu Line. Meine Freundin hatte die ganze Zeit auf derselben Stelle gesessen und die beiden Fremden sowie unser Gespräch stumm und mit offenem Mund verfolgt.

„Deine Antworten scheinen plausibel, du scheinst die Wahrheit zu sagen. Doch jetzt verrate mir, weshalb ihr hier seid." Die Stimme des Mädchens wirkte weicher und nicht mehr so angriffslustig wie zuvor.

„Wir wurden kürzlich von einigen der Burner, wie ihr sie nennt, überrascht. Sie kamen wie aus dem Nichts und haben   auf Criff geschossen. Er hat versucht, ihnen die Armbänder abzubeißen, doch sie schossen mit Betäubungspfeilen nach ihm und trafen. Als er sich nicht mehr wehren konnte, beschossen sie ihn mit einem Gift. Criff hat es Kaktaron genannt. Nachdem sie sein Blut hatten, verschwanden sie wieder. Line und ich haben uns sogleich auf die Suche nach eurer Welt gemacht, um das Bernsteinblut zu besorgen, weil es das einzige Medikament ist, das Criff helfen kann", sprudelte es mit einem Mal aus mir heraus.

„Der Prinz lebt, aber irgendwie auch nicht", murmelte der Marder vor sich hin.

„Wir sollten hier weggehen, kommt, ich nehme euch mit zu mir", bot uns das Mädchen an, schaute an mir vorbei zu Line und rief: „Du da, aufstehen!" Wie von einer Tarantel gestochen sprang Line sogleich auf, schulterte ihren Rucksack und eilte auf uns zu.

℘

Wir folgten den beiden Humanil einen dunklen Pfad entlang und ich war gespannt, wohin sie uns führen würden. Der Wald, durch den wir liefen, war mir unheimlich, die Bäume schienen mit jedem Schritt noch größer zu werden, als sie es am See bereits gewesen waren. Die Stämme waren länger, die dunkelgrünen Baumkronen dem Himmel immer näher, bis sie kaum noch richtig zu erkennen waren. Die beigebraunen Stämme zogen sich immer mehr in die Breite, bis sie die Größe eines Hauses erreichten.

„Wow! Hast du so etwas schon mal gesehen? Das ist echt abgefahren", meinte Line leise und sah sich staunend um.

Ich hatte schon Bilder von Mammutbäumen gesehen, aber noch nie einen aus nächster Nähe. Und dann auch noch so viele so nah beieinander. Zwischen den Bäumen befanden sich auch riesige Pilze, Felsen und Pflanzen, in denen Fenster und Türen zu sein schienen. Es war wie das Land der Zwerge in einem Kinderbuch. Nur, dass es eben kein Kinderbuch und auch kein Zwergenland war, sondern das echte Leben und die Welt der Humanil. Als wäre ich mit einem Mal in einem meiner Bücher aufgewacht. Durch die vielen Eindrücke kam uns der Weg viel zu kurz vor und schon bald erreichten wir einen Platz mitten im Wald, in dem sich ein kleines Dorf befand. Oben, aus den weit entfernten Baumstämmen, sah man Köpfe neugierig herausgucken. Man sah Tiere und Menschen mit Flügeln umherfliegen, andere kletterten die Baumrinde einfach nach oben oder sprangen von Ast zu Ast, als gäbe es nichts Einfacheres.

໙

Das Reh-Mädchen führte uns über den Platz, an vielen neugierigen Gesichtern vorbei. In einem Haus-Baum bot sie uns in einem der Räume schließlich einen Sitzplatz an.
„Ich hole euch ein paar trockene Sachen, wartet hier", sagte sie noch und ließ uns allein. Der flache Holztisch, an dem wir saßen, befand sich in der Mitte des Raumes, anstelle von Stühlen saß man hier auf Kissen. Gegenüber dem Eingang befand sich eine Tür mit der Aufschrift *Küche*, rechts daneben eine Holztür die darauf hinwies, dass es dort zu den Schlafzimmern ging. Den Platz zwischen den beiden Türen füllte eine Kommode aus Holz. Auf der linken Seite stand ein großer Schrank und hier und da gab es Ablageflächen aus demselben hellbraunen Holz. An den Wänden hingen vereinzelt Bilder von einer grau-weißen Ratte oder einem beigen Kaninchen, die beide schwarze Fledermausflügel hatten, aber auch Bilder von dem Reh-Mädchen und dem Marder hingen dort. In einer runden Glasvase in der Mitte des flachen Tisches, befanden sich bunte Blumen. Sie waren mir schon auf dem Weg hierher aufgefallen, da sie ganz andere Farben und Formen hatten als die in unserer Welt.
„Das ist echt abgefahren oder? Einfach nur abgefahren!", holte Line mich aus meinen Gedanken.

130

„Ich meine, da existiert eine ganze Welt neben unserer und wir merken nichts davon. Und dann, einfach so, sind wir da, treffen auf irgendwelche Wesen und reden mit ihnen, als wäre das nichts Besonderes. Als würden wir ihnen jeden Tag im Supermarkt begegnen. Das ist einfach … unglaublich!"

„Meinst du, das Medaillon hat uns hierhergeführt? Es wurde immer schwerer, je näher wir an den See kamen, und ich hatte das Gefühl, es verbrennt mir meine Haut. Als ob es wusste, wo es hingehört und uns dorthin führen wollte", sagte ich nachdenklich und kassierte ein Schulterzucken von Line.

„Ich denke schon, ich meine, sonst hätten doch schon viel früher Menschen herkommen können, und dann sähe hier auch alles anders aus. Eine andere Erklärung habe ich nicht."

„Aber es hat bereits jemand geschafft, ohne dieses Medaillon hierherzugelangen", nuschelte ich gerade, als ich hörte, wie sich die Eingangstüre öffnete und die junge Frau zurückkehrte. „Tut mir leid, hat etwas länger gedauert. Das hier hab ich im Kleiderfundus entdeckt, ich hoffe, es passt euch." Sie warf uns einen Stapel Anziehsachen zu und ging hinaus, damit wir uns in Ruhe umziehen konnten. Dankbar für die trockene Kleidung machten wir uns daran, unsere nassen und sandigen Sachen gegen die trockenen auszutauschen. Der Stoff war warm und obwohl die Kleidung mir ein wenig zu groß war, wärmte sie meinen abgekühlten Körper ein wenig auf.

„Seid ihr fertig?", rief das Mädchen uns durch die Türe zu und wir antworteten mit einem gemeinsamen „Ja!"

„Danke für die Sachen … ähm …", stammelte ich, weil mir auffiel, dass ich noch gar nicht wusste, wie das Mädchen hieß.

„Oh", sagte sie im selben Moment, „Ich habe ganz vergessen mich vorzustellen, tut mir leid. Also, ich bin Nea und mein kleiner Kumpel hier ist Ale." Der Waschbär-Marder grinste uns mit seinen spitzen Räuberzähnen an.

„Freut mich, ich heiße Rina und das ist meine Freundin Line, aber ich glaube, das habe ich schon gesagt. Also nochmals, vielen Dank für die trockene Kleidung. Das ist wirklich sehr nett von euch", bedankte ich mich, doch Nea winkte nur mit einer Handbewegung ab.

„Ach was, das ist schon in Ordnung. Habt ihr Hunger? Ich mache gerade das Abendessen und Ale kann euch in der Zeit euer Zimmer zeigen, wenn ihr mögt."

„Unser Zimmer? Wir wollten eigentlich gleich weiter, damit wir heute noch ein bisschen Strecke schaffen und ...", begann ich, wurde aber von dem Marder unterbrochen.

„Ihr wollt da raus? Seid ihr verrückt? Nachts durch Armania zu laufen ist mittlerweile wie Selbstmord, die Burner könnten überall lauern!"

Ich sah den Marder erschrocken an. Dass sein Fell eine andere Farbe hatte als üblich, schön und gut, aber dass er sprechen konnte, erstaunte mich dann doch.

„Vielleicht sollten wir wirklich heute Nacht hierbleiben, Rina. Wir kennen uns ja auch gar nicht aus und dann sollten wir im Dunkeln vielleicht nicht losgehen, was meinst du?"

„Äh, ja. Ja, vielleicht wäre es besser. Also, wir sind sehr dankbar für ein Dach über dem Kopf." Ich versuchte, den Blick von dem kleinen Räuber abzuwenden und Nea anzusehen.

„Also gut, Ale, zeig doch unseren Gästen bitte das Schlafzimmer", bat Nea den Marder und wir folgten ihm durch die *Schlafzimmer*-Tür in einen kleinen Flur, in dem sich lauter weitere Türen mit Namensschildern befanden. Ale führte uns durch eine Tür mit dem Hinweisschild *Gäste*, in dem sich ein Doppelbett und ein kleiner Tisch befanden. Wir stellten unsere Rucksäcke auf dem Boden ab und setzten uns auf die Bettkante, nachdem Ale durch die Tür wieder verschwunden war. Ich schloss sie hinter ihm.

„Bei dir alles in Ordnung?", fragte Line daraufhin leise.

„Ja. Ja, alles gut, wieso?"

„Na ja, du hast mir ganz schön Angst eingejagt, als du in den Fluss gefallen bist. Ich dachte, du ertrinkst vor meinen Augen, aber dann kam der Strudel und ich hab gar nicht richtig nachgedacht und bin dir einfach hinterher. Und dann waren wir plötzlich hier und da sind diese beiden … keine Ahnung was sie sind. Ich meine, wer hat denn bitteschön so was schon mal gesehen? Und die wollten uns doch angreifen, hast du ihre Gesichter gesehen? Und jetzt sitzen wir hier in einem Zimmer, das von innen genauso aussieht wie bei uns zuhause, aber es ist in einem gigantischen Baum und draußen sind überall noch mehr von diesen … Wesen. Und die Tiere können sogar sprechen! Das glaubt uns doch niemand!", sprudelte Line hervor, die Augen immer weiter aufgerissen.

„Es soll uns auch niemand glauben, es muss ein Geheimnis bleiben. Wenn die Menschen von hier erfahren, dann … das wäre furchtbar. Sieh doch nur, was bereits ein Mensch, dieser Saragan Princen, angerichtet hat. Criff konnte 15 Jahre seine Familie nicht sehen und schwebt jetzt in Lebensgefahr. Stell dir vor, das würde uns passieren! Nein, das können wir den Humanil nicht antun", entgegnete ich.

„Den was?", fragte Line und sah mich stirnrunzelnd an.

„Den Humanil. Den Wesen hier. Du weißt schon. Criff, Nea, Ale, die ganzen Leute und Tiere draußen", versuchte ich zu erklären.

„Hättest du dir jemals vorstellen können, dass dir so etwas wirklich passiert? So richtig, in echt? Nicht nur in deiner Fantasie?"

Ich legte mich neben Line auf das Bett, ehe ich antwortete.

„Nein. Aber je mehr Zeit vergeht, desto mehr habe ich das Gefühl, dass es nichts Neues ist. Dass ich Criff schon ewig kenne und es ganz natürlich ist, dass er anders ist. Und ich glaube, mit dieser Welt hier ist das auch so. Wenn man lange genug mit etwas zu tun hat, dann wird es irgendwann zur Selbstverständlichkeit. Irgendwie absurd, oder?"

„Ja. Wie in einem Traum, aus dem man nie mehr aufwachen möchte."

„Also, momentan würde ich aus dem Traum schon gerne wieder aufwachen. Die Umstände, weswegen wir hier sind, gefallen mir nicht", entgegnete ich.

Wir schlossen beide die Augen und blieben einen Moment auf dem weichen Bett liegen, ehe die Stimme von Nea uns zum Essen rief.

℘

Durch den Flur waberte ein köstlicher Geruch, der uns den richtigen Weg zeigte, und mein Magen reagierte darauf mit einem lauten Knurren. Line grinste mich belustigt an.

Wir halfen natürlich dabei, den Tisch für das Essen zu decken und die Speisen aufzutragen. Als mir der Duft aus dem Kessel entgegenströmte, lief mir sogleich das Wasser im Munde zusammen, auch wenn ich es keinem mir bekannten Gericht zuordnen konnte.

Als Nea dann endlich den Topfdeckel anhob und seinen Inhalt zeigte, war ich jedoch keinesfalls schlauer. Große, kartoffelähnliche Klöße schwammen in einer orangefarbenen Flüssigkeit, in der sich außerdem noch kleine blaue Blumen befanden. Massenweise. Daneben ein Stück Baumrinde. Auch Line sah skeptisch aus, fragte jedoch anstelle von mir vorsichtig nach.

„Das riecht … toll, Nea … Was genau ist denn das?"

„Was, das hier? Das ist Traubenknollensuppe mit Blaublüten und Rindenbrot, kennt ihr das nicht?" Sie sah uns fragend an und wir schüttelten die Köpfe.

„Na ja, aber wir können ja auch mal was Neues ausprobieren", sagte ich nur schnell und strahlte Nea an, woraufhin sie mir eine volle Kelle Suppe in eine Schüssel füllte und ein Stück Baumrinde reichte. Sie war warm und federte leicht, wenn man mit den Fingern darauf drückte.

„Kann man die essen?", fragte ich vorsichtig nach und bewirkte, dass Nea und Ale laut zu lachen anfingen.

„Natürlich kann man das essen, das ist Rindenbrot!", sagte Ale und knabberte an seinem Stück herum. Zögerlich biss ich eine Ecke ab und blickte erstaunt auf. Dieses *Rindenbrot* war sogar richtig lecker! Es hatte einen unglaublich intensiven, nussigen Geschmack und war somit genau richtig, um meinen Hunger zu stillen. Ich nickte Line zu, denn sie sah noch immer etwas skeptisch zwischen mir und dem seltsamen Brot hin und her, doch dann biss sie ebenfalls hinein und ihre Miene hellte sich auf. Auch die Suppe schmeckte ausgezeichnet und ich beschloss, sollte unsere Reise Erfolg haben, irgendwann noch einmal herzukommen und mir Zutaten für ein Geheimrezept zu besorgen. Für Papas Restaurant oder vielleicht mein eigenes, wer wusste das schon. Aber momentan hatten wir für solche Zukunftsvisionen keine Zeit.

„Man, war das ein Tag heute. Immer wieder diese Beschwerden, wir können auch nicht zaubern. Was können wir denn bitte dafür, dass Borus immer so langsam fliegt", hörten wir plötzlich eine maulende Stimme vor der Türe, die von einer anderen, sanfteren Stimme bestätigt wurde: „Ja wirklich. Wir sind ja nicht das Beschwerdebüro, sondern nur für die Annahme von Paketen zuständig. Wir haben überhaupt nichts damit zu tun. Das Einzige, was wir wissen ist, wann das Paket angekommen ist und wann es losgeschickt wird, das war es. Wenn uns keiner was sagt, können wir das auch nicht an die Kunden weitergeben. Und momentan ist es eben etwas komplizierter Dinge zu verschicken, das sollten die Leute allmählich auch bemerkt haben." Wir unterbrachen unser Essen und drehten uns zur Eingangstüre um, durch welche eine Ratte und ein Kaninchen ins Zimmer kamen. Es waren die beiden von den Fotos, das erkannte man an den kleinen Flügeln auf ihrem Rücken. Sie unterhielten sich so aufgeregt miteinander, dass sie uns zuerst gar nicht wahrnahmen. Auch Lines erschrockenes Aufquieken beim Anblick der Ratte bekamen sie nicht mit und redeten einfach weiter.

„Chrchrm", räusperte sich Nea betont auffällig und das Kaninchen horchte auf, drehte seinen Kopf zu uns und tippte sofort die Ratte mit der Pfote an.

„Oh, sieh nur, Keera, wie toll! Wir haben Besuch", sagte das Kaninchen freudig auf der Stelle hüpfend.

„Riechen komisch", antwortete die Ratte Keera zickig und lief in einem weiten Bogen um uns herum zu einem freien Kissen.

„Woher kommt ihr?", fragte das Kaninchen dagegen ziemlich neugierig und wandte uns das kleine Gesicht zu, während es ebenfalls zu einem freien Kissen hoppelte.

„Ähm, wir …", begann ich, wurde aber sogleich von Nea unterbrochen. „Sie kommen aus der Menschenwelt."

Nun horchte die Ratte doch auf.

„Aus der *Menschenwelt?*" Das letzte Wort sprach sie aus, als würde es ihre kleine rosa Zunge beschmutzen. Line und ich nickten stumm.

„Oh, wie aufregend, findest du nicht, Keera? Und was wollt ihr hier, wenn man fragen darf?", hakte das Kaninchen weiter nach.

„Bubsy!", mahnte Keera streng und das Kaninchen legte die Ohren an.

„Ich frag doch nur."

„Nein, schon gut. Wir … also … es ist so, mein Freund ist einer von euch. Vor einiger Zeit habe ich erfahren, dass er ein Humanil ist. Kurz nachdem er es mir erzählt hatte, wurden wir jedoch von einigen Burnern überrascht und sie verwundeten ihn schwer. Jetzt schwebt er in Lebensgefahr. Sein Ziehvater sagt, Criff habe ihm von einem Medikament aus eurer Welt erzählt, welches als einziges helfen könnte, und jetzt sind wir hier, um es zu suchen und zu ihm zu bringen. Vielleicht wisst ihr was darüber? Es nennt sich Bern…", versuchte ich den Grund für unseren Aufenthalt zu erklären, wurde aber von der Ratte Keera unterbrochen.

„Am besten, ihr gebt auf."

„Was? Wieso?", fragte ich nun doch ein wenig empört, woraufhin die kleine Ratte mich lediglich skeptisch musterte.

„Es scheint nur so aussichtslos. Keiner hat das Gift der Burner je lang genug überlebt. Das einzige Medikament, das dagegen helfen würde, ist das Bernsteinblut, und das wird schon seit Jahren gesucht. Es gilt als unglaublich selten, die Burner haben sich bemüht, möglichst alles davon zu zerstören. Wir fragen uns dann natürlich, wieso ausgerechnet ihr es finden solltet. Und dann muss es ja auch noch gebraut werden und das ist nicht gerade leicht, weil die Burner auch dafür gesorgt haben, dass keiner der Heiler, die es hätten brauen können, am Leben geblieben ist. Es herzustellen ist unglaublich kompliziert, das kann nicht jeder", ergriff Ale das Wort. Diese Antwort schockte mich so sehr, dass ich kein einziges Wort mehr herausbrachte. Line hingegen schon.

„Aber vielleicht finden wir es deshalb, weil wir eure Welt anders betrachten als ihr. Wir werden in jedem Fall solange suchen, bis wir es gefunden haben oder bis man uns daran hindert. Aber das wird nicht leicht für den, der es versucht. Hier ist Liebe im Spiel und die ist stärker als Hass. Zumindest sagt man das immer. Fakt ist, wir geben nicht einfach auf. Nur wer wagt, der auch gewinnt, heißt es bei uns. Und wir wagen es, in ein fremdes Land zu reisen, um Rinas Freund zu retten. Einen von euch. Ist das nicht Grund genug? Wir sind gerade erst hier angekommen, wir werden jetzt nicht einfach wieder umkehren, nach Hause fahren und auf Criffs Tod warten." Herausfordernd sah sie die anderen an. Was war ich froh, eine Freundin wie Line zu haben, sie brachte es immer genau auf den Punkt.

Ihre Worte zeigten tatsächlich Wirkung, das gesamte restliche Essen über schauten die anderen nachdenklich und schwiegen. Nur die kleine Ratte maulte hin und wieder leise Sätze wie „Klappt doch eh nicht. Alles Lügen!", oder „Nie gefunden!", vor sich hin.

„Wisst ihr schon, wo ihr anfangen wollt?", fragte Ale nach dem Essen und kletterte eilig über die leere Tischplatte. „Ich hab das gesehen, Ale!", ertönte Neas Stimme aus dem

Nebenzimmer. Der kleine Marder legte seine Ohren an und rollte schuldbewusst den Schwanz ein. Seine schwarzen Augen aber sahen mich direkt an.

„Nein, um ehrlich zu sein, haben wir überhaupt keine Ahnung, wo wir anfangen sollen", gab ich kleinlaut zu.

„Was ist mit einer Bücherei? Gibt es hier so etwas? Ein Gebäude oder … ein Baum, voll mit Büchern? Habt ihr Bücher?", fragte Line, endete jedoch nicht mehr ganz so euphorisch, wie sie den Satz begonnen hatte.

„Ihr meint den Bücher-Baum? Ja, es gibt ein paar Bücher, aber da werdet ihr nicht wirklich schlau draus werden. Wir leben jetzt schon viele Jahre mit der Angst vor diesem Gift der Burner, das uns alle in Sekundenschnelle töten kann. Glaubt mir, die Bücher wurden oft genug durchgelesen, um nach einer Lösung zu suchen. Keines der anderen Heilkräuter kann die Humanil so heilen wie das Bernsteinblut – und gegen die Macht, die die Burner steuert, sind sie alle machtlos. Wir haben ein paar Bücher über Heilkräuter hier, aber ich bezweifle, dass sie euch helfen können."

„Kannst du sie mir trotzdem zeigen? Eure Bücher? Dann können wir eventuell später Pflanzen besser zuordnen, sollten wir auf unserem Weg etwas finden. Es würde mir ein besseres Gefühl geben", bat ich leise.

„Klar, komm mit. Wir haben die meisten Bücher in meinem Schlafzimmer. Bubsy, Keera und ich brauchen nicht so viel Platz zum Schlafen.

Wir folgten Ale den Flur entlang zu einer Tür, an der die Namen der drei Humanil befestig waren und gelangten so in ein kleines Zimmer. Im Inneren waren drei Schlafstätten aus Ästen und Lehm gebaut. In dem kleinen Raum befanden sich außerdem noch ein paar hölzerne Regale, von oben bis unten voller Bücher. Sie waren nicht so geradlinig und sauber gebunden wie bei uns, ansonsten unseren Büchern aber sehr ähnlich.

„Seht euch einfach in Ruhe um, ich komm später wieder zu euch", sagte Ale und ließ uns allein.

„Schau mal", sagte Line und zog ein dickes Buch aus dem Regal. Der Einband bestand aus Rinde, die einzelnen Blätter darin waren unterschiedlich groß und per Hand geschrieben. Ab und an gab es ein paar Zeichnungen von Bäumen oder Pflanzen, doch nichts, was uns weitergeholfen hätte. Ich schritt das Regal langsam ab und versuchte, die Titel der Bücher zu lesen, doch nur wenige schienen uns wirklich nützlich zu sein. In der obersten Ecke fand ich jedoch schließlich ein Buch, das mein Interesse weckte. Es trug den Titel *Seltene Heilkräuter und Tinkturen.*

„Line, sieh mal hier!", rief ich und klappte das verstaubte Buch vorsichtig auf, damit keines der losen Blätter verlorenging. Die Seiten fühlten sich an wie dünnes Pergament und ich hatte Angst, beim Umblättern etwas einzureißen. Line sah mir angespannt über die Schulter.

Jede Seite war handschriftlich verfasst worden und zu jedem Heilkraut und jeder Tinktur gab es eine kleine, gefärbte Zeichnung. Je weiter man dem Ende des Buches kam, desto unbekannter wurden die Kräuter und Tinkturen, und mein Herz schlug vor lauter Anspannung schneller. Auf der letzten Seite konnte ich meinen Augen dann kaum trauen, denn da stand doch tatsächlich *Bernsteinblut.* Auch Line hatte den Titel der Seite gelesen und sog scharf die Luft ein. Ich las die Seite mehrfach durch, nur um mich zu vergewissern, dass ich mir alles, was ich las, auch tatsächlich einprägte.

## Bernsteinblut:

Diese Tinktur wird mittels eines komplizierten Verfahrens hergestellt und erfordert viel Geschick und Erfahrung. Sie gilt daher auch als seltenster Heiltrank Armanias.

**Zusammensetzung:** Blüten des Blutblatts und Blätter des Bernsteinkrauts

**Konsistenz:** dickflüssig.

**Wirkung:** Dieser Tinktur wird eine äußerst starke Kraft nachgesagt. Sie reinigt das Blut von allen darin befindlichen Fremdkörpern, regeneriert den Körper und beschleunigt den Heilungsprozess.

**Anwendungsbereiche:** Äußere und innere physische Wunden
Psychische Erkrankungen werden gemildert

**Verabreichungsart:** Je nach Art der Verletzung wenige Tropfen bis 1 Flakon Größe 3 in den Mund geben oder intravenös verabreichen.

**Behandlungsdauer:** Heilung setzt nach wenigen Sekunden ein.

**Fundort:** unbekannt

**Herstellung:** unbekannt

Neben dem kleinen, handgeschriebenen Text befand sich auch hier eine Zeichnung der beiden genannten Kräuter. Das Bernsteinkraut erinnerte mich ein wenig an die Blätter des heimischen Löwenzahns, auf der Zeichnung waren sie goldfarben. Das andere Kraut hatte lange flache Blätter und kleine tropfenförmige Blüten in Blutrot.

„Was macht ihr denn hier?", hörte ich plötzlich eine empörte, hohe Stimme hinter mir, und ich hätte vor Schreck fast das

Buch fallen gelassen. Als ich mich umdrehte sah ich Keera, die Ratte, vor mir auf dem Boden sitzen.

„Wir ... ähm ... wir wollten uns informieren. Über Heilkräuter und so. Nur, falls wir unterwegs etwas finden.

„Pah", schnaubte Keera verächtlich. „Das glaubt ihr doch nicht wirklich!"

„Doch!", entgegnete Line trotzig. „Man soll nicht zweifeln, wo noch Hoffnung ist."

„Hier in Armania ist aber keine Hoffnung mehr. Glaubt ihr nicht, dass in den letzten 15 Jahren oft genug nach den Pflanzen gesucht wurde? Oder einer anderen Lösung, um dem ganzen Leid ein Ende zu bereiten?" Keera funkelte uns böse an, ihre Flügel weit aufgestellt, doch Line gab sich nicht geschlagen.

„Vielleicht habt ihr nicht richtig nachgesehen. Vielleicht ward ihr zu oberflächlich, zu ungenau? Oder ihr habt an den falschen Orten gesucht. Oder ihr habt zu früh aufgegeben."

„Lass gut sein, Line. Lass uns schlafen gehen. Der Streit bringt uns auch nicht weiter", versuchte ich meine Freundin zu beruhigen und schob Line vor mir her aus dem Zimmer. „Ich leih mir das Buch für eine Weile aus, okay?", fügte ich an Keera gewandt hinzu.

„Was erlaubt sich diese Ratte eigentlich, wir haben ihr doch nichts getan!", empörte sich Line auf dem Weg zu unserem Zimmer.

„Aber sie hat Recht. Sie haben lange genug Zeit gehabt etwas zu finden, es aber nicht geschafft. Was ist, wenn wirklich nichts mehr da ist?"

„Rina, hör auf! Wir sind gerade erst angekommen. Lass uns doch erst mal mit der Suche beginnen. Du darfst einfach nicht aufhören, nach vorne zu sehen. Hoffnung ist stark und Hoffnung kann viel bewirken, vergiss das nicht. Komm, wir gehen schlafen und morgen früh machen wir uns frühzeitig auf den Weg. Das wird schon alles. Ganz bestimmt!" Ich war dankbar dafür, dass Line entschieden hatte mitzukommen. Ohne sie würde ich diese Reise vermutlich nicht lange überstehen, ihre Worte trafen stets den richtigen Punkt und ihre direkte Art tat mir gut. Sie sagte immer, was sie gerade dachte.

„Gute Nacht", flüsterte ich leise, nachdem wir uns umgezogen und ins Bett gelegt hatten. Draußen war es mittlerweile ziemlich kalt geworden und die dicke Decke wärmte meine Füße angenehm und schnell. Ich war dankbar für diese Bleibe und dass wir so herzlich aufgenommen wurden, obwohl wir Fremde waren.

„Gute Nacht, Rina", wünschte Line mir ebenfalls. Kurz darauf hörte ich das ruhige Schnarchen meiner Freundin. Ich lauschte ihr eine ganze Weile und versuchte ebenfalls einzuschlafen, doch ich war zu aufgewühlt. Um mich ein wenig zu beschäftigen, kramte ich daher kurzerhand das Notizbuch aus meinem Rucksack. Es war klein und staubig und ich war nicht sicher, ob Criff wusste, dass es noch existierte. *Vielleicht finde ich hier ein paar wichtige Informationen über Armania und was passiert ist,* dachte ich und schlug das Büchlein auf. Es war nicht viel Text darin, nur einige der dünnen Seiten waren handschriftlich beschrieben. Obwohl es ein kleiner Junge geschrieben hatte, war die Schrift sauber und leserlich geschrieben.

Heute habe ich Geburtstag. Ich bin jetzt schon drei Jahre alt. Mama sagt, sie ist stolz, weil ich im Unterricht gut bin. Sie hat mir das Buch gegeben, damit ich meine Gedanken aufschreiben kann. Ich mag es, wenn sie mich lobt. Sie nennt mich immer ihren kleinen Zauberstern. Meine Schwester nennt sie Mondlicht. Ich mag es, wenn sie mich Zauberstern nennt. Sie sagt, als ich geboren wurde, hätte ein Stern ganz hell und rot geleuchtet. Als er aufhörte, hielt sie mich im Arm. Sie mag meine Augen, weil sie sie an diese Nacht erinnern. Feuerstern, sagt sie zu dem Stern auch manchmal. Sie meint, in dieser Nacht ist etwas Besonderes geschehen, der Prinz von Armania wurde geboren. Wenn ich groß bin, werde ich König, sagt sie. Ich will ganz schnell groß werden und Mama zeigen, dass ich ein toller König bin. Ich will sie stolz machen.

Ich war erstaunt, dass ein Dreijähriger schon so gut schreiben konnte, doch dann erinnerte ich mich daran, dass Criff mir erzählt hatte, dass die Humanil nicht vergessen konnten. Und dass er bereits früh mit dem Schreiben begonnen hatte. Laut Tagebuch war Criff jedoch nicht nur ein einfacher Humanil, sondern ein Prinz. Ein Prinz, der später hätte König werden sollen. Hatte Nea nicht am See etwas Ähnliches gesagt? Nun war ich neugierig und wollte mehr von meinem Freund wissen. Dinge, von denen er mir bisher nicht hatte erzählen können.

Heute ist mir was ganz, ganz Tolles passiert. Ich habe jemanden kennengelernt, als ich mit meiner Schwester Marina draußen gespielt habe. Sie hat auf der Steinbank gesessen und gelesen, während ich einen Sandkuchen gebacken habe. Manchmal hat sie etwas aus ihrem Buch vorgelesen, wenn sie glaubte, ich würde es verstehen oder es würde mich interessieren. Ab und zu stellte sie mir auch einfach nur Fragen, weil Mama gesagt hat, dass ich mit vier in die richtige Schule gehen dürfte, wenn ich gut genug sei. Also lernt Marina manchmal mit mir. Sie hat so tolles, blondes Haar und ihre Flügel von ihr glänzen im Sonnenlicht wie ein Regenbogen. Ich mag Regenbögen und ich mag ihre Haare, keiner von uns anderen ist blond. Aber irgendwann hatte ich keine Lust mehr auf Sandkuchen und Marina war gerade wieder in ihr Buch vertieft, also bin ich an den Zaun von unserem Garten gegangen. Senso und Kalef haben Wache gehalten, aber mich nicht beachtet. Da hab ich ihn dann gesehen. Mit ganz hellen und verschreckten Augen hat er mich angeguckt. Seine Kleidung war ganz kaputt und dreckig. Ich hab ihn gefragt wie er heißt, aber er hat es mir nicht gesagt. Nur meine Hand hat er angefasst. Der Junge mit dem roten Haar. „Woher kommst du?", hab ich gefragt. „Von nirgendwo", hat er gesagt. „Ich habe kein Zuhause mehr." Keine Ahnung, was er damit gemeint hat, aber als ich ihn fragen wollte, hörte ich die Stimme von Manxo, dem obersten Diener unseres Hofes. Wenn er was sagt, muss man darauf hören, sagt Mama. „Ich bin morgen auch hier. Magst du dann spielen kommen?", hab ich noch gefragt, bevor ich gegangen bin – und er hat genickt.

Ich blätterte um.

Ich hab jetzt einen Bruder. Der Junge mit den roten Haaren und den hellgrünen Augen. Er heißt Benju. Ich hab Mama gefragt, ob er mein Bruder sein kann, weil er doch keine Familie mehr hat. Also haben sie ihn adoptiert. Mama nennt ihn jetzt meinen Leibwächter. Das klingt lustig. Er darf auch immer mit, wenn ich rausgehe, aber manchmal muss ich alleine spielen. Papa sagt, Benju muss lernen. Wegen der Prüfung zum Leibwächter. Als ich Marina fragte, was das ist, meinte sie, das ist jemand, der einen beschützt. „Aber ich hab doch dich!", hatte ich zu meiner Schwester gesagt. „Und Mama und Papa und all die anderen hier!" Aber sie meinte, dass sie und Mama und Papa nicht ein Leben lang an meiner Seite sein können und ein König bräuchte nun mal einen Leibwächter. Das heißt, Benju darf für immer bei mir bleiben.

Ich darf jetzt nicht mehr alleine spielen. Ich bin gestern schon das sechste Mal in zwei Tagen umgekippt und Mama weint ganz viel. Ich mag nicht, wenn Mama weint. Als ich nachts einmal auf die Toilette gegangen bin, hörte ich, wie sie Papa gefragt hat, ob ich sterbe – und Papa war ganz leise und hat gesagt: „Vielleicht."
Ich will nicht sterben! Ich will doch König werden! Das hab ich Mama doch versprochen!

Ich konnte nicht verhindern, dass ich einen dicken Kloß bekam, während ich weiterlas.

Ich bin dann auch wieder ins Bett gegangen und hab jeden Tag ganz brav meine Medizin genommen. Mir geht es jetzt wieder gut, aber ich darf nicht mehr alleine raus. Wir dürfen auch nicht mehr in den Wald, Marina, Benju und ich. Mama sagt, da sind böse Leute draußen und die wollen uns wehtun.

Gestern Abend hat Marina mir was gezeigt. Sie meinte, jetzt werde ich groß. Auf meinem Oberarm bildet sich ein Zeichen. Benju bekommt auch gerade eins. Marina hat so was auch, das sieht schön aus. Ich hoffe, meins wird auch so schön wie ihres oder Papas oder Mamas. Marina sagt, unsere werden bestimmt noch viel schöner. Jetzt will ich noch schneller erwachsen werden.

Manchmal klettern Benju und ich unter dem Zaun durch. Weil er ein Fuchs ist, kann er total gut graben, und ich helfe ihm dann immer dabei. Es ist total lustig, als Tiger und Fuchs durch den Wald zu laufen und im Wasser zu baden. Wenn ich ihn ärgern möchte, dann fliege ich aber manchmal auch auf einen Baum und er muss dann klettern. Papa hat das aber irgendwann mitbekommen und gesagt, ich dürfte jetzt nicht mehr mit Benju spielen. Ich hab mich total aufgeregt und Papa angebrüllt. Mama sagte, meine Augen waren ganz gelb und dann bin ich irgendwann umgekippt. Ich darf mich nicht aufregen. Was darf ich denn überhaupt noch? Ich hab Angst, dass Mamas Sorge wahr wird. Ich will doch König sein, mit Benju zusammen. Er ist doch mein Bruder.

An dieser Stelle hörte ich auf zu lesen. Vorsichtig klappte ich das Buch zu und steckte es zurück in meinen Rucksack, bevor ich mich auf die Seite legte und über den Inhalt nachdachte. Criff hatte es nie leicht gehabt, schon als Kind wurde so viel von ihm verlangt. Weder in seinem richtigen Zuhause, noch bei Magnum hatte er je richtig Kind sein können, überall musste er mit der Angst vor dem Tod leben, Regeln befolgen und sich verstecken.

Ich schaute über meine Schulter zu Line hinüber, um zu sehen, ob ich sie aufgeweckt hatte, doch sie lag seelenruhig und gleichmäßig atmend in ihrem Teil des Bettes und schlief. Interessiert und auch etwas nervös klappte ich nun den oberen Teil von Magnums Uhr auf, um Verbindung zu ihm aufzunehmen und zu erfahren, wie es Criff ging, doch nichts passierte. Enttäuscht starrte ich auf das dunkle Display an meinem Arm. *Entweder sie funktioniert hier überhaupt nicht, oder sie ist im See kaputtgegangen,* dachte ich traurig. Doch ausziehen wollte ich sie auch nicht, denn sie bewahrte mir ein wenig von der Hoffnung, die ich laut Line nicht verlieren durfte. Und an diese Hoffnung klammerte ich mich.

## Los geht's!

Die ersten Sonnenstrahlen des nächsten Tages kitzelten meine Nase und weckten mich auf. Der Nebel vertrieb draußen die kalte Nacht und machte einem blauen Himmel Platz. Erst als ich aus dem Bett aufstand merkte ich, wie gut ich geschlafen hatte. Ich fühlte mich weder verspannt, noch war ich übermüdet. Das Bett war fantastisch.

Mit leisen Schritten ging ich zum Fenster und zog die langen grünen Vorhänge beiseite, um nach draußen zu sehen. Als ich die vielen verschiedenen Humanil sah, musste ich lächeln. Den ersten Schritt hatten wir geschafft, wir waren in Armania. Doch die eigentliche Schwierigkeit fing jetzt erst an. Wir hatten keinen Plan, wie wir finden sollten, was wir suchten – und uns blieb nicht viel Zeit. Dazu kam der Druck in meinem Herzen, die Angst nicht zu wissen, wieviel Zeit wir genau hatten und wie es Criff ging. Ich klappte die Uhr von Magnum erneut auf, doch sie blieb ebenso stumm wie letzte Nacht.

Ich suchte mir frische Unterwäsche aus meinem Rucksack und schlüpfte aus dem Zimmer, auf der Suche nach dem Bad. Ich hörte noch, wie Line sich im Bett räkelte und langsam aufwachte. Um niemanden unserer Gastgeber zu wecken, schlich ich mit nackten Füßen so leise ich konnte den Flur entlang und las die einzelnen Schilder auf der Suche nach der Toilette, doch ich fand keine. Lediglich eine Tür ohne Schild konnte ich entdecken, doch ich traute mich nicht, sie zu öffnen. *Wer weiß, was sich dahinter verbirgt.*

Ich war gerade am Ende des Ganges angekommen, als ich eine raue Stimme hinter mir hörte. Erschrocken drehte ich mich um, aber es war nur Ale.

„Suchst du was?", fragte er sanft und ich nickte mit rot werdendem Kopf.

„Ich suche das Bad." Er grinste sein Marderlächeln und entblößte dabei kleine spitze Zähne.

„Komm mal mit", sagte er, und ich folgte ihm den Gang zurück zu unserem Zimmer. Dort kletterte er auf ein Regal und zeigte mit der Vorderpfote auf ein kleines Blumensymbol an der Wand.

„Das hätten wir euch sagen sollen, drück mal auf die Blume da."

Ich tat wie mir gesagt wurde und hörte ein leises Klicken. Das Blumensymbol stülpte sich nach außen und ließ sich nun wie einen Türknauf drehen. Hinter der nun entstandenen Türe befand sich tatsächlich ein Badezimmer. Dankbar lächelte ich Ale an.

„Ist etwas umständlich, finde ich, aber das ist die neueste Technik hier bei uns. Und da das Gästezimmer noch neu ist, hat Nea sie einbauen lassen. Wenn ihr fertig seid, könnt ihr auch frühstücken, Nea müsste gleich vom Einkaufen zurück sein. Kommt dann einfach ins Wohnzimmer", grinste er und ließ mich allein.

Das Badezimmer sah tatsächlich ziemlich neu aus, alles war sauber und aus hellem, glattem Holz gemacht. Es gab eine Dusche und eine Badewanne. Beide Duschköpfe sahen aus wie riesige gelbe Blumen, die Halterungen waren hellbraun und der Schlauch mintgrün. Der Hebel für die Temperaturregulation sah aus wie ein kleines Blatt. Durch die Fußmatte, die sich wie Felsgestein an den Füßen anfühlte, meinte man draußen zu duschen. Als ich das Wasser der Dusche anstellte, erklang ein Geräusch wie das Rauschen eines Wasserfalles. Mit der perfekten Temperatur strömte das Wasser wie eine angenehme Massage auf meinen Nacken. Ich fühlte mich wie im reinsten Wellness-Paradies, ich hätte stundenlang so dastehen können. Doch ich war nicht hier, um das alles zu genießen. Es gab Dinge, die erledigt werden mussten und die man nicht aufschieben konnte. Für die es keine zweite Chance gab.

Während ich nach der kurzen Dusche mein nun süßlich duftendes Haar bürstete und zu einem Zopf flocht, betrat auch Line das Badezimmer und staunte nicht schlecht. Nach einem kurzen „Guten Morgen" von uns beiden sprang auch sie unter die Dusche. Als das das Rauschen des Wassers zu hören war, fragte sie mich: „Das ist alles echt Wahnsinn, oder?" Dabei steckte sie den nassen Kopf kurz aus der Kabine und sah mich mit großen Augen an. „Alles ist so anders", fuhr sie fort. „Sieh doch nur, was die alles aus Holz machen können! Irgendwann müssen wir wiederkommen, Rina. Wenn wir es genießen können!" Ich stimmte ihr zu, ließ sie dann jedoch in Ruhe weiter duschen und zog mir im Zimmer die Kleidung von Nea an.

Als auch Line fertig angezogen war, gingen wir ins Zimmer mit dem großen Tisch, auf welchem bereits ein einladendes Frühstück auf uns wartete.

Ich setzte mich auf das Kissen, auf dem ich bereits am Abend vorher gesessen hatte und starrte auf die seltsamen Dinge vor meinen Augen. Da lag wieder ein Stück des Rindenbrotes, daneben hellgelbe Blumen, deren Blätter gut und gerne zwei Zentimeter Länge hatten. Ein paar Äste lagen ebenfalls dort und rote, lila, grüne oder blaue Wurzeln, manche mit Blüten, manche ohne. Auch ein paar Pasten standen vor mir, aber ich konnte mit keiner wirklich etwas anfangen. Doch zum Glück entdeckte ich auch einige bekannte Lebensmittel wie Käse, Milch, Tomaten, Paprika oder Äpfel. Sofort nahm ich den Käse, schnitt mir eine Scheibe ab und legte sie auf ein Stück warmes Rindenbrot.

„Wann hat Criff dir eigentlich erzählt, dass er kein Mensch ist?", fragte mich Line plötzlich.

„Na ja, ich hab da zufällig ein paar Dinge rausgefunden. Als Magnum das mitbekommen hat, war er ziemlich sauer, denn er wollte es geheimhalten. Kann ich auch gut verstehen. Criff war dann aber der Meinung, ich hätte ein Recht darauf es zu wissen und hat mir ein bisschen was erzählt, aber alles weiß ich auch nicht."

„Und was hat er dir hierüber erzählt, über Armania", fragte sie neugierig weiter.

„Nicht viel, nur dass es eine Welt parallel zu unserer ist, etwas kleiner und mit mehr Wasser. Viel mehr aber auch nicht."

„Na, dann sollten wir uns wohl selbst ein Bild machen. Eine Idee, wann wir aufbrechen?"

Ich dachte kurz nach. „Wir sollten gleich nach dem Frühstück losgehen. Vielleicht können uns Nea und Ale einen Tipp geben, in welche Richtung wir gehen sollten."

„Klingt gut", grinste Line und steckte sich ein Stück Apfel in den Mund.

Kurz darauf gesellte sich Nea zu uns, in ihren Armen unsere Kleidung. „Ich habe sie euch gewaschen, dann könnt ihr sie wieder mitnehmen".

„Danke sehr!", strahlte ich sie an. „Sag mal, Nea. Wieso sieht dieses Brot hier eigentlich aus wie Baumrinde?". Diese Frage hatte ich schon am Vortag stellen wollen, mich aber nicht getraut.

„Nun ja, das liegt daran, dass es Baumrinde ist. Sie wächst an einigen Bäumen, an ganz bestimmten Stellen und wird dann einfach nur aufgebacken. Jede Rinde schmeckt anders, je nachdem, von welchem Baum sie kommt. Das heißt aber nicht, dass man alle Baumrinden essen kann!", erklärte sie uns.

Nach und nach probierten wir auch einige der fremden Blumen und Wurzeln, die Nea uns erklärte. Manche schmeckten gut, manche einfach nur schrecklich. Zum Schluss war ich so satt, dass ich das Gefühl hatte, ich würde jeden Augenblick platzen.

ℰℭ

Ausgeruht und gut gestärkt machten Line und ich uns nun daran, unsere Sachen in den Rucksack zu packen und Lebensmittel einzustecken, die Nea uns gegeben hatte. Ich war gerade dabei, den Reisverschluss zuzuziehen, als Bubsy und Keera an uns vorbeitippelten.

„Hallo! Gute Reise!", rief Bubsy höflich und hopste eilig aus der Tür. Keera hingegen blieb stehen und beobachtete mich. Mir war es ein wenig unangenehm, doch ich sagte nichts und versuchte stattdessen weiterzumachen, als würde ich sie nicht bemerken.

„Ihr meint das echt ernst?", begann sie plötzlich zu sprechen und ich zuckte erschrocken zusammen. „Ihr wollt das Bernsteinblut wirklich suchen, obwohl es seit Jahren als verschollen gilt? Ihr könntet dabei draufgehen!" Ihre Augen blitzten belustigt, dachte sie doch im Ernst, mich damit von meinem Vorhaben abbringen zu können.

„Das ist mir egal. Ich würde lieber selbst sterben als zuzusehen, wie mein Freund zuhause leidet und stirbt."

„Klare Worte!", meinte die kleine Ratte.

War es mir wirklich egal? Ich hatte eine Familie und Freunde zu Hause. Doch der Schmerz bei dem Gedanken an ein Leben ohne Criff war einfach zu groß und ich wusste, wenn ich nichts unternahm und ihn verlieren würde, würde nur noch meine leere Hülle übrigbleiben. Also nickte ich bloß.

„Du liebst ihn wirklich", brachte Keera leise hervor.

„Es ist so grausam, was sie mit ihm getan haben und was er alles erleiden muss", sagte ich. Keera antwortete nicht. „Ich kann nicht verstehen, wieso jemand so etwas Böses tun kann."

„Was weißt du über Armania, Mädchen?", fragte sie plötzlich.

„Ich ... nicht viel, wieso?", stammelte ich unsicher.

„Dann erzähle ich dir, was ich weiß. Vielleicht bereitet euch das etwas vor. Wo ist deine Freundin?" Ich rief nach Line und sobald sie neben mir stand, begann Keera zu erzählen.

„Also, hier in Armania haben wir zwei Monde. Früher waren wir alle frei, es gab keine Kriege und alle Tiere lebten im Einklang miteinander und mit der Natur. Dann kamen die Menschen, oder besser gesagt, ein Mensch. Ein junger Mann. Keiner weiß, wie er hierher gelangen konnte. Er hätte dafür einen Gegenstand aus unserer Welt besitzen und den Eingang kennen müssen. Er konnte es nicht wissen, woher sollte er, aber auf einmal war er da. Doch auch wenn er als bis zu diesem Zeitpunkt einzige lebende Person hierher gelangte, war er nicht gänzlich allein. Er brachte Maschinen, Gegenstände und Materialien jeglicher Art in unsere Welt und entwickelte in Rekordzeit Waffen, mit denen er uns ernsthaft verletzen kann. Und wir konnten uns nicht schützen. Niemand wusste, wo er sich aufhielt und was er vorhatte. Niemand wusste etwas gegen ihn zu tun. Nach und nach verschwanden immer mehr Humanil, niemand konnte sie finden. Und dann plötzlich, ohne die kleinste Vorwarnung, begann er uns anzugreifen. Mit Hilfe seiner für uns fremden Waffen und durch die Nutzung all der zuvor verschwundenen Humanil begann er uns zu jagen, zu fangen und zu töten. Wir wussten nicht, wie er es geschafft hatte, uns gegeneinander aufzubringen, doch wir merkten schnell, dass die anderen Humanik gegen ihren eigenen Willen arbeiteten. Es ist schwieriger geworden, unseren Leuten ihren freien Willen zurückzugeben. Wir leben seit Jahren in Angst und Schrecken vor ihm. Wann immer es ihm passt, holt er sich, was er braucht.

„Ist sein Name Saragan? Saragan Princen?", unterbrach ich Keera vorsichtig.

„Kennst du ihn?", startete sie eine Gegenfrage und ich hörte an ihrer Stimme, dass ihr eine Bestätigung nicht gefallen würde.

„Nein, ich habe bloß einen Bericht über ihn gelesen, darin stand, dass er sich auf die Suche nach unbekannten Lebewesen machen wolle, um den Menschen ihre Existenz zu beweisen. Er wollte dabei vor nichts Halt machen. Und als Criff und ich neulich von den Burnern überrascht wurden, sagten sie seinen Namen."

Ich sah in Keeras Augen, dass sie verstand. „Das würde einiges erklären", redete sie weiter. „Er konstruiert also Waffen, die einem Menschen wie ihm selbst nichts anhaben können, aber einen Humanil tödlich verletzen. Er zerreißt Familien für seine Forschung und testet seine neuesten Waffen an ihnen aus. Sterben welche von uns, holt er sich neue. Wenn das stimmt, was du sagst, will er womöglich herausfinden, was uns von euch unterscheidet, dabei ist der größte Unterschied, dass ein Humanil so etwas nie tun würde. Und für diese Information braucht man keine Technik. Wie sonst könnte es möglich sein, dass Tiger und Zebras friedlich miteinander auf einer Insel leben können? Wir nehmen uns was wir brauchen – und nicht mehr. Aber Saragan war keiner von uns und als ich geboren wurde, war die Welt bereits in Angst und Schrecken versetzt. Unsere Welt ist nicht sehr groß, aber für uns hat sie immer ausgereicht. Das Schwierige ist, dass wir uns nicht vorbereiten können, er taucht einfach auf, wann er mag, er kann quasi überall Späher haben. Wir haben lange nichts gehört. Doch es ist nur eine Frage der Zeit, bis er wieder irgendwo zuschlägt. Nur keiner weiß wie und keiner weiß wo. Dieser Trank, den ihr sucht, ist unsere einzige Chance gegen ihn, aber er hat dafür gesorgt, dass er verschwindet. Keiner weiß, ob es noch irgendwo Bernsteinblut oder die notwendigen Kräuter gibt. Manche unserer Städte und Dörfer sind zerstört, einige werden langsam wieder aufgebaut. Doch er wird sie wieder zerstören, wird uns unseren Lebensraum immer weiter wegnehmen. Wir leben jeden Tag in Angst. Der schlimmste Tag aber war der, als sie die Königsfamilie angriffen und deren Kinder nahmen. Die Königsfamilie war immer so etwas wie ein Hoffnungsschimmer für uns, solange sie da war, war alles erträglich. Sie hat sich um uns gekümmert, sie hat Verletzte aufgenommen und hinter den Mauern ihres Palastes gepflegt, bis es ihnen besser ging. Doch Saragan bekam Wind von der Besonderheit des Königssohns und wartete auf den Moment, um anzugreifen.

Ganz Armania sprach von dem jungen Prinzen, der zum Hoffnungssymbol wurde. Die Nacht, in der er geboren wurde, war etwas Einmaliges, noch nie Dagewesenes. Als sich dann noch herausstellte, dass auch die Kräfte des Jungen etwas Besonderes, Einzigartiges waren, da schöpfte Armania Mut. Doch auch Saragan erfuhr davon und wollte den Jungen als stärkste Waffe für sich. Er wartete auf den geeigneten Moment, als die Kinder gemeinsam im Wald spielten. Dort überfiel er sie. Er tötete sie alle, ehe der Wald in Flammen aufging. Man fand die Leiche der Königstochter und den blutigen Umhang des Prinzen. Armania hatte ihre Hoffnung verloren und die Königsfamilie zog sich zurück. Wir waren plötzlich auf uns allein gestellt, doch keiner kann ihnen das verdenken. Jeder wäre unter diesen Umständen zerbrochen. Eure Information, dass der Prinz am Leben ist, oder war, könnte der Welt von Armania diese alte Hoffnung vielleicht wiedergeben."

Ich hatte mir vor Schreck die Hände vor den Mund gehalten, als Keera über den schrecklichen Schicksalsschlag berichtet hatte. *Criff hat seinen Bruder Benju und seine Schwester Marina verloren? Wie furchtbar, all diese Bilder nicht vergessen zu können!*

„Alles in Ordnung?", fragte Line, als sie meinen erschrockenen Gesichtsausdruck sah.

„Ja", flüsterte ich. „Es ist nur, ich wusste nicht, dass Criff seine Geschwister verloren hat, dass sie starben. Und dass er das als Kind mit ansehen musste. Er kann nicht vergessen, das ist schrecklich!"

„Wir können alle nicht vergessen, es liegt in unserer Natur. Doch wir beherrschen auch die Kunst, uns sehr mit dem Hier und Jetzt zu beschäftigen und mit der Vergangenheit abschließen zu können. Und dennoch, die, an denen unser

Herz hing und die wir verloren haben, wollen wir durch Erinnerungen in uns am Leben erhalten", erklärte Keera.

„Das hast du schön gesagt", entgegnete ich.

„Wollt ihr jetzt immer noch da raus?", fragte die kleine Ratte und Line und ich nickten.

„Jetzt erst recht. Jetzt versuche ich nicht mehr nur für ihn und mich das Heilmittel zu finden, sondern auch für euch. Armania braucht seine Hoffnung zurück und solange die Chance besteht, werde ich versuchen, sie zurückzubringen."

„Dann wünsche ich euch viel Glück!" Mit diesen Worten trippelte Keera zur Tür. Ich hielt sie zurück.

„Keera? Danke! Ich weiß das sehr zu schätzen, dass du uns das erzählt hast."

„Passt auf euch auf", sagte sie noch, dann verschwand sie aus der Tür.

## Kochendheiß

„Seid ihr euch wirklich sicher, dass ihr da raus wollt?", fragte Nea und musterte uns von oben bis unten. Wir nickten entschlossen, die Hände fest um die Schulterriemen unserer Rucksäcke gekrallt.

„Na, dann wollen wir euch nicht aufhalten. Ich begleite euch ein wenig durch den Wald, aber weit kann ich nicht mitkommen."

„Kein Problem, das verlangen wir auch gar nicht. Vielen Dank für die Unterkunft und das Essen, das war wirklich sehr nett von euch, uns aufzunehmen", antwortete ich ihr.

„In Armania galt immer: Alle für alle! Das bedeutet uns sehr viel. Gerade in der derzeitigen Situation ist es so unglaublich wichtig, sich daran zu halten. Doch nicht jeder ist noch immer bereit dazu, stellt euch darauf ein. Die Humanil haben Angst. Ihr habt gesehen, wie wir reagiert haben, als wir euch zum ersten Mal gesehen haben."

„Ja, ich weiß. Wir werden damit rechnen, danke", entgegnete nun Line, und zu dritt machten wir uns auf den Weg durch den Wald.

Nach einer Weile hörten wir plötzlich eine raue Stimme hinter uns.

„Hey, wartet! Ich komme auch noch mit!", rief sie und als ich mich umdrehte, erkannte ich den Marder Ale, der keuchend auf uns zu rannte.

„Ich … würde … euch gerne … begleiten", schnaufte er und ließ seine kleine Zunge aus dem Maul hängen.

„Bist du dir sicher?", fragte ich und hockte mich zu ihm hin.

„Hundertprozentig. Es ist sicherer, jemanden dabeizuhaben, der sich in der Umgebung ein wenig auskennt, oder nicht?"

Ich grinste ihn dankbar an, während Line hinter mir ein „Willkommen an Bord" aussprach.

৪০

Die Luft wurde immer schwüler, je weiter wir liefen, und der Boden schien in der Ferne immer mehr zu flimmern.

„Von hier an müsst ihr allein weiter", sagte Nea nach einer Weile und drehte ihren Oberkörper zu uns um.

„Danke für eure Hilfe und für die Informationen. Wir werden versuchen euch zu helfen, so gut wir können", setzte ich an, doch Nea hob die Hand.

„Nein, denkt jetzt erst mal an unseren Prinzen. Wenn er gesund wird und zurückkehren kann, dann habt ihr schon eine Menge für Armania getan."

Ich nickte, Criff hatte definitiv Vorrang, doch sollte sich uns die Gelegenheit bieten, so würde ich mich für Armania einsetzen.

„Danke nochmal!", sagte ich und umarmte Nea fest. Line tat es mir gleich. Ale, der auf Neas Rücken gesessen hatte, sprang nun auf meine Schulter und rollte sich um meinen Nacken. Lächelnd wandte ich mich an Line. „Sollen wir?"

„Folgt einfach diesem Pfad hier bis zum Ende, dann könnt ihr euren Weg nicht verfehlen", erklärte Nea uns mit ausgestrecktem Zeigefinger. „Es ist nicht mehr weit."

৪০

Wir setzten unseren Weg nun also alleine fort und je weiter wir gingen, desto wärmer wurde es. Die riesigen Bäume wurden kleiner, bis sie die Größe eines normalen Baumes erreichten, und auch die Blätter veränderten sich. Sie wurden länger und dicker.

Und dann standen wir vor ihm, einem See mit kochendem Wasser. Und er kochte wirklich: Das Wasser war so heiß, dass es aufschäumte und Blasen warf.

Ich wusste nicht, was ich sagen sollte. Ich hätte mir nie träumen lassen, dass ein ganzer See so heiß werden konnte. Der Wasserdampf war sogar so dicht, dass es uns die Sicht auf das andere Ufer komplett versperrte.

„Wie geht denn sowas?", fand Line als erste die Sprache wieder und sah mich mit glänzendem, feuchtem Gesicht an. Ich zuckte die Schultern und wischte mir mit dem T-Shirt über die Stirn. Schon jetzt hatten wir beide einen glänzenden Film auf der Haut. Ale begann auf meiner Schulter langsam zu hecheln.

„Das ist der Heißwasser-See. Auf der Insel in der Mitte leben Amphibien und Tiere, die eine besondere Luftfeuchtigkeit benötigen", erklärte er uns.

„Und wie sollen wir da rüberkommen? Ich meine, schau doch mal, der See kocht!", sprach ich mein Unbehagen aus.

„Ja, ich weiß und ich muss zugeben, dass ich selber auch noch nicht auf der Insel war. Aber es muss irgendeine Möglichkeit geben, nach drüben zu gelangen." Er sah sich um. „Da, seht mal! Da vorne sind Steine. Sieht aus wie ein Weg. Der führt uns bestimmt ans andere Ufer." Ales rechte Vorderpfote zeigte auf den See, und als ich ihr mit meinem Blick folgte, sah ich die runden Steine, die sich nach und nach im Nebel verloren. Unsicher ging Line darauf zu und setzte einen Fuß auf einen der Steine, zog ihn aber sogleich wieder zurück.

„Der wackelt total und das Wasser bewegt sich ja auch", sagte sie leise in die kleine Runde. „Müssen wir da wirklich rüber? Gibt es keinen anderen Weg, Ale?"

„Nein, ich fürchte nicht. Dieser See hier trennt unseren Teil vom Rest Armanias. Bisher hat er die Burner weitestgehend daran gehindert, unseren Wald zu besuchen und Schaden anzurichten. Die andere Seite ist also gefährlicher. Ich denke, hier ist noch die einfachste Stelle, um auf die andere Seite zu gelangen."

Ich straffte meine Schultern und machte einen entschlossenen Schritt auf die Steine zu.

„Also gut, dann lasst es uns hinter uns bringen." Ich hoffte sehr, dass man mir meine Unsicherheit nicht anhörte.

„Du hast Recht", stimmte mir Line, nun ebenfalls entschlossener, zu.

„Also los!" Mit einem tiefen Seufzer setzte ich einen Fuß auf den ersten Stein – er wackelte wirklich entsetzlich – und machte mich langsam auf den Weg. Line ging dicht hinter mir. Bei jedem Schritt mussten wir aufpassen, dass wir nicht das heiße Wasser berührten, das spritzend gegen die Steine schwappte. Ich war froh, dass die Kleidung, die wir von Nea bekommen hatten, aus einer langen Hose bestand, und somit unsere Haut schützte. Hin und wieder wurden die Steinplatten von einer so großen Welle heißen Wassers übergossen, dass wir stehen bleiben und abwarten mussten, bis das Wasser wieder verdunstet war. Daher kamen wir nur sehr langsam voran. Wie gut, dass ich mich zuhause für meine Wanderschuhe entschieden hatte, anstelle der Sommersandalen. Die dicke Gummisohle schützte meine Fußsohlen vor

Verbrennungen. Meine Arme hingegen steckten in einem Top, das zwar angenehmer bei der Hitze war, dafür aber keinen Schutz gegen die heißen Wasserspritzer darstellte. Der Schmerz trieb mir Tränen in die Augen. Haare und Kleidung klebten nass an meinem Körper und die Hitze machte jeden Schritt fast unerträglich. Je länger wir liefen, desto schwerer wurde es. Die Schuhe fanden kaum Halt auf den nassen, glatten Steinen und Ales Gewicht drückte zusätzlich zu meinem Rucksack auf meinen Schultern. Meine Fußsohlen wurden immer wärmer, während die Hitze sich durch das Material arbeitete, und meine Kehle war so trocken, dass ich kaum schlucken konnte.

„Mir ist so heiß", hörte ich Line hinter mir mit rauer Stimme rufen. Ich fühlte mich wie in der heißesten Sauna überhaupt, in der ich mit Skisachen saß, so warm war mir. Als wir eine größere Steinplatte erreichten, blieb ich stehen und setzte meinen Rucksack ab. Mit rotem Gesicht, von Schweißperlen übersäht, tauchte auch Line aus dem Dunst auf. Ich stützte mich keuchend auf meinen Knien ab.
„Soll ich Ale einmal tragen?", fragte Line schnaufend.
„Das wäre echt super, ich kann nämlich nicht mehr. Ich brauch eine Pause", antwortete ich und suchte meine Wasserflasche. Ich nahm nur einen winzigen Schluck, doch er tat bereits unheimlich gut. Ale kletterte von meiner Schulter aus auf den Arm von Line.
„Tut mir leid, wenn ich euch Umstände mache."
„Keine Sorge, wir sind froh, eine Begleitung dabei zu haben. Was meinst du, ob es noch weit ist?"
„Keine Ahnung. Aber vielleicht sieht man die Insel von hier aus?"

Ich stellte mich aufrecht hin, nachdem ich meine Wasserflasche wieder eingesteckt hatte und schaute mich um.

„Nein, nichts. Nur weißer Dampf", antwortete ich. In diesem Moment hörte ich einen panischen Schrei von Line. Ich fiel vor Schreck beinahe ins Wasser.

„Was ist los?", fragte ich und drehte mich zu ihr um. Sie hatte die Arme um sich geschlungen und starrte suchend in den Nebel.

„Da war was. Irgendwas ist an mir vorbeigeflogen und hat mich gestreift. Ist aber nichts passiert, ich hab mich nur erschrocken."

„Hier fliegt nichts. Das hast du dir bestimmt nur eingebildet. Vielleicht verursacht der Wasserdampf Halluzinationen", meinte ich und wandte mich wieder der Suche nach der Insel zu.

„Ich glaube nicht, dass sie es sich eingebildet hat. Ich habe auch gedacht, ich hätte etwas gesehen. Besser, wir laufen etwas zügiger weiter. Es könnte doch sein, dass es hier draußen Späher gibt, um Burner und unerlaubte Besucher zu vertreiben", gab Ale zu bedenken.

„Na ja, kann sein. Ich laufe diesmal hinter euch, okay? Dann los", antwortete ich und setzte mir den Rucksack wieder auf. Er war von unten bereits ganz warm.

ℰ

Wir hatten gerade einige weitere Steinplatten hinter uns, als plötzlich etwas meinen Arm streifte. Erschrocken blieb ich stehen und schaute mich um, doch der Wasserdampf versperrte mir jegliche Sicht. Selbst Line und Ale waren kaum noch zu erkennen. Unsicher und dennoch etwas schneller als vorher begann ich weiterzugehen, als ich Line erneut schreien hörte.

„Line, alles ok?", rief ich und versuchte sie einzuholen. Sobald ich ihren Umriss deutlicher werden sah, erkannte ich auch die Umrisse von anderen Wesen. Sie zogen an ihren Haaren oder an Ales Schwanz. Verzweifelt bohrte Ale ihr die Krallen in die Schulter, um nicht ins Wasser gezogen zu werden. Dann spürte auch ich plötzlich eine Bewegung, kurz darauf musste ich ebenfalls um meinen sicheren Stand auf der Steinplatte kämpfen. Ich schlug wie wild um mich, während ich gleichzeitig versuchte, das Gleichgewicht zu halten und unter keinen Umständen das heiße Wasser zu berühren. Ich erkannte die unterschiedlichsten Tiere, die unter anderen Umständen durchaus faszinierend zu beobachten gewesen wären. Geckos, Echsen, Leguane, Schlangen, sie alle schwirrten um uns herum. Mit wehenden Armen versuchte ich dennoch, diese Humanil von mir fernzuhalten, während ich so schnell wie möglich einen Fuß vor den anderen setzte. Das Surren einiger Flügel direkt an meinem Ohr machte mich beinahe wahnsinnig und irgendwann kam der Punkt, an dem ich nicht mehr konnte. Meine Lunge brannte von dem hektischen Einatmen der warmen Luft, meine Beine wollten nicht mehr weiter und schmerzten von den vielen heißen Wassertropfen, die es durch die Hose und Schuhe geschafft hatten. Auf meinen Armen erschienen überall große rote Flecken und meine Kopfhaut brannte. Ich hörte auf, um mich zu schlagen und zu brüllen und stellte mich stattdessen erschöpft und bewegungslos hin. Fast im selben Moment hörten die Humanil mit ihren Attacken auf. Line und Ale sahen dies und hörten ebenfalls auf, sich zu wehren, sodass auch sie schnell von den Angreifern in Ruhe gelassen wurden. Der Stoff meiner Kleidung klebte noch immer heiß an meinem Körper, nun mehr als vorher, und ich wollte einfach nur weg von hier. Genau in diesem Moment sah ich die Insel. Das sichere Land war nur wenige Meter von uns entfernt und meine Lebensgeister kehrten zurück. Ohne weiter über den plötzlichen Rückzug unserer Angreifer nachzudenken, nahm ich all meine Kraft zusammen, gab Line ein Zeichen und gemeinsam setzten wir uns wieder in Bewegung. Je näher wir unserem Ziel kamen, desto stabiler schienen die Steine mit dem Grund des heißen Sees verbunden zu sein. Sie wackelten nicht mehr so stark und wir kamen daher um einiges schneller voran. Als wir unser Ziel fast erreicht hatten, wollte ich bereits erleichtert aufatmen, als Ale sich umdrehte und einen Blick hinter mich warf. Seine Stimme wurde panisch.

„LAUFT!", brüllte er, und ich drehte mich erschrocken um. Der Grund für sein lautes Rufen war das, was gerade auf uns zurollte. Es waren keine Humanil, das konnte ich auch durch den Wasserdampf erkennen, der sich in der Nähe des Ufers immer weiter aufzulösen schien. Das, was da nun auf uns zurollte, war eine riesige Welle aus kochend heißem Wasser. Ales Warnung ließen Line und ich uns daher nicht zweimal sagen und nahmen unsere Beine in die Hand. So schnell wir konnten rannten wir über die letzten Steine. Ich achtete nicht mehr auf den Weg und obwohl die Steinplatten sich kaum noch bewegten, trat ich an Stellen, wo die Steine von Wasser überspült und somit kochend heiß waren. Selbst durch die dicken Sohlen meiner Schuhe brannte es fürchterlich.

Line hatte bereits das andere Ufer erreicht. Als auch ich endlich hinter ihr auf den lehmigen Boden trat, hielten wir jedoch trotzdem nicht an. Die Welle war wirklich gigantisch und immer noch nur wenige Meter hinter uns. Sie würde mit Sicherheit das Ufer überspülen und ich wollte nicht testen, wie weit ihre Reichweite ging. Also rannten wir immer weiter ins Inselinnere hinein, zwischen den Bäumen mit den glatten Rinden und riesigen Blättern hindurch. Meine Lungen brannten höllisch, doch ich zwang mich immer weiter: *Noch ein Stück! Das schaffst du schon!* Erst eine aus dem Boden ragende Baumwurzel brachte mich zum Stehen. Ich schlug der Länge nach hin und riss Line ebenfalls zu Boden, die daraufhin mit mir über den Boden kugelte, während Ale erschrocken neben uns auf seinen Pfoten landete.

Da lagen wir also nun, durchnässt, verdreckt und nach Luft schnappend auf einem lehmigen Boden einer Insel inmitten eines kochenden Sees. Nicht weit entfernt hörte ich, wie die riesige Welle auf das Ufer aufschlug und die Erde unter ihr laut zischte. Mühsam rappelten wir uns in eine kniende Position.

„Was … war … das?", keuchte und japste ich, mein Gesicht Line und Ale zugewandt.

„Keine Ahnung, möglicherweise haben die Humanil Sicherheitsvorkehrungen getroffen, damit ungebetene Gäste nicht auf die Insel kommen. Ich denke, dass sie uns angegriffen haben, um uns zu verwirren und zu schwächen. Nachdem wir aufgegeben haben, dachten sie vielleicht, es ist genug und dass wir das Ufer nicht schnell genug erreichen könnten. Aber wir haben es geschafft. Nur knapp, aber wir sind da!", antwortete Ale, dem sein Fell genauso nass am Körper klebte wie uns die Haare und Kleidung. Mein Herz schlug noch immer bis zum Hals und ich war froh, dass die Welle uns nicht erwischt hatte. *Die hätte uns bis auf die Knochen durchgegart!*

„Möglicherweise haben wir aber auch nur einen ungünstigen Zeitpunkt erwischt und die Humanil sind vor der Welle geflohen", sprach Line eine andere Vermutung aus. Es war mir egal, ich war bloß froh, nicht gekocht worden zu sein.

Ich setzte mich schnaubend auf meinen Hosenboden und zwang mich, ruhiger zu atmen, damit sich mein Puls beruhigte. Uns schien keiner gefolgt zu sein, aber es war trotzdem nicht sicher, einfach hierzubleiben. Die Welle war groß und laut gewesen und die fliegenden Amphibien hatten bestimmt Alarm geschlagen. Wir würden also nicht lange unbemerkt bleiben.

Während wir auf dem feuchten Lehmboden saßen, schaute ich mich um. Die Umgebung erinnerte mich entfernt an das Tropenhaus im Zoo, denn vom Klima her war es ähnlich, und hier war es nicht mehr ganz so heiß wie am See. Dennoch flimmerte die Luft, wenn man etwas weiter in die Ferne sah und auf meiner Haut bahnten sich Schweißperlen ihren Weg nach unten. Überall waren Bäume und Pflanzen mit riesigen grünen Blättern zu sehen. Manche von ihnen waren fast so groß wie ich und hatten die unterschiedlichsten Grüntöne. Irgendwo in den Büschen surrte es leise und ich bekam ein mulmiges Gefühl. *Werden die Humanil uns angreifen oder eher fliehen? Haben wir womöglich sogar eine Panik ausgelöst?*

Vor uns erstreckte sich ein schmaler Pfad, einzelne blattgrüne Wurzeln schauten daraus hervor und ab und an hingen grüne Äste von oben herab und versperrten den direkten Durchgang. Es gab jedoch auch Stellen mit knalligen und auffälligen Blüten, die mir wie eine Warnung ins Auge sprangen. Die Äste der Bäume waren weicher als ich es gewohnt war.

„Was nun?", fragte Line, die ebenfalls die Umgebung mit großen Augen betrachtete.

„Am besten, wir gehen den Pfad entlang, irgendwann muss ja ein Dorf oder so kommen, meint ihr nicht?", sagte ich und versuchte so zu klingen, als wäre ich davon hundertprozentig überzeugt.

༄

Wir erreichten nach kurzer Zeit wirklich ein kleines Dörfchen, gut versteckt zwischen all den Pflanzen um uns herum. Einige Häuser bestanden aus unterschiedlich großen Blätter, waren mit Seilen oder Ästen zusammengebunden und hoben sich optisch kaum vom Rest des Waldes ab. Manche Häuser hingegen bestanden aus unzähligen kleinen Blättern, geschichtet wie die Schuppen einer Fischhaut. Wieder andere bestanden aus großen Blättern und hatten die Form eines Zeltes. Es gab winzig kleine Häuser oder sehr große, manche auf der Erde, manche auf den Bäumen.

Staunend gingen wir weiter, wobei ich versuchte, meine schmerzenden Arme und Beine zu ignorieren. Meine Schuhsohlen waren ziemlich aufgeheizt. Doch der warme Boden bewirkte leider nicht, dass sie abkühlten. Die nasse Kleidung scheuerte unangenehm an meiner beanspruchten Haut.

Den ganzen Weg bis zum Dorf waren wir niemandem begegnet. Erst in dem kleinen Örtchen sahen wir auch wieder Lebewesen. Jeder, der uns wahrnahm, verschwand allerdings augenblicklich in einem der Häuser. Viele von ihnen, auch einige in Menschengestalt, waren dabei unheimlich flink und schnell. Durch ihre der Umgebung angepassten

Kleidung oder Hautfarbe nahm ich die meisten erst dann wahr, als sie sich bereits bewegten und flohen. Ich fühlte mich schuldig, dass wir ihnen allen so einen Schrecken einjagten, doch keiner der Humanil war lange genug anwesend, dass wir ihnen erklären konnten, warum wir hier waren.

„Und wie geht's jetzt weiter?", fragte Line, die sich als erste von dem beeindruckenden Anblick lösen konnte.

„Keine Ahnung, am besten versuchen wir jemanden abzufangen und fragen, wie und wo wir wieder von der Insel herunterkommen. Mir wird es auf Dauer hier zu warm", antwortete Ale. Ich stimmte ihm zu. Die Hitze war wirklich unerträglich, dauernd wischte ich mir mit meinem Shirt den Schweiß von der Stirn.

„Ein Rathaus, wir könnten doch im Rathaus oder so nachfragen, die wissen bestimmt, wie wir …", weiter redete ich nicht, denn mir wurde bewusst, wie schwachsinnig das klingen musste. Ein Rathaus gab es hier bestimmt nicht, immerhin waren wir hier nicht in unserer Welt. Meine Vermutung wurde auch gleich von Ales Blick bestätigt.

❧

Die folgenden Minuten versuchten wir verzweifelt, den ein oder anderen Humanil durch freundliche Rufe auf uns aufmerksam zu machen, doch sie waren alle einfach zu schreckhaft. Keiner blieb über das erste Wort hinaus in unserer Nähe. Je länger wir herumstanden und jemanden ansprachen, desto hilfloser fühlte ich mich. Diese Aktion brachte absolut gar nichts.

„Entschuldigung", sprach ich bereits die nächste Echse an, die unseren Weg kreuzte und rechnete schon damit, dass auch sie sich eilig unter einen Baum oder Stein flüchtete. Zu meinem Erstaunen blieb sie sitzen. Sie sah aus wie ein Feuersalamander, nur etwas größer, und ihr Körper passte sich der Umgebung farblich an. Ihre Augen wirkten wie die eines Chamäleons.

„Du brauchst dich nicht zu entschuldigen, du hast doch nichts gemacht", sagte sie und richtete ihre beweglichen Augen auf mich.

„Ähm. Also, ich wollte eigentlich fragen, ob du … Sie … uns vielleicht sagen könnten, wie wir von der Insel herunterkommen können, ohne erneut eine Welle der Angst auszulösen oder angegriffen zu werden", stammelte ich.

„Ach, ihr wart das. Ihr habt den Bewohnern hier tatsächlich eine Heidenangst eingejagt. Warum seid ihr denn überhaupt hier auf der Insel?"

„Wir müssen etwas Wichtiges finden und dafür müssen wir über den kochenden See. Die Insel war die einzige Möglichkeit für uns, das Wasser zu überqueren." Ich wollte jemand Fremden nicht gleich unsere ganze Geschichte erzählen.

„Was ist denn so wichtig?", fragte sie weiter nach und ich sah hilflos zu Line und Ale rüber.

„Ach, weißt du …", versuchte mir Line zu helfen, wurde aber sogleich von Ale unterbrochen.

„Kannst du uns nicht einfach sagen, wie wir wieder von hier wegkommen?"

„Nein!", antwortete der Salamander und wartete auf unsere Reaktion. „Ich kann es euch zeigen."

„Das hört sich doch schon mal gut an." Ich versuchte optimistisch zu klingen. Der Salamander kletterte an Lines Bein hoch und setzte sich auf ihre Schulter. Sie wirkte ein wenig irritiert, sagte aber nichts.

„Ich heiße Sifus", stellte der Salamander sich vor, dann setzten wir uns in Bewegung.

Sifus dirigierte uns zwischen Bäumen und Häuserbauten hindurch, aber irgendwann hatte ich das Gefühl, wir liefen einen Umweg, damit er uns seine Lebensgeschichte erzählen konnte. Fast an jedem Stein oder Blatt bat er uns, stehenzubleiben und dann erzählte er minutenlang, wo er als Kind gespielt, sich mit Freunden gekebbelt oder einfach nur herumgelegen hatte. Als wir an der Stelle ankamen, wo er das erste Mal die Echse seiner Träume gesehen hatte, reichte es mir. Ich setzte ihn von Lines Rucksack herunter auf einen hohen Stein, damit er fast auf Augenhöhe zu mir war. Meine Füße und Haut taten weh, ich war müde und schlapp und hatte das Gefühl, ich hätte bereits die halbe Insel gesehen.

„Hör mal, Sifus", begann ich, „deine Vergangenheit mag ja schön für dich gewesen sein, aber es ist nicht das, was wir brauchen. Wir sind nicht zum Sightseeing und Geschichtsunterricht hier. Wir müssen so schnell wie möglich das Bernsteinblut bekommen, wenn du es genau wissen willst. Während wir hier also rumlaufen und uns deine Geschichten anhören, schwebt zuhause jemand in Lebensgefahr. Wenn du uns also nicht helfen kannst, dann lass es bleiben. Unsere Reise ist nicht irgendein Abenteuer aus Spaß oder eine Aktion, um die Humanil weiter in Angst zu versetzen. Da draußen bangt jemand um … sein Leben!" Meine Stimme versagte und ich spürte, wie sich Tränen in meinen Augen sammelten und meine Wangen herunterliefen. Ich sah Criff vor meinem geistigen Auge, wie er an Schläuchen angeschlossen im Krankenbett lag und sich vor Schmerzen krümmte. Ich wandte mich ab und ging einige Schritte weg, hinter mir herrschte gequältes Schweigen. Kurz darauf spürte ich eine Hand auf meiner Schulter und dann nahm mich Line in den Arm. Sie sagte nichts, sondern hielt mich einfach nur fest, und ich presste mein Gesicht gegen ihre Schulter.

Ich weinte nicht wirklich stark, ich brauchte nur etwas Zeit zum Durchatmen. Genauso schnell wie die Tränen gekommen waren, versiegten sie auch wieder.

„Gott, ist das peinlich, wie ich mich hier aufführe", sagte ich zittrig, doch Line schüttelte nur ihren Kopf, nahm meine Hand und drückte sie leicht.

„Es ist das Gegenteil von peinlich, Rina. Du nimmst hier einiges auf dich. Das ist mutig. Sieh dir doch an, wie wir auf deine Aktion reagieren. Siehst du irgendjemanden von uns lachen?" Line hatte Recht, sie alle schauten betreten zu Boden. Kein Schmunzeln, kein Grinsen, kein Lachen, sondern ernste Gesichter und Schweigen.

Wir gingen zurück zu Ale und Sifus, um uns weiter zu beraten. Als ich näherkam, krabbelte Sifus mir entgegen und sagte zögernd: „Tut mir leid. Ich hab den Ernst der Lage nicht begriffen und du hast Recht. Ich habe nicht darüber nachgedacht, weshalb ihr hier sein könntet. Ab jetzt keine blöden Geschichten mehr. Darf ich noch dabei sein?" Ich nickte beschwichtigend und lächelte ihn zustimmend an.

Nachdem er erneut auf Lines Rucksack Platz genommen hatte, setzten wir uns wieder in Bewegung. Diesmal erzählte Sifus uns tatsächlich keine Geschichten mehr, sondern dirigierte uns über kleine Trampelpfade zu einem freien Platz mit lehmigem Boden und großen Steinen.

„Wo sind wir, Sifus?", fragte ich skeptisch und schaute mich um. In den Pflanzen um uns raschelte es, gefolgt von einer unheimlichen Stille.

„Hier wohnt jemand, der euch bestimmt weiterhelfen kann. Sein Name ist Pipitus Alus, mein Vater hat ihn einmal kennengelernt und mir von ihm erzählt. Er weiß unheimlich viel, ist viel durch Armania gereist und hat einiges gesehen. Ich weiß seine Adresse noch ganz genau. Es ist in der Nähe vom Sullingerteich, der dritte Stein von rechts, am zweiten Busch links, unterm großen runden Stein, rechts der alten Tropenbuche, hinter den drei kleinen Kieseln. So hat es mein Vater gesagt. Na also, hier muss es sein!"

„Wo denn?", fragte Ale und sah sich suchend um.

„Unter dem dicken Stein, einfach anklopfen", gab Sifus Auskunft und Line klopfte mit der Faust gegen den Stein. Es gab ein hohles Geräusch. Mit einem plötzlichen Ruck schob sich der Stein zur Seite und Line sprang erschrocken zurück. Aus einem Loch im Boden schaute der Kopf einer großen Echse. Sie sah aus wie ein Drache im Miniformat. Ihre schuppige Haut war dunkelgrün und hatte kleine, gelbe, dreieckige Stacheln, die vom Kopf bis zum Schwanz verliefen. Die einzelnen Schuppen hoben sich stark hervor. Auf ihrem Rücken befanden sich kleine, lederne Flügel, die an manchen Stellen leicht eingerissen waren, und auf ihrem Kopf hatte sie gebogene Hörner. Ihre Augen funkelten wie Rubine. Diese Echse schien unglaublich alt zu sein.

„Ich weiß nicht, wo die Kräuter sind, die ihr sucht", sagte sie mit rauer, kratziger Stimme und wollte schon zurückklettern, als ich sie eilig ansprach und damit ihr Vorhaben durchkreuzte.

„Warten sie! Sind sie Pipitus Alus?"

„Na, wer sollte ich sonst sein? Seht ihr noch eine andere Drachenechse außer mir, die hier wohnt?" Ich schüttelte verneinend den Kopf.

„Wir brauche Ihre Hilfe", redete Line weiter.

„Ich weiß, aber ich habe keine Ahnung, wo diese Kräuter sind."

„Woher wissen sie, dass wir Kräuter suchen?", fragte ich verwundert, erhielt aber nur ein Schnauben als Antwort. Aus den Nüstern der Drachenechse kam leichter Dampf.

„Bitte! Sifus hat gesagt, sie sind schon viel durch Armania gereist und haben einiges gesehen. Vielleicht können Sie uns helfen? Wissen Sie etwas über das Bernsteinblut? Es ist unheimlich wichtig, dass wir es finden und nach Hause bringen", flehte ich, doch ich erntete nur einen starren Blick

„Der Prinz leidet. Seine Körperheilungskräfte ermöglichten ihm, gegen das tödliche Gift anzugehen, aber es wird nicht lange funktionieren, ihr habt nur wenig Zeit. Das Medikament ist für ihn, er ist noch nicht tot", sagte die Drachenechse abwesend und ich sah sie entgeistert an.

„Woher wissen Sie das? Dass wir es für Criff suchen? Dass er leidet?" Der Blick der Echse wurde wieder klarer.

„Junge Dame, ich bin eine Drachenechse! Was glaubst du, wieso so viele Leute zu mir kommen und um Informationen bitten? Ich lebe schon lange in dieser Welt, ich habe viele Dinge gesehen und ich sehe noch immer viele Dinge. Stell nicht solche Fragen!" Ehe ich darauf reagieren konnte, meldete sich auch schon Sifus zu Wort.

„Moment! Prinz? Ihr sucht das Bernsteinblut für den Prinzen? Ich dachte, der ist tot!"

„Ist er nicht. Zumindest noch nicht", gab Pipitus trocken zurück.

„Wenn Sie wissen, dass wir es für ihn brauchen, wissen Sie dann auch, wie es ihm jetzt geht?"

„Nein, wie sollte ich es wissen? Er ist nicht hier in Armania, ich habe ihn lange nicht gesehen und mit ihm gesprochen. Es ist schwer, Informationen zu erhalten. Du weißt es doch auch nicht. Dennoch ist es besser, ihr zögert nicht, denn gegen das Gift kann niemand ewig angehen. Er wird jeden Tag schwächer werden, jeder Tag, den ihr verplempert, bringt ihm dem Tod etwas näher." Fassungslos starrte ich die Echse an. *Woher weiß sie das alles?*

„Woher ..." begann Line ebenfalls staunend, doch Pipitus antwortete nur: „Belass es dabei, ich bin eine Drachenechse, ich weiß es einfach." Und wir beließen es dabei.

„Dann sagen Sie uns, was Sie über das Bernsteinblut wissen. Wo sind die Kräuter, wo ein Mediziner, der es brauen kann?", brachte Ale unsere Aufgabe wieder in Erinnerung. Pipitus atmete erneut genervt aus und hinterließ dabei eine neue Rauchwolke in der Luft.

„Ich habe doch bereits gesagt, dass ich es nicht weiß. Glaubt ihr nicht, dass ich es schon lange jemandem erzählt hätte, wenn ich es wüsste? Auch hier in Armania gab es mit dem Gift Infizierte!"

Meine Schultern sackten nach unten. Diese Echse hier wusste alles und doch gar nichts. „Wartet einen Augenblick." Pipitus drehte sich und verschwand in seinem Loch unter dem Stein. Kurze Zeit später kehrte er zurück und hielt einige ledrige Blätter in seiner Klaue.

„Hier, kaut das und streicht es auf eure Brandwunden, es hilft der Haut, sich zu erholen."

Zögernd nahm ich die Blätter entgegen und betrachtete sie kritisch.

„Macht ruhig, ich kenne diese Pflanze. Einfach zu einem Brei kauen und auf die Haut streichen, sie sind nicht giftig", ermunterte Sifus uns. Ich gab Line und Ale einige Blätter ab, setzte mich auf den lehmigen Boden und steckte mir ein paar  in den Mund. Sie schmeckten eigenartig bitter und scharf zugleich, und ich hätte sie am liebsten sofort wieder ausgespuckt, zwang mich aber, sie weiter zu kauen. Währenddessen krempelte ich die Hosenbeine nach oben. Die Stellen, an denen das heiße Wasser des Sees meine Haut berührt hatte, waren rot und wund. Nach und nach spürte ich, wie die Masse in meinem Mund erst weich und daraufhin immer zäher wurde, bis sie sich schließlich zu einer Art festem Klumpen formte. Ich spuckte den dunkelgrünen Kloß auf meine Hand und begann, ihn mit kreisenden Bewegungen auf die wunden Stellen zu streichen. Er verteilte sich gut und hinterließ eine wohlige Kälte auf der Haut.

„Können Sie uns verraten, wie wir von der Insel herunterkommen, ohne uns erneut zu verbrühen?" beschränkte sich Ale nun auf die sachlichen Dinge und ich war ihm dankbar dafür. In meinem Kopf hatte ich so viele andere Gedanken, dass ich vergessen hatte, Pipitus nach dieser wichtigen Information zu fragen.

„Der kochende See führt einmal um die komplette Insel herum, einzig die Steinplatten führen an die Ufer des Festlandes, doch sie werden die meiste Zeit bewacht. Um auf die andere Seite zu gelangen, müsst ihr zu den Holztürmen. Sie sind am Rande des Steinweges, der zum anderen Ufer führt. Einer von euch muss einen der Türme hinaufklettern. Er ist durch eine Dunstschnur mit dem zweiten Turm verbunden und da müsst ihr rüber. Auf dem zweiten Turm befindet sich nun eine Kiste aus Holz, in der liegt ein Stein. Er steuert die Temperatur des Wassers. Trennt den Mechanismus des Steins, damit der See abkühlt. Doch ihr müsst schnell sein, um zurückzuklettern und den Steinweg zum Ufer zu schaffen, die Wächter können euch ohne den Wasserdampf besser sehen. Ihr habt nur wenig Zeit."

„Dann lasst uns keine Zeit verlieren. Auf geht's!" Line krempelte, nachdem auch sie alle wunden Stellen mit der Blätterpaste eingerieben hatte, ihre Hose wieder nach unten, stand auf und schulterte ihren Rucksack.

„Vielen Dank für Ihre Hilfe", wandte ich mich an die Drachenechse und folgte Line.

„Wartet!" Ich drehte mich nochmals zu der Drachenechse um.

„Bitte, bringt uns den Prinzen zurück. Armania braucht neue Hoffnung und die Nachricht, dass der Prinz noch lebt, bringt sie vielleicht zurück. Doch nehmt euch vor den Black Burnern in acht. Sie werden erfahren, dass ihr hier seid und nach euch suchen. Ich wünsche euch viel Glück, meinen Segen für eure Reise habt ihr."

„Danke", erwiderte ich mit einem entschlossenen Lächeln, ehe die alte Echse in dem Loch unter dem Stein verschwand. Gemeinsam mit Line und Ale folgte ich Sifus, der uns eilig zu dem zweiten Steinweg führte.

ℰℭ

Trotz des Wasserdampfes sahen wir vom Ufer aus die Holztürme als dunkle Schemen stehen. Vorsichtig, so wie wir bereits auch den Hinweg gemeistert hatten, setzten wir einen Fuß nach dem anderen auf die wackelnden Steine. Ich spürte sofort wieder, wie der Dampf sich durch meine Kleidung fraß und meine Haut erhitzte. Ich drehte mich nun öfter um als auf dem Hinweg, damit ich erkennen konnte, ob uns wieder jemand angriff oder eine Welle auf uns zukam. Doch zu meiner Erleichterung blieb es ruhig.

Wir erreichten den ersten Holzturm relativ schnell, ohne dass es besondere Vorkommnisse gegeben hätte. Ich legte den Kopf in den Nacken und schaute nach oben.

„Wer geht hoch?", fragte Ale und schaute uns an.

„Ich kann gehen, aber ihr müsst die Umgebung im Blick behalten", sagte ich und stellte mich vor die kaputte Leiter, die den Hochsitz hinaufführte. Der heiße Dampf hatte das Holz ziemlich angegriffen und die meisten Sprossen waren nicht mehr zu benutzen. Ich würde aufpassen müssen, nicht auf eine zu treten, die unter meinem Gewicht nachgab.

„Bist du sicher, Rina? Was ist, wenn du runterfällst?", fragte Line unsicher.

„Sagen wir einfach, ich falle nicht runter, abgemacht?" Ich versuchte spaßig zu klingen, doch in meiner Stimme hörte man die Unruhe.

„Ich komme mit, ich bin nicht schwer und vielleicht kann ich dir mit dem Ausschalten des Mechanismus helfen", schlug Sifus vor und kletterte den Hochsitz bereits ein Stück empor.

„Doch sobald der Mechanismus ausgeschaltet ist, wartet nicht auf mich. Ich kann auf der anderen Seite nicht lange bleiben, daher werde ich sofort auf die Insel zurückkehren."

„Also gut", seufzte ich und begann nun ebenfalls den Aufstieg. Line und Ale schauten uns stumm hinterher.

Wir kamen schnell und ohne Probleme oben an und ich gab Line ein Zeichen, dass alles okay war. Anschließend suchte ich nach dem Dunstseil, von dem Pipitus Alus gesprochen hatte.

„Da vorne!" Sifus richtete einen Arm nach vorne und ich folgte der Richtung mit den Augen. Im Wasserdampf hob sich eine Stelle ganz besonders hervor. Ein kleiner Fleck war dicker und weißer als der Rest und als ich danach griff, fühlte es sich erstaunlich fest an.

„Da unten ist noch so eins, da kannst du vielleicht deine Füße draufstellen", schlug Sifus vor. „Ich laufe vor, damit du siehst, wohin du greifen musst."

Er kletterte auf das merkwürdige Seil und das machte mir Mut, es nun ebenfalls zu versuchen. Vorsichtig griff ich nun mit beiden Händen nach der Schnur und setzte langsam einen Fuß auf das untere Seil. Es hielt. Schritt für Schritt zog ich mich so zu der anderen Seite. Es war nicht einfach, denn die heiße Luft brachte meine Hände zum Schwitzen und erschwerte mir somit das Festhalten. Die Kraft in meinen Armen wurde immer weniger, doch ich biss die Zähne zusammen und zog mich weiter.

*Denk daran, für wen du es machst! Denk an Criff, denk an Armania! Komm schon!*, redete ich mir ein und versuchte so, mir Mut und Kraft zu geben. Ehe ich mich versah, war ich auch schon am anderen Holzturm angekommen. Doch zum Verschnaufen blieb keine Zeit. Eilig kletterte ich auf den zweiten Hochsitz und suchte nach der hölzernen Kiste. Sobald ich sie entdeckt hatte, öffnete ich sie und bekam einen Schwall kochenden Dampf ins Gesicht. Ich zuckte erschrocken zurück, doch sobald der Dampf verflogen war, sah ich den Mechanismus deutlich vor mir. In der Kiste lag ein durchsichtig-blauer Stein, in dessen Innerem sich an manchen Stellen weiße Wirbel befanden, die wie kochender Wasserschaum aussahen. An zwei gegenüberliegenden Seiten steckten zwei Kabel, die mit dem einen Ende in dem Stein verschwanden und mit dem anderen in der Kistenwand. Vorsichtig, ohne den Stein zu berühren, versuchten wir, die Kabel aus Stein und Wand zu ziehen. Es gab ein leises Zischen, als ich die Kabel aus der einen und Sifus sie aus der anderen Seite zog. Schlagartig hörte das Geräusch des brodelnden Wassers unter uns auf. Als ich von dem Turm hinunterblickte, konnte ich ohne Probleme das Wasser sehen. Es war glatt und ruhig, in der Luft lag lediglich ein sanfter Nebel, der allmählich schwächer wurde.

„Los, schnell, Beeilung!" Sifus trieb mich an, die Dunstschnur zurückzuklettern. Da der Wasserdampf sich bereits fast gänzlich aufgelöst hatte, wurde auch die Dunstschnur immer dünner und erschwerte das Festhalten enorm. Wir schafften es gerade noch, den ersten Holzturm zu erreichen, als die Schnur vollends verschwand. So schnell ich konnte, kletterte ich die Leiter nach unten.

„Los, los, los! Laufen!", rief ich Ale und Line zu und begann sofort zu rennen, nachdem meine Füße den Boden berührt hatten.

„Auf Wiedersehen, Sifus! Vielen Dank für deine Hilfe!", rief ich noch über meine Schulter.

„Auf Wiedersehen, ihr drei! Viel Glück bei eurer Reise!"

∞

Der See war ruhig, der Nebel verschwunden und die Steinplatten fester im Boden, was es uns einfacher machte, darüberzulaufen. Das war auch gut so, denn von weitem sahen wir schon die Amphibien zum Hochsitz fliegen. Kleine schwarze Punkte, die immer näher kamen. Und da wir sie sehen konnten, würden sie uns ebenfalls erkennen können. Wir erreichten gerade das andere Ufer, als der Nebel abrupt wieder einsetzte und das Wasser zu kochen begann. Obwohl uns niemand direkt verfolgt hatte, gingen wir dennoch ein Stück vom Ufer weg, bis die Luft wieder kühler wurde. Schnaufend setzte ich mich auf den Boden und versuchte, zu Atem zu kommen. „Ich brauche eine kurze Pause, dann können wir weiter", erklärte ich.

„Ich fürchte, das geht nicht. Wir haben ein Problem." Ich blickte zu Ale und dann in die Richtung, in die er schaute. Vor uns erstreckte sich eine Wand von Bäumen. Ein Dschungel, wie die Art der Pflanzen vermuten ließ.

„Es wird langsam dunkel, wir sollten besser über Nacht hierbleiben. In Armania ist es gefährlich geworden, die Nacht draußen zu verbringen. Um diese Zeit in einem Dschungel zu stecken, ist eine schlechte Wahl."

„Na toll", sagte ich und zog meinen Rucksack aus. „Das heißt, wir müssen hier warten, bis es wieder hell wird? Es ist doch noch hell, vielleicht schaffen wir es ja durch den Dschungel, bevor es dunkel wird? Es ist doch erst früher Nachmittag", versuchte ich Ale umzustimmen. Ich hatte wenig Lust draußen zu schlafen, wenn es so gefährlich war.

„Keine Chance, der Dschungel ist wirklich groß und ich kenne mich in ihm nicht aus", antwortete Ale gequält. „Glaub mir, ich bin auch nicht so froh über unsere Situation, aber es geht nicht anders."

„Ich habe schon die ganze Zeit Magenknurren, und wenn wir sowieso hierbleiben sollten, dann können wir doch genausogut auch etwas essen. Wir laufen immerhin schon den ganzen Tag durch die Gegend", meldete sich nun auch Line zu Wort.

„Vielleicht hast du Recht, lass uns erst mal unseren Hunger stillen."

In der Tropenstadt waren wir so mit anderen Dingen beschäftigt gewesen, dass wir es versäumt hatten, weiteren Proviant zu besorgen. Daher blieb uns nur das, was Nea uns mitgegeben hatte. Gemeinsam setzten wir uns auf den Boden, packten unser Essen aus und teilten es untereinander auf. Je länger wir saßen, desto kälter wurde die Luft um uns herum. Nach einiger Zeit machten wir uns auf die Suche nach Holz, um uns ein kleines Feuer für die Nacht zu machen. Line hatte Streichhölzer von zuhause dabei, mit denen wir das Holz schnell entzünden konnten.

Als der Himmel sich langsam zu verfärben begann, bauten Line und ich unsere kleinen Mini-Zelte für die Nacht auf. Ale hatte Recht gehabt, im Dschungel zu schlafen wäre womöglich die schlechtere Wahl gewesen.

Damit wir genug Schlaf bekommen konnten, stellten wir aber dennoch eine Wache auf, die regelmäßig abgelöst werden sollte. So bekam jeder in etwa gleich viel Schlaf und wir fühlten uns einigermaßen sicher. Line bot sich als Erste an, doch ich war nicht müde genug, um schon schlafen zu können. Viel zu viele Gedanken schwirrten durch meinen Kopf, also einigten wir uns, dass ich die erste Wache übernahm und sie danach weckte. Ale rollte sich dann auch schon recht früh zusammen, damit er fit für die letzte Wache war. Während die beiden anderen nun also in den Zelten schliefen, dachte ich noch einmal über die Worte der Drachenechse nach.

*Woher weiß sie von Criff? Wie kann sie solche Dinge wissen? Warum wir hier sind, wie es ihm geht, was das Gift mit ihm macht? Und wieso bleiben ihr dann wiederum andere wichtige Informationen verborgen?* Diese Gedanken schwirrten in meinem

Kopf herum und ließen mir keine Ruhe. Irgendwann kam Line aus ihrem Zelt heraus, um mich abzulösen. Ich blieb noch eine Weile sitzen, um mit ihr zu reden.

„Das alles ist schon irgendwie merkwürdig, oder? Es kommt einem vor wie ein Traum, findest du nicht?", fragte Line leise und ließ sich neben mir nieder.

„Ja", flüsterte ich zurück. „Ich habe das Gefühl, als säße ich in einem meiner Bücher fest. Als würde mein altes Leben zuhause parallel zu diesem ablaufen, und ich bin nur in einem Buch gefangen. Und wenn ich aufwache, ist der ganze Zauber vorbei. Dann ist die Realität wieder da und holt mich mit einem vollen Schub ein."

„Na ja, ein wenig ist es doch schon so, oder? Ich meine, wir sind in einer ganz anderen Welt gelandet, während bei uns zuhause, bei allen anderen Menschen, alles weitergeht wie zuvor. Und wir wissen nicht, wann wir zurückkommen und wie sehr uns die Geschehnisse aus unserer Welt einholen. Konntest du eigentlich schon Kontakt zu Magnum aufnehmen?"

Ich starrte auf meine Uhr, klappte sie auf und zu und schüttelte enttäuscht den Kopf.

„Nein, es ist alles schwarz. Entweder sie funktioniert über die Entfernung zwischen zwei Welten nicht, oder sie ist durch den See kaputtgegangen."

ℰꝴ

„Du, Line?", fragte ich irgendwann, nachdem wir eine Weile schweigend nebeneinander gesessen hatten. „Meinst du, er schafft es? Pipitus sagte, das Gift tötet die meisten Humanil innerhalb von Minuten. Glaubst du, er hält durch, bis wir wieder da sind? Ich meine, das könnte Wochen dauern. Und Henry und Magnum haben doch keine Ahnung von alledem, was da jetzt auf sie und uns zukommt. Was ist, wenn er es nicht schafft und ich nicht bei ihm sein kann? Nichts davon erfahre? Was, wenn wir das Blut bekommen und er es nicht geschafft hat? Was, wenn wir das Blut nicht bekommen?"

„Hey, Rina! Mach dich doch nicht selbst verrückt, indem du über Dinge nachdenkst, die vielleicht gar nicht eintreffen. Wir geben unser Bestes, die Medizin so schnell wie möglich zu finden und zu ihm zu bringen. Ich bin mir sicher, er schafft das. Lass uns die Hoffnung nicht aufgeben, bevor nichts entschieden ist, okay?"

„Und was ist, wenn die Burner wiederkommen? Wenn Saragan den Burnern befohlen hat, noch einmal zurückzugehen und ihn doch zu holen. Wenn sie erfahren, dass er noch lebt? Was wollten sie mit seinem Blut?"

„Rina! Ich weiß es nicht, aber du machst dir zu viele Gedanken. Leg dich hin und ruh dich aus, du wirst es brauchen."

„Ja, du hast Recht", sagte ich leise. „Danke, Line! Ich bin froh, dass du mitgekommen bist. Ohne dich würde ich wirklich verzweifeln. Diese Ungewissheit macht mich ganz kirre."

Ich stand langsam auf und ging auf mein Zelt zu, doch kurz bevor ich darin verschwand, drehte ich mich noch einmal zu meiner besten Freundin um.

„Weißt du, Humanil haben ein großes Problem. Sie glauben zu sehr an das Gute, weil es in ihrer Natur steckt. Sie haben keine Ahnung, wie die Menschen sind. Bei Nea haben sie uns doch erzählt, dass es früher keine Kämpfe gab. Jeder lebte friedlich. Jetzt müssen sie kämpfen, müssen Freunde und Familie verletzen, um selbst zu überleben und jeden Tag mit der Angst zurechtkommen, was noch passieren wird. Sie tun mir leid. Ich hoffe, sie bekommen ihren Frieden wieder zurück. Die Menschen könnten so viel von ihnen lernen, in Bezug auf Frieden miteinander und untereinander, dass es möglich ist, sich zu akzeptieren, egal wer oder wie man ist."

„Gute Nacht, Rina", antwortete Line nur und ich kroch in mein Zelt.

„Gute Nacht."

# Tief im Dschungel

Durch die dünne Zeltwand schien das sanfte Licht der aufgehenden Sonne. Müde rieb ich mir den Schlafsand aus den Augen und versuchte, mir meine Kleidung wieder anzuziehen. In dem kleinen Zelt war das gar nicht so einfach und ich war froh, als ich es geschafft hatte und endlich nach draußen klettern konnte. Meine Knochen taten weh von der Nacht auf dem harten Boden, der im Vergleich zu den weichen Betten in Neas Haus die reinste Folter gewesen war.

Ale saß vor der erloschenen Feuerquelle und leckte sich den knurrenden Bauch sauber, während um ihn herum langsam die leichten Nebelschwaden der Nacht verschwanden. *Schon komisch, wie frisch es hier morgens wird, wo es doch gar nicht weit entfernt kochend heiß ist,* dachte ich und setzte mich neben den kleinen Waschbär-Marder.

„Na, gut geschlafen?", begrüßte mich Ale und blickte auf.

„Na ja, war schon mal besser. Hast du auch so Hunger?" Ich zeigte auf meinen Bauch, der ein lautes Knurren ertönen ließ. Ale schenkte mir ein zustimmendes Grinsen.

„Ich habe gesehen, dass es ein paar Rindenbrotbäume gibt. Wir können etwas aufbacken und zu unseren Resten von gestern essen, was meinst du?"

„Klingt gut", antwortete ich und lief kurz darauf hinter Ale her, um Stücke aus den Baumrinden herauszuschneiden, da Ale es mit seinen Pfoten nicht konnte. Eingewickelt in einige dicke, ledrige Blätter buken wir so die Rindenstücke im neu entflammten Feuer auf, während wir unsere Reste vom Vortag zusammenwarfen.

„Morgen, ihr zwei", begrüßte uns kurz darauf Line, die gerade wach geworden war und aus ihrem Mini-Zelt kletterte.

„Frühstück?", fragte ich und zeigte grinsend auf das Blätterpaket im Feuer.

„Immer!", antwortete sie.

Gemeinsam aßen wir unsere Proviantreste, zusammen mit dem frischen Brot, und in meinem Bauch machte sich ein warmes und sattes Gefühl breit. Die Sonne wanderte langsam höher und es wurde schnell heller um uns herum. Nach dem Frühstück packten wir zügig unsere kleinen Zelte ein und schütteten das Feuer mit Erde zu, damit es nicht jedem sofort auffiel, dass hier jemand gewesen war. Wir wollten so früh wie möglich mit dem Marsch durch den Dschungel starten, um noch vor Einbruch der Nacht am anderen Ende zu sein.

Wir kamen anfangs auch ziemlich zügig voran. Die Stämme der Bäume waren nicht mehr glatt, sondernd rau, immer öfter schlängelten sich grüne und braune Lianen von den Baumkronen und Ästen herab. Das Holz der heruntergefallenen Äste knackte unter meinen Sohlen und die Bäume über uns verdeckten langsam aber sicher die Wärme und das Licht der Sonne. Die Lianen wurden dicker, das Blätterdach dichter und ich immer angespannter. Je tiefer wir in den Dschungel hineingingen, desto mehr hatte ich das Gefühl, beobachtet zu werden. Doch egal wie oft ich mich auch umsah, ich konnte weit und breit niemanden entdecken. In weiter Ferne hörte ich eine Art Affenkreischen, Vogelzwitschern und Tierlaute, die ich nicht zuordnen konnte. Meine Nackenhaare standen permanent aufrecht. „Wahnsinn, ich habe das Gefühl, ich bin auf einer Expedition durch den Urwald", sagte Line in die kleine Runde und lenkte mich damit ein wenig ab. Ich musste lachen.

„Bist du doch auch. Wir sind hier in einem Dschungel und wir sind auch tatsächlich auf einer Expedition." Line wurde rot. „Du weißt genau, was ich meine."

„Wir sind hier im Lianen-Dschungel, um genau zu sein, die Heimat der großen Katzen. Seid vorsichtig, die Katzen sind derzeit nicht besonders gut auf Besucher zu sprechen. Nach Aussagen, die ich gehört habe, waren die Katzen früher friedlich, doch auch sie mussten sich den neuen Umständen anpassen, als die Burner begannen, durch Armania zu ziehen. Die großen Katzen waren zwar noch nie wirklich Schmusetiere, es gab immer ein Risiko, sich mit ihnen abzugeben, aber in unserer derzeitigen Situation möchte ich ihnen ehrlich gesagt unter keinen Umständen begegnen. Bisher konnten sie ihr Territorium gegen die Burner erfolgreich verteidigen – und das will was heißen. In der ganzen Zeit sind wir alle misstrauisch geworden, als wir gemerkt hatten, dass wir nicht mehr nur unter unseresgleichen sind. Auch Humanil mussten in Kämpfen ihr Leben lassen, und da wir nicht vergessen können, begannen wir damit, unser Verhalten zu verändern, indem wir uns anpassten. Irgendwie müssen wir uns ja verteidigen, und die großen Katzen sind dafür genetisch optimal ausgestattet."

Aufgrund von Ales letztem Satz war mir nun noch unheimlicher zumute als vorher. *Wieso hat er das denn nicht schon am Anfang gesagt? Vielleicht hätte es irgendwo einen etwas ungefährlicheren Weg gegeben,* dachte ich unsicher, ermahnte mich jedoch gleich selbst, lieber an etwas anderes zu denken.

Dennoch traute sich von da an niemand von uns ein Geräusch zu machen und so gingen wir stumm immer weiter, auch wenn keiner wusste, wohin wir zu gehen hatten. Dann fiel mir plötzlich etwas Beunruhigendes auf.

„Wartet mal, hört ihr das?", fragte ich vorsichtig und blieb stehen, um angestrengt zu lauschen.

„Nein, ich höre nichts, wieso?", antwortete Line und auch Ale schüttelte verneinend den Kopf.

„Eben!", antwortete ich. „Das ist es gerade. Bis vor kurzem waren doch noch Geräusche zu hören. Jetzt hört man nur noch … Blätter rascheln …" Ich stockte, vollendete meinen Satz nur schleichend, während mein Blick nach oben wanderte. Mein Herz rutschte mir augenblicklich in die Hose. Über uns saßen sie, wilde Affen, die uns schweigend mit ihren hellen Augen beobachteten, in deren Iris sich die Baumkronen spiegelten.

Ale und Line folgten meinem Blick und wurden ebenfalls stocksteif.

„Das ist nicht gut", flüsterte Ale und trat einen Schritt zurück. Und damit begann das Gekreische. Immer lauter und hysterischer schrien die Affen plötzlich, während sie mit einem Mal wild durcheinander sprangen. Auf uns zu, vor oder hinter uns, ihre Hände und Füße streiften meinen Kopf oder die Arme, die ich mir schützend vor das Gesicht hielt. Innerhalb von Sekunden konnte ich weder Line noch Ale mehr sehen.

„Nicht bewegen!", hörte ich Ales Stimme zwischen den schrillen Lauten der Affen.

*Nichts leichter als das,* dachte ich und kauerte mich auf dem Boden klein zusammen, die Arme dabei noch immer schützend über meinem Kopf. Doch meine Ohren nahmen jedes

Geräusch der Umgebung in sich auf. Ich musste mich nicht einmal sonderlich dafür anstrengen. Und dann hörte ich, nicht weit von mir entfernt, ein tiefes Knurren. Es passte nicht in die hellen, schrillen Laute der Affen um mich herum, daher blickte ich nun doch für einen kurzen Moment auf und sah direkt in die gelben Augen einer Raubkatze. Mit einem Mal, ohne wirklich darüber nachzudenken, stand ich kerzengerade auf den Füßen, folgte meinem Instinkt und rannte los.

„Lauft!" Ich hörte die Schritte von Lines Schuhen auf dem Boden und wusste, dass sie auf meine Worte gehört hatte. Mit den Armen vor dem Gesicht rannte ich durch die wilde Affenmenge, ignorierte die aufkommenden Schmerzen und achtete nicht darauf, wo meine Freunde entlangliefen.

Ich rannte einfach los, durch die Baumreihen, Äste und Büsche, immer weiter und weiter. Ich wollte nur weg von diesem Ort. Ich hielt tatsächlich erst an, als ich über eine Wurzel stolperte und der Länge nach auf dem Boden landete. Jetzt bemerkte ich auch, dass die Schreie der Affen bereits verstummt und ich alleine war.

Nirgendwo war etwas von Line oder Ale zu sehen oder zu hören. Vorsichtig rappelte ich mich auf und lehnte mich keuchend an einen Baum. Meine Lungen brannten von diesem Sprint wie Feuer.

ଛୠ

Nach einer Viertelstunde Verschnaufpause war allerdings immer noch keiner der beiden anderen in Sicht. *Hoffentlich ist ihnen nichts passiert,* dachte ich und machte mich auf den Weg, meine Freunde zu suchen.

„Line? Ale? Ist jemand hier? Hallo? Wo seid ihr denn? Line? Ale?", rief ich, ohne dabei gleich zu schreien. Doch ich hörte weit und breit kein einziges Geräusch. Kein Affengebrüll, kein Vogelzwitschern, kein fremdes Tier und leider auch nicht meine Freunde.

Völlig entkräftet und durstig erreichte ich eine kleine Lichtung, die sich um einen winzigen, klaren See zog. Da ich mittlerweile ziemlich verschwitzt war, machte ich eine Pause, um mich abzukühlen. Nebenbei konnte ich auch endlich meine leere Wasserflasche wieder auffüllen. Auf der offenen Fläche der Lichtung spürte ich nun umso mehr, wie warm es mittlerweile geworden war. Die Sonne brannte auf die Steine und den See und erwärmte die Luft, bis sie zu flimmern begann.

Während ich mir die Arme und Beine mit Wasser bespritzte, behielt ich den Wald im Auge, um auf einen möglichen weiteren Angriff reagieren zu können. Ich hatte einige tiefe Kratzer an meinen Armen, die von den Krallen und Zähnen der Affen sein mussten und das kühle Wasser brachte sie dazu, höllisch zu brennen. Ich erinnerte mich an die Wundsalbe, die ich von zu Hause mitgenommen hatte und wollte gerade zurück zu meinem Rucksack gehen, als ich mit den Schuhen auf einem bewachsenen Stein ausrutschte und das Gleichgewicht verlor. Ich prallte mit der Stirn gegen einen dicken Ast auf dem Boden und verlor das Bewusstsein.

$\wp$

Als ich wieder zu mir kam, dröhnte mein Kopf wie ein Frachtdampfer. Das Pochen meines Herzens war laut und deutlich in meinen Ohren zu hören und brachte meinen Kopf zum Pulsieren. Ich versuchte, die aufkommende Übelkeit zu unterdrücken und drehte mich auf den Rücken, um in dieser Position für einen Augenblick die Augen zu schließen. Mein Plan ging nicht auf, die Übelkeit wurde größer und ich musste mich übergeben. Ein widerlicher Geschmack machte sich nun in meinem Mund breit und ich war froh, meine frisch gefüllte Wasserflasche in meiner Nähe zu finden, damit ich mir damit den Mund ausspülen konnte. Langsam richtete ich mich auf und sah mich um. Ich bekam einen Schrecken, als ich im ersten Moment meinen Rucksack nicht sehen konnte, entdeckte ihn jedoch dann an einen Baum gelehnt und erinnerte mich. Ich kroch vorsichtig auf ihn zu, holte einen dünnen Stoffschal aus der Tasche und tränkte ihn mit dem kalten Wasser aus meiner Flasche, um mir anschließend den nassen Lappen an die Stirn zu halten. Mit dem Rücken gegen den Baumstamm gelehnt, blickte ich nun auf den klaren See vor mir und beobachtete, wie das Sonnenlicht immer schwächer wurde. Ein Blick auf meine Uhr verriet mir, dass es bereits früher Abend war. *Und immer noch keiner der beiden anderen in Sicht*, dachte ich und nässte meinen Schal erneut. Der aufkommende Abend machte mir ein wenig Sorgen, denn nach ihm würde die Nacht hereinbrechen, und ich hatte wenig Lust, sie allein im Dschungel zu verbringen, wo es hier doch so gefährlich zu sein schien. Ich ging daher erneut, jedoch vorsichtiger als vorher, zum Wasser und füllte meine Wasserflasche wieder auf. Anschließend verstaute ich sie im Rucksack, cremte mir meine Kratzer mit Wundsalbe ein und schulterte die Tasche. Den feuchten Lappen gegen meine schmerzende Stirn gepresst, machte ich mich auf den Weg zurück in den dichten Urwald.

ᘒ

Ich lief eine ganze Weile durch den Wald, der von Minute zu Minute dunkler wurde. Die Zahlen auf meiner Uhr wanderten eifrig weiter, zeigten mir, dass es bald Nacht wurde, während meine Schritte immer schneller wurden. Ich traute mich nicht mehr, nach meinen Freunden zu rufen und somit Aufmerksamkeit auf mich zu lenken. Also lief ich einfach stumm weiter. Der Schal in meiner Hand war längst nicht mehr kalt genug, doch ich band ihn mir dennoch um die Stirn. Keine Ahnung, wie lange ich letztlich herumgeirrt war, doch irgendwann entdeckte ich einige Meter vor mir etwas. Und was ich sah, gefiel mir ganz und gar nicht. Ich erkannte sie an ihrem farbigen Rucksack bereits von weitem, ignorierte meine Schmerzen und beschleunigte meinen Schritt, ehe ich mich neben sie fallen ließ. Ihre Augen waren geschlossen, ihr Atem schwerfällig und rasselnd, ihr linker Arm unglaublich dick geschwollen. Mit zitternder Stimme versuchte ich, meine Freundin zu wecken.

„Line? Line, sag doch was! Wach auf, hörst du! Mach jetzt nicht schlapp, okay?" Ich kramte in meinem Rucksack nach meiner Erste-Hilfe-Tasche, doch darin war außer Desinfektionsspray nichts zu finden, was mir weiterhalf. Auch in Lines Tasche fand ich nichts, was ich ihr in diesem Zustand hätte geben können. Für Tabletten hätte sie wach sein müssen und wer wusste schon, welche Tabletten die richtigen waren. Stattdessen schien die Zeit sogar noch schneller voranzuschreiten als zuvor, und um mich herum brach nun endgültig die dunkle Nacht herein. Das Atmen fiel meiner Freundin immer schwerer, meine Augen wurden immer nasser und meine Hände immer zittriger.

„Line, bitte!", wimmerte ich leise, um dann gegen meine eigene Regel zu verstoßen und so laut zu rufen, wie ich konnte.

„Hilfe! Bitte, ist irgendjemand hier? Ich brauche Hilfe! Bitte! Hilfe!" Nun konnte ich die Tränen nicht mehr zurückhalten, wie Wasserfälle flossen sie aus meinen Augen, während ich immer weiter und immer verzweifelter in den tiefen Dschungel hineinschrie: „Hilfe! Bitte!"

ଚଠ

Irgendwann konnte ich nur noch leise vor mich hin wimmern, die Hände vor die Augen gepresst, der Kopf dröhnend und schwer, als ich plötzlich von der Seite ein Geräusch hörte. Ruckartig hob ich den Kopf und drehte ihn in die Richtung des Geräusches, doch die Dunkelheit erschwerte mir die Sicht. Erst beim Näherkommen erkannte ich, wer oder was das Geräusch verursacht hatte. Es war eine Schlange, geschätzte zwei Meter lang, die langsam auf mich zu kam. Mein gesamter Körper spannte sich an, die Fingernägel bohrten sich in meine Handballen und die Zähne in meine Lippen. Währenddessen kam die Schlange immer näher.

„Keine Angst, ich tue dir schon nichts. Ich habe dich rufen gehört und mich sofort auf den Weg gemacht. Warum sitzt ihr hier draußen so ganz alleine? Verlaufen?", hörte ich plötzlich eine angenehme, sanfte Stimme. Mein Körper konnte gar nicht anders, als sich wie von selbst ein wenig zu entspannen und ich schaffte es sogar, zwischen ein paar Schluchzern zu antworten. „Ja … Nein … Meine Freundin … Ihr Arm ist geschwollen … Sie wacht nicht auf …", wimmerte ich leise.

„Oje, seid ihr Affen begegnet?", fragte die Schlange mit ihrer weichen Stimme weiter und schlängelte ein Stück näher auf mich zu. Ich konnte nur stumm nicken.

„Die lassen sich leider gerne aus der Fassung bringen, keine netten Zeitgenossen. Ich würde fast sagen, sie sind gefährlicher als die großen Katzen. Ihre Zähne sind unheimlich giftig. Hast du eine Lampe dabei?" Erst jetzt fiel mir meine Taschenlampe wieder ein. Ich hatte sie in der Aufregung total vergessen, packte sie nun aber eilig aus.

„Hm, der Arm ist ziemlich dick und verlangsamt die Blutzufuhr immer weiter. Das Gift schlägt ihr auf die Brust, deshalb keucht sie so. Ich bräuchte Pampus-Kraut gegen die Schwellungen. Du könntest mir welches pflücken, du bist schneller unterwegs als ich. Kennst du es? Groß, grün, mit gelben Punkten?"

„Nicht direkt, aber ich habe ein Buch über Heilkräuter, ich glaube, da war so eine Pflanze drin", sagte ich und stand vorsichtig auf. „Ich gehe welches suchen."

„Bring etwas mehr mit, dein Kopf sieht so aus, als könnte er auch eine Portion vertragen", rief die Schlange mir hinterher.

Schon nach wenigen Metern entdeckte ich das erste Kraut, das zu der Beschreibung und dem Bild aus dem Kräuterbuch passte, welches ich unterwegs aus meiner Tasche gekramt hatte. Das Licht meiner Taschenlampe vereinfachte mir die Suche zusätzlich. Nachdem ich mehrere Büschel beisammen hatte, kehrte ich zurück zu meiner Freundin. Die Schlange saß noch immer neben ihr. Als ich diese nun direkt anleuchtete, erkannte ich, dass ihre Nase wie die eines Hundes aussah und ihre Schuppen mit feinen braunen Härchen überzogen waren.

„Ich habe welches gefunden", sagte ich und hielt die Kräuter in meinen Händen hoch.

„Sehr gut, setz dich hierher und leg sie auf die Bisswunde. Ja, genau, ruhig noch etwas mehr. Am besten auch auf ihren Hals, das erleichtert das Atmen ein wenig."

Lines Bisswunde sah ziemlich übel aus. Um die Wunde herum hatte sich die Haut bereits dunkel verfärbt und ihr Arm war fast doppelt so dick wie normal. Doch schon nach wenigen Minuten wurde das Röcheln leiser und verstummte schließlich ganz.

„Es wird ihr wieder besser gehen, warte ab. Jetzt bist du dran. Setz dich hin und lege ein paar Blätter auf deine Stirn, ich gehe ein paar andere Kräuter suchen, bleib einfach hier. Ich komme zurück, so schnell ich kann." Mit diesen Worten verschwand die Schlange zwischen den Bäumen und ließ mich mit Line allein. Die Schuppenhaut der Schlange streifte dabei sanft meinen Arm, sie fühlte sich weich an.

Die Kräuter linderten den dumpfen Schmerz tatsächlich und ich merkte, wie meine Verletzung am Kopf allmählich zu heilen begann. Als die Schlange schließlich zurückkehrte, war die Beule beinahe gänzlich verschwunden.

„Hier, das ist Rataka-Kraut. Es hilft gegen Schmerzen und Entzündungen. Es ist ein wenig bitter, aber wenn ihr es mit einer Perlfrucht esst, dann geht es. Sobald deine Freundin aufwacht, sucht euch einen sichereren Ort für die Nacht. Hier ist es zu gefährlich. Ich muss euch jetzt leider wieder verlassen, meine Kinder sind alleine im Bau. Passt auf euch auf!" In ihrer Schwanzspitze hatte sie ein paar Pflanzen eingerollt, die ein wenig wie blaue Gänseblümchen aussahen, doch die Blätter waren größer und fester als die der heimischen Gartenblume.

„Danke für deine Hilfe. Du hast meiner Freundin das Leben gerettet. Das werde ich nicht vergessen", sagte ich und brach beinahe wieder in Tränen aus.

„Keine Ursache, das ist doch selbstverständlich. In Armania hilft man sich, das ist eine Grundregel. Macht es gut."

Noch ehe ich reagieren konnte, war die Schlange bereits wieder verschwunden und Line und ich alleine. Als ich wenig später eine Bewegung neben mir spürte, konnte ich mein Glück kaum fassen. Line war wach und ihr Arm fast gänzlich abgeschwollen.

„Line! Oh Line, geht es dir gut? Ich hatte so Angst um dich!", flüsterte ich und nahm meine Freundin in die Arme.

„Was ist denn passiert? Mir ist ganz schwindlig", entgegnete Line und ich erzählte, was sich während ihrer Bewusstlosigkeit abgespielt hatte. Wie ich sie gefunden und um Hilfe geschrien hatte, wie die Schlange plötzlich aufgetaucht war und glücklicherweise geholfen hatte.

„Ich hatte mich schon gewundert, wieso ich plötzlich so müde wurde. Ich konnte gar nicht mehr richtig gucken und das Laufen wurde immer anstrengender. Irgendwann wurde es einfach dunkel. Da habe ich aber echt Schwein gehabt, dass du hierhergekommen bist."

„Lass uns verschwinden, Line. Die Schlange meinte, sobald du aufwachst, sollen wir uns einen sichereren Ort für die Nacht suchen. Was meinst du, kannst du aufstehen?"

„Denke schon", antwortete Line und rappelte sich langsam hoch. Ich schnappte mir ihren und meinen Rucksack und knipste die Taschenlampe wieder an, um den Weg vor uns auszuleuchten. Line schlich langsam hinter mir her.

හ

Je länger wir liefen, desto öfter hatte ich das Gefühl, etwas rascheln oder sogar knurren zu hören. Da Line noch immer etwas angeschlagen war, kamen wir nur langsam voran. Irgendwann entdeckte ich auf einem Palmbaum einige der Früchte, von denen die Schlange mir zuvor erzählt hatte und ich kletterte vorsichtig die Äste hoch, um sie zu pflücken. Sie hatten ungefähr die Größe einer Kokosnuss, waren kugelrund und schimmerten leicht. Die Schale fühlte sich ziemlich hart an, war aber dennoch sehr einfach zu knacken. Ich reichte Line eine halbe Frucht und einige der Rataka-Kräuter, während ich selbst ebenfalls etwas davon in den Mund nahm. Das Fruchtfleisch der Perlfrucht schmeckte erstaunlich herb, hatte aber einen leicht süßlichen Nachgeschmack und bewirkte so, dass die bitteren Kräuter einfacher zu schlucken waren. Die Kopfschmerzen verschwanden allmählich und es wurde leichter, im Dunkeln zu sehen.

Nach einem weiteren Fußmarsch, meine Uhr zeigte mittlerweile ein Uhr morgens, entdeckten wir tatsächlich einen kleinen Unterschlupf.

Die steinerne Höhle mit der platten Decke war recht klein, für unseren Schutz jedoch optimal. Vorsichtig leuchtete ich mit der Taschenlampe hinein, konnte aber nichts Gefährliches entdecken und rief nach meiner besten Freundin.

„Komm her, Line. Leg dich ein wenig hin, ich bleibe noch eine Weile wach."

„Bist du sicher, dass niemand darin wohnt?", fragte Line müde.

„Nein, aber wir haben keine große Auswahl, oder?" Line dachte kurz darüber nach, nickte dann aber mit einem leichten Schulterzucken und setzte sich daraufhin zügig in eine Ecke. Bereits nach kurzer Zeit hörte ich sie leise schnarchen.

Über dem flachen Dach der Höhle waren die Baumkronen leicht geöffnet und ich konnte den Sternenhimmel von meinem Sitzplatz aus deutlich sehen. Es war atemberaubend, ich sah zwei Monde nebeneinander, umringt von Millionen und Abermillionen von Sternen, die miteinander um die Wette strahlten. Nie im Leben hatte ich so viele Sterne auf einmal gesehen und wer wusste schon, ob ich es jemals wieder tun könnte.

ℰℭ

*Die Geräte piepsten wie jeden Tag leise vor sich hin. Besorgt maß Henry das Fieber: 40°. Es stieg beinahe jeden Tag ein wenig mehr. Er wechselte das Pflaster auf der Stirn des Jungen. Die Wunde eiterte bereits und sah nicht so aus, als würde sie bald heilen. Das Mittel aus dem Infusionsschlauch musste erneut aufgefüllt werden. Henry bestrich die Wunden alle nacheinander mit Salbe und wickelte frische Verbände darum, um eine Infektion zu vermeiden. Trotzdem zeigte keine von ihnen eine Besserung. Einige mussten sogar noch immer mit Druck am Bluten gehindert werden oder rissen erneut auf. Doch während Henry seinen Pflichten nachging, dachte er auch immer wieder an die Mädchen. Wo sie jetzt wohl waren und wie es ihnen ging. Er hatte noch nichts von ihnen gehört und das machte ihn unruhig. Alles, was er wusste war das, was Magnum ihm gesagt hatte. Dass die Mädchen sich auf den Weg machten, das einzige Medikament zu beschaffen, das den Jungen retten könnte. Doch Henry machte sich Sorgen um seine Tochter. Line war aufgebrochen, ohne sich von ihm zu verabschieden. Das Sauerstoffgerät piepste lauter und holte Henry in die Realität zurück. Den Mädchen würde es sicherlich gut gehen, sie würden sich melden, wenn sie Hilfe brauchten. Er aber hatte hier eine wich-*

200

*tige Aufgabe zu bewältigen, dafür musste er konzentriert bleiben. Er erhöhte die Sauerstoffzufuhr, bald wäre sie am Maximum angekommen. Doch was hier vor sich ging, konnte Henry sich nicht erklären. Was war das in der Brust des Jungen gewesen? Er hatte es herausgeholt, hatte alle Reste beseitigt und doch wanderten die giftgrünen Schlieren unaufhaltsam weiter durch seinen Körper. Und egal was er versuchte, sie blieben, wo sie waren. Zum ersten Mal seit langer Zeit fühlte sich Henry überfordert und unwissend. Wieso zeigte nichts eine Besserung? Wieso ging es dem Jungen immer schlechter, wo er doch alles versuchte, um das Gegenteil zu erreichen? Jeden Tag betrat er das Zimmer des Jungen, der einsam und alleine in seinem Bett lag und um sein Leben kämpfte. Was auch immer hier vor sich ging, es zerstörte Criffs Körper, jeden Tag ein bisschen mehr. Wenn sich der Zustand des Jungen in diesem Tempo weiter verschlimmerte, würde er nicht mehr lange durchhalten.*

*Ein letztes Mal prüfte Henry den derzeitigen Stand aller Geräte, bevor er seufzend das Zimmer verließ. Das Fiepen verstummte, nachdem er die Tür geschlossen hatte und zurück in sein Büro ging. Keines der Geräusche auf dem Flur nahm er in diesem Moment wirklich wahr, weder das Stimmen-Gemurmel der anderen Patienten noch das Klappern von Geschirr. Einige der Krankenschwestern brachten das Essen zu den Patienten, doch in Zimmer 004 würden sie nichts abgeben müssen. Seit Line und Rina verschwunden waren, war Criff nicht mehr zu sich gekommen. Henry brauchte eine Pause, um in Ruhe nachdenken zu können, ehe er sich erneut seinen anderen Patienten widmete.*

හ

Irgendwann muss ich eingeschlafen sein, denn ich wurde von dem Licht der aufgehenden Sonne geweckt und riss hektisch die Augen auf. Als ich mich umdrehte, sah ich zu meiner Erleichterung Line in der Höhle liegen und gleichmäßig atmend schlafen. Der Dschungel um mich herum wurde langsam heller, wechselte von frühmorgendlichem Grau über sanftes Rot und schließlich zu sattem Grün. Durch das Loch im Blätterdach über mir strahlte ein klarer, blauer Himmel. Ich hörte, wie Line sich bewegte und allmählich aufwachte.

„Guten Morgen, alles klar bei dir? Wie fühlst du dich?", fragte ich und krabbelte zu ihr.

„Besser als gestern, aber mein Arm ist noch immer etwas steif. Was ist mit dir? Deine Stirn sieht ja furchtbar aus", erhielt ich als Antwort.

„Mir geht es gut. Hier, iss etwas, dann können wir gleich weiter. Ich möchte endlich aus diesem Dschungel raus, das ist mir hier nicht geheuer." Ich hielt meiner Freundin eine halbe Perlfrucht hin, während ich die andere Hälfte aß. Line war noch immer ein wenig blass und ihr Arm begann erneut anzuschwellen. Also legten wir nochmals einige der Pampus-Kraut-Blätter auf ihre Haut, ehe wir unsere Decken zurück in die Rucksäcke packten. Ich hatte meine Tasche gerade auf den Rücken gezogen, als ich ein Rascheln im Gebüsch hörte. Erschrocken blieb ich stehen, horchte in die Stille des Urwaldes und verfolgte das Geräusch, das immer lauter wurde. Und dann stand Ale vor uns.

„Rina! Line! Alles gut bei euch?", grüßte Ale uns, machte aber keine Anstalten für eine freudigere Begrüßung. Tatsächlich unterbrach er mich, als ich ihm von unserer Nacht erzählen wollte.

„Ja, es geht wieder. Das war vielleicht eine Na…"

„Okay, gut. Hört zu, wir müssen so schnell wie möglich von hier verschwinden!"

„Was? Wieso? Ale, was ist los?", fragte ich verwirrt, während der kleine Marder hektisch um unsere Höhle herum lief. Doch er brauchte mir keine weitere Antwort zu geben, ich hörte es kurz darauf selbst. Das tiefe Knurren und Grollen war nicht zu ignorieren, die gelben und starren Augen nicht zu übersehen.

„Okay, ich fürchte, wir haben ein Problem", flüsterte Ale, der nun neben mir stand, und ich sah deutlich, dass er am ganzen Leib zitterte.

„Was machen wir jetzt?", flüsterte Line zurück. Viel Zeit darüber nachzudenken hatten wir allerdings nicht, denn schon begann eine tiefe Stimme aus den Büschen heraus zu uns zu sprechen.

„Wer seid ihr und was sucht ihr hier?"

Ich wollte antworten, wirklich, aber in meinem Hals steckte ein riesiger Kloß, an dem nicht der kleinste Laut vorbeikommen wollte. Ein erneutes Grollen ertönte, gefolgt von der freien Sicht auf unsere Besucher. Es war nicht bloß ein Löwe, was mir bereits gereicht hätte, sondern eine Gruppe Raubkatzen, die da aus dem Gebüsch trat und uns böse anstarrte. Die Lefzen waren erhoben, womit ich eine gute Sicht auf die scharfen, spitzen und unheimlich großen Zähne in ihren Mäulern hatte. Ich war mit der Situation überfordert, die Angst übernahm die Kontrolle über mein Gehirn und ich tat das Einzige, was mir in diesem Moment in den Sinn kam: Ich schloss die Augen und schrie aus Leibeskräften.

„Hör auf!", brüllte da plötzlich einer der Jaguare, die Flügel auf seinem Rücken weit aufgespannt und sprang auf mich zu, bis sein Kopf nur wenige Zentimeter von mir entfernt war.

Ich verstummte schlagartig.

„Wir haben euch eine Frage gestellt, was habt ihr hier in unserem Revier zu suchen?" Sein Blick wanderte von meinem Kopf, meinen Hals entlang, bis er an meinem Dekolleté hängenblieb und er eine weitere Frage hinzufügte. „Woher hast du das?"

Er meinte das Medaillon, ich trug es noch immer um den Hals.

„Von Criff. Er ... Er hat es mir gegeben, damit ich hierherkommen kann", stotterte ich keuchend. Meine Zunge lag, erschwert von der Panik, wie Blei in meinem Mund und mein Kopf war noch immer wie leergefegt. Ich hoffte, die Katze hatte mich gehört, denn ich selbst konnte meine Stimme kaum wahrnehmen. Das Rauschen meines von Adrenalin getränkten Blutes in meinen Ohren war lauter.

„Hör zu, kleines Mädchen", knurrte der Jaguar. „Ich weiß nicht, wer du bist und auch nicht, was ihr in diesem Dschungel zu suchen habt. Aber solltest du uns irgendwie zu täuschen versuchen, dann ist das hier innerhalb von wenigen Sekunden vorbei, hörst du? Ich kann Lügner nämlich nicht ausstehen. Also überleg dir gut, was du meinem Boss gleich sagst! Wir werden euch nämlich jetzt mitnehmen, und wenn irgendjemand etwas dagegen hat, dann behält er es besser für sich." Während er sprach, hob er eine seiner Pranken an meinen Kopf heran und strich damit über meine linke Gesichtshälfte. Ich spürte, wie meine Haut unter seinen Krallen leicht nachgab und zu brennen begann, also nickte ich nur, den Mund fest zusammengepresst, um nicht erneut zu schreien.

„Gut!", sagte der Jaguar bloß, wandte sich nach hinten und rief. „Nehmt die beiden anderen mit. Wir bringen sie zu Avin." Zu mir gewandt sagte er: „Steig auf. Und wenn du irgendwie versuchen solltest zu fliehen, dann lass ich dich auf der Stelle fallen, verstanden?" Er legte sich flach auf den Boden. Um den Jaguar nicht noch mehr zu verärgern, stieg ich eilig auf und setzte mich vor seine riesigen Vogelschwingen. Mir fiel gleich auf, dass die Raubkatzen hier um einiges größer waren, als ich sie aus den Zoos zuhause kannte.

Der Boden unter mir entfernte sich langsam, während in meinem Rücken das Geräusch der schlagenden Flügel zu hören war. Wir durchbrachen das Blätterdach der Dschungelbäume, flogen immer höher und höher, bis ich die Baumkronen unter mir in der Größe von Spielzeugbäumen sah. Der kühle Wind streifte mein brennendes Gesicht und wehte die aufsteigenden Tränen davon.

# Bei den großen Katzen

Um mich herum war es stockdunkel, es gab keine Fenster und auch kein anderes Licht. Mit den Knien eng an den Körper gezogen, beide Arme fest darum geschlungen, kauerte ich mich in einer Ecke des Raumes zusammen. Der Jaguar hatte mich hierher gebracht, damit ich nicht weglief, bevor er mit seinem Boss gesprochen hatte. Was die anderen mit Line und Ale gemacht hatten, wusste ich nicht.

„Hallo?" krächzte ich gegen die steinernen Wände. „Ist da jemand?" Wie ich es bereits erwartet hatte, erhielt ich keine Antwort. Zitternd drückte ich mit meinen Armen die Knie enger an den Körper. Ich atmete rasselnd, versuchte nicht der Angst zu verfallen, die aufgrund der Dunkelheit und Ungewissheit, wie es nun weiterging, in mir wuchs. Mein Atem war lange das einzige Geräusch, das zu hören war. Nachdenklich starrte ich auf die Uhr von Magnum, die im Dunkeln kaum zu erkennen war, tastete nach dem Verschluss und klappte den Bildschirm probeweise nach oben. Doch er hob sich nicht von der Dunkelheit ab und blieb auch weiterhin stumm.

Das unheimliche Schwarz, in dem ich mich befand, begann sich drückend auszubreiten und ich bekam allmählich das Gefühl zu ersticken. Es fühlte sich an wie ewige Nacht in diesem Raum. Wenn ich noch länger bleiben müsste, würde ich vermutlich durchdrehen.

Plötzlich schreckte ich hoch. Da war ein Lichtstrahl. Ich hörte das Geräusch des Holzbalkens vor meiner Türe und sah, wie sie sich einen Spalt breit öffnete. Ich erkannte einen Umriss und schöpfte neue Hoffnung. Vielleicht war es Line und sie holte mich hier raus. Meine Hoffnung zerbrach jäh, als ich die große Pranke sah, die sich langsam in den Raum schob, dicht gefolgt von dem großen, sehnigen Körper des Jaguars. Ich erkannte, wie er eine Schüssel in den Raum schob, ehe er die Türe schloss und mich erneut in pechschwarze Dunkelheit tauchte.

Die Schüssel war nicht weit von mir zum Stehen gekommen und ich zog sie tastend zu mir heran. Da ich nun wieder nicht das Geringste sehen konnte, versuchte ich durch Fühlen zu erraten, was sich in der Schüssel befand. Ich spürte etwas Schleimiges darin und ein strenger Geruch stieg mir in die Nase, der Kopfschmerzen verursachte. Das war das Widerlichste, das ich je gerochen hatte. Ich schob die Schüssel weit von mir weg, kauerte mich zurück in meine Ecke und wartete, während ich in die Dunkelheit hinein nach einem Geräusch lauschte. Doch es blieb still. Ich saß eine ganze Weile in der dunklen Kammer, ehe mir ein Geistesblitz neue Hoffnung bescherte. Der Holzbalken! Ich hatte kein Geräusch gehört, als die Tür geschlossen worden war. *Vielleicht haben sie es vergessen!*, dachte ich mit neu aufkommender Hoffnung. Langsam tastete ich mich vorwärts, kroch Zentimeter für Zentimeter auf den Knien voran. *Ein bisschen wie bei Topfschlagen, nur ohne Mitspieler,* dachte ich mit einem Anflug von Galgenhumor. Mein Geschenk würde die Freiheit sein, sollte ich mich nicht getäuscht haben. Dem zuvor gesehenen Umriss zufolge war die Tür etwas rechts von mir an der gegenüberliegenden Wand, ich musste sie nur finden. Als einziges Hilfsmittel standen mir dafür aber lediglich meine Hände zur Verfügung.

Ich erreichte den harten Stein der Wand und tastete mich langsam daran entlang. Meine Fingerspitzen fühlten die Rillen der Steine und stießen schließlich auf glattes Holz. Ich drückte dagegen, doch es rührte sich nichts. Also suchte ich mit den Fingern am Rahmen entlang nach einer Rille, durch die ich in der Lage war, an der Tür zu ziehen. Tastsächlich fand ich eine Kerbe, bohrte meine Fingernägel hinein und zog. Es funktionierte, die Tür schwang leise knarrend auf und bescherte mir einen Blick auf den spärlich beleuchteten, leeren Gang.

Langsam streckte ich erst meinen Kopf aus der Tür. Ich schob dennoch vorsorglich den Holzbalken wieder in den Riegel. So würde mein Verschwinden hoffentlich erst später bemerkt werden, wenn ich mit Line und Ale längst von hier fort war. So leise ich konnte schlich ich an der Steinwand des Ganges entlang und horchte an jeder Tür nach verdächtigen Lauten, die mir zeigten, wo meine Freunde sich befanden. Ab und an öffnete ich sogar eine, um hineinzusehen. Und hinter einer dieser Türen saß doch tatsächlich Ale. Das spärliche Licht aus dem Flur reflektierte in seinen Augen, als er mich ansah. Doch als er näher kam, verschwand das Flackern in seinem Blick, und als er sich schließlich auf meiner Schulter niederließ, stellte ich erleichtert fest, dass er unverletzt war.

„Wie schön, dass es dir gut geht!", begrüßte ich den kleinen Waschbär-Marder leise. „Weißt du zufällig, wo Line ist?"

„Nein, keine Ahnung, sie haben uns getrennt fortgebracht. Aber ich vermute, sie ist ebenfalls in einer der Kammern hier. Aber sag mal, Rina, wie bist du eigentlich aus deiner Kammer herausgekommen?"

„Die haben vergessen den Riegel wieder vorzuschieben," antwortete ich und verschloss auch hier wieder die Tür. Bereits nach zwei weiteren Türen fanden wir Line in einer Ecke sitzend. Sie sprang sogleich auf, als sie uns sah. Zu meinem Bedauern bemerkte ich, dass ihr Arm erneut ziemlich angeschwollen war.

„Hey Line, alles in Ordnung? Was macht der Arm?", fragte ich mitfühlend und erntete ein Schulterzucken.

„Weiß nicht, schmerzt ein wenig, aber es geht noch. Hört schon irgendwann wieder auf. Lasst uns bitte schnell verschwinden, ich finde es hier unheimlich. So dunkel und still, ich will gar nicht wissen, was die mit uns vorhaben."

„Nein, ich auch nicht", gab ich ihr Recht.

Je weiter wir gingen, desto mehr veränderte sich der Gang, in dem wir uns befanden. Die verschlossenen Räume verloren ihre Türen, später verschwand auch das Dach über uns und die Mauern schrumpften auf eine Höhe von etwa einem Meter. Der Ausblick, der sich uns von hier bot, war atemberaubend. Man konnte direkt auf den Dschungel sehen, in dem wir einige Zeit zuvor noch herumgeirrt waren. Von außen sah er nun um einiges weniger bedrohlich aus, eher faszinierend. Dennoch war ich froh, nicht mehr in seinem tiefen Innersten zu stecken.

Zu meinem Bedauern aber ging hinter den Bäumen allmählich die Sonne auf. Sie beleuchtete alles mit einer gewaltigen Ladung rotem und gelbem Licht, bedeutete jedoch auch, dass wir einen ganzen Tag verloren hatten. Ich riss mich von dem Anblick der Sonne los und konzentrierte mich auf das, was ich erreichen wollte: So schnell wie möglich unbemerkt von hier zu verschwinden. Mein Plan ging nicht auf. Als wir einen kleinen Hinterhof erreichten, sank mein Enthusiasmus rapide. Dort auf dem Hof, nur wenige Meter von uns entfernt, saßen die unterschiedlichsten Raubkatzen und starrten uns an. Und fingen plötzlich an zu lachen. Es war unglaublich, diese riesige Menge Raubkatzen zu sehen. Neben verschiedenen Tigerarten hatten sich auch Jaguare, Leoparden, Salzkatzen, Wildkatzen, Pumas, Geparde, Luchse, Löwen, Ginsterkatzen, Ozelots und viele mehr versammelt. Sie alle hatten beim Lachen ihre Mäuler weit geöffnet, sodass die spitzen Zähne im Licht der Sonne blitzten. Ein kalter Schauer lief mir über den Rücken, kurz bevor sich einer der Jaguare von der Gruppe löste und ein paar Schritte vortrat. Ich erkannte die Raubkatze, die mich hierher gebracht und in die Kammer geschlossen hatte, an ihrem braunen, sternförmigen Fleck über dem rechten Auge. Die glänzenden Flügel hatte sie nun eng an den Körper angelegt.

„Ich habe schon gedacht, du würdest nie darauf kommen, dass der Balken nicht zurückgeschoben wurde. Hast du ernsthaft geglaubt, wir würden vergessen, die Türe zu schließen und nicht bemerken, dass ihr zu fliehen versucht. Sieh dich doch einmal um, das hier sind lange nicht alle von uns. Glaubst ihr wirklich, ihr währt hier heimlich vorbeigekommen?", sagte er und begann erneut zu lachen. Die restlichen Katzen stiegen ein.

Ich kam mir unheimlich dumm vor, weil ich nicht daran gedacht hatte, das Humanil nicht vergessen konnten. So etwas wie ein loser Balken würde ihnen da bestimmt nicht entfallen. Das alles war geplant gewesen.

Mittlerweile hatten die Raubkatzen einen Kreis um uns gebildet, mit dem sie uns auf den Platz drängten. Immer näher und näher kamen sie an uns heran, wodurch der Kreis kleiner wurde und es uns unmöglich machte, eine freie Lücke zu finden.

*Es war dumm zu glauben, du könnest hier einfach so hinausmarschieren, Rina!*, beschimpfte ich mich selbst.

Der Jaguar hingegen hatte noch nicht genug, nun kam er auf uns zu, bremste nur wenige Zentimeter vor mir ab und hauchte mir seinen warmen Atem ins Gesicht, während er mit einer seiner Vorderkrallen auf meinen Hals zukam. Ich schluckte den harten Kloß in meinem Hals herunter und schloss die Augen. *Humanil fressen keine Menschen, sie sind friedliche Tiere*, redete ich mir ein, doch angesichts der Tatsache, was ein Mensch ihnen angetan hatte, war dieser Gedanke, dass sie sich umentschieden hatten, gar nicht so abwegig.

„Also Mädchen, ich frage dich nun noch einmal: Woher hast du diese Kette? Weißt du überhaupt, was das ist, was du da trägst?", knurrte der Jaguar und ich öffnete die Augen ein wenig.

„Ja", krächzte ich. „Es ist das Wappen der königlichen Familie. Ich habe es von dem jungen Prinzen erhalten, um nach Armania zu gelangen und einen Auftrag auszuführen".

„Einen Auftrag also", wiederholte der Jaguar lachend. „Vom Prinzen persönlich? Um welchen Auftrag handelt es sich denn bloß, wo doch der Prinz seit 15 Jahren tot ist?" Die letzten Worte hatte der Jaguar mit so einer Wut in der Stimme herausgebrüllt, dass mir augenblicklich alle Haare am Körper zu Berge standen, die spitzen Reißzähne waren nur wenige Zentimeter von meinem Gesicht entfernt.

„Es reicht, Jasan!", hörte ich plötzlich von der Seite eine raue, weibliche Stimme. Der Jaguar wich ein Stück zurück und senkte den Kopf. Auch die anderen Raubkatzen richteten ihren Blick Richtung Boden und traten zur Seite, so dass sich der Kreis der Raubkatzen öffnete und die Sicht auf die Raubkatze freigab, die gesprochen hatte. Es war eine Löwin, das Fell in dem tiefsten Schwarz, das ich je gesehen hatte, auf ihrem Rücken dunkle Schwanenflügel.

„Es ist eine Schande, dass ihr so mit Gästen umgeht, die deutlich erkennbar keine ernsten und gefährlichen Absichten gegen uns hegen! Respekt verschafft man sich nicht durch das Verursachen von Leid und Angst." Die Stimme der Löwin klang stolz, ihr Körper bewegte sich elegant und leichtfüßig zwischen all den anderen Katzen, die sichtlich betreten schienen.

„Verzeiht Avin, doch dieses Mädchen behauptet, das königliche Wappen vom Prinzen persönlich erhalten zu haben", versuchte sich Jasan zu rechtfertigen, doch Avin ließ sich nicht beirren.

„Hast du einen Beweis dafür, dass sie lügt?"

„Haben wir das nicht alle? Der Brand, der blutige Umhang, das Verschwinden des Prinzen vor 15 Jahren sind doch Beweis genug", erhob eine Wildkatze aus dem Kreis die Stimme und erntete zustimmendes Gemurmel.

„Schweigt! Wie du bereits sagtest, wurde der junge Prinz nie gefunden. Was, wenn er tatsächlich überlebte und nicht zurückkommen konnte?" Die Löwin wandte uns ihren Kopf erneut zu, ihr Blick starr auf mein Medaillon gerichtet. „Wieso sollte ein Mädchen, das so sehr um sein Leben bangt, in einer solchen Situation zu einer Lüge greifen? Mein Gefühl sagt mir, dass du die Wahrheit sprichst, doch wie das kann, ist mir ein Rätsel. Sag mir, Mädchen, wie bist du an das Medaillon gelangt, und was führt dich und deine Freunde hierher?"

„Ich ... er ... hat es mir gegeben", begann ich stotternd mit meiner Erklärung, wurde aber sogleich wieder von Avin unterbrochen.

„Jasan, hole Kaver hierher, er soll sich das andere Mädchen ansehen. Ihr Arm ist geschwollen und ich rieche Affengift. Danach komm zurück und bring Nahrung für unsere Gäste mit. Eure Spielchen haben sie schwach gemacht." Fast augenblicklich raste Jasan los und verschwand aus meinem Sichtfeld.

„Ihr anderen geht eurer Arbeit nach, ich dulde keine Zuschauer bei diesem Gespräch!" Kaum hatte die Löwin auch diese Worte gesprochen, begannen die Raubkatzen den Kreis um uns aufzulösen und sich zu verziehen, bis lediglich Ale, Line, Avin und ich übrig waren.

„Wer hat dir das angetan?", wandte Avin sich daraufhin wieder an mich und starrte auf den dunkel angelaufenen blauen Fleck an meiner Stirn.

„Niemand. Ich bin gestolpert und auf einen Ast gefallen, aber es wird besser." Avin nickte als Antwort und blickte besorgt zu Line hinüber.

℘

„Da ist Jasan mit Nahrung für euch. Kaver ist bei ihm, er wird das Affengift entfernen." Ich folgte Avins Blick und sah den Jaguar mit einem Tuch im Maul auf uns zukommen, auf seiner Schulter ein weißer Kapuzineraffe. Sobald dieser Line entdeckt hatte, sprang er von Jasans Rücken und hüpfte auf uns zu, blieb vor Line stehen und musterte sie.

„Setz dich hin, Mädchen. Ich bin ein kleiner Affe, es würde leichter funktionieren, mir deinen Arm anzusehen und ihn zu behandeln, wenn wir auf einer Höhe wären", bat er mit piepsiger Stimme und wir setzten uns gleich alle zu ihm auf den Boden. Während Jasan sein Tuch ablegte und Perlfrüchte, Rindenbrot, Beeren und Wurzeln preisgab, hatte Kaver sich bereits Lines Arm gepackt und begonnen, die Bisswunde zu untersuchen.

„Ich muss das aufschneiden und die Wunde ausdrücken. Das kann schmerzhaft sein, ich versuche mich zu beeilen." Gesagt, getan, noch ehe einer von uns richtig auf diese Aussage reagieren konnte, hatte er bereits eine schmale Klinge hervorgeholt und begann, in Lines Wunde zu stochern. Ich musste mich abwenden, der Anblick des Messers in ihrem Arm und das austretende Blut verursachten Übelkeit in mir.

„Okay, alles überstanden. Leg ein paar von diesen Blättern auf die Wunde und binde sie fest, sie helfen gegen den später aufkommenden Schmerz und verhindern eine Entzündung. Es dürfte dir bald besser gehen", hörte ich die Stimme des Affen wieder und drehte mich zurück zu Line. Sie presste sich etwas Gelbes auf die Wunde und lächelte mich gequält an.

„Tut mir leid", flüsterte ich, doch Line schüttelte den Kopf. „Keine Sorge, ich kenn dich doch. Es hat aber gar nicht so wehgetan, die Wunde war von dem Gift total taub. Ich denke, der Schmerz kommt erst noch."

„Nun, da die Wunde gereinigt und euer Hunger gestillt ist, verratet mir den Grund eurer Reise durch Armania. Wie seid ihr an das Medaillon gelangt, das für uns so eine große Bedeutung hat?", wiederholte Avin nun die zuvor gestellte Frage erneut, nachdem wir uns an den Speisen von Jasan bedient hatten. Ihre hellen Augen verursachten nun keine Angst mehr bei mir und wenn ich genauer hinsah, so glaubte ich nicht nur Mitgefühl, sondern auch Kummer darin erkennen zu können.

„Es ist eine etwas komplizierte Geschichte, aber Criff wurde damals nicht getötet, sondern nur verletzt", begann ich zu berichten. „Criff erzählte mir, dass ein Wissenschaftler ihn fand und versorgte. Er zog ihn wie seinen eigenen Sohn groß und versteckte ihn vor der Öffentlichkeit, damit ihm nichts passierte. In dem Dorf, in dem Line und ich leben, wollten sie einen Neuanfang machen, und so lernte ich Criff kennen. Doch einige der Burner tauchten auf und fanden Criff. Sie betäubten ihn und schossen mit einem starken Gift auf ihn, das sich nun immer weiter durch seinen Körper frisst. Als er wach wurde, erzählte mir Criff von einem Medikament namens Bernsteinblut, kurz darauf fiel er in eine Art Koma. Ich versprach, mich auf die Suche nach dem Medikament zu machen und es nach Hause zu bringen. Ein Leben ohne Criff wäre für mich unvorstellbar. Sein Ziehvater Magnum, der Wissenschaftler, gab mir das Medaillon, das Criff bei seiner Ankunft in unserer Welt vor 15 Jahren bei sich hatte. Es hat uns das Tor nach Armania geöffnet."

„Wie geht es dem Prinzen?", fragte Avin leise weiter. „Sind eure Heiler nicht in der Lage, ihm zu helfen?" Ich schüttelte den Kopf, während Line auf die Frage antwortete.

„Nein, wir haben so etwas wie dieses Gift noch nie gesehen. Mein Vater versucht einen Weg zu finden, aber ich weiß nicht, ob er etwas gefunden hat. Wir haben von hier keinen Kontakt zu ihm. Unsere einzige Möglichkeit ist es daher, das Bernsteinblut zu finden und rechtzeitig nach Hause zu bringen."

„Danke", sagte Avin nach einer Weile betreten Schweigens. „Danke für eure Ehrlichkeit."

„Wollt ihr ihn sehen? Wie er aussieht, meine ich? Bevor das alles passierte?", fragte ich leise, denn ich erinnerte mich an das Foto, das ich von zuhause mitgenommen hatte. Vorsichtig holte ich es nun aus meiner Tasche und hielt es Avin hin.

„Es ist unglaublich. Wie groß und stark er aussieht! Wir müssen ganz Armania davon erzählen!", stieß Jasan hervor, doch Avin gebot ihm Einhalt.

„Nein, wir müssen vorsichtig sein. Sollte der Chef der Black Burner davon erfahren, könnte das böse Folgen nach sich ziehen. Wir dürfen die Neuigkeit nicht zu schnell und wahllos verbreiten. Sie im richtigen Maße weiterzugeben, kann Hoffnung bringen, doch zu schnell und zu viel, bringt Unheil. Viel wichtiger ist es, dass das Bernsteinblut so schnell wie möglich gefunden wird und ich hoffe wirklich, dass es irgendwo noch etwas davon gibt. Steht auf Freunde, ich zeige euch, wie ihr von hier wegkommt." Mit einem leichtfüßigen Satz sprang die schwarze Löwin auf und lief los. So schnell wir konnten packten wir unsere Rucksäcke, die uns ein Gepard kurz zuvor freundlicherweise gebracht hatte und eilten hinterher.

℘

Am Ende des großen Platzes befand sich ein steinernes Tor, vor dem Avin anhielt und auf uns wartete.

„Nehmt den Pfad hinter dem Tor. An seinem Ende findet ihr eine Brücke, sie führt über eine Schlucht und verbindet so die beiden Seiten des Dschungels. Sie ist der einzige Weg hinüber. Geht nun, aber seid vorsichtig. Armania ist nicht mehr das, was es einmal war. Es tut mir leid, dass wir euch nicht mehr helfen können, doch ich wünsche euch viel Glück. Solltet ihr finden, was ihr sucht, so habt keine Scheu, auf eurem Rückweg um unsere Hilfe zu bitten. Doch jetzt müsst ihr gehen und das Bernsteinblut suchen, damit der Prinz gesund wird und nach Armania zurückkehren kann."

„Wir geben unser Bestes, Avin. Vielen Dank für eure Hilfe und die Zuversicht in uns. Das bedeutet uns sehr viel", dankte ich der Löwin und umarmte sie. Ihr weiches Fell kitzelte meine Wangen. Auch Line bedankte sich mit einer Umarmung.

„Passt auf euch auf", antwortete Avin, ehe sie sich umdrehte und verschwand. Line, Ale und ich öffneten das Tor und betraten den Pfad Richtung Schlucht.

ॐ

„Was ist los, Rina? Woran denkst du?", fragte Line, nachdem wir schweigend nebeneinander hergelaufen waren.

„An nichts", antwortete ich kurz angebunden, doch Line kannte mich zu gut.

„Jetzt komm schon. Ich sehe es deinem Gesicht doch an, dass etwas nicht stimmt. Also, spuck's aus."

„Na ja", sagte ich, „durch den Vorfall mit den Raubkatzen haben wir schon wieder einen Tag Zeit verloren. Wenn das so weitergeht, schaffen wir es nicht in der kurzen Zeit, die wir sowieso nur haben. Hätten wir doch bloß besser aufgepasst!"

„Ich glaube, du hast unrecht", sagte Line.

„Wieso?", stieß ich verwundert hervor.

„Na ja, ich glaube, dass wir eigentlich Zeit gewonnen haben. Als die Raubkatzen uns mitgenommen haben, sind wir ziemlich weit über den Dschungel geflogen. Hätten uns die Raubkatzen nicht gefunden, würden wir jetzt womöglich noch immer im Dschungel umherirren und nach dem richtigen Weg nach draußen suchen, meinst du nicht? Außerdem haben sie uns wirklich geholfen, mein Arm ist nicht mehr so dick und ich bin auch nicht mehr so müde. Wer weiß, was passiert wäre, wenn sie uns nicht aufgespürt hätten." In dieser Sache musste ich Line tatsächlich zustimmen. Wir waren gerade erst in dem Dschungel gewesen und hatten keine Ahnung gehabt, wie wir wieder hinauskommen könnten. Der Vorfall hatte uns diese Hürde abgenommen. Und Line sah wirklich besser aus als vorher. Nicht mehr ganz so blass. Ich wollte gar nicht weiter daran denken, was passiert wäre, wenn das Gift noch eine Weile in ihrem Körper geblieben wäre.

„Ich bin echt froh, dich dabei zu haben, Line!", sagte ich lächelnd und blickte ihr in die blauen Augen.

„Echt? Wieso?"

„Na ja, du findest in jeder Situation etwas Positives und behältst immer einen kühlen Kopf. Alleine wäre ich hier bestimmt schon verzweifelt." Auf ihrem Gesicht erschien ein breites Grinsen.

„Dafür sind Freunde doch da!", erwiderte sie und legte mir einen Arm um die Schultern.

෴

Eine gefühlte Ewigkeit später erreichten wir endlich das Ende des Weges. Die Sonne war an ihrem höchsten Punkt angelangt und brannte erbarmungslos auf unsere Köpfe hinunter. Doch da war die Brücke, nur wenige Meter von uns entfernt. Voller Vorfreude rannten wir auf sie zu … und bremsten kurz vorher abrupt ab. *Da können wir doch nie im Leben rüberlaufen!*, dachte ich. Die dicken Lianen, die die Holzbretter halten sollten, waren zerrissen oder standen kurz davor. Viele der hölzernen Trittbretter waren morsch oder zersplittert. Ich spähte vorsichtig in die Tiefe. Wie sich herausstellte, war das ein großer Fehler. Obwohl der Fluss unter uns nur als winziger Wurm zu sehen war, verriet das bis nach oben gelangende Rauschen, wie stark seine Strömung war.

*Ich hätte besser nicht hinuntersehen sollen,* dachte ich verzweifelt. *Wenn wir hier hinunterfallen, landen wir als Brei da unten und werden einfach weggespült.*

Ale war nicht schwer, er konnte von uns getragen werden oder selbst über die Lianen laufen, das wäre nicht das Problem. Aber wir ... Zweifelnd sah ich mich nach den anderen um. Line testete bereits, wie stark die Lianen noch zusammenhielten. Sie war bereit den Weg zu wagen, also würde ich es auch sein.

Ich richtete meinen Blick wieder auf die andere Seite, seufzte tief und sagte mit so fester Stimme wie möglich: „Los geht's! Line, du gehst zuerst, dann bist du als erste sicher auf der anderen Seite. Dann kommt Ale und anschließend ich." Line sah mich unsicher an, nickte dann aber zustimmend und begann vorsichtig ihren Weg über die Brücke.

Mit kleinen zaghaften Schritten trat sie auf die morschen Balken, einen nach dem anderen und immer darauf bedacht, keinen angebrochenen zu erwischen. Mit angehaltenem Atem beobachtete ich meine beste Freundin und atmete erleichtert auf, als sie endlich sicher auf der anderen Seite angekommen war. Sie winkte zu mir herüber und streckte einen Daumen in die Höhe.

Ale saß schon bereit und sobald Line auf der anderen Seite war, tänzelte er geschickt los. Sein leichtes Gewicht konnte die Brücke locker tragen und schon nach kurzer Zeit war auch er drüben angelangt. Nun gab es kein Zurück mehr, ich musste auch hinüber.

Ich versuchte, Lines Beispiel zu folgen und ging jeden Balken Stückchen für Stückchen entlang, doch an manchen Stellen waren sie so kaputt, dass man sich auf die Lianen stellen musste, um weitergehen zu können. Wind blies in meine Haare, während mein Herz laut gegen meine Brust hämmerte. Mein Hals war viel zu trocken, um richtig schlucken zu können. Immer wieder sah ich hinunter und vergewisserte mich, wie tief ich fallen würde. Das trug natürlich nicht wirklich dazu bei, dass es mir einfacher fiel, weiterzukommen. Jedes Brett, auf das ich trat, machte ein knarrendes und knirschendes Geräusch. Man hörte, wie sich die Lianen spannten und manchmal glaubte ich, ein reißendes Geräusch zu hören.

Und dann sah ich es. Das Bernsteinkraut! Es war auf einem kleinen Felsvorsprung, etwa zwölf Meter unter der Brücke und ich erkannte es sofort. Es sah genauso aus wie auf der Zeichnung in meinem Buch. Ich war mir zu hundert Prozent sicher, dass es das richtige war.

„Das Bernsteinkraut!" schrie ich so laut ich konnte, damit Line mich hörte.

„Da unten. Ich sehe es!" Ich blieb stehen und zeigte mit meinem Finger auf den Felsen. Lines Blick folgte. Auch sie war nun aufgeregt, warnte mich aber: „Rina, komm lieber erst mal rüber. Die Brücke sieht wirklich nicht stabil aus und wir sollten unser Glück nicht überstrapazieren." Und damit hatte sie Recht, denn an der Stelle, auf der ich stand, waren die Lianen-Seile bereits sehr dünn und drohten zu reißen. Und da passierte es auch schon. Ich hatte gerade einen Schritt nach vorne gemacht, als die Lianen nachgaben. Line schrie panisch nach meinem Namen. Noch bevor ich realisierte, was gerade geschah, befand ich mich in der Luft und stürzte in die Tiefe.

ॐ

Der Sturz war einer der kürzesten und dennoch beängstigendsten Erlebnisse meines bisherigen Lebens. Anders, als ich es früher immer gedachte hatte, fühlte sich so ein Sturz nicht so an, als wenn man beispielsweise von einem Sprungbrett ins Wasser springt. Da wusste man ja, was kommt. Nein, das hier war eher irgendwie … ungewiss. Bodenlos. Lines Rufe gelangten nur wie durch einen Nebel in mein Ohr, der Wind rauschte an meinem Kopf vorbei und zerstreute meine Gedanken. Was sich in diesem kurzen Moment, indem ich dem Tod sehr nahe war, in meinem Kopf abspielte, hatte herzlich wenig mit dem klassischen „Ich sehe mein Leben als Film vor mir ablaufen" zu tun. Tatsächlich konnte mein Kopf nämlich nur ein einziges Wort denken: *Scheiße!*
Und dann, ganz plötzlich, hörte der Sturz auf. Einfach so. Ein dumpfer kleiner Ruck um meine Taille und ich begann wieder zu steigen. Lebendig.
Der Fluss entfernte sich langsam wieder von mir und ich spürte mein Herz in meinem Hals und meiner Brust schlagen, als würde es jeden Moment herausspringen. Wie ein Vogel auf der Suche nach dem Ausgang des Käfigs, in dem er gefangengehalten wird. Ich richtete meinen Blick nach oben und starrte auf das Maul eines Pferdes, die Zähne in meinen Rucksack versenkt. Ich hatte ihn mir zuvor um die Taille geschnallt, weil er dann leichter zu tragen war. Dass ich daher

nicht einfach aus den Armschlaufen herausrutschen konnte, hatte mir womöglich das Leben gerettet. Die Spuren, die ich von dem Riemen davontragen würde, interessierten mich zu diesem Zeitpunkt äußerst wenig. Ich bemühte mich viel mehr, gleichmäßig ein- und auszuatmen, was mir nicht sonderlich gut gelang. Das Rauschen meines Blutes in meinem Kopf war so laut, dass es die Geräusche in meiner Umgebung gänzlich übertönte. Der braune Pegasus setzte mich vorsichtig auf dem Boden ab, wo Line mich auffing, ehe meine Knie unter mir nachgaben. Sie zitterten so sehr, dass ich es nicht schaffte, alleine stehen zu bleiben. Die Arme eng um den Hals meiner Freundin geschlungen, hing ich an ihren Schultern und keuchte ihr in den Nacken.

„Ist alles okay mit dir?", fragte sie mich leise und ich nickte stumm, weil ich vor lauter Adrenalinüberschuss in meinem Körper nicht sprechen konnte.

„Hier, trink mal was, du siehst aus wie ein Geist!" Sie ließ mich sanft nach unten auf den Boden gleiten, ehe sie mir meine Trinkflasche aus dem Rucksack holte und entgegenhielt. Ich nahm sie zittrig an, musterte dabei aber ihr Gesicht. Sie selbst war ebenfalls weiß wie eine Wand. Wie Milch mit Spucke, sagte meine Mutter immer dazu.

Während ich ein paar Schlucke Wasser aus meiner Flasche trank, versuchte ich meine Gedanken zu ordnen. In meinem Kopf drehte sich alles, doch der erste vernünftige Gedanke, der langsam Gestalt annahm, war nicht etwa: *Ich lebe noch*, denn das war erst der zweite. Der erste Gedanke lautete: *Ich habe das Bernsteinkraut gesehen!*

Ich blickte auf und starrte in die Gesichter von Line, Ale und dem braunen Pegasus, die besorgt zu mir herunterschauten.

„Alles in Ordnung?", fragte der Pegasus auch sogleich und

ich nickte leicht, doch meine Hände zitterten noch immer wie Espenlaub.

„Ist wirklich alles okay, Rina?", fragt Line noch einmal und ich wand ihr erneut meinen Kopf zu. Anstatt ihr auf die Frage direkt zu antworten, sprach ich einfach nur leise meinen vorherigen Gedanken aus. „Ich habe das Bernsteinkraut gesehen."

„Ja, das hast du bereits auf der Brücke gesagt, Rina", entgegnete Line mit nervösem Blick. Mit einem Mal wurde mein Verstand wacher und mein Körper hörte schlagartig auf zu zittern.

„Line, ich habe das Bernsteinkraut gesehen! Weißt du, was das bedeutet?" So schnell ich konnte stand ich auf und eilte auf den Abgrund zu. Doch der Pegasus stellte sich mir in den Weg.

„Vorsichtig, junge Dame! Du stehst unter Schock, du solltest nicht so nah an den Abgrund gehen, wenn du nicht noch einmal fallen möchtest. Ich weiß nicht, ob ich nochmal schnell genug sein kann." Ich wich erschrocken ein paar Schritte zurück und starrte den braunen Pegasus entgeistert an.

„Setz dich lieber wieder hin, Rina. Ich möchte nicht noch einmal sehen müssen, wie du fällst. Wir behalten das Kraut im Auge und versuchen, es so schnell wie möglich zu holen, okay?" Line legte mir ihre Hand auf die Schulter und sah mich noch immer stirnrunzelnd an.

„Tut mir leid", sagte ich. „Es ist nur … das Bernsteinkraut! Line, es ist die erste Zutat, die wir brauchen! Wir haben wirklich etwas gefunden, was als verschollen gilt. Vielleicht schaffen wir es tatsächlich, rechtzeitig alles zu finden, was wir benötigen!" Meine Stimme wurde immer lauter, ehe ich den fragenden Blick des Pegasus wahrnahm. Leiser schob ich ein „Tut mir leid" hinterher und setzte mich wieder auf den Boden.

„Sky?", hörte ich in diesem Moment eine warme Stimme aus dem Gebüsch, einige Meter von uns entfernt. Ihr Klang kam mir merkwürdig vertraut vor.

„Ich bin hier, Benju. Alles in Ordnung, es geht allen gut", antwortete der Pegasus, und kurz darauf raschelte es im Gebüsch. Heraus kam ein Junge mit mittellangem rotem Haar. Seine Augen waren durch eine schwarze Augenbinde verdeckt, doch obwohl er nichts sehen konnte, lief er gerade und zielstrebig auf uns zu. Als wüsste er genau, wo wir uns befanden. Auf seinem freien Oberkörper zeichneten sich einige blasse Schrammen ab, doch keine davon schien ernsthaft entzündet zu sein. Er trug eine ausgewaschene, dreckige und teilweise eingerissene Jeans. Schuhe hingegen hatte er keine.

„Hallo, mein Name ist Benju und der Pegasus ist Sky, wer seid ihr, wenn ich fragen darf?", erkundigte sich der Junge und steckte die Hände lässig in die Hosentaschen.

„Darfst du, ich bin Line und mit mir hier sind meine Freundin Rina und der Marder Ale", antwortete Line, während mir ein anderer Gedanke durch den Kopf tigerte.

*Benju. Woher kennst du ihn? Er kommt dir so vertraut vor. Den Namen hast du doch schon einmal gehört, oder nicht? Wie? Wo?* Ich zerbrach mir das Gehirn, doch ich erinnerte mich nicht.

„Freut mich, euch kennenzulernen. Darf man auch fragen, was euch hierher treibt? Ihr seid definitiv nicht aus Armania, wie also seid ihr hierher gelangt und warum klettert ihr über die morsche Brücke. Sie wurde seit Jahren nicht benutzt", meinte Benju nichtsahnend.

„Das ist ein wenig komplizierter. Wir sind auf der Suche nach dem Bernsteinblut, weil ein Freund von uns sehr krank ist. Auf dem Weg fanden uns die großen Katzen, wie ihr sie nennt, und brachten uns hierher. Sie zeigten uns den Pfad zur Brücke, die wir überqueren sollten. Rina ist aber stehengeblieben, weil sie das Bernsteinkraut gesehen hat – und dabei ist die Brücke gerissen. Sky hat sie gerade noch an ihrer Tasche auffangen können. Er hat ihr echt das Leben gerettet."

„Ich hatte mich bereits gewundert, wieso er plötzlich so schnell losrennt."

„Benju ... Line, woher kenne ich diesen Namen?", sprach ich nun meinen Gedanken erstmals laut aus und bemerkte, wie der Junge bei diesen Worten kurz zusammenzuckte. Line schien die Bewegung ebenfalls wahrgenommen zu haben und versuchte, mich auf andere Gedanken zu bringen.

„Keine Ahnung, ich kenne ihn nicht. Aber was meinst du, sollen wir das Bernsteinkraut holen gehen? Vielleicht kann Sky uns dabei helfen?" Sie wandte sich fragend dem Pegasus zu, der gerade antworten wollte, als ich auch schon wieder auf die Füße kletterte und Richtung Abgrund lief. Ale hielt mich gerade noch zurück.

„Rina, warte! Vielleicht sollte besser Line das Kraut holen. Nachher lässt du es fallen, weil du so sehr zitterst."

„Ja, sagte ich und starrte auf meine Hände, die erneut zu zittern begonnen hatten. *Was ist bloß los mit mir*, dachte ich und blieb stehen. Sky bot sich freundlicherweise an, Line zu tragen, sodass sie problemlos das Bernsteinkraut pflücken konnte. Während sie damit beschäftigt war, hörte ich Ale und Benju dabei zu, wie sie sich unterhielten.

„Wie kommt es, dass das Kraut zuvor noch nicht entdeckt wurde?", fragte Ale. „Es scheinen doch bereits vor uns einige versucht zu haben, es zu finden, um das Gift der Burner zu zerstören.

„Kommt vielleicht daher, dass niemand sonst hierher kommt, weil die Brücke so kaputt ist", antwortete Benju. „Möglicherweise ist das Kraut bereits einmal hier gewachsen, als die Burner begannen, Armania zu durchforsten und alles zu zerstören. Es ist einige Jahre her, wahrscheinlich ist es einfach nachgewachsen, weil es nicht komplett zerstört wurde. Woher wisst ihr denn, dass es das richtige Kraut ist?"

„Man spürt es, wenn man es ansieht", flüsterte ich erklärend.

„Das kann ich nicht beurteilen", entgegnete Benju trocken und ich fühlte mich plötzlich schuldig für meine Worte. Mittlerweile waren Line und Sky zurückgekehrt und ich nahm von Line das Kraut vorsichtig entgegen. Die Blätter waren glatt und gold-orange, sie leuchteten in der Sonne und gaben einem ein beruhigendes Gefühl. Behutsam steckte ich sie in meinen Rucksack und schnallte ihn mir wieder um.

„Ich habe Line und ihren Freunden angeboten, mit uns zu gehen. Bis wir das Dorf erreicht haben, wird es allmählich Abend sein und ich hielt es für besser, ihnen ein Dach über den Kopf anzubieten", erwähnte Sky und Benju nickte.

„Gute Idee, daran habe ich auch gerade gedacht. Kia wird bestimmt nichts dagegen haben. Lasst uns am besten sogleich aufbrechen, bis zum Dorf ist es ein Stück zu laufen."

৪০

Wir kamen zügig voran und erreichten recht schnell einen Pfad, der den Hügel hinunterführte, sodass wir unseren Weg über flaches Land fortsetzen konnten. „Danke übrigens für deine Hilfe. Ich hab mich noch gar nicht dafür bedankt, dass du mich gerettet hast. Tut mir leid", sprach ich Sky vorsichtig von der Seite an, „ohne dich würde ich jetzt als Suppe da unten vor mich hin schwimmen."

„Ach, das war doch selbstverständlich!", winkte er ab.

„Und diese Kia, die hat wirklich nichts dagegen, dass ihr uns einfach so mitbringt?", gesellte sich nun auch Line zu uns. Benju hatte die Hand in Skys Mähne vergraben, Ale saß auf Skys Rücken.

„Nein, da bin ich mir sehr sicher. Kia hat so ein großes Herz, sie wird niemanden einfach draußen schlafen lassen. Schon gar nicht bei der derzeitigen Situation in Armania", antwortete Benju freundlich.

Das Dorf erschien früh in unserem Blickfeld und nicht lange, da hatten wir seinen Rand bereits erreicht. Anders, als ich es erwartet hatte, wurde es jedoch nicht von einer Mauer umringt, sondern begann mit ein paar vereinzelten kleinen Häusern auf einer saftig grünen Wiese. Die Hütten rückten, je weiter es ins Dorf ging, immer dichter zusammen, bis sie sich beinahe berührten und einzig winzige Gassen sie daran hinderten. Von Sky erfuhren wir noch, dass sich hier viele Händler niedergelassen hatten und einige Humanil dieses Dorf oftmals aufsuchten, um sich vor neuen Angriffen der Burner zu erholen. Dank seiner Lage zwischen zwei Bergketten war es weniger stark gefährdet als die Dörfer in der Nähe des Hauptsitzes der Black Burner.

Kia wohnte recht nah am Rande des Dorfes in einer großen Holzhütte. Sie musste unsere Stimmen gehört haben, denn noch ehe wir die Türe erreichten, öffnete sie diese bereits und die junge Frau strahlte uns an. Ihre langen hellblauen Haare waren zu einem Zopf geflochten und hingen an einer Seite herunter. Die pinken Haarspitzen erreichten gerade eben ihre schmale Taille. Auf ihrem Rücken saßen Libellenflügel, durchsichtig und leicht schimmernd, die hin und wieder surrend aufflatterten. Ihre vollen Lippen waren zu einem breiten Lächeln verzogen und die hell-türkisen Augen blickten uns freundlich entgegen.

„Na, wen bringt ihr beiden mir denn da wieder ins Haus?"

„Das sind Line, Rina und Ale, wir haben sie an der kaputten Brücke oben beim Lianen-Dschungel getroffen. Sie sind bloß auf der Durchreise und brauchen einen Platz zum Schlafen. Wir haben gesagt, bei dir würden sie einen finden", antwortete Benju und schlüpfte an ihr vorbei ins Haus.

„Das haben sie in der Tat. Ich würde mich jedoch auch freuen, wenn ich ab und an einen von euch zu Gesicht bekommen würde, Benju. Du warst seit Tagen nicht hier, nach dem Essen kommst du direkt zu mir!", rief sie ihm hinterher, ehe sie sich erneut uns zuwandte.

„Hallo. Schön euch kennenzulernen. Endlich mal wieder ein paar neue Gesichter hier bei uns. Kommt herein und fühlt euch wie zuhause."

Schüchtern betraten wir das helle Haus und ließen uns von Kia das Badezimmer zeigen, in dem wir uns frisch machen konnten. Ich war froh, wieder unter eine Dusche steigen zu können und den Schmutz der vergangenen Tage abzuwaschen. Kia gab freundlicherweise jedem von uns eine Jeans und ein T-Shirt, während sie unsere Sachen mit zum Waschen nahm. Etwas unwohl war mir schon, andere Leute diese Arbeit machen zu lassen, doch ich nahm die freiwilligen und freundlichen Angebote ohne Murren an.

ॐ

Die warme Dusche tat gut und ließ meinen Kopf wieder etwas klarer werden. Ich flocht meine Haare zu einem langen Zopf und ging, nachdem Line ebenfalls fertig war, wieder nach unten, wo Benju und Ale bereits an einem großen Tisch saßen. Line setzte sich dazu und kam sogleich mit Benju ins Gespräch, ich selbst setzte mich etwas abseits an eine freie Stelle auf den Boden, den Rücken gegen die Wand gelehnt. Nachdenklich starrte ich auf das Medaillon an meinem Hals, drehte es zwischen meinen Fingern und fuhr vorsichtig die feinen Linien darauf nach. Auch wenn es mir schon einige Male das Leben gerettet zu haben schien, so warf es doch auch immer wieder die gleichen Fragen auf. Ich wollte nicht ständig und jedem die Geschichte erzählen, weshalb wir hier waren. Es tat jedes Mal so unglaublich weh davon zu berichten. Hinzu kam der Gedanke, dass ich nicht wusste, wie es Criff ging. Wütend klappte ich die Uhr von Magnum auf, während ich dachte: Blöde Uhr. Doch dann stutzte ich. Auf ihrem Display flackert etwas, es sah aus wie das Flimmern bei einem Fernseher. Ich sah Magnum in seinem Werkkeller. Nur für einige Sekunden, dann war das Bild wieder weg und die Uhr tot. Doch dieser kurze Blick ließ Hoffnung in mir aufkeimen, dass es vielleicht doch einmal klappte, mit ihm zu reden, ihn nach Criff zu fragen. *Aber will ich wirklich wissen, wie schlecht es ihm geht? Ja! Ja, ich will alles wissen! Ich muss wissen, wie viel Zeit wir noch haben!*

Ale kam zu mir herüber und kletterte auf meine Schulter, wo er sich gemütlich hinlegte und meinen Nacken wärmte.

„Woran denkst du?", fragte er leise und blies mir dabei seinen warmen Atem ins Ohr.

„An nichts Besonderes", antwortete ich. „Ich musste gerade eben an mein Zuhause denken. Ich bin allgemein sehr erstaunt, wie ähnlich Armania unserer Welt ist. Meinst du, es gab früher mal eine Zeit, in der unsere Welten friedlich miteinander gelebt haben, Ale? Oder haben sie sich ganz unabhängig voneinander so ähnlich entwickelt?"

„Puh … keine Ahnung. Ich habe über so etwas noch nicht nachgedacht. Schon möglich, dass es früher einmal eine Verbindung gab. Aber da weder wir noch ihr vorher von der anderen Welt wussten, muss das schon wirklich sehr, sehr lange her sein."

„Dann bedeutet das, dass wir uns parallel entwickelt haben müssen. Wie kann es, dass es hier so vieles gibt, was wir von Zuhause kennen, während es gleichzeitig auch ganz andere Dinge gibt? Eure Technik ist in mancher Hinsicht um einiges weiter."

„Du denkst aber auch über Dinge nach, Rina!", lachte Ale. „Vielleicht liegt es ja daran, dass wir uns im Grunde sehr ähnlich sind. Die Humanil und die Menschen. Viele von uns sehen euch unheimlich ähnlich. Kia zum Beispiel, oder Benju. Es sind nur winzige Merkmale, die uns unterscheiden."

„Aber ihr seid so viel friedlicher als wir. Aussehen ist doch nicht alles, es geht doch auch ums Wesen. Da unterscheiden wir uns nämlich sehr voneinander. Bei uns zuhause werden Kriege geführt, damit Frieden entsteht. Das ist so ein großer Widerspruch. Es gibt so viel Hass und Wut in unserer Welt. Ihr lebt einfach in Frieden, ohne darüber nachzudenken. Die Burner sind ein gutes Beispiel dafür, wie unsere Welt ist. Wer immer dafür verantwortlich ist hat es geschafft, einige Humanil so zu manipulieren, dass sie den Hass der Menschen in sich tragen. Dieser Saragan Princen hat seine Wut in euresgleichen gesetzt und verwendet sie gegen euch. Ich würde so gerne in einer Welt leben, in der man keine Angst haben muss, nachts alleine draußen zu sein. In einer Welt, in der Frieden herrscht. Und es tut mir weh zu sehen, dass ihr nun die gleichen Ängste wie wir haben müsst, wo ihr doch bereits in einer Welt voller Frieden gelebt habt."

Ale antwortete nicht darauf, sondern lag einfach nur auf meinen Schultern und blickte vor sich hin.

„Lass uns zu den anderen gehen und etwas essen", sagte er nach einer Weile des Schweigens und sprang von meiner Schulter. Line und Benju saßen noch immer lachend am Tisch und blickten erst auf, als Ale und ich uns dazugesellten. Kurz darauf erschien Kia auch schon aus der Küche, in der Hand einen großen, dampfenden Topf. Es gab einen Magoliblüten-Eintopf, eine Suppe aus gelben und grünen Blüten und das bekannte Rindenbrot. Anders als das Rindenbrot, was wir bisher zu essen gehabt hatten, schmeckte dieses salziger. Kia erklärte uns, dass es von einem anderen Baum stammte und sich daher unterschied. Line wischte sich gerade die letzten Lachtränen von ihrem Gespräch mit Benju aus den Augenwinkeln, was unweigerlich dazu führte, dass auch ich grinsen musste. Ihre Freude war ansteckend und das mochte ich an Line so sehr. Als sie sah, dass ich ihr Lächeln erwiderte, strahlte sie gleich noch einmal so viel.

ဆ

Nachdem wir das schmutzige Geschirr in die Küche gebracht hatten, verabschiedete sich Ale für ein kurzes Schläfchen. Benju verschwand in einem der vielen Zimmer und Kia räumte in der Küche auf. Wir boten ihr unsere Hilfe an, doch sie verneinte dankend. Also setzten Line und ich uns zurück an den großen Tisch und holten das Bernsteinkraut aus meiner Tasche.

„Es sieht unglaublich schön aus. Du hast Recht, man spürt wirklich, dass etwas Besonderes davon ausgeht", sagte Line und starrte auf das Kraut in unserer Mitte.

„Es ist das erste Kraut, das wir brauchen. Und wir haben es tatsächlich gefunden. Meinst du, wir haben nochmal so viel Glück und finden auch den Rest früh genug?", antwortete ich, ebenfalls auf das Kraut starrend.

„Keine Ahnung, aber wir dürfen einfach nicht aufgeben. Irgendwo gibt es bestimmt noch Reste. Selbst in unserer Welt tauchen Tiere und Pflanzen wieder auf, die als ausgestorben galten. Die Burner können doch nicht jedes einzelne Kraut in Armania vernichtet haben!", antwortete Line.

„Wer weiß das schon. Benju hat erzählt, dass es sein kann, dass das Bernsteinkraut damals nicht gänzlich von seinem früheren Standort verschwunden sein könnte und daher nachgewachsen ist. Die Humanil haben doch aufgehört zu suchen, weil sie nie etwas gefunden haben. Vielleicht finden wir also tatsächlich auch alles andere!"

„Hm …, ich hab keine Ahnung. Aber ich habe hier von so gut wie nichts eine Ahnung, daher lassen wir es auf uns zukommen. Besser, wir packen das Bernsteinkraut wieder ein, damit es nicht beschädigt wird."

Gesagt, getan, steckte ich das Kraut vorsichtig wieder in meine Tasche zurück. In diesem Moment ging die Küchentür auf und Kia kam mit einem kleinen Topf und einem Lappen heraus. Wir blickten ihr verwundert hinterher, weil sie so schnell mit dem dampfenden Topf an uns vorbei und zur nächsten Türe wieder hinaus ging, reagierten aber nicht weiter darauf. Was auch immer sie machte, es ging uns nichts an.

„Wie geht es dir überhaupt, nachdem der Affe dich behandelt hat?", fragte ich Line daher und musterte ihren Arm. Sie zuckte die Schultern.

„So langsam tut die Wunde schon ein wenig weh, aber die Taubheit war um einiges schlimmer."

„Wie genau bist du an die Bisswunden gekommen?", fragte ich weiter.

„Als auf einmal diese Affen über unseren Köpfen herumsprangen, habe ich dich rufen hören. Kurz darauf tauchten die Katzenaugen auf und ich bin losgelaufen. Dabei bin ich anscheinend einem der kleineren Affen auf den Schwanz getreten und er hat mich gebissen. Ich hab nicht weiter darüber nachgedacht, der Affe ist weitergesprungen und ich weggelaufen. Und dann ganz plötzlich wurde ich unheimlich müde. Mehr weiß ich gar nicht mehr."

„Oh, man, Line. Ich hatte echt Angst um dich. Aber ich bin froh, dass alles so positiv verlaufen ist. Was hältst du davon, wenn wir Wundsalbe auftragen und deinen Arm neu verbinden? Danach können wir nachsehen, wohin Kia gegangen ist und sie fragen, ob sie weiß, wie und wo wir von hier aus weitersuchen können."

Aus Lines Rucksack holte ich die Tube mit Wundsalbe und ein Wattestäbchen, womit ich die Salbe vorsichtig auf die Wunde strich. Ohne den dunklen Rand sah sie um einiges harmloser aus und es hatte sich bereits eine leichte Kruste darauf gebildet. Mit frischem Verband wurde sie abgedeckt und somit vor Schmutz geschützt, dann standen wir auf und begannen die Suche nach unserer Gastgeberin. Doch dies erwies sich schwieriger als gedacht, da hier keine Schilder an den Türen hingen, wie bei Nea zuhause. Einfach so eine Türe zu öffnen, trauten wir uns aber auch nicht. Unsere Entscheidung wurde uns kurz darauf abgenommen, denn wir hörten Kias Stimme aus einem Zimmer kommen, dessen Tür einen Spalt geöffnet war. Um zu sehen, ob wir richtig gehört hatten, spähten wir leise hinein. Der Anblick, der sich uns bot, ließ mich stutzen. Benju lag auf einer Liege, das Gesicht vor Schmerz verzerrt. Kia stand neben ihm und legte ihm ein Tuch über die Augen.

„Halt still. Ich weiß, dass es brennt!", sagte sie und ich beobachtete, wie Benju die Zähne keuchend aufeinanderpresste, die Finger in die Liege unter sich gegraben. Line und ich tauschten entsetzte Blicke. Kia muss unsere kleine Bewegung bemerkt haben, denn sie hielt einen kurzen Moment inne und schaute zur Tür, hinter der wir eilig verschwanden.

„Was ist los?", fragte Benju.

„Es ist nichts. Ich habe mich nur am heißen Wasser verbrannt", erwiderte Kia und legte ein weiteres Tuch auf seine Augen.

„Ich komme gleich wieder, bleib ruhig liegen. Und wehe, du gehst an die Tücher, ich merke das, wenn du sie abgenommen hast!", ermahnte sie Benju schließlich und kam nun geradewegs auf uns zu. Mir wurde ein wenig mulmig zumute, sie sah nicht sonderlich erfreut aus. Vor der Tür sah sie uns dann lediglich einmal kurz an und befahl uns, durch Handzeichen und Kopfnicken, ihr zu folgen.

Erst als wir aus Benjus Hörweite waren, blieb sie stehen und drehte sich zu uns um.

„Was habt ihr gesehen?"

„Ähm …", stotterte Line und auch ich sah verlegen zu Boden. Kia seufzte resigniert. Sie sah die Neugierde, die auf unseren Gesichtern brannte, aber auch die Verlegenheit, dass es uns unangenehm war, erwischt worden zu sein. Daher erklärte sie uns mit einem leisen Seufzer, was sie mit Benju gemacht hatte.

„Benju wurde vor 15 Jahren von einer Waffe der Black Burner getroffen, als er versucht hatte, einem Freund das Leben zu retten. Seit diesem Tag kann er nichts mehr sehen. Wir wissen nicht, ob es zu 100 Prozent an seinen Wunden liegt, oder ob seine seelischen Wunden ebenfalls dazu beitragen. Die Heiler haben versucht, die körperlichen Wunden so gut es geht zu versorgen und er überlebte. Sein Augenlicht hingegen kehrte nicht zurück. Die Burner haben in der Zeit jedoch angefangen, ihre Macht zu zeigen und begannen damit, jeden Heiler zu vernichten oder einzusperren, damit diese keine weiteren Heilmittel entdecken oder verschreiben konnten. Mit den Kompressen versuchen wir Benjus Augen zu behandeln und hoffen, dass er irgendwann einmal geheilt sein wird. Wir erzählen ihm auch immer, dass es besser wird, obwohl es eigentlich nicht stimmt. Ich glaube, es hilft ihm ein bisschen, gegen seine seelischen Wunden anzugehen. 15 Jahre sind eine lange Zeit, er hat dank seiner ausgeprägten Fuchs-Sinne gelernt mit seiner Blindheit zurechtzukommen und körperlich kaum eingeschränkt zu sein. Er hat seine Ohren und seine Nase, das Barfußlaufen gibt ihm den nötigen Kontakt zum Boden. Im Grunde scheint es, als bräuchte er seine Augen nicht. Aber er spricht nicht mit uns darüber. Seine Vergangenheit nagt an ihm, immer wieder verschwindet er plötzlich und wir wissen nicht, wann er wiederkommt. Den Verlust seines Freundes hat er nie ganz überwunden. Sky ist mehr als eine Art Blindenpferd für ihn, sie sind seit zwölf Jahren unzertrennlich. Er hat ihn aus dem tiefen Loch gezogen, in das Benju gefallen ist, kurz nachdem er zu mir gefunden hatte. Ich glaube, ohne Sky wäre Benju seelisch zerbrochen, womöglich sogar nicht mehr am Leben.

„Dann haben die Burner seinen Freund also dennoch erwischt, obwohl er ihn zu schützen versucht hat?", fragte Line nach und Kia nickte traurig.

„Benju hat damals seinen Freund und dessen Schwester an die Burner verloren, es war das letzte, was er gesehen hat, bevor er sein Augenlicht verlor."

Ich schaute betreten zu Boden, als mir ein Gedanke wie eine Rakete in den Kopf schoss.

„Criff!", flüsterte ich mit weit geöffneten Augen.

„Wie bitte?", fragten Kia und Line wie aus einem Munde.

„Ich wusste, ich kenne seinen Namen von irgendwoher. Ich habe Benjus Namen in dem Kindertagebuch von Criff gesehen. Er ist Criffs Adoptiv-Bruder! Wie konnte ich das übersehen! Line, wir müssen ihm sagen, warum wir hier sind!"

Ich wollte gerade den Gang zurück zu dem Zimmer gehen, doch Kia hielt mich auf.

„Nein, warte! Benju braucht nach der Behandlung mit den Kompressen immer etwas Zeit, bis er sich auch bei uns wieder blicken lässt. Ich möchte nicht, dass er weiß, dass ihr ihn in diesem Moment gesehen habt und dass ich euch das alles erzählt habe. Tut mir den Gefallen und sprecht ihn nicht auf seine Vergangenheit an."

„Aber ..." versuchte ich mich zu erklären, doch Kia sah mich bloß flehend an.

„Bitte!"

„Okay, tut mir leid", gab ich daher nach und ließ die Schultern hängen.

„Wir wollten dich aber noch etwas anderes fragen", wechselte Line das Thema.

„Stimmt", erinnerte ich mich. „Weißt du, wie wir weitermachen können? Welchen Weg sollen wir nehmen, der einigermaßen sicher ist?"

„Das ist schwer, am besten haltet ihr euch an den Rand zum Wüstenland. Wenn ihr der Wüstennaht folgt, erreicht ihr in jedem Falle eines unserer Nachbardörfer, aber ob es sicherer ist, kann ich nicht sagen. Sicher ist in der momentanen Situation von Armania ein seltener Begriff geworden, seid auf der Hut. Und haltet euch vom Big Mountain fern, dort ist der Hauptsitz der Black Burner."

„Das werden wir, vielen Dank", erwiderte ich.

„Keine Ursache. Ich muss jetzt zurück zu Benju." Sie ging den Flur zurück zu dem Zimmer, in dem Benju lag – und ich wandte mich ab. Diese Reise hatte einen weiteren Sinn bekommen.

Gemeinsam mit Line setzte ich mich auf die schmalen Stufen vor dem Haus und hielt mein Gesicht in die Sonne, die langsam tiefer sank. Wieder würde ein Tag zu Ende gehen, doch diesmal mit einem Erfolg.

ℰℭ

Ich konnte nicht lange meinen Gedanken nachgehen, denn ein lautes Knallen der Haustüre riss mich brutal aus ihnen heraus. Ich blickte Line mit großen Augen fragend an, doch sie zuckte bloß die Schultern. Meine Neugier siegte und ich stand auf, Line direkt neben mir, um zu sehen, wer ohne ein Wort an uns vorbeigegangen war und die Türe so laut zugeknallt hatte. Wir öffneten die Haustüre vorsichtig, um hineinzuspähen, und sahen ein junges Mädchen im Raum stehen. Sie schien uns nicht wahrzunehmen, auch nicht, als wir an der Wand entlang in den Raum traten und sie verwundert ansahen. Suchend schaute sie sich um, die schmalen Hände zu Fäusten geballt. Unter ihrem braunen, kurzärmeligen Kleid mit Fellsaum schauten dünne, braungebrannte Arme hervor. Ihr schulterlanges, orangenes Haar fiel ihr glatt auf die Schultern herunter. An den Füßen trug sie wadenlange braune Stiefel, an dessen Spitze künstliche Krallen befestigt waren. Auf ihrem Kopf saßen zwei kleine, runde, braune Ohren, die wiederum ziemlich echt schienen, indem sie wütend hin und her wackelten.

„Wo ist er?", schrie sie lautstark durch das Haus. „Wo ist dieser blöde Mistkerl?" Ihrem Blick nach war sie sehr wütend, ich war froh, dass sie uns nicht bemerkt hatte. Ihre Augen blitzten so gefährlich auf, dass ich ihr lieber nicht entgegentreten wollte, um mich vorzustellen. Wer weiß, wozu sie in der Lage sein konnte, trotz ihres jungen Alters?

Hinter ihr trat nun auch ein Junge in das Zimmer, dessen braune Haare wie Stacheln von seinem Kopf abstanden. Auf Schultern und Ellenbogen befanden sich braune Lederschoner, die ebenfalls mit Stacheln versehen waren. An seiner rechten Augenbraue blitzte ein kleiner Ring. Ich schätzte ihn wenige Jahre älter als das Mädchen, was mir später auch bestätigt wurde. Auch er drängte sich, ohne eine Notiz von uns zu nehmen, an uns vorbei und stellte sich vor das junge Mädchen. „Mara! Jetzt beruhig dich mal. Es ist doch nichts passiert!", versuchte er sie zu besänftigen, aber das Mädchen keifte weiter.

„Ich beruhige mich nicht, ehe ich mit ihm fertig bin. Ich habe Sky draußen rumlaufen sehen, er muss hier sein!"

In diesem Moment erschien Benju in der Türe, hörte die Feindseligkeit in ihrer Stimme und machte auf der Schwelle kehrt. Doch noch ehe er das Zimmer wieder verlassen konnte, war das Mädchen bei ihm, packte ihn an der Schulter und drehte ihn um. Selbst bei dieser kleinen Bewegung sah ich, wie viel Kraft sie besaß.

„Wo bist du gewesen?", schrie sie Benju an, der sichtlich verunsichert war.

„Ich war nur am Seelenfluss."

„Nur am Seelenfluss? Bist du bescheuert? Weißt du, wie gefährlich das ist? Du kannst doch nicht ohne eine Nachricht einfach für mehrere Tage verschwinden. Und dann auch noch alleine!" Das Mädchen, das offenbar Mara hieß, keifte immer weiter und wurde mittlerweile sogar richtig hysterisch.

„Ich war nicht alleine, Sky…", versuchte sich Benju zu verteidigen, wurde aber sofort wieder unterbrochen.

„Oh, tut mir leid. Ich habe dieses dumme Pferd vergessen. Dein ach so guter Freund. Er nimmt doch nur Platz weg! Dieses …", weiter kam auch sie nicht, denn nun wurde auch Benju richtig wütend und fauchte zurück.

„Nenn ihn nie wieder dumm, verstanden? Nie wieder! Er hat mir mehr geholfen, als du es jemals könntest. Und hör auf, mich so zu kontrollieren. Ich bin in meinem Leben bisher sehr gut alleine zurechtgekommen, ich muss mir von einem dreizehnjährigen Bären keine Befehle und Standpauken anhören, wenn ich tue, was ich will! Verstanden?" Seine Stimme wurde immer lauter und nun sah ich auch sein Tattoo. Es war ähnlich dem von Criff und befand sich an seinem linken Oberarm, es schaute ein wenig aus seinem T-Shirt heraus. Das rote Leuchten bestätigte seine Wut.

„Hör endlich auf, mir immer hinterherzulaufen und jeden meiner Schritte zu kontrollieren. Ich bin 21 Jahre alt, ich kann gehen, wann und wohin ich will. Aber an deiner Stelle würde ich mir mal überlegen, wieso ich immer abhaue!" Mit diesen Worten drehte er sich um und verschwand. Mara sank auf den Boden und schlug sich die Hände vor das Gesicht, um ihre Augen zu verbergen. Der Junge, der dem Gespräch genau wie wir schweigend gelauscht hatte, ging nun langsam auf sie zu und nahm sie zärtlich in den Arm. Noch immer schien uns niemand in diesem Zimmer zu bemerken, doch weder Line noch ich wollten etwas sagen und uns somit verraten.

„Oh, Kinso. Ich hab doch einfach nur Angst um ihn", begann Mara gegen die Brust des Jungen zu schluchzen. „Er ist wie ein großer Bruder und ich will ihn nicht auch noch verlieren!" Kinso strich ihr beruhigend über den Rücken.

„Ruhig Mara, er ist nicht schwach und das weißt du. Er kann draußen zurechtkommen, immerhin ist er ein Fuchs. Die sind schlau, vergiss das nicht. Und er ist doch bisher immer wieder zurückgekommen."

„Aber die Burner können überall sein. Und wenn sie ihn fangen, dann foltern sie ihn. Wenn er sie trifft, dann wird er bis zum bitteren Ende mit ihnen kämpfen wollen, um sich zu rächen, und das würden sie nicht zulassen. Wenn sie ihn nicht fangen können, dann bringen sie ihn direkt um." Nun schluchzte sie noch lauter und Kinso strich ihr nur weiterhin sanft und unbeholfen über das Haar.

In diesem Moment betrat Kia das Zimmer, schaute uns mit fragendem Blick an und erkannte unsere missliche Situation. Sie blieb an der Türschwelle stehen, sah zwischen uns und den beiden Teenagern hin und her und beschloss dann, sich doch erst einmal um das weinende Mädchen zu kümmern.

„Nimm es dir nicht so zu Herzen, Mara. So ist er nun mal

und wir sollten nicht versuchen ihn zu verbiegen, er ist nun mal ein Sturkopf und seine Erinnerungen sind schmerzhaft. Er meint es doch nie so böse wie er es sagt!"

„Ich weiß, aber … ich hab einfach nur Angst!", schluchzte Mara als Antwort und drückte ihr Gesicht nun in Kias Bauch, während sie ihre Arme um den schlanken Körper drückte.

„Kommt am besten erst mal mit nach nebenan, da ist etwas zu essen und ihr habt Zeit, euch auszuruhen. Dann erzähle ich euch auch alle Neuigkeiten, die wir von Benju und der aktuellen Lage haben?"

„Oh ja, bitte! Ich hab einen Bärenhunger!", stöhnte Kinso auf und hielt sich seinen Magen. „Ich brauch dringend was zu beißen!"

Nachdem die drei das Zimmer verlassen und die Tür hinter sich geschlossen hatten, standen Line und ich alleine da.

Ich setzte mich mit Line wieder an den großen runden Tisch, an dem wir ganz zu Anfang gesessen hatten und stützte mein Kinn seufzend auf meinem Arm ab. Niemand von uns sagte ein Wort. Die Stille wurde erst unterbrochen, als das Klackern von Krallen auf dem Boden ertönte und ich Ale zu uns laufen sah. In seiner Schnauze ein verblichenes Papier.

„Schet eusch dasch mal an", nuschelte er mit dem Papier in der Schnauze und sprang auf den Tisch. Ich nahm ihm das Blatt vorsichtig ab. An der oberen Kante waren kleine Löcher von seinen Zähnen zu sehen.

„Wo hast du das her?", fragte ich ihn erstaunt. „Ich denke, du hast dich hingelegt und geschlafen?"

„Hab ich auch, aber als ich wieder wach wurde, bin ich ein bisschen draußen herumgelaufen. Dabei bin ich auf dieses Papier gestoßen und dachte, es könnte euch interessieren."

Ich richtete meinen Blick zurück auf das vergilbte Papier und begann, die wenigen Worte darauf zu lesen.

# Vermisst

*Am 18. verschwand der junge Prinz von Armania auf unerklärliche Weise.*
*Bei Hinweisen bitte umgehend bei der Königsfamilie auf dem Schlossberg melden!*
*Ucello*

Die Worte waren bereits ziemlich verblichen, aber dennoch lesbar. Ich war erstaunt, wie gut, denn dieses Papier war immerhin schon 15 Jahre alt. Doch noch etwas anderes ließ mich weitaus mehr stutzen. Mit roter Tinte hatte jemand einige Zeit später etwas anderes darüber geschrieben. Die Schrift war noch nicht so blass wie die Vermisstenanzeige und leuchtete auffallend.

*Suche abgebrochen! Nach näheren Untersuchungen und Zeugenaussagen wurde festgestellt, dass der junge Königssohn ebenfalls den Black Burnern zum Opfer fiel und dabei tödlich verunglückte. Um weitere Beweise zu entfernen, wurde sein Leichnam verschleppt oder fiel den Flammen zum Opfer. Die Suche wurde beendet.*

Fassungslos starrte ich auf das Blatt, bevor ich es stumm an Line weiterreichte. Auch ihre Augen weiteten sich nach einem Überfliegen des Textes.

„Deshalb glauben alle, Criff wurde umgebracht. Scheinbar gibt es sogar Beweise. Sie müssen irgendwelche Spuren gefunden haben", ergriff Ale als erster das Wort.

„Wie muss das für die Leute hier sein. Seit 15 Jahren denken sie, die Kinder der Königsfamilie sind beide tot. Das muss schrecklich sein. Und dann erst Benju. Er denkt, er hat Criff sterben sehen."

Eine plötzliche Stimme hinter mir erschreckte mich.

„Er ist nicht tot, oder?" Mit klopfendem Herzen drehte ich mich um und sah Benju im Türrahmen stehen.

„Was?", fragte ich verwirrt, unfähig zu antworten. Er stieß sich vom Türrahmen ab und setzte sich leichtfüßig zu uns an den Tisch.

„Er ist nicht tot, oder? Criff lebt!" In seiner Stimme hörte man Hoffnung aufkeimen und Bestätigung suchen. Hätte er seine Augen benutzen können, wären sie bestimmt suchend zwischen Line, Ale und mir hin und her gehuscht. Ich musste schlucken, bevor ich auf seine Frage antworten konnte.

„Ich weiß es nicht so genau, ehrlich gesagt. Bis vor kurzem war es noch so, er lebte noch, doch als ich ihn alleingelassen habe, ging es ihm nicht besonders gut. Nein, das ist untertrieben! Es ging ihm furchtbar!" Ich senkte meinen Blick auf die Tischplatte und kratzte nervös mit meinem Daumennagel auf dem Holz herum, bis Line meine Bewegung mit ihrer Hand stoppte.

„Das Kraut aus der Schlucht, das Bernsteinblut, braucht ihr es für ihn?" Seine Stimme war warm und sanft, man hörte die Sehnsucht so deutlich, dass es mir fast das Herz zerriss.

Wir nickten alle drei betreten, doch als mir einfiel, dass er es nicht sehen konnte, fügte ich ein kurzes und knappes „Ja" hinzu.

„Es war seltsam, plötzlich sind die Burner bei uns zuhause aufgetaucht und haben angefangen auf ihn zu schießen. Es waren nicht viele, aber sie hatten Betäubungsmittel dabei. Criff hat versucht, ihnen die Armbänder, mit denen sie kontrolliert werden, abzubeißen, dabei haben sie ihn getroffen und er ist eine Klippe hinuntergestürzt. Sie haben trotzdem noch mit einem tödlichen Gift auf ihn geschossen und sein Blut genommen", erklärte ich den Vorfall in kurzen Worten.

„Mein Vater hat die Patrone rausoperiert, aber das Gift ist noch immer in seinem Körper und breitet sich aus. Wir müssen das Bernsteinblut so schnell wie möglich besorgen und zu ihm bringen!", ergänzte Line.

Benju hörte uns genau zu. Als Line ihren Satz beendet hatte, stand er eilig auf und lief am Tisch entlang hin und her. „Ich wusste es. Ich habe es immer gewusst, dass er es überlebt hat. Und er wird es auch diesmal überleben. Er war nie so krank, wie ihn alle behandelt haben. Sie haben es übertrieben. Er war stark. Stärker als jeder andere von uns. Und deshalb wird er es auch dieses Mal schaffen. Das weiß ich. Criff ist keiner, der einfach aufgibt." Er ging aus dem Zimmer, doch kurz vor der Tür drehte er sich noch einmal zu uns um. „Moment! Hast du gesagt, dass sie sein Blut haben, Rina?"

„Ähm ... ja, wieso? Was wollen sie damit machen?"

„Ich fürchte nichts Gutes. Criff und ich sind unter einem seltenen Stern geboren, er ist anders als die üblichen Humanil. In ihm sind nicht nur drei verschiedene Tiere vereint, sondern auch die drei Arten der Humanil. Die einen sind wie Kinso und ich. Andere wie Mara und Kia und dann noch die,

die so sind wie Sky und vermutlich auch Ale. Die Burner wollen unser Blut, um uns zu erforschen und unterwürfig zu machen. Saragan hatte es schon immer auf Criffs Blut abgesehen." Während er die erklärenden Worte vor sich hinmurmelte, ging er aus dem Zimmer und verschwand. Ich starrte ihn mit offenem Mund hinterher.

In diesem Moment vibrierte mein Arm. Ich dachte zuerst daran, dass ich aus Fassungslosigkeit über die neuen Informationen womöglich zitterte, doch als Line mich anstieß und auf mein Handgelenk zeigte, erkannte ich, woher es tatsächlich kam. Magnums Uhr!

Hastig klappte ich das Ziffernblatt auf und starrte auf den kleinen Monitor darunter. Er flackerte und surrte. Jetzt, wo ich die Verbindung aufgenommen hatte, drangen allmählich Töne aus den winzigen Lautsprechern. Ich sah das Gesicht von Magnum, der angestrengt an etwas herumwerkelte. Das Bild flackerte zwar hin und wieder, doch ich konnte ihn erkennen, und das war die Hauptsache.

„Magnum? Magnum, hörst du mich?", rief ich sogleich und flehte, dass die Verbindung hielt. Es war ein Wunder, dass er es tatsächlich geschafft hatte, etwas zu erfinden, was beide Welten verband.

Nun drangen allmählich Worte an mein Ohr, die ein bisschen wie schlechtes Radio klangen und ab und an plötzlich abbrachen.

„Rina? Hörst du mich? Kannst du … sehen?", fragte Magnum und drehte dabei immer wieder an irgendetwas unter seiner Kamera herum.

„Ja, ich bin hier! Line und ich haben es geschafft! Wir haben Armania gefunden!", sagte ich und hoffte, dass auch er mich verstand.

„Ist bei euch … in Ordnung? Habt … schon etwas gef…?",
fragte er weiter, denn vermutlich wollte er so viele Infos wie
möglich erhalten, falls die Verbindung doch noch abbrach.
Seine Stimme war hoffnungsvoll.

„Ja, alles gut. Wir haben herausfinden können, welche Pflanzen wir für das Medikament brauchen und auch schon das
erste Kraut gefunden. Wir machen uns gleich morgen früh
auf den weiteren Weg, um auch den Rest zu finden", erklärte
ich. „Wir sollen nachts nicht draußen herumlaufen. Die Humanil sind aber alle unheimlich nett und helfen uns, wo sie
können."

„Das … schön, Rina", antwortete Magnum, doch seine Stimme klang plötzlich ungewöhnlich leer.

„Was ist los, Magnum? Ist bei euch alles in Ordnung? Wir
haben doch noch Zeit, oder? Er hält durch, stimmt's?" Meine
Stimme zitterte ein wenig und mein Hals kratzte, während
ich auf seine Antwort wartete. Das Bild flackerte einmal kurz
schwarz auf und ich dachte schon, der Empfang wäre weg,
doch dann tauchte sein Gesicht wieder vor mir auf.

„Um ehrlich zu sein, sieht … nicht wirkli… rosig aus. Ich
weiß nicht … genug Zeit … . Sein Fieber steigt immer … an,
für Menschen … lebensbedrohliche Temperatur, … weiß
nicht wie hoch … bei Humanil werden kann, ohne … Schaden davon nehmen. Henry … keine Ideen mehr … unruhig.
Er weiß von … Geheimnis nichts und ich schaffe es mit Mühe
und No… nicht zum Verzweifeln zu bringen."

Mein Herz hämmerte schmerzhaft gegen meinen Brustkorb,
während ich flehend weiterfragte: „Hält er noch durch?
Magnum, er muss! Er muss durchhalten! Wir sind doch
schon so weit gekommen, wir schaffen das. Aber ihr müsst
alles versuchen, er muss durchhalten! Versprich es mir! Ich …"

„Rina! Er wir… durchhalten! Ich lass meinen Sohn nicht ein… aufgeben und ich kenne ihn gut genug, dass ich weiß, dass er nicht aufgeben wird, bis auch der letzte … Kraft seinen Körper verlassen hat. Er liebt dich, das w… ich jetzt. Jede Nacht, in der er … Bewusstsein war, hat er deinen Namen gesagt. Selbst im Koma flüstert er … noch. Er gibt nicht auf, wenn du nicht aufgibst! Also mach weiter wie bisher und …"

In diesem Moment brach die Verbindung ab, der Bildschirm war wieder schwarz und tot wie all die Tage zuvor.

„Magnum? Magnum!" Tränen liefen über mein Gesicht und hinterließen dunkle Flecken auf dem hellen Holz des Tisches, doch es entstand keine neue Verbindung.

Line hatte die ganze Zeit stumm neben mir gestanden, schlang nun ihre Arme von hinten um meinen Körper und sagte leise: „Ich kenne Henry. Wenn Magnum sich überwindet und ihm die Wahrheit sagt, dann wird er zuhören und es akzeptieren. Sie werden gemeinsam eine Lösung finden, damit er durchhält. Magnum wird ihm sagen, dass wir der Lösung auf der Spur sind, und Henry wird alles tun, was in seiner Macht steht, okay? Und heißt es nicht, dass Komapatienten ihre Umgebung hören können? Dann wird Criff mitbekommen, wie weit wir sind und weiterkämpfen. Er schafft das schon, hörst du?" Ich war froh, dass Line bei mir war, vor allem in Momenten, in denen ich das Gefühl hatte, dass ich nicht mehr konnte. Sie gab mir das Gefühl, dass alles, was hier geschah, genau richtig war und uns weiterhalf. Das gab mir neuen Mut.

Ich brauchte einige Zeit, bis ich mich etwas von dem Gespräch erholt hatte, doch es kam niemand, um nach uns zu sehen. Irgendwann fragte ich mich, was die anderen wohl machten, denn draußen war es bereits dunkel und das Haus seltsam still.

„Wann brechen wir auf?", fragte ich Line, die nun ebenfalls nach draußen schaute.

„Morgen in aller Frühe wird wohl am besten sein, oder? Wir packen unser Zeug zusammen und marschieren einfach los. Eine bestimmte Richtung, in die wir unbedingt müssen, haben wir ja nicht." Die Überlegung fand ich gut.

„Komm, lass uns nachsehen, wo Kia ist und nach einer Schlafmöglichkeit fragen. Ich bin hundemüde", sagt ich und stand auf. Im Flur kam Kia uns dann auch sogleich entgegen, auf ihrem Arm einen Stapel Bettzeug.

„Geht's wieder?", fragte sie und musterte mich mit einem besorgten Blick. Sie hatte also mitbekommen, dass ich geweint hatte, uns aber nicht stören wollen.

„Wo sind denn plötzlich alle?", fragte ich zurück, während ich als Antwort auf ihre Frage nickte.

„Schlafen schon. Ihr solltet euch auch hinlegen, ich denke, ihr wollt morgen früh los und es ist schon spät. Ich habe euch eine Couch fertiggemacht, hier ist euer Bettzeug. Zweites Zimmer links."

Dankend nahmen wir die Laken und Decken und wünschten ihr eine gute Nacht, während wir das Zimmer aufsuchten. Es war ein kleines Bücherzimmer mit einer großen Couch und einem kleinen Schreibtisch.

Ich lag noch einige Zeit wach, während Line neben mir bereits leise schnarchte und Ale auf meinem Bauch gleichmäßig atmete. Ich holte erneut das Medaillon hervor und drehte es nachdenklich zwischen meinen Fingern. Criff hatte damals in seinem Notizbuch über Benju geschrieben. Er hatte ihn seinen Leibwächter genannt ... und seinen Bruder. Es muss für beide schrecklich gewesen sein, 15 Jahre zu leben ohne zu wissen, ob es den anderen noch gab. Ich war ja schon jetzt drauf und dran zu zerbrechen, wenn ich nur daran dachte, dass ich Criff verlieren könnte. Und ich fand, sie wirkten wirklich beide irgendwie wie Brüder. Das Wappen auf dem Medaillon blitzte hin und wieder im Mondlicht auf, je nachdem wie ich es hielt, und mir fiel auf, dass es Criffs Tattoo ähnlich sah. Ich fragte mich, ob seine Eltern es womöglich geändert hatten, nachdem sich sein Tattoo vollständig ausgebildet hatte. Die Gedanken kreisten, wie das Medaillon in meinen Fingern, bis auch mir irgendwann die Augen vor Müdigkeit zufielen.

ဆ

*Magnum legte auf und drückte sein Gesicht traurig gegen seine Handflächen. Was er Rina erzählt hatte, war schlimm, aber nicht so schlimm, wie es wirklich war. Auch wenn das Bernsteinblut angeblich alles heilen konnte, glaubte er nicht, dass die Mädchen es rechtzeitig finden würden. Und er glaubte auch nicht, dass Criff wirklich lange genug aushalten würde. Es stimmte, sein Ziehsohn liebte dieses Mädchen, der er all diese Aufopferung nicht zugetraut hatte. Er hatte sie falsch eingeschätzt und war ihr dankbar, dass sie diese Reise machte, die er selbst nicht durchführen konnte. Seine Befürchtung aber trieben unaufhörlich in seinen Gedanken herum: dass die Mädchen zu viel Zeit brauchen würden. Doch wie sollte er es ihnen sagen, ohne ihre Hoffnung zu zerstören. Rina hatte erzählt, dass sie das erste Kraut bereits gefunden hatten. Was brauchten sie noch? Was fehlte, damit sie zurückkommen konnten, und wie lange würde es dauern, bis sie wieder hier waren? Er musste einfach an die Mädchen glauben und daran, dass sie genug Unterstützung bekamen, um rechtzeitig wieder hier zu sein. Hoffen, dass die Humanil wirklich so friedlich waren, wie Criff ihm immer erzählt hatte.*

*Das Gift in Criffs Körper breitete sich immer mehr aus, bald hatte es seinen Magen erreicht und was würde dann passieren? Was war das für ein Gift und was geschah dadurch mit dem Körper? Wanderte es erst zu allen lebenswichtigen Organen, um dann den Infizierten einen qualvollen Tod sterben zu lassen? Henry wusste es nicht. Keines seiner Mittel wollte helfen und es brachte ihn zum Verzweifeln. Jeden Tag sah er nach dem Jungen, dessen Zustand sich immer weiter zu verschlechtern schien. Seinen anderen Patienten ging es gut, was also machte er hier falsch? Henry wollte gar nicht wissen, was geschehen würde, wenn das Gift den Magen erreichen würde. Würde er die Sonde und die dadurch verabreichte Nahrung abstoßen? Dann würde der Junge verhungern. Nicht auszudenken, wenn er aufhörte, Flüssigkeit aufzunehmen.*
*Henry schüttelte seinen Kopf und öffnete leise die Tür zum Krankenzimmer. Der Junge hatte seine kalte Hand fest in das Bettlaken gekrallt, doch seine Körpertemperatur zeigte bei den Messungen bereits 42,5°. Für einen Menschen war diese Temperatur mehr als lebensgefährlich. Vorsichtig löste Henry Criffs Hand und legte sie unter die Decke. Criffs Augen waren geschlossen, doch sein Gesicht vor Schmerz verzogen, auf seiner Stirn sammelte sich kalter Schweiß. Hin und wieder zuckte der schmal gewordene Körper, und Henry wusste nicht, ob es an Criffs Schmerzen lag oder an etwas anderem. Auch wusste er nicht, dass Criff an Rina dachte, Wahnvorstellungen hatte, in denen ihr etwas zustieß. In seinen Gedanken spielten sich immer wieder Szenen ab, in denen Rina und Line von den Burnern gefangen wurden. Und er hatte nichts*

tun können, um ihnen zu helfen. Konnte sie nicht berühren, sondern ihnen nur zusehen, wie sie qualvoll starben. Wie seine Schwester. Seine stummen Schreie waren nirgends zu hören und er wünschte sich endlich Erlösung von dieser Qual, während sein Unterbewusstsein ihm einredete, dass es bloß Träume und Ängste waren, die er sah. Dass er stark bleiben musste, damit er Rina wiedersehen konnte. Sowohl körperlich als auch seelisch stand der 21-Jährige zwischen Leben und Tod. Schuld daran war das Gift, hergestellt dafür, dass die Humanil litten und den Tod herbeisehnten.

∽

So leise wir konnten standen Line, Ale und ich am nächsten Tag auf, um die anderen nicht zu wecken. Kia hatte unsere Sachen gereinigt und auf einen Stuhl an der Tür gelegt. Ich zog sie nach einer kurzen Wäsche im Badezimmer an, während ich Kias Kleidung auf dem Stuhl zusammenfaltete. Meine Augenlider waren schwer vor Müdigkeit und ich wäre gerne noch etwas länger liegen geblieben, doch der Gedanke an das Gespräch mit Magnum rüttelte mich wach und hielt mich davon ab.

Leise gingen wir den Gang an den Zimmern vorbei, deren Türen alle verschlossen waren und aus denen kein Geräusch zu hören war, auf unseren Rücken bereits die gepackten Rucksäcke. Als wir allerdings in die Nähe des Wohnzimmers kamen, erklang das Geräusch von Tellern und Besteck. Bevor wir hineingingen, klopften wir gegen die Tür. Wir wollten nicht schon wieder in eine Situation wie zwischen Benju und Kia geraten. Im Wohnzimmer saßen jedoch nicht nur Kia, sondern auch die beiden Teenager vom Vortag.

„Guten Morgen. Wie ich sehe, wollt ihr sofort los. Nehmt euch doch wenigstens vorher noch etwas zu essen. Dann seid ihr für die Reise gestärkt und den Rest packt ihr ein", begrüßte Kia uns mit ihrer herzlichen Art und stellte uns ein paar Teller hin.

Dankbar nuschelten auch wir ein „Guten Morgen", wobei meine Stimme, wie fast immer nach dem Aufstehen, etwas kratzig klang. Der Duft von warmem Rindenbrot stieg mir in die Nase und mein Magen knurrte. Neben mir hörte ich dasselbe Geräusch auch aus Lines Magen aufsteigen. Die beiden Teenager sahen uns forschend an und musterten uns von oben bis unten.

„Ich bin Mara", begrüßte uns das Mädchen mit den Bärenohren, und ich musste unwillkürlich lächeln. Ich hatte den Namen schon wieder vergessen, weil ich am Vortag auf andere Dinge geachtet hatte. Ihre Stimme wurde angriffslustig und sie blaffte mich an. „Was ist? Warum lachst du?"

„Tut mir leid, aber ich musste gerade an etwas denken. Meine Mutter heißt auch Mara, das ist alles", gab ich als Antwort und hörte auf zu lachen.

„Achso", sagte Mara, nun etwas freundlicher gestimmt, und widmete sich im Anschluss wieder ihrem Frühstück. Auch Kinso nannte seinen Namen, fügte jedoch dann noch eine Frage hinzu: „Ihr seid auf der Durchreise, hab ich gehört?"

Line nickte.

„Wollt ihr zu den Burnern?" Die gute Stimmung war schlagartig verschwunden und eine unangenehme Kälte schlich durch den Raum.

„Nein, eigentlich wollten wir genau das tunlichst vermeiden. Wir suchen das Blutblatt und einen Arzt, der das Bernsteinblut brauen kann, um einem Freund zu helfen. Den Burnern versuchen wir dabei eher aus dem Weg zu gehen. Wieso?", setzte Line nun zur Gegenfrage an. Kinso dachte einen kurzen Moment nach, wobei er auf seinen Teller starrte und mit Brotkrümeln herumspielte. Erst als er weitersprach, blickte er wieder auf. „Ich würde euch gerne ein Stück begleiten. Ich kann euch durch Armania führen, wenn ihr wollt."

„Gute Idee, Kinso! Ich komme auch mit", übernahm Mara das Wort und ihre hellen Augen funkelten abenteuerlustig. Ich sah unsicher zwischen den beiden hin und her.

„Darf ich fragen, wie alt ihr seid?", wollte Line vorsichtig wissen.

„Dreizehn", antwortete Mara stolz.

„Fünfzehn", gab Kinso preis.

„Seid ihr euch wirklich sicher, dass ihr mitkommen wollt? Ich meine … ihr seid noch sehr jung", setzte ich vorsichtig an und sogleich kam mir Kia zu Hilfe.

„Und ob ihr zu jung seid! Die Burner können überall da draußen sein, mit denen ist nicht zu spaßen. Ich weiß doch, wie schnell ihr euch in Dummheiten stürzt. Was ist, wenn ihr Burnern begegnet? Seht euch doch nur einmal Benju an! Ich meine … ihr seid Kinder! Ihr geht gefälligst nirgendwohin!"

Ich stimmte ihr zu: „Ich glaube, Kia hat Recht!"

„Sollten wir den Burnern begegnen, dann haue ich ihnen kräftig auf die Nase. Sie haben unsere Familien auf dem Gewissen. Und irgendwann werden sie dafür zahlen müssen." Mara hatte wieder dieses Blitzen im Auge.

„Nein, Mara!"

„Wir wollen doch nur helfen, Kia! Ich verspreche, ich werde nicht zum ‚Big Mountain' gehen und auch nicht die Burner zum Kampf herausfordern. Aber lass mich irgendetwas tun, was mir das Gefühl gibt, etwas gegen sie zu unternehmen.

Bitte Kia!", versuchte Kinso das Libellen-Mädchen umzustimmen. Sie haderte sichtbar mit sich selbst.

„In Ordnung, ich lass euch mitziehen, wenn ihr versprecht, den beiden zu helfen und euch von den Burnern fernzuhalten. Sie werden manipuliert, sie wissen nicht, was sie tun. Versprecht es mir! Und kommt sofort zurück, wenn ihr gefunden habt, wonach ihr sucht." Mara und Kinso nickten dankbar, doch ich hatte das Gefühl, dass alles zu schnell ging. Mara und Kinso waren doch noch Kinder, das hatte Kia selbst gesagt. Wieso also ließ sie sie gehen?

„Ich kann ihnen nicht verbieten zu gehen, ich bin nicht ihre Mutter", antwortete Kia, als ich sie leise darauf ansprach.

ဢ

Nachdem wir alle gut gefrühstückt hatten, packten wir unsere Rucksäcke voll mit Lebensmitteln, bis nichts mehr hineinpasste und waren somit für den Aufbruch bereit.

„Wie gestern bereits gesagt, bleibt ihr am besten am Rand zum Wüstenland", erinnerte uns Kia an ihre Worte.

„Ich weiß, wo das ist. Mara und ich gehen oft zur Wüstennaht, sie ist nicht weit von hier", antwortete Kinso, und in diesem Moment war ich froh, dass die beiden doch mitkamen. Sie kannten sich in diesem Teil von Armania einfach besser aus. Wir verabschiedeten uns von Kia und sie bat uns, die beiden Jugendlichen von Dummheiten abzuhalten.

„Wir geben unser bestes", antwortete Line und umarmte die junge Frau.

„Passt auf euch auf", rief sie noch und verschwand daraufhin in ihrem Haus. Wir waren gerade ein paar Meter gegangen, als jemand von hinten nach uns rief.

„Hey, wartet! Wollt ihr etwa ohne mich gehen?" Ich drehte mich um und erkannte Benju, der schnellen Schrittes mit dem rostbraunen Pegasus Sky auf uns zukam. Wir blieben stehen, um auf ihn zu warten, doch noch ehe jemand von uns was sagen konnte, hörten wir Kia auch schon schreien.

„Benju, komm sofort zurück!" Zorn lag in ihrer Stimme und dem Blick, mit dem sie Benju ansah, ihre hellen Augen hatten einen wütenden Schatten und ihre Stirn war in tiefe Furchen geteilt. Ihr sonst so helles Gesicht war rot vor Wut und ihre Flügel surrten unruhig auf ihrem Rücken. Benjus Körper spannte sich an, bereit anzugreifen, wenn er musste, stand er mit dem Blick zur Tür. Wütend baute sich Kia vor ihm auf und sagte mit einer Stimme, die keine Widerrede akzeptierte: „Du bleibst hier!"

„Nein Kia, ich gehe mit und werde ihnen helfen, das letzte Kraut und den Arzt zu finden. Ich würde sonst nicht leben können."

„Benju, du kannst nicht gehen, und du weißt warum!"

„Nein, Kia, weiß ich nicht. Ich bin nicht krank, mir geht es gut. Ich bin erwachsen, ich weiß, wie man da draußen zurechtkommt.

„Nein, krank bist du nicht, Benju. Du bist blind! Wie kannst du ihnen helfen das zu finden, was sie suchen, wenn du es nicht sehen kannst?" Das hatte gesessen, und das wusste Kia. Sie hielt sich erschrocken die Hand vor den Mund, niemand sagte ein Wort, doch die Anspannung in der Luft war zum Schneiden.

„Ich werde gehen! Ich bin 21 Jahre alt, ich kann nicht mein Leben lang hier sitzen und nichts tun, in der Hoffnung, dass sich etwas ändert. Ich habe jetzt endlich die Möglichkeit, meinen Fehler von damals wiedergutzumachen. Ich muss das tun." Benjus sanfte Stimme sprach Entschlossenheit aus, doch ich hörte den Schmerz, den Kias Worte bei ihm ausgelöst hatten.

„Du hast keine Schuld. Du hast damals nichts falsch gemacht, Benju!"

„Ich habe aber auch nichts richtig gemacht. Sonst wäre Marina noch am Leben, Criff bei seiner Familie und Armania zuversichtlicher. Ich hätte besser aufpassen müssen. Immerhin war ich doch deshalb da. Es war meine Aufgabe!"

„Du warst erst sechs Jahre alt, Benju. Du warst ein Kind! Keiner hätte das, was da passiert ist, aufhalten können, schon gar nicht ein Kind. Du warst doch erst in der Ausbildung."

„Kia. Ich bin jetzt stark genug, um zur Not ein weiteres Mal zu kämpfen. Noch einmal lasse ich das alles nicht geschehen. Und ich werde alles dafür tun, dass diese beiden Mädchen bekommen, was sie so dringend brauchen. Ich werde nicht mein Leben lang hier herumsitzen und mich hassen. Ich habe eine zweite Chance bekommen um zu zeigen, dass ich nicht umsonst damals das Glück hatte, ein Teil der königlichen Familie zu sein. Ich will ihnen nur helfen, das Kraut zu finden. Das ist mir wichtig! Ich … Ich würde es mir nie verzeihen, wenn ich jetzt nicht mitginge, Kia. Es tut mir leid. Pass bitte auf dich auf." Er drehte sich um und machte ein paar Schritte in unsere Richtung, seine Hand am Hals von Sky. So wie wir, hatte auch er schweigend dem Gespräch gelauscht und hielt seinen Blick betreten zum Boden gerichtet. Mara hingegen versuchte auf Kias Seite zu stehen und Benju von seinem Vorhaben abzubringen.

„Benju, vielleicht solltest du wirklich ...ial"

„Hör auf, Mara! Tu mir den Gefallen und sag jetzt ausnahmsweise einfach mal nichts. Bitte!" Seine Stimme klang flehend und es wirkte, denn Mara senkte ebenfalls ihren Blick und kniff die Lippen zusammen. Benju ging einige Schritte an uns vorbei, blieb dann stehen und drehte sich zu uns um.

„Kommt ihr nun mit, oder soll ich das Kraut alleine suchen?"

„Wir kommen", sagte ich nur, um die Diskussion zu beenden. Ich wollte nicht noch weitere unnötige Zeit verlieren und Benju hatte Recht. Er war alt genug und Kia konnte ihm nicht verbieten, mitzugehen. Wenn wir ihn nicht mitnehmen wollten, so würde er früher oder später doch weggehen. Er war doch sonst auch für längere Zeit unterwegs und machte, was er wollte. Ich konnte verstehen, warum er sich uns anschloss. Ich hätte es genauso gemacht.

Mit tränennassen Augen schaute Kia hinter uns her. Sie ging erst ins Haus, als wir bereits aus ihrem Blickfeld verschwunden waren.

ℰ

„Hier bin ich schon ewig nicht gewesen", eröffnete Mara endlich das Gespräch, nachdem wir schweigend die Wüstennaht erreichten. Erneut faszinierte mich die merkwürdige Logik der Flora in Armania, die so ganz anders als in unserer Welt war. Die kühle braune Erde, auf der wir bisher gelaufen waren, ging fast nahtlos in eine rot-gelbe Steppe über, in der es unglaublich heiß war. Auf der einen Seite sah man grüne Bäume und Sträucher und Blumen in den verschiedensten Farben aus dem Boden herausschauen, während uns auf der anderen Seite einfach nur eine gähnende Leere entgegenblickte. Ich sprang einige Male an der Wüstennaht hin und her, verlor aber schnell die Lust daran. Meine Beine waren müde von unserem stundenlangen Marsch und wollten eine

Pause, meine Füße taten weh und mein Magen knurrte. Umso glücklicher war ich, dass Mara das allmählich unerträglich gewordene Schweigen brach und ich mich endlich ein wenig ablenken konnte.

„Stimmt. Alles scheint irgendwie so … tot. Es ist so unglaublich ruhig hier, die Humanil müssen den Ort schon vor Ewigkeiten verlassen haben." Benjus Worte ließen mich schaudern. *Haben die Burner die heimischen Humanil von hier fortgejagt oder sogar getötet?* Ich schüttelte den Kopf, um den beunruhigenden Gedanken zu vertreiben.

„Können wir gleich eine Pause machen?", fragte Mara nun klagend in die Runde. „Meine Füße tun weh."

„Wieso setzt du dich nicht einfach auf Sky?", fragte ich und erntete einen abfälligen Blick.

„Für den bin ich doch viel zu schwer! Da wäre es ja noch einfacher, wenn ich ihn tragen würde."

„Du und schwer?" sagte ich lachend, denn sie war so klein und zierlich, dass es mir ernsthaft wie ein Witz vorkam.

„Ja, zu schwer! Immerhin bin ich ein Bär, was glaubst du denn, was die wiegen?" Das leuchtete mir ein und ich hörte auf zu lachen.

„Die Pause ist keine schlechte Idee, mir knurrt auch der Magen und meine Beine könnten auch mal eine Pause brauchen. Wir wandern schon seit Stunden durch die Gegend und haben noch immer nichts Hilfreiches gefunden", warf Line ein. Kaum hatte sie es gesagt, ließ sich Mara in den Schneidersitz auf den Boden plumpsen und wühlte in ihrem Stoffrucksack herum. Es gab ein dumpfes Geräusch, als ihr Körper auf dem sandigen Teil der Wüste aufkam und eine Sandwolke aufwirbelte. Kinso und Line setzten sich neben sie und wühlten nun ebenfalls in ihren Taschen. Obwohl auch ich körperlich nichts gegen eine Pause einzuwenden hatte, wollte mein Geist sich nur widerwillig davon abbringen lassen, weiterzulaufen. Die Zeit lief uns davon, ich wollte weitermachen, weitersuchen. Ich war unruhig.

*Pausen sind wichtig, Rina! Wenn du zu müde bist, konzentriert sich dein Körper weniger auf seine Umgebung und mehr auf sich selbst. Es muss ja nicht lange sein,* redete ich mir selbst ein und gesellte mich schließlich doch zu den anderen. Es tat tatsächlich gut, etwas im Magen zu haben und meinen Beinen und Füßen die Möglichkeit zu geben, sich zu erholen. Trotzdem rutschte ich unruhig auf dem Boden hin und her, konnte es kaum erwarten weiterzugehen und so viel Weg wie möglich zurückzulegen.

ℰↃ

„Kennt einer von euch eigentlich jemanden aus dem Dorf, wo wir eventuell die Nacht verbringen können?", fragte Line in die Runde, erntete aber nur verneinendes Kopfschütteln. „Ach, wir werden schon etwas finden. Sonst gibt es dort sicher auch öffentliche Schlafplätze, da ist man immer noch sicherer als hier draußen", versuchte Ale keine Zweifel entstehen zu lassen.

„Und das Kraut? Kennt ihr vielleicht jemanden, der mal etwas mit dem Blutblatt zu tun hatte?", fragte ich daraufhin. Wenn wir schon keine Schlafmöglichkeit hatten, dann vielleicht wenigstens eine Adresse, an die wir uns richten konnten. Zu meinem Bedauern schüttelten alle Anwesenden verneinend den Kopf.

„Das Problem ist ja auch, dass die Burner versucht haben, so gut wie alle Heiler daran zu hindern, ihren Beruf weiter ausüben zu können. Egal, ob sie nur die Medizin oder sogar den Heiler vernichtet haben. Die meisten Dörfer müssen mit allgemeinen Grundkenntnissen auskommen. Wir müssen sehen, was auf uns zukommt", meldete sich Sky zögerlich zu Wort. *Aber es muss doch irgendwo in dieser Welt noch jemanden geben, der etwas weiß,* versuchte ich mir trotz seiner Worte Mut zu machen. *Sie können doch nicht alle umgebracht haben!* Nachdem wir alle unsere Lebensmittel wieder eingepackt hatten, hielt ich mich auch weiterhin an der Hoffnung fest, dass uns im nächsten Dorf jemand weiterhelfen könnte und schaffte es dadurch, eine Zeitlang meine müden Beine zu vergessen und eifrig weiterzugehen.

„Lasst uns sehen, was auf uns zukommt. Wir müssen einfach versuchen, in allem das Positive zu sehen, sonst können wir gleich den Kopf in den Sand stecken", ergriff nun auch Line das Wort, erntete für diesen Kommentar jedoch fragende Blicke von unseren humanilischen Freunden.

„Den Kopf in den Sand stecken? Wieso sollten wir das tun?", dachte Kinso laut über unsere Worte nach. Nachdem Line und ich uns einen Moment verwundert angesehen hatten, konnten wir nicht anders und lachten laut auf.

„Irgendwie versteh ich den Witz daran nicht so ganz – du?", flüsterte Kinso Mara zu, doch auch diese schüttelte den Kopf. Ich hatte mein Lachen nun wieder einigermaßen unter Kontrolle und setzte zu einer Erklärung an.

„Den Kopf in den Sand zu stecken ist bei uns eine Redewendung und bedeutet „aufgeben". Wenn man also sagt, wir dürfen nicht gleich den Kopf in den Sand stecken, heißt es so viel wie: Wir dürfen nicht gleich aufgeben und uns zurückziehen. Keine Ahnung, woher das kommt." Ich zuckte die Schultern, denn zuvor hatte ich mir nie Gedanken darüber gemacht, warum man das sagte, und auch Line wusste es nicht anders zu erklären. Man sagte es einfach.

„Hey, schaut mal da! Ich kann das Dorf sehen. Vielleicht schaffen wir es tatsächlich noch, bevor es dunkel wird, dort zu sein. Wir werden wohl etwas schneller gehen müssen", rief Ale in diesem Moment laut von seinem Aussichtspunkt herunter, der aus Skys Kopf bestand. Eine seiner Pfoten zeigte geradeaus, während er sich auf die Hinterpfoten stellte. Sofort sahen wir alle in die Richtung, in die er zeigte. In der Ferne sah man tatsächlich die Silhouette des ersehnten Dorfes und ich musste breit grinsen. *Das ging ja schneller als gedacht,* dachte ich still. Doch Mara schaute in eine andere Richtung und sah ganz und gar nicht glücklich aus, sondern vielmehr verunsichert und nervös.

„Ähm … Leute? Ich will ja nicht hetzen, aber wir sollten, glaube ich, einen Zahn zulegen. Da rollt etwas Gewaltiges auf uns zu – und wenn ich mich nicht irre, dann sind das ziemlich große und ziemlich wütend aussehende Elefanten!" Nun gefror auch das Grinsen in meinem Gesicht, nachdem ich ihrem Blick gefolgt war. Da rollte tatsächlich eine Elefantenherde auf uns zu und das auch noch in einem Tempo, das ich den Dickhäutern nicht unbedingt zugetraut hätte. In meinem Kopf ertönte die Stimme von einer Safari-Reportage, die ich vor einiger Zeit einmal gesehen hatte.

*Elefanten, die größten Landsäuger unserer Erde, können eine Größe von vier Metern und ein Gewicht von etwa 6,5 Tonnen erreichen. Allein die bis zu drei Meter langen Stoßzähne tragen ein Gewicht von 100 Kilogramm und bilden somit eine tödliche Waffe. Obwohl die Dickhäuter als eines der friedlichsten Tiere gelten, sollte man ihnen in freier Wildbahn aus dem Weg gehen. Fühlt ein Elefant sich bedroht, so kann er erstaunlich an Geschwindigkeit gewinnen und zum Angriff übergehen.*

„Was sagst du?", fragte Benju Mara und riss mich mit seiner leisen Unruhe in der Stimme aus meinen Gedanken.

„Da kommen Elefanten auf uns zu. Es sieht aus wie eine kleine Herde, vielleicht fünf von ihnen."

„Scheiße!", sagte Benju nur, wurde zum Fuchs und flitzte in eine andere Richtung, hinein in die pflanzenarme Wüste. Ich bekam das Ganze gar nicht richtig mit, so schnell war er verschwunden.

„Ich erklär es euch später!", sagte Sky schnell, bevor er ihm eilig hinterher galoppierte. Fragend sahen wir uns an, keiner wusste, was auf einmal mit Benju gewesen war. Doch noch ehe wir uns darüber unterhalten konnten, ob es nicht besser war, den beiden zu folgen, waren die Elefanten auch schon bei uns.

„Wo wollt ihr hin? Dieser Weg ist verboten!", dröhnte einer der Elefanten und baute sich vor uns auf. Die weiteren vier taten es ihm gleich und sorgten so dafür, dass es uns unmöglich war, weiterzugehen.

„Wir sind auf dem Weg in das Dorf dahinten ...", begann ich, hielt es in Anbetracht der Situation jedoch für nötig, den Elefanten den ganzen Grund für unsere Reise zu nennen.

„Wir haben diesen Weg gewählt, weil er am sichersten sein soll, um so früh wie möglich das nächste Dorf zu erreichen. Wir sind nämlich auf der Durchreise und suchen das Blutblatt für ..." Weiter schaffte ich es nicht, denn der Elefantenbulle unterbrach mich verächtlich, während er angriffslustig mit den Ohren flatterte und seinen Rüssel unruhig hin und her schwenkte. Ich musste einen Schritt zurückgehen, um nicht von ihm getroffen zu werden.

„Tatsächlich? Leider gibt es in Armania kein Heilkraut mehr

mit diesem Namen. Und an sich weiß das auch jeder, der hier lebt."

„Wir kommen aber nicht von hier!", warf Line ein und bereute es sofort. Erschrocken presste sie ihre Hände vor den Mund.

„Achso? Na, das ändert natürlich so einiges. Sagt, seid ihr zufällig Menschen?" Das letzte Wort sprach er so abstoßend aus, als würde es ihm seine große Zunge verschmutzen. In diesem Moment erinnerte er mich ein wenig an Keera, die kleine Ratte vom Beginn unserer Reise. Doch bei diesem Elefanten hatte es eine weitaus bedrohlichere Wirkung auf mich.

„Ja, sind wir", antwortete ich dennoch kleinlaut.

„Und wofür braucht ihr dann dieses Kraut?", fragte nun ein anderer Elefant, der etwas kleiner als der erste war und links von ihm stand.

„Wir benötigen es, um das Bernsteinblut zu brauen, denn ohne das Blut wird mein Freund Criff …". Erneut unterbrach mich der große Elefant, diesmal jedoch, indem er seinen Rüssel emporhob und ein ohrenbetäubendes Tröten hören ließ. Bisher hatte ich Elefanten immer gemocht, doch in diesem Moment hatte ich einfach nur unglaubliche Angst vor ihnen.

„Sagtest du gerade Criff? Meinst du damit zufällig Criff Ucello?"

Obwohl ich wusste, wie das klingen musste, bestätigte ich seine Frage mit einem Nicken.

„Willst du mich eigentlich veräppeln? Dass du dich traust, den Namen des Prinzen vor meinen Augen und Ohren zu erwähnen, dafür sollte ich dich eigentlich auf der Stelle erledigen!"

„Nein! Das ist nicht so wie ihr denkt. Bitte! Criff lebt noch, aber er ist sehr schwer verletzt. Wir müssen das Bernsteinblut so schnell wie möglich zu ihm bringen und deshalb müssen wir hier durch!", schrie Line sogleich auf und trat enger an meine Seite. Mir fiel in diesem Moment das Medaillon ein, es hatte mir bereits mehrfach geholfen.

„Hier, seht doch!" Ich holte es unter meinem T-Shirt hervor und hielt es so hoch es ging. Die kleinen Augen meines Gegenübers verengten sich ein wenig mehr.

„DU HAST SEIN MEDAILLON GESTOHLEN?", brüllte er und noch ehe einer von uns reagieren konnte, Mara und Kinso hatten stocksteif und stumm neben Line und mir gestanden, gab der Elefant das Kommando zur Festnahme und wir waren jeder in den Rüssel eines riesigen Elefanten gewickelt. Je mehr man versuchte, sich zu wehren, desto enger zog sich der Rüssel zu. Als ich das Gefühl hatte, bald keine Luft mehr zu bekommen, gab ich es auf und stellte das Schreien und Zappeln ein.

გ

Die Elefanten verfielen in einen leichten Trab und ich hatte das Gefühl, mich jeden Moment übergeben zu müssen. Auch Lines Gesicht hatte eine merkwürdig grüne Farbe angenommen, und irgendwann konnte ich mich nicht mehr zurückhalten und erbrach auf den Erdboden unter mir. Der Elefant schnaubte nur verärgert und ging von da ab etwas langsamer weiter. Als die Sonne allmählich unterging und den Himmel rosarot färbte, tauchte vor uns ein riesiger Hügel auf, umringt von einem breiten Wassergraben. Die Spitze des Hügels zierte ein edles Schloss aus hellem Gestein und dunklen Dächern. Erst jetzt durchfuhr mich ein Gedanke. Diese Elefanten gehörten zur Wache der Königsfamilie. Sie brachten uns direkt zu den ursprünglichen Herrschern von Armania. Zu Criffs Familie. Daher hatten sie beim Anblick des Medaillons so wütend reagiert. Weil sie wussten, dass wir es nicht von der Königsfamilie persönlich bekommen hatten. Und weil es das Medaillon des verlorenen Sohnes war. Über eine steinerne Zugbrücke gelangten wir über den weiten Graben, auf dessen anderen Seite wir von weiteren Wachen übernommen wurden. Bevor die Elefanten uns losließen, wurden unsere Hände allerdings mit Drahtseilen festgebunden. Die Übergangswache bestand aus einigen menschlichen Humanil mit Schwingen, die uns daraufhin an den Armen packten und zum Schloss hinaufflogen, da es schneller als laufen ging. Die Elefantenherde hingegen drehte sich um und verschwand über die Zugbrücke. Ich musste die Augen schließen, damit ich wegen der Höhe keinen erneuten Übelkeitsanfall bekam. Von den geflügelten Humanil wurden wir schließlich durch eine Hintertür in einen Gang gebracht, eine dunkle Steintreppe hinuntergeführt und dann in einzelne Zellen geschlossen. Erst nachdem wir eingeschlossen waren, wurden unsere Hände aus den Drahtseilen gelöst. Da Ale klein genug war, um aus den Gittern herauskriechen zu können, wurde er in einen Käfig innerhalb Lines gesperrt, Kinso musste sich in seine Igelgestalt verwandeln und dasselbe über sich ergehen lassen, wobei er allerdings in Maras Zelle landete. Durch ein kleines Loch in meiner Einzelzelle strömte rosiges Licht, das mit der Zeit immer dunkler wurde und schließlich ganz verschwand. Ich zog die Knie eng an meinen Körper, schlang meine Arme darum und vergrub das Gesicht eine lange Zeit darin, während endgültig die wolkenlose Nacht hereinbrach und uns in tiefe Dunkelheit tauchte.

# Die Familie des Prinzen

Durch das Fenster in meiner Zelle sah ich die Sonne aufgehen und den Himmel langsam in sanftes Rot und warmes Gelb tauchen. Ich versuchte, mich auf den Lichtkegel zu konzentrieren, hatte er doch etwas Zuversichtlicheres als die kalte, graue Steinwand meiner Zelle. Außer dem Geräusch der Wache, die vor meiner Zelle hin und wieder ihre Füße leise scharrend in eine neue Position brachte, hörte ich kein Geräusch. Ich hatte also viel Zeit nachzudenken. Dass wir tatsächlich bereits das Bernsteinkraut gefunden hatten, grenzte für mich an ein Wunder und ich bezweifelte, dass wir das Blutblatt auf die gleiche Weise finden würden. Es war Zufall gewesen, nichts weiter. Jetzt saßen wir fest, unfähig, in irgendeiner Weise weiterzumachen, während die Zeit nicht auf uns wartete. Ich klappte unruhig die Uhr an meinem Arm auf und zu, hoffte ständig, endlich wieder ein Signal zu bekommen und damit den Wachen die Wahrheit meiner Aussage, den Grund für unsere Reise, beweisen zu können, damit sie uns gehen ließen. Doch mein Wunsch erfüllte sich nicht. Was, wenn wir in die falsche Richtung liefen? Wenn das Blutblatt oder der Heiler meilenweit von hier entfernt waren? Irgendwo, wo wir keinen Zugang hätten. Bis wir ganz Armania abgesucht hätten, würden Monate, wenn nicht sogar Jahre vergehen und Criff wäre bereits tot. Und Armania vermutlich gleich mit ihm.

Als auch der neue Tag sich langsam dem Ende neigte, hörte ich das erste Mal eine mir unbekannte Stimme. „Kelyon!

Welche von denen ist die Göre, die Senso diese Lügengeschichte erzählt hat. Wegen ihr musste seine Truppe kurzzeitig den Wachposten verlassen, die Königin war nicht erfreut darüber." Die dröhnende Stimme, die mir durch den Gehörgang kroch, gehörte einem älteren Mann. Ich erhob mich leise von meinen feuchten Laken und lehnte den Kopf gegen die Gitterstäbe, damit ich sehen konnte, woher die Stimme kam. Ihr Besitzer kam stampfend eine steinerne Treppe herunter. Die Kleidung des Mannes war aus beigem und festem Stoff, darüber eine gelbe Schärpe drapiert. Die hellen Farben seiner Uniform bildeten einen starken Kontrast zu seiner dunklen, fast schwarzen Haut, die ihn im Schatten der dunklen Treppe fast gänzlich verschwinden ließ.

„Sie ... Sie liegt gleich da vorne, in einer der ersten Zellen, Sir!", antwortete eine piepsige, hohe Männerstimme, die dem jungen Wachmann Kelyon gehören musste. Er wirkte unsicher, fast unterwürfig, als er sprach.

„Führ mich zu ihr!", maulte der Ältere nur und seine Schritte wurden lauter. So schnell ich konnte, warf ich mich zurück auf meine Matte und schloss die Augen. Dabei prellte ich mir den Ellenbogen am Boden, doch ich unterdrückte den Schmerz und drehte mein Gesicht mit dem Blick nach unten. Meine Nase berührte den feuchten Stoff und ich musste mich zwingen liegenzubleiben, denn der Gestank, der nun in meine Nase stieg, war ekelerregend. Ich wusste nicht, was dieser Mann von mir wollte. Als die Schritte plötzlich verstummten, war ich mir sicher, dass die beiden Wachmänner genau vor meiner Zelle standen. Ich konnte ihre Blicke beinahe spüren.

„Sie schläft? Um diese Zeit? Wieso schläft sie?", stellte der alte Mann Kelyon mit lautem Organ die Frage und hätte ich zu diesem Zeitpunkt wirklich geschlafen, so wäre ich nun spätestens aufgewacht. Doch ich blieb liegen und versuchte krampfhaft, ruhig und gleichmäßig zu atmen, was angesichts meines hohen Adrenalinspiegels nicht gerade leicht war.

„Sie hat die ganze Nacht geweint. Sie ist bestimmt nur müde ...“

„HE! AUFWACHEN!“ unterbrach der Wachmann Kelyons Worte lautstark – und ich schreckte zusammen. Ich öffnete die Augen und blinzelte durch das Gitter in den dunklen Flur.

„Na also“, grinste der Wachmann, während Kelyon aussah, als wäre ihm nicht wohl dabei, so etwas zu tun. Der Wachmann beugte sich zu mir herunter.

„Ich hätte da ein paar Fragen an dich, junges Mädchen. Und ich bin mir sicher, dass du sie mir gerne beantworten wirst, habe ich Recht?“

Ich starrte den Mann mit großen Augen an, während mein Kopf sich nickend auf und ab bewegte.

„Nun gut, wie ist dein Name?“

„Rina“, nuschelte ich.

„Sprich deutlich!“

„Rina! Ich heiße Rina!“, antwortete ich lauter.

„Okay, Rina. Woher kommst du?“

„Ich ... aus der Menschenwelt.“

„Sehr gut. Warum bist du hier?“

„Um das Bernsteinblut zu finden.“

„Für wen?“

Ich hatte eine Vorahnung, worauf der Mann hinauswollte, dennoch beantwortete ich seine Fragen ehrlich.

„Für den Prinzen von Armania. Criff Ucello.“

„Nun, ihr Menschen scheint mir ein sehr schwaches Gedächtnis zu haben. Ich helfe dir gerne auf die Sprünge. Ihr habt den Prinz ermordet!"

„Nein!" Ganz ohne das ich es wollte, war meine Stimme lauter geworden. „Bitte! Das ist nicht wahr. Wir sind hier um zu helfen, wir haben mit den Burnern nichts am Hut. Aber Criff ist in großer Gefahr, wir brauchen dringend dieses Bernsteinblut, sonst …" Ich hörte auf zu reden, als eine Hand des Wachmanns durch das Gitter griff und sich so fest um mein Handgelenk schloss, dass es sich anfühlte, als hätte er meine Hand in einen Schraubstock gespannt. In den Augen des Mannes blitzte kalte Wut.

„Wage es nicht, vor meinen Augen zu lügen! Und ich sage dir noch was, Mädchen! Sollten der König oder die Königin von diesen Worten hören, bekommst du sehr, sehr großen Ärger. Hast du das verstanden?"

Ich schluckte trocken, während mich die Augen des Wachmannes eisig fixierten. Dann ließ er meine Hand los und wandte sich ab.

„Sollten diese Kinder irgendetwas Dummes versuchen, wirst du mir Bescheid geben, Kelyon, verstanden?"

Noch ehe Kelyon seine Antwort zu Ende gesprochen hatte, fiel die Tür am oberen Ende der Treppe donnernd zu.

Die leisen Schritte des jungen Mannes wirkten freundlicher als das laute Stampfen des älteren Wächters. Als Kelyon vor der Zelle stehenblieb, konnte ich ihn zum ersten Mal richtig sehen. Er war schlaksig und recht klein, seine Ohren spitz mit einem kleinen dunklen Flaum bedeckt. Seine Haut war fast so dunkelbraun wie seine Augenfarbe und die Nase lang und spitz. Meine Anspannung wich beinahe augenblicklich, denn sein Gesicht wirkte freundlich, wenn auch ein wenig mitleidig, als er mich ansah.

„Alles okay bei dir?", fragte Kelyon und musterte mich.

„Ja, alles in Ordnung, danke."

„Kalef ist in Ordnung. Er kennt den Prinzen nur schon sehr lange und wie alle anderen tut auch er sich noch immer schwer damit, über den Vorfall von damals zu reden. Ich glaube nicht, das ihr damit etwas zu tun habt."

„Haben wir auch nicht!" ertönte Lines Stimme aus einer anderen Zelle.

„Darf ich mal was fragen?", ergriff ich wieder das Wort.

„Aber sicher." Kelyons viel zu große Uniform war dunkler als die des andern Wächters und ihm fehlte die Schärpe. Seine Schulterknochen zeichneten sich stark unter ihr hervor. Das lockige, schwarze Haar kräuselte sich auf seinem Kopf und als er sprach, sah ich die kleinen spitzen Eckzähne in seinem Mund.

„Wieso sperrt man uns einfach ein, ohne uns anzuhören? Vielleicht haben wir wirklich Neuigkeiten, die ihr gar nicht wissen könnt, weil sie nicht aus Armania kommen. Die haben wir nämlich wirklich. Wir haben sogar Beweise. Und deshalb möchte ich dich bitten, dass du mir ein Gespräch mit dem Königspaar ermöglichst." *Was habe ich schon zu verlieren?*, fügte ich in Gedanken hinzu.

Kelyon sah mich unsicher an. Auch er hatte die Warnung von Kalef gehört.

„Was möchtest du?"

„Ich möchte … die Königin sprechen!" Ich entschied mich dafür, als erstes doch nur um das Gespräch mit einer der beiden zu bitten. Als Frau war die Königin vielleicht einfacher umzustimmen, um uns gehen zu lassen.

„Rina? Bist du verrückt? Was hast du vor?" Line klang ganz und gar nicht begeistert.

„Keine Sorge, Line, ich habe einen Plan. Seid ihr okay?"

„Wie man's nimmt, was ist mit dir?"

„Mir geht es gut. Keine Sorge. Ich will nur was versuchen."

Noch bevor Line etwas darauf erwidern konnte, ergriff auch schon Mara das Wort.

„Rina, du bist doch vollkommen irre! Dieser Wachmann hat uns eine eindeutige Warnung gegeben, die sollten wir nicht einfach ignorieren."

„Lass sie mal machen, Mara. Mit der Königin oder dem König zu sprechen ist vielleicht gar keine schlechte Idee. Wenn sie uns glauben, dann haben wir viel gewonnen. Wer weiß schon, warum dieser Wachmann verhindern will, dass wir genau das tun? Vielleicht hat er Angst, dass wir den König und die Königin überzeugen", versuchte Kinso sie zu beruhigen und ich dankte ihm für sein Vertrauen.

„Du möchtest ein Gespräch mit der Königin? In Ordnung, ich werde versuchen, jemanden zu rufen", entgegnete nun wieder Kelyon und ging die Treppe nach oben, blieb jedoch am oberen Ende stehen und öffnete die Tür. Kurz darauf hörte man eine Etage über uns leise das Geräusch einer Klingel.

„Wie machst du das?" Das war Maras Stimme, sie wirkte ernsthaft interessiert.

Kelyon lächelte, als er sich zurück zu uns gesellte. „Mit Schallwellen. Es ist ganz praktisch, weil ich dann meinen Wachposten nicht verlassen muss, um jemanden zu rufen."

Fast im selben Moment ging die Tür über der Treppe erneut auf und eine Frau rief zu uns hinunter.

„Was gibt's, Kelyon?", dröhnte ihre Stimme lautstark.

„Das Mädchen Rina wünscht die Königin zu sprechen", antwortete Kelyon ruhig. Die Frau schaute ruckartig und mit zusammengekniffenen Augen zu mir herunter. Obwohl ich innerlich bebte, schaute ich trotzig zurück. Die Frau nickte stumm, drehte sich um und schloss mit den Worten „Ich werde den Wunsch ausrichten" die Tür hinter sich. Wenige Minuten später tauchten zwei Wachen mit grünen Schärpen auf, stampften die Treppe hinunter und schlossen meine Zelle auf. Ich stand auf und wollte an ihnen vorbei, doch sie packten meine Arme und hielten mich fest.

„Hey, ich lauf schon nicht weg. Ich kann alleine gehen!", maulte ich, doch ihren Griff ließen sie nicht locker, also entschied ich mich dafür, so gehorsam wie möglich zu sein und ließ mich führen.

„Bis später!", rief ich meinen Freunden noch zu, ehe ich mit den Wachen über die Treppe nach oben verschwand.

ৡ৹

Die Tür am Ende der Treppe war dick und schwer, dahinter befand sich ein großer, geräumiger Flur. Sobald wir die Tür passiert hatten, wurde sie sorgfältig wieder verschlossen. Mir tat Kelyon leid, er musste immer da unten im Dunklen sitzen und sich langweilen.

Der Flur hier oben war aus hellem Gestein und hätte unter anderen Umständen bestimmt ein positiveres Gefühl vermittelt. An den hohen Wänden waren einige Bilder der Königsfamilie angebracht, meistens waren darauf Kinder zu sehen. Da ich geführt wurde, musste ich nicht so sehr auf den Weg achten und bestaunte daher die riesigen Bilder um mich herum. Manche waren gemalt, manche waren richtige Fotografien, wie ich sie von zuhause kannte. Auf einigen der eingerahmten Bilder befand sich ein blondes Mädchen, ich schätzte sie auf Maras Alter. Das musste Criffs große Schwester Marina gewesen sein. Ob er wusste, dass sie wirklich tot war?

Es folgten einige Bilder mit Marina und einem kleinen, braunhaarigen Baby. Ich erkannte Criff an seinen warmen Augen und dem herzlichen Lachen, das er schon als Säugling gehabt hatte. Je länger wir gingen, desto älter und größer wurden Criff und Marina auf den Bildern. Als er um die fünf Jahre alt sein musste, erkannte ich in ihm den Jungen wieder, den ich zuhause getroffen hatte. Seine Ausstrahlung war atemberaubend. Doch es versetzte mir einen Stich, ihn hier zu sehen. Auf Bildern, an einem Ort, den er als Kind nie hätte verlassen dürfen. Nicht unter diesen Umständen. Hier war sein eigentliches Zuhause.

Doch es gab noch weitere Bilder, die meine Aufmerksamkeit beanspruchten. Denn auf einigen von ihnen befand sich neben Criff ein weiterer Junge, das Haar rot wie das Fell eines Fuchses, die Augen in einem hellen Mintgrün. Es musste Benju sein, als er seine Augenbinde noch nicht brauchte. Als noch alles in Ordnung war. Sie waren eine Familie gewesen und die Black Burner hatte sie zerstört. Hass brodelte in mir auf und ich versuchte, ihn schweigend hinunterzuschlucken, damit ich nicht wütend der Königin gegenübertrat. Es würde mich in keinem sonderlich positiven Licht darstellen.

Die Empfangshalle, in die wir nun abbogen, war riesig groß, an manchen Stellen reflektierte goldene Dekoration das Licht der untergehenden Sonne. Anderes wiederum war aus dursichtigen Edelsteinen in den verschiedensten Farben hergestellt und warf bunte Mosaike auf den hellen Boden.

Im Zusammenspiel mit den weißen Wänden wirkte es schlicht und sogleich unglaublich edel. Der helle Boden war gefliest und hatte eingravierte Muster. Ich erkannte in ihnen das Wappen, das sich auch auf dem Medaillon befand.

Doch da waren noch weitere Muster. Fünf verschiedene, sie alle trugen einen Teil des Wappens. Da ich eines der Muster von Criffs Oberarm kannte, wusste ich nun auch, wie das Wappen entstanden war.

Auch hier hingen Bilder an den Wänden, es waren Porträts von jedem einzelnen Familienmitglied. Mein Herz zog sich zusammen, als ich die Bilder des lachenden Jungen sah. Ich erinnerte mich an dieses Gesicht, älter, aber genauso strahlend und herzlich wie auf diesen Fotos. Und ich wusste, wenn ich mich nicht beeilte, würde ich dieses Gesicht nie wiedersehen.

Ehe ich mich allerdings in seinen warmen Augen verlieren konnte, wurde ich herumgerissen und starrte nun auf eine schlichte weiße Marmortreppe mit dunklem Geländer. Und diese Treppe schritt gerade eine wunderschöne Frau im Alter meiner Mutter herunter. Sie hatte langes, orangefarbenes Haar. Zart fallende Locken umrahmten schmeichelnd ihr blasses, schmales Gesicht, einige Strähnen waren nach hinten gebunden und ineinander verflochten. Um den Hals trug sie ein orangefarbenes Band mit goldenem Anhänger, auf dem ebenfalls das Wappen der Familie eingraviert war. An einer Hand prangte ein Ring mit einem rosafarbenen Stein, und unter dem langen dunkelgrünen Kleid schauten ihre nackten Füße hervor.

„Ich habe nicht viel Zeit, weshalb stören Sie mich?" Sie klang stolz und streng, doch ich erkannte in ihrer Stimme den Ton eines gebrochenen Herzens. Kein Wunder, dass sie mich hasste, immerhin dachte sie, ich gehörte zu denen, die ihr die Kinder genommen hatten.

„Ich ... ähm ....“ Vor lauter Staunen, aber auch von ihrer Stimme eingeschüchtert, fehlten mir die Worte. Ich räusperte mich einmal kurz, um Zeit zu gewinnen und meine Gedanken zu ordnen.

„Wir kommen in Frieden“, sagte ich und bemerkte gleich, dass es kein guter Start gewesen war, immerhin klang es wie aus einem schlechten Film, in dem Menschen auf einem fremden Planeten landeten und Außerirdischen begegneten, die vermutlich nicht einmal dieselbe Sprache sprachen. Die Königin bekam rote Flecken am Hals und ich sah, wie sich ihre linke Hand zu einer Faust ballte.

„War es das, was Sie sagen wollten?“, fragte sie forsch nach.

„Nein, tut mir leid. Das war falsch ... Ich bin Rina und ich danke Ihnen, dass sie sich die Zeit nehmen, um mich anzuhören. Das bedeutet mir viel. Ich wollte zu Ihnen kommen, um ihnen eine wichtige Nachricht zu überbringen und Sie um Hilfe zu bitten.“

Die roten Flecken auf dem Hals der Königin verschwanden, doch ihre Stimme war genauso kühl wie zuvor.

„Um welche wichtige Nachricht handelt es sich? Von wem kommt sie?“

„Sie kommt von mir. Es geht dabei um Ihren Sohn Criff.“ Ich sah, wie sich erneut ihre Hand zu einer Faust ballte, doch ihr Blick blieb gefasst. „Nun, wie soll ich es am besten formulieren? Criff ist ... also, er ist nicht tot. Zumindest noch nicht ... Er schwebt allerdings in großer Gefahr und wir ...“

„RUHE! Wie kannst du es wagen, so etwas zu behaupten?“ Sie hatte das Förmliche und Distanzierte abgelegt und in ihren Augen blitzte der blanke Hass. „Wagst es hierherzukommen und das Medaillon meines Sohnes zu tragen, um euren Triumph zu zeigen. Du steckst doch mit den Burnern unter einer Decke! Du und deine Freunde sind doch der Grund, weshalb ich alles, was mir wichtig war, verloren habe. Ist das nicht genug? Tut es euch so gut, uns gebrochen zu sehen? Damit eure Forschung ein Erfolg wird? Werft sie in den Kerker zurück, weg von ihren Begleitern, bis über ihr Schicksal entschieden ist!" Den letzten Satz sagte sie zu den Wachen neben mir. Sogleich griffen sie nach meinem Arm und wollten mich abführen, während die Königin sich auf den Weg zurück nach oben machte. Doch ich wollte nicht kampflos aufgeben, nicht hier. Ich war so nah dran.

„Nein! Bitte! Ich habe nichts mit den Burnern zu tun, wirklich! Niemand von uns! Schauen Sie uns doch an? Ich habe die Burner gesehen, sie bewegen sich ganz anders, sie sprechen ganz anders. Sie werden durch Armbänder manipuliert und gegen ihren Willen benutzt. Bitte, lassen Sie mich erklären, warum wir hier sind!" Meine Stimme war schrill und flehend und als die Königin stehenblieb und eine Hand hob, wurde der Zug an meinen Armen schwächer. Der eiserne Griff hingegen blieb. „Bitte, hören Sie mir zu! Einige von denen da unten haben ihre Familie ebenfalls durch die Burner verloren, keiner gehört zu ihnen, das müssen Sie mir glauben. Und das Medaillon ist nicht gestohlen, Criff hat es mir gegeben, damit ich nach Armania kom …"

„Schweig! Ich will diese Lügen nicht hören!"

„Nein! Bitte! Hören Sie mir zu!" Die Wächter wollten mich erneut in den Flur ziehen, während die Königin einige weitere Stufen erklomm, ehe sie erneut innehielt.

„Criff hat mir von damals erzählt, als die Burner ihn im Wald überraschten. Er war damals sechs Jahre alt, als er mit seiner

Schwester Marina und seinem Bruder Benju im Wald war. Dank der Opfer seiner Begleiter hat er es geschafft zu entkommen. Er ist gelaufen und gelaufen, bis er am lila See angekommen ist, durch den er in meine Welt gelangt ist. Ein Wissenschaftler, einer von der guten Sorte, versorgte seine Wunden und zog ihn auf. Dank ihm hat Criff überlebt. Er hat ihn 15 Jahre vor den Burnern versteckt. Ich lernte Criff kennen, als er in meine Heimat zog, ich verliebte mich in ihn und wir wurden ein Paar, doch vor ein paar Tagen …

„Schweig! Das ist doch alles gelogen, völliger Unsinn! Ich habe die verbrannte Kleidung meines Sohnes, nur ein Stück weiter von der verbrannten Leiche seiner Schwester, gefunden. Mehr Beweis brauche ich nicht, um zu wissen, dass er ebenfalls starb!"

Der letzte Satz legte einen Schalter in mir um. Sie hatte Beweise gehabt, aber ich hatte auch Beweise. Richtige Beweise! Hier kannten sie Fotos und ich hatte eines dabei, ich musste es nur zurückbekommen.

„Nein, es stimmt, was ich sage! Ich brauche meinen Rucksack, dann kann ich es Ihnen beweisen!", sagte ich laut und hektisch. Der Blick der Königin wurde für einen kurzen Moment leer, doch als sie die Treppe abermals hinuntermarschierte, wirkte sie wieder kalt und gefasst.

„Was sagst du da? Du kannst es beweisen?" Ich nickte, und die Wächter führten mich wieder ein Stück zur Treppe zurück, während die Königin fortfuhr.

„Mit einem Rucksack?"

„Nein, mit MEINEM Rucksack!"

Ihr Blick war skeptisch und noch immer sah ich den Hass in ihren Augen, doch ich glaubte, er war weniger als zuvor. Sie wusste nicht, was sie von mir und meinen Worten halten sollte und ich konnte es ihr nicht einmal übelnehmen. „Holt den Rucksack des Mädchens!", befahl sie mit einer Handbewegung. Nur wenige Zeit später tauchte ein alter Zentaur mit schwarzem Haar auf, in welchem vereinzelte graue Strähnen schimmerten. Eine goldene Schärpe zierte die nackte, weiße Brust des Mannes, die in einen schwarzen Pferdekörper überging.

Mit einem Knicks und gesenktem Blick übergab der Zentaur der Königin meinen Rucksack.

„Ich danke dir, Hevo", antwortete sie ihm und hielt den Rucksack unbeholfen fest.

„Darf ich?", fragte ich sanft und zeigte mit meiner rechten Hand auf den Rucksack. Die Königin nickte, und der Griff an meinen Armen wurde schwächer, sodass ich den Rucksack entgegennehmen konnte. Ich stellte ihn vor die Stufe, damit die Königin von oben hineinschauen konnte, während ich mich hinhockte und den Reißverschluss öffnete. So konnte sie sehen, was ich tat. Ich wühlte etwas darin herum und wurde etwas unruhig, als ich das Foto nicht sofort finden konnte. Doch dann ertasteten meine Finger das glatte Papier und ich stieß einen leichten Seufzer der Erleichterung aus. Vorsichtig holte ich das mittlerweile leicht mitgenommene Bild aus dem Rucksack, um es wortlos der Königin zu reichen. Als sie es angenommen hatte, ging ich einen Schritt zurück, die Hände erhoben, damit sie sah, dass ich keine bösen Absichten hegte.

Sie folgte meiner Bewegung mit skeptischem Blick, drehte dann jedoch das Bild in ihrer Hand herum und warf einen fragenden Blick darauf. Ihr bereits blasses Gesicht wurde augenblicklich aschfahl, ihre Augen rot und feucht und sie stieß einen schrillen Schrei aus, wobei sie das Foto fallenließ und in die Knie ging. Hevo, der Zentaur, fing das Bild auf, wurde noch blasser als er eh schon war und winkte hektisch mit seinen Händen. Während er selbst zur Königin eilte und dabei eine kleine Glocke läutete, handelten die Wachen neben mir und zogen mich mit eisernen Griffen in den Flur, die Treppe nach unten, bis ich wieder in meiner Zelle war.

Das alles war so schnell gegangen, dass ich gar nicht anders reagieren konnte, als ihnen ohne Widerstand zu folgen. Ich konnte die Blicke meiner Freunde nicht sehen, als ich zurück in meine Zelle geführt wurde, aber der von Kelyon reichte, um mich zum Verzweifeln zu bringen. Ich hatte alles kaputt gemacht. Uns die letzte Hoffnung geraubt. Criff würde sterben und das nur, weil ich geglaubt hatte, ich hätte einen guten Plan.

๛

Es kam mir endlos lange vor, doch ich glaube, es waren nur ein paar Minuten, bis ich hörte, wie die schwere Türe an der Treppe erneut aufgeschlossen wurde. Die Schritte der Wachen hallten durch den stillen Flur und hinterließen ein leises Echo.

Erst als ich ein Paar Füße vor mir sah, hob ich meinen Kopf und sah in das monotone Gesicht einer Frau. Sie trug die gleiche Uniform wie die Wachmänner zuvor, ihre Haut hatte einen sandfarbenen Ton wie das Fell eines Löwen, und ihre Haare passten sich dem an.

„Aufstehen und mitkommen. Befehl des Königs", sagte sie fauchend und zog mich hoch, als ich nicht schnell genug aufstand. Kelyon nickte mir aufmunternd zu, aber ich wusste nicht, was so erfreulich daran sein sollte, dass ich abgeführt wurde, um mein Urteil zu erhalten. Diesmal sah ich mir die Bilder im Flur nicht an, bemerkte erst später, dass wir an der Empfangshalle vorbeigingen und dem Bogen folgten, den der Flur plötzlich machte, bis wir vor einer der vielen dunklen Holztüren zum Stehen kamen, anklopften und dann doch ohne eine Antwort abzuwarten eintraten.

„Ist sie das?" Die leise Stimme gehörte einer kleinen Frau mit blau-schwarzem Bob, der ihr blasses Gesicht betonte. Ihre fast schwarzen Augen sahen mich freundlich an, als sie mir ihre Hand reichte, um meine zu schütteln. „Ich bin Maggy", stellte sich die kräftige junge Frau mit der Rüschenschürze über dem dunklen Kleid vor. Dank ihrer Absätze an den dunkelblauen Schuhen war sie in etwa so groß wie ich.

„Rina", antwortete ich verblüfft, dachte jedoch im gleichen Moment: *Was geht hier vor?*

„Ich denke, du kannst uns alleine lassen, Leona. Ich werde sie zum König und der Königin bringen", wandte sich Maggy nun an die Wächterin, die uns daraufhin mit einem leichten Kopfnicken alleine ließ und Maggy sich wieder meiner Person widmete.

„Da vorne ist ein Wasserkrug und Seife, damit kannst du dich waschen. Darf man fragen, was so ein junges Mädchen wie dich hierherführt?"

„Ich …," fing ich an, während ich zum Wasserkrug ging, doch ich entschied mich, ihr nicht allzuviel zu verraten und meine Geschichte zu verkürzen. „Ich habe nur einige Informationen bezüglich des Prinzen."

„Oh ja, das habe ich gehört. Du hast die Königin ziemlich überfordert mit deinem Wissen. Ich hab sie schon lange nicht mehr so aufgewühlt gesehen wie heute."

„Wirklich?" Mich durchschlich ein schlechtes Gewissen. Ich hatte ihr nicht wehtun wollen, eher im Gegenteil.

„Ja, aber dass sie mit dir reden wollen, ist ein gutes Zeichen. Du hast ihr Interesse geweckt. Sie wollen deine Geschichte hören."

„Meinst du wirklich?"

„Mit großer Wahrscheinlichkeit. Bei dem Thema sind die beiden ziemlich schnell gereizt. Kann man ihnen aber auch nicht verdenken. Es muss schon schwer sein, nur eines seiner Kinder zu verlieren. Sie haben gleich alle drei verloren. Na ja, und wenn dann jemand dahergelaufen kommt und behauptet, dass sie all die Jahre eine Lüge geglaubt haben, dann kann es sein, dass sie ein wenig überreagieren. Aber deine Worte haben irgendetwas bewirkt."

Ich schluckte schwer, während ich mir Wasser in mein Gesicht spritzte und anfing, den Schmutz so gut es ging von meinem Gesicht zu schrubben.

„Kennst du den Prinzen denn persönlich?" Maggy sah mich abwartend an.

„Er ist mein Freund", antwortete ich leise.

„Oh", war alles, was sie dazu sagte.

„Weißt du, an dem Tag als die Burner die Kinder des Königspaares tötete, da haben sie alles verloren. Marina war so ein liebes und herzensgutes Mädchen, sie kümmerte sich viel um kranke und schwache Humanil. Und der kleine Prinz hatte bereits eine unglaubliche Ausstrahlung, wenn man ihn ansah, wurde einem das Herz ganz leicht. Wir alle konnten den Tag kaum erwarten, an dem sich jeder von ihnen vermählen und seinen eigenen Thron besteigen würde. Doch als wir von dem schrecklichen Tag hörten, verwandelte sich Armania in eine Welt voller Angst und Hoffnungslosigkeit."

Ich hörte ihr stumm beim Reden zu, konnte mir nur allzu gut vorstellen, welche Macht Criffs Ausstrahlung besaß und welcher Abgrund sich vor den Humanil aufgetan haben musste, als sie hörten, dass die Königskinder nicht mehr da waren.

„Es ist soweit, komm her. Der König und die Königin erwarten dich." Maggy führte mich durch eine Tür auf der anderen Seite des Raumes und wir gelangten in einen großen Saal mit vier riesigen Sesseln. An den Wänden standen überall Wachen und mir wurde klar, wo wir uns befanden. Das hier war der Thronsaal.

„Viel Glück", sagte Maggy leise und ließ mich daraufhin allein. Zögerlich trat ich weiter in den Raum hinein.

„Komm zu uns", schallte die Stimme des Königs zu mir herüber und ich blickte auf. Das dunkelbraune, mittellange Haar wurde bereits von grauen Strähnen durchzogen, während mich die warmen braunen Augen interessiert musterten. Man sah auf den ersten Blick, dass Criff sein Sohn war. Genau wie das der Königin, wirkte sein Gesicht gefasst, doch ich erkannte deutlich die roten Adern, die sich durch die Augen der beiden zogen und zeigten, dass sie geweint hatten. Genauso wie die dunklen Augenringe, die Jahre voller tiefer Trauer widerspiegelten, waren sie nur schwer zu verstecken. Mein Herz zog sich schmerzhaft zusammen, als ich daran dachte, ihnen erzählen zu müssen, dass ihr Sohn all die Jahre, in denen er tot geglaubt war, gelebt hatte und sie ihn dennoch bald vielleicht wieder verlieren würden. Diesmal für immer. Nein, redete ich mir ein. *Wir werden das Bernsteinblut finden und es rechtzeitig zurückbringen, damit Armania wieder Hoffnung hat.* Das musste ich mir sagen, denn wie sollte ich Hoffnung verbreiten, wenn ich sie selbst nicht mehr besaß?

„Wie ist dein Name?" fragte der König weiter, während ich mich langsam nach vorne bewegte.

„Ich heiße Rina"

„Nun, Rina, mir ist zu Ohren gekommen, dass du behauptet hast, mein Sohn wäre am Leben, stimmt das?"

Ich sah unsicher zu der Königin, deren schmale Hände sich in die Lehne ihres Throns krallten.

„Ja, das stimmt."

„Meine Frau Lira erzählte mir, du habest ein Bild bei dir getragen, auf dem du mit unserem Sohn zu sehen bist. Kannst du das bestätigen?"

Ich nickte erneut. „Ja, auch das ist wahr."

„Dann frage ich mich, wieso er nicht hier ist? Wieso du nicht gemeinsam mit ihm nach Armania gereist bist und warum er nicht viel früher zu uns zurückkehrte."

Ich zerbrach mir in Sekundenschnelle den Kopf darüber, wie ich ihnen mitteilen sollte, dass ihr Sohn zwar momentan noch am Leben war, aber schnellstens Hilfe benötigte. Ich begann zögerlich ein paar Worte zu formulieren, um etwas Zeit zu gewinnen, doch es fiel mir schwer.

„Nun ja, ... also ... es ist so. Criff und ich sind ein Paar, wir lieben uns, haben sehr viel Zeit miteinander verbracht. So auch an diesem einen Tag. Doch die Burner hatten es nach vielen Jahren, die er sich erfolgreich vor ihnen verstecken konnte, nun doch geschafft, Criff aufzuspüren und ihn anzugreifen. Wir hatten den Tag auf einer Klippe verbracht und genossen die Aussicht, spielten Ball und hatten Spaß zusammen. Ich musste ihn für einen kurzen Augenblick alleine lassen. Als ich zurückkam, waren ein paar Leute bei ihm. Es war seltsam, sie sprachen merkwürdig monoton und ungelenk. Sagten, sie wollten ihn mitnehmen, doch er weigerte sich. Daraufhin kam es zu einem Kampf zwischen ihm und den Burnern, deren Namen ich erst später erfuhr. Sie benutzten Betäubungspfeile und als sie ihn trafen, stürzte er die Klippe hinunter und landete auf einem Felsvorsprung. Sie beschossen ihn trotzdem noch mit dem tödlichen Gift, welches ihr Kaktaron nennt, nahmen ihm Blut ab und ließen ihn liegen. Sie dachten, er wäre tot, aber das stimmte nicht." Die Königin hatte sich mittlerweile die Hände vor ihr Gesicht geschlagen, der Blick des Königs wirkte hart und angespannt. „Sprich weiter", sagte er leise, also fuhr ich fort.

„Die Burner haben nicht richtig nachgesehen, denn er lebte noch. Wir brachten ihn zu dem Vater meiner Freundin Line, sie sitzt ebenfalls unten in einer der Zellen. Ihr Vater ist Arzt und leitet ein kleines Krankenhaus. Er weiß nicht, wer Criff wirklich ist und mit was er beschossen wurde, aber er merkte, dass ihn dieses Etwas zerstört. Sie operierten ihn und entfernten die Kapsel aus seiner Brust, aber das Gift hört nicht auf, durch seinen Körper zu fließen. Seine Wunden heilen nicht, zugleich arbeiten sich grüne Schlieren immer weiter vor und schwächen seinen Körper. Ohne seine Selbstheilungskräfte würde er womöglich schon lange nicht mehr leben. Das ist der Grund, weshalb wir hier sind. Das einzige Medikament, das ihn retten kann, ist das verschollene Bernsteinblut. Ich machte mich auf die Suche nach Armania, um das Bernsteinblut zu besorgen, wobei mir das Medaillon, das Criff mir gab, eine große Hilfe ist. Doch das Gift in seinem Körper ist stark, es verbreitet sich schnell. Jeder Tag, der vergeht, ohne dass wir das Bernsteinblut gefunden haben, verstärkt meine Angst, dass ich ihn vielleicht nie wieder sehen kann. Ich habe keinen Kontakt nach Hause, ich weiß nicht, wie es ihm geht."

König und Königin hatten mit angespanntem Schweigen meinen Worten gelauscht und beim letzten Teil musste ich mich zusammenreißen, damit ich nicht doch anfing zu weinen. Meine Stimme brach an einigen Stellen und ich musste mehrfach Luft holen. Der Schmerz saß tief, die Sehnsucht nach Criff war fast unerträglich. Ich wollte nicht daran denken, dass ich ihn vielleicht nicht wiedersehen konnte, nie mehr in seine warmen Augen schauen, seine sanfte Stimme hören und in seinen starken Armen liegen durfte. Wie musste es erst für den König und die Königin sein, es war, als würden sie ihr Kind zum zweiten Mal verlieren.

„Was sollen wir machen?", durchbrach der König als Erster die entstandene Stille des Saals. „Das Bernsteinblut ist verschollen, seit die Burner unsere Welt betreten haben. Sie haben es ausgelöscht. Es ist nichts mehr davon übrig, und somit besteht auch keine Hoffnung mehr."

„Das ist nicht wahr!", entgegnete ich laut.

„Wie bitte?", sprach nun zum ersten Mal die Königin wieder.

„Sie dürfen so nicht denken. Das Bernsteinblut scheint zwar auf den ersten Blick verschollen und dass die Burner daran schuld sind, kann man vermutlich auch nicht leugnen, aber das heißt nicht, dass es die Kräuter für das Bernsteinblut nicht mehr gäbe. Wir haben nämlich bereits das Bernsteinkraut gefunden."

„Ihr habt was?" Die Königin schaute hinter ihren Händen hervor.

„Schauen sie hin!" Ich zeigte auf die Königin. „Hoffnung. Sie ist noch nicht verschwunden. Jeder, der erfahren hat, dass Criff noch am Leben ist, hat Hoffnung bekommen und war bereit uns zu helfen. Lassen Sie sie zu und geben Sie sie weiter. Sie treibt die Leute an, sie bewirkt etwas!"

„Hoffnung?", fragte die Königin – und ich nickte.

„Helfen Sie uns, sicher durch diese Welt zu gelangen. Zeigen Sie den Humanil, dass Sie standhaft gegen die Burner sind."

„Wie sollen wir das machen, Rina? Unser Sohn, den wir tot glaubten, wird vielleicht sterben. Unser Land ist nicht mehr wie es einmal war", erwiderte der König gequält und presste Daumen und Zeigefinger verzweifelt gegen die Stirn.

„Die Humanil haben Angst da draußen! Machen Sie es ihnen vor. Die schauen zu Ihnen auf. Zeigen Sie ihnen, was Hoffnung bewirken kann. Geben Sie ihnen einen Sinn zurück, dass es sich lohnt, weiterzukämpfen, und machen Sie es den Burnern nicht so leicht. Ihr Königreich ist noch nicht gefallen, also machen Sie Ihre Aufgabe und regieren Sie! Seien Sie ein Vorbild! Seien Sie stark!" Ich war überrascht, wie selbstsicher ich klang. Die Angst in meiner Brust war wie weggefegt, stattdessen brach nun der Wille aus mir heraus, Criffs Eltern zu beweisen, wie wichtig diese Reise und dieser Glaube waren.

„Wie soll das gehen?" Liras Stimme war verzweifelt. Von der kühlen Königin war nichts mehr zu spüren.

„Ihr Sohn hat 15 Jahre mit dem Glauben gelebt, dass sie alle tot sind und dass es Armania nicht mehr gibt. Doch er hatte die Hoffnung, dass er sich irrt. Er ist nie zurückgekehrt, damit er niemanden in Gefahr bringt – und er hatte Angst. Angst vor dem, was ihn erwartet. Er hat immer gekämpft, selbst jetzt gerade kämpft er. Also fangen Sie endlich auch an zu kämpfen! Wenigstens in Gedanken! Criff ist mit seiner Heimat verbunden, ich bin mir sicher, dass er es spüren kann, wenn Armania neue Hoffnung hat. Wenn seine Heimat zu ihm hält und bei seinem Kampf unterstützt. Vielleicht gibt es ihm neue Kraft, diesen Kampf gegen den Tod zu gewinnen. Haben Sie Hoffnung für Ihren Sohn! Es gibt nur solange Wunder, wie man an sie glaubt!"

Die Tränen liefen nun doch in Sturzbächen aus meinen Augen und ich merkte, wie das Salz meine Augen rot färbte und meine Nase triefte. Ich konnte sehen, wie Lira den Kopf abwandte, um ihre eigenen Tränen zu verbergen, und wie einzelne Tropfen unter der Hand des Königs hinunterrannen, mit denen er seine Augen bedeckte.

Ich spürte, wie sich einige der Wachen von der Wand lösten und auf mich zukamen. Ich ließ mich stumm von ihnen mitführen, ehe die Stimme der Königin ihnen Einhalt gebot.

„Nein, wartet. Ich möchte, dass ihr sie in eines der Gästezimmer bringt. Holt ihre Freunde aus dem Verlies und gebt ihnen ein Zimmer, bringt ihnen etwas zu essen und sorgt dafür, dass ihnen nichts fehlt."

Ich wusste nicht, wie ich darauf reagieren sollte, also folgte ich der Wache stumm durch die Tür hinaus und die weiße Treppe nach oben. Hinter einer hellen Holztür befand sich ein großes, edel eingerichtetes Zimmer mit einem riesigen Doppelbett und Schreibtisch. Durch ein großes Fenster konnte ich den Hofgraben sehen, der den Schlossberg umgab. In weiter Ferne erblickte ich Berge und Felder. Noch ehe ich mich auf das beige Bettzeug gesetzt hatte, hörte ich, wie die Türklinke heruntergedrückt wurde und drehte mich um. Als ich meine Freundin sah, warf ich mich ihr sogleich in die Arme.

„Wo sind die anderen?", fragte ich zitternd, nachdem ich mich endlich wieder von ihr lösen konnte.

„Es ist alles in Ordnung, Rina. Aber jetzt möchte ich von dir wissen, wie es gelaufen ist. Warum weinst du?"

„Ich habe Criffs Eltern von ihm erzählt, wie er war, wo er ist und wie es ihm geht. Das Ganze ist ein bisschen aus dem Ruder gelaufen und ich bin etwas ausgetickt, weil die beiden der Meinung waren, es gäbe keine Hoffnung mehr. Aber ich musste daran denken, was du mir zu Beginn der Reise gesagt hast. Das Hoffnung stark ist und so. Ich habe irgendwie geglaubt, sie könnten uns vielleicht bei unserer Reise helfen. Das war dumm von mir und ich denke, dass es jetzt nicht unbedingt leichter wird als zuvor." Meine Stimme wurde brüchig.

„Hey, wir packen das schon, okay? Morgen früh ziehen wir wieder los und du wirst sehen, wir werden das Blutblatt und den Heiler finden und dann ganz schnell nach Hause zurückkehren. Das klappt schon", versuchte mich Line aufzuheitern und ich lächelte sie dankbar an, doch meine Augen lachten nicht mit. Es konnte ewig dauern, bis wir fanden, was wir suchten. Wer versicherte mir, dass wir den Rückweg schnell genug schafften.

In diesem Moment fiel mein Blick auf ein Bild an der Wand gegenüber dem Bett, auf dem wir gerade saßen. Auf dem Bild zu sehen war Criff als Kleinkind, neben ihm ein gleichaltriger Junge mit rotem Haar und mint-grünen Augen. Line folgte meinem Blick, schaute einige Sekunden darauf und fragte dann: „Ich frage mich, ob das vielleicht Benju ist."

„Ist er", antwortete ich knapp und wandte meinen Blick ab.

„Hm!", machte Line nur und starrte noch ein wenig länger darauf, bis durch ihren Körper plötzlich ein Ruck ging.

„Hier ist übrigens dein Rucksack. Sie haben ihn mir mitgegeben!" Sie griff neben sich auf den Boden und hob meinen Rucksack hoch. Eilig nahm ich ihn ihr aus der Hand und machte ihn auf. Es war noch alles da. Das Bernsteinkraut strahlte in vollem Glanz und in der Seitentasche lagen das Foto und das Medaillon. Ich hängte es mir sogleich wieder um den Hals.

„Was glaubst du, wo Benju gerade ist?", fragte Line leise, als wir wenig später frisch gewaschen in dem großen Bett lagen. „Keine Ahnung, aber ich bin mir sicher, es geht ihm gut. Er ist schon früher alleine draußen zurechtgekommen, ich glaube, da kann ihm kaum einer etwas vormachen. Außerdem ist Sky bei ihm", antwortete ich ihr, denn ich glaubte zu wissen, dass Line in Benju mehr sah als einen Freund, wie die anderen es mittlerweile für uns waren.
„Trotzdem komisch, seine Reaktion, als er von den Elefanten erfahren hat. Von jetzt auf gleich war er verschwunden!", sprach Line ihren Gedanken laut aus und ich musste ihr Recht geben.
„Na ja, wir werden es wissen, wenn wir ihn wiedertreffen, oder?", antwortete ich leise.
„Hm, hm. Gute Nacht, Rina." Sie drehte sich auf die andere Seite und schloss ihre Augen. Ich selbst schaffte es erst einzuschlafen, nachdem ich das Bild von Criff und Benju umgedreht hatte. Ich konnte es nicht ertragen, die beiden glücklichen Kinder so zu sehen, mit dem Wissen, dass einer von ihnen blind war, während der andere zuhause um jeden einzelnen Atemzug kämpfen musste.

ෆ

Der Flur war leer und vollkommen still, als wir am nächsten Tag unser Zimmer verließen. Eilig suchten wir die Treppe, die uns in die Empfangshalle führen sollte. Als wir jedoch am gesuchten Ort ankamen, befand sich dort niemand unserer Freunde. Verwundert schauten Line und ich uns um.

„Das verstehe ich nicht. Wir hatten abgemacht, uns hier zu treffen. Die anderen haben doch geklopft, wieso ist keiner da?", sagte Line und schüttelte den Kopf. In diesem Moment hörte ich das Trappeln kleiner Pfoten und wusste schon, bevor ich ihn sah, wer es war.

„Guten Morgen, Ale!", grüßte ich den Waschbär-Marder.

„Wo sind die anderen?"

„Frühstücken", antwortete er lachend und deutete mit seiner kleinen Nase den Gang entlang.

„Frühstücken?", fragte Line ungläubig nach.

„Als wir hier gewartet haben, ist uns der König über den Weg gelaufen. Er hat sich für sein Verhalten entschuldigt und uns eingeladen, gemeinsam mit ihm und seiner Frau zu frühstücken und etwas zu besprechen. Bisher haben wir aber nur gegessen, mit der Besprechung wollten sie warten, bis alle anwesend sind. Kommt mit, ich bring euch zu den anderen."

Aus dem Saal kam fröhliches Lachen, Mara und Kinso hatten also Spaß. *Vielleicht habe ich gestern doch nicht alles falsch gemacht,* versuchte ich mir einzureden, während Line die Tür öffnete. Sofort drehten sich alle Gesichter zu uns um.

„Wir haben schon mal angefangen, ich hoffe, das ist in Ordnung!", rief uns Mara mit vollem Mund zu und erntete einen sanften Ellenbogenstoß von Kinso.

„Guten Morgen", wurden wir vom Königspaar begrüßt und wir grüßten höflich zurück, ehe wir uns an den Tisch setzten.

„Greift zu", bot uns Lira an. Weil sie darauf zu warten schien, dass wir ihrem Angebot nachkamen, griffen Line und ich eilig nach etwas Essbarem und steckten es uns in den Mund.

Es schmeckte sauer und ich versuchte, mein Gesicht nicht zu einer Grimasse zu verzerren.

„Castor und ich haben über deine Worte nachgedacht, Rina", setzte Lira an.

„Ja?", brachte ich mühsam hervor und verschluckte mich beinahe an dem sauren Saft in meinem Mund.

„Ja, das stimmt", bestätigte der König. „Sehr lange und sehr gründlich. Letztendlich waren wir uns einig darin, dass du die Wahrheit sagst und dass wir versuchen, euch die Reise so leicht wie möglich zu machen."

Ich war verblüfft, mit diesem Ergebnis hatte ich nicht gerechnet. Ich war davon ausgegangen, sie würden mich verurteilen, weil ich so aufbrausend gewesen war. Stattdessen wollten sie uns tatsächlich helfen!

„Es wäre wirklich eine große Erleichterung, wenn wir auf Ihre Hilfe zählen könnten", antwortete Line für mich. Gegenüber von mir stopfte sich Mara grinsend eine mir unbekannte Speise in den Mund.

„Wichtig ist, dass der Grund für eure Anwesenheit nicht groß herumposaunt wird. Das könnte die Burner dazu bringen, euch anzugreifen oder noch einmal in eure Welt zu kommen." Ein Schauer lief mir über den Rücken.

„Wir werden euch ein Pergament mitgeben, auf dem unsere Zustimmung für eure Reise dokumentiert wird und um Mithilfe gebeten wird", übernahm nun wieder Castor das Wort. „Die wenigsten werden es ignorieren, davon bin ich überzeugt."

„Aber nun stärkt euch gut, ihr habt eine lange Reise vor euch!" meinte Lira und ich langte nun doch zu. Ich hatte keine Angst mehr, etwas Falsches zu machen. Die Reste des Frühstücks durften wir uns in die Rucksäcke stopfen. Wir verabschiedeten uns höflich von Criffs Eltern, sie gaben uns das Pergament.

„Hier", sagte ich und reichte dem König und der Königin das Foto von Criff und mir. „Ich weiß, wie er aussieht, ich glaube, Sie können damit mehr anfangen." Zögerlich nahm Lira das Bild entgegen.

„Bist du sicher?", fragte sie und ich nickte.

„Ganz bestimmt. Wir werden alles tun, damit wir schnell genug bei ihm sind und er gesund wird. Bis dahin möchte ich, dass Sie etwas haben, an dem Sie festhalten können. Passen Sie bitte gut darauf auf." Kurz darauf machten wir uns auf den Weg.

ℰℭ

Über einen schmalen Pfad gelangten wir zügig den Berg hinunter, überquerten den Wassergraben über eine Zugbrücke und liefen somit schon nach kurzer Zeit wieder über flaches Land. Mara und Kinso Hand in Hand, Line und ich nebeneinander, während Ale es sich auf Lines Schulter bequem machte und die Nase in die Sonne streckte. Wir passierten einen kleinen See und irgendwann gelangten wir wieder zurück an die Wüstennaht, an der wir von den Elefanten überrascht worden waren, um den Weg zum nächsten Dorf zügig weiterzugehen. Man konnte es in der Ferne bereits sehen. Kurz nachdem wir an der Wüstennaht weitergegangen waren, trafen wir auch wieder auf Benju und Sky. Das Wiedersehen war eine große Freude für jeden von uns. Niemand hatte gewusst, warum Benju so plötzlich verschwunden war. „Hey, Benju! Wie war deine Nacht?", fragte Mara provozierend, aber Benju wirkte entspannt.

„Ich habe wunderbar geschlafen. Endlich mal wieder ohne dein ständiges Maulen und Meckern. Es war eine richtige Wohltat." Mara zog eine gespielte Schmolllippe, stieg dann aber in Benjus Lachen ein.

„Du magst ihn sehr, oder?", fragte ich Line nach einer Weile, während wir etwas abseits von den anderen liefen und nickte dabei in Benjus Richtung. Sofort wurde sie rot, schüttelte aber unsicher den Kopf.

„Ach komm, Line, ich seh es dir doch an", sagte ich lachend und gab ihr einen Stoß, worauf sie schüchtern zurücklächelte. So scheu kannte ich Line nicht, und es erinnerte mich ein wenig an mich selbst.

„Geh mal zu ihm. Unterhaltet euch. Ich glaube, er mag dich auch." Ich gab ihr einen aufmunternden Schubs.

„Meinst du wirklich? Ich weiß nicht ...", begann sie, aber ich winkte ab.

„Ich weiß es aber, also marsch!", sagte ich gespielt wütend und zeigte mit dem Zeigefinger von mir weg.

„Na gut, Frau Lehrerin", antwortete Line grinsend und ging etwas schneller, bis sie sich neben Benju befand. Ich konnte sein Grinsen deutlich sehen und schon bald hatten sie sich laut lachend von Mara und Kinso entfernt und liefen zu zweit weiter. Sie sahen unheimlich glücklich nebeneinander aus, doch ich konnte nicht lange hinsehen. Obwohl ich froh war, dass es Line gutging und es mich freute, dass sie sich mit Benju so gut verstand, machte es mich traurig.

Irgendwann leisteten mir Sky und Ale Gesellschaft. Der Himmel wurde langsam dunkel, graue Wolken bedeckten die Sonne und ein frischer Wind kam auf. Ich schlang meine Arme enger um meinen Körper, um mich etwas zu wärmen.

„Sky, du hast gesagt, du erzählst mir, warum Benju geflohen ist, als wir den Elefanten begegnet sind."

Der braune Hengst sah mich von der Seite an und stieß ein leichtes Schnauben aus.

„Also gut", begann er, „Benju ist es unangenehm, zur Königsfamilie zu gehen. Als die Elefanten erwähnt wurden, erkannte er in ihnen die Wachen und floh. Seit dem Tag, an dem der große Unfall passierte, hat sich Benju im Schloss nicht mehr blicken lassen. Er fühlt sich schuldig für das, was dort passiert ist. Auch wenn er viel zu jung war, um etwas hätte ändern zu können. Aber er hatte es als seine Pflicht angesehen, Criff und seine Familie zu beschützen und er versagte. Er will seiner Familie, der er so viel verdankt und die er seiner Meinung nach enttäuscht hat, nicht unter die Augen treten."

Das war hart. Mit einer solchen Aussage hatte ich nicht gerechnet. Ich hatte erwartet, er hätte einfach Angst vor den Elefanten gehabt, weil er nichts sehen konnte. Benju tat mir leid, weil er so viel aufgegeben hatte und mit so viel Schmerz kämpfen musste.

Wie zur Bestätigung der trüben Stimmung, die sich in mir langsam ausbreitete, begann es plötzlich in Strömen zu regnen. Der Himmel war dunkelgrau, obwohl es gerade einmal Mittag sein konnte, und innerhalb kürzester Zeit waren wir bis auf die Knochen nass. Wir sahen uns nach einer Unterstellmöglichkeit um, während Benju die Nase in den Himmel streckte. Allerdings konnte niemand einen Unterschlupf ausmachen, der uns vor dem Regen schützen konnte. Hinzu kamen die plötzlich aufleuchtenden Blitze über uns, welche unsere Sicht immer wieder für kurze Zeit erweiterten. Das Donnern war unbeschreiblich laut und hallte jedes Mal in meinem Körper nach. Ich mochte kein Gewitter, doch es war zu ertragen, wenn man ein sicheres Dach über dem Kopf hatte und ein Buch, in das man fliehen konnte, um die Geräusche auszublenden. Wir hingegen standen mitten auf einem Feld, um uns herum nur braune Erde und gelber Sand, dessen Boden sich langsam verflüssigte und zu einer zähen Masse wurde. Unsere Schritte verursachten ein schmatzendes Geräusch, während wir schwerfällig über den lehmartigen Boden liefen. Ich suchte verzweifelt weiter nach Schutz, konnte aber nicht das Geringste sehen. Hinzu kam, dass wir auf dem Feld den höchsten Punkt bildeten. Aus diesem Grund entfernten wir uns alle einige Meter voneinander. Sicher waren wir dadurch aber noch lange nicht. Dröhnend hallte der Donner in unseren Ohren, der Abstand zwischen den Blitzen wurde immer kürzer und der Himmel immer dunkler. Das Gewitter befand sich jetzt genau über uns.

„Hört zu! Hockt euch alle auf den Boden und versucht, euch dabei so klein wie möglich zu machen, während ihr so wenig Boden wie es geht berührt. Er ist nass, also wird er einen Blitz leiten, deshalb ist es wichtig, dass ihr nur sehr wenig Kontakt zu ihm habt", brüllte Benju gegen Donner und Regen an. „Ein Blitz sucht sich den höchsten Punkt, das sind momentan noch wir. Wenn wir uns kleinmachen, passiert uns hoffentlich nichts."

Da ich keine Lust hatte, gegrillt zu enden, befolgte ich die Anweisung und hockte mich sogleich auf den feuchten Boden. Meinen Kopf legte ich zwischen meine Knie, sodass ich einen runden Rücken machte, während ich den Boden nur mit meinen Zehen berührte. Es war wackelig und es tat in den müden Beinen weh, doch ich wollte Benjus Worte so gut wie möglich befolgen. Er selbst hatte sich kleiner gemacht, indem er als Fuchs neben uns stand. Kinso hatte sich in seiner Igel-Form eingerollt und berührte nur mit seinen Stacheln den Boden, während die anderen genauso hockten wie ich. Sky hatte es aufgrund seines Körperbaus am schwersten, doch auch er schaffte es, sich kleinzumachen, ohne zu viel Bodenkontakt zu halten. Mein Rucksack drückte mir zusätzlich gegen den Rücken und ein paar Mal musste ich meine Position aufgeben, nahm sie aber so schnell wie möglich wieder ein und biss die Zähne zusammen. Die Kleidung klebte an meiner Haut, das Haar hing mir im Gesicht und mir tropfte Regenwasser in die Augen. Ich versuchte sie ein paar Mal wegzuwischen, gab dieses Unterfangen aber sogleich wieder auf, weil so nur Erde in meinen Augen landete. Ich weiß nicht, wie lange wir da im Dreck saßen, während der Regen immer weiter mit dicken Tropfen auf meine nassen Sachen prasselte und der Donner in meinen Ohren widerhallte, während die Blitze die Dunkelheit taghell erscheinen ließen. Ich stand erst auf, als der Himmel allmählich wieder aufriss und der Donner sich zunehmend entfernte, bis er schließlich ganz verschwand. Ich war nicht die einzige, die ab und an aus ihrer Position gefallen und im Matsch gelandet war. Nicht nur an der Kleidung, sondern auch in den Haaren klebte die lehmige Erde und wurde allmählich härter, als sie trocknete. Ich versuchte, mit den Händen einige Erdklumpen aus meinem Haar zu entfernen. Vereinzelte Strähnen klebten dank der trocknenden Erde nun fest aneinander.

Zu meiner Erleichterung waren alle wohlauf, sahen jedoch nicht viel besser aus als ich. Auf ihren Gesichtern sah ich den Schock, den ein lauter Knall verursacht hatte, gefolgt von dem Geräusch splitternden Holzes. Jetzt, wo der Himmel wieder aufklarte, konnten wir in der Ferne einen riesigen

Baum sehen, gespalten, aus seiner Mitte stieg dicker Qualm nach oben.

*Das hätten wir sein können,* dachte ich mit Herzrasen und war froh über Benjus Tipp. Natürlich wusste auch ich, was man bei Gewitter vermeiden sollte. Was man aber tun durfte, wusste ich nicht. Der Spruch *„Eichen sollst du weichen, Buchen sollst du suchen",* hätte mir in dieser Situation eher weniger geholfen, wenngleich ich auch nicht verstand, wieso die eine Sorte Baum sicherer sein sollte als die andere. Grundsätzlich war es doch ratsam, Bäume bei Gewitter generell zu meiden, was uns der gespaltene Baum ja nun bestätigt hatte.

„Alle da? Alle wohlauf? Dann würde ich sagen, weiter geht's!", ertönte die Stimme von Kinso und wir setzten unseren Weg nach Osten fort, während die dunklen Wolken dem Weg nach Westen folgten. Der Dreck trocknete an unserer Kleidung und ließ sie steif werden, während der Boden noch immer feucht und klebrig war. Ich wolle nicht daran denken, wie wir für die empfindlichen Nasen anderer Humanil riechen mussten, denn ändern konnten wir es momentan sowieso nicht. Doch das Laufen wurde schwieriger, unsere Beine waren müde und der Tag neigte sich dem Abend entgegen.

Langsam senkte sich die Sonne herab. Schon nach kurzer Zeit tauchten die Monde am Himmel auf. Sie waren bereit, die Sonne abzulösen und uns etwas Licht in der aufkommenden Nacht zu spenden. Das Dorf war nun ein ganzes Stück näher gekommen, aber immer noch viel zu weit weg. Mara bemerkte, dass der Marsch bis dort sicherlich die halbe Nacht dauern würde. An den Gesichtern und der Körperhaltung der anderen erkannte ich, dass ich nicht die einzige war, die sich erschöpft und hungrig vorwärts schleppte. Daher beschlossen wir, ein Nachtlager zu errichten. Benju wollte die erste Wache übernehmen, denn niemandem gefiel es, ungeschützt in der freien Natur zu schlafen. Line gesellte sich zu ihm, während wir anderen uns Mulden in die feuchte Erde drückten und eng aneinander drängten. Da die Bäume zu weit weg waren und der Boden zu feucht, mussten wir auf ein Feuer verzichten und unsere Körperwärme nutzen, damit wir nicht froren. In diesem Moment vermisste ich die Wärme von Criff umso mehr.

Einige Meter weiter hörte ich Benju und Line leise reden, hin und wieder von einem heiseren Kichern unterbrochen.

„Wie weit ist das Dorf noch weg, Sky?", fragte Benju einige Zeit nach unserem Aufbruch am nächsten Tag, die Hand fest in die Mähne von Sky gekrallt.

„Wenn wir in unserem bisherigen Tempo weitergehen, dürften wir es in ein paar Stunden erreicht haben." Vergessen waren die müden Glieder für einen Augenblick, wollte doch jeder von uns endlich am Ziel ankommen.

„Was machen wir eigentlich, wenn wir das Dorf erreicht haben?", fragte mich Line.

„Keine Ahnung", antwortete ich. Ich hatte noch nicht groß darüber nachgedacht. „Lass es uns herausfinden, wenn wir dort sind. Irgendwas wird sich hoffentlich ergeben, das hat es doch bisher immer."

Während der kurzen Pause zwischen Lines und meinem Gespräch, hörte ich Kinso und Mara miteinander reden.

„Wenn das alles vorbei ist und der Prinz wieder zuhause, müssen wir unbedingt nochmal ins Schloss zurück, Mara. Die Königin sagte, sie würde sich freuen, und ich habe so gut geschlafen in diesem Bett. Du kommst doch mit Mara, oder? Du musst, da gibt es eigentlich kein Entkommen! Kia wird es uns bestimmt nicht verbieten! Die wird vielleicht Augen machen, wenn wir ihr erzählen, wo wir gewesen sind", verkündete Kinso und erntete ein nervöses Kichern von Mara.

„Ich frage mich dauernd, ob die beiden Geschwister sind", flüsterte Line und ich dachte einen Moment nach. Darüber, wie sich die beiden verhielten, wenn sie zusammen waren.

Dann schüttelte ich langsam den Kopf. „Ich glaube nicht. Sehen mir eher aus wie Freunde. Sehr, sehr gute Freunde, wenn nicht sogar noch mehr."

„Hm", antwortete Line lediglich und sah weiter zu den beiden Jugendlichen hinüber.

Und dann, endlich, kamen wir im Dorf an. Wir sahen die hohe Mauer aus grauem Stein, sahen die schmalen Gassen mit ihren hölzernen Häusern, die seltsam verlassen wirkten. Niemand lief herum, niemand spielte an der Dorfmauer. Die kleinen Straßen wirkten düster, viele Fenster waren mit Holzläden verschlossen, die meisten Scheiben und Türen aufgebrochen. Nur wenige Häuser wirkten hier tatsächlich noch bewohnt, durch den Rest pfiff sanfter Wind und wirbelte schwarzen Ruß auf. Fassungslos schauten Mara und Kinso in eines der Häuser. Als wir uns zu ihnen gesellten, konnten wir sehen, wozu die Burner fähig waren. Sie hatten ein Zuhause zerstört, Familien auseinandergerissen. Vielleicht sogar die eigene. Das dunkle Haus wirkte lange verlassen, auf den hölzernen Möbeln lag eine zentimeterdicke Schicht aus Staub und Ruß, die Möbel kaputt im Raum verstreut. Die Bewohner des Hauses waren nicht freiwillig gegangen, das war deutlich zu sehen. Es kam mir falsch vor, in ihr ehemaliges Zuhause einzudringen, daher ging ich zurück zur Eingangstür, während sich der Rest von uns die anderen Räume ansehen wollte. Ich stieß auf meinem  Weg auf ein Bild. Es lag zwischen zerbrochenen Vasen, Tellern und umgekippten Stühlen. Das Schutzglas des Bilderrahmens war zersprungen und wirkte durch den sich darunter angesammelten Staub seltsam trüb, dennoch konnte man das Bild erkennen. Es zeigte einen jungen Mann mit kurzem braunen

Haar, in seinem Arm eine junge Frau mit weißen Vogelschwingen. Die beiden strahlten in die Kamera, mit ihnen zwei Kinder. Ein Junge, der etwa mein Alter zu haben schien, stand neben seiner Mutter. Er hatte dasselbe braune Haar wie sein Vater, an seinem Hosenboden schaute ein buschiger Wolfsschwanz hervor. Auf den Schultern des Vaters saß ein kleiner Junge, der seine weißen Flügel freudig ausgebreitet hatte, als würde er jeden Moment losfliegen wollen. Dieses Bild zeigte deutlich, in welchem Einklang die Humanil bisher miteinander lebten und wie viel die Burner zerstört hatten. Was war mit den Menchen auf diesem Foto geschehen? War die Familie getrennt, vielleicht sogar ausgelöscht worden?

Ich stellte das Bild auf einen schiefen Tisch mit einer kleinen Lampe. Nun fielen mir auch die weißen Federn und braunen Fellbüschel auf dem Boden auf, an einigen von ihnen klebte altes, getrocknetes Blut. Ich wandte meinen Blick eilig ab und verließ das Haus. Ich konnte es nicht länger ertragen, es war, als würde ich ungefragt in fremdes Leben eindringen. Ich wartete draußen auf die anderen, die sich recht schnell wieder bei mir einfanden, damit wir weitergehen konnten. Allmählich erklangen nun auch Stimmen in einiger Entfernung, sie wirkten hektisch und panisch. Als uns dann tatsächlich eine junge Frau entgegenkam, hielten wir sie an und fragten, ob es in diesem Dorf eventuell einen Heiler oder eine Heilerin gab. Die Frau sah uns jedoch nur verwirrt an, schüttelte den Kopf und lief eilig weiter. In ihrer Hand ein Korb voller Lebensmittel. Verwundert schaute ich ihr hinterher. Wir versuchten daraufhin, noch einige andere Bewohner anzusprechen, denen wir nun häufiger begegneten, ernteten jedoch stets ungläubige Blicken und verwirrtes Kopfschütteln. Je weiter wir gingen, desto unsicherer wurde ich. War es eine gute Idee weiterzulaufen, wenn doch alle Bürger ängstlich aus genau dieser Richtung kamen?

Wir hielten uns gerade in einer schmalen Nische auf, als diese sich schlagartig mit verängstigten Humanil füllte und uns gegen unseren Willen auf einen großen Platz drängte. Er musste der zentrale Platz sein, befanden sich doch weitaus mehr Personen hier als anderswo im Dorf. Umringt von fremden Humanil hörte ich das Knallen von Türen, das Schließen von Fensterläden und aufgeregte Rufe. Ich wollte gerade Line meine Bedenken mitteilen, als die Stimme eines Mannes sich gegen das aufgeregte Gemurmel erhob: „Sie kommen! Alarm, sie kommen! Beeilt euch!" In der bereits angsterfüllten Menge brach augenblicklich Panik aus. Die Fluchtinstinkte der Humanil bahnten sich ihren Weg nach außen, es gab keine Rücksicht und alle wollten so schnell wie möglich von dem Platz herunter.

„Wo gehen sie denn hin, sie laufen in die falsche Richtung!", rief mir eine junge Frau mit zwei Kindern zu. Das eine fest am Handgelenk gepackt, das andere gegen die Brust gedrückt, eilte sie an mir vorbei und verschwand in einer Gasse.

„Line, wir sollten vielleicht wirklich versuchen …", begann ich, drehte mich zu meiner Freundin um und beendete meinen Satz frühzeitig. Line war nicht mehr neben mir und auch von den anderen konnte ich weit und breit keinen entdecken. Während die Humanil sich eifrig an mir vorbei drängten, blieb ich stehen und suchte hektisch nach meinen Begleitern. „Line? Ale? Kinso! Mara! Wo seid ihr? Wir müssen hier weg!", rief ich ängstlich und entdeckte endlich den Kopf von Sky über der Menge.

„Sky! Sky, komm zurück!", rief ich gegen den Lärm, doch ich sah nur, wie sich der Kopf des Hengstes immer weiter von mir entfernte. Die Stimmen auf dem Platz wurden immer lauter und hysterischer, Kinder riefen nach ihren Eltern, Eltern nach ihren Kindern. Ich versuchte, mich zum Rand des Platzes zu schieben und in einer schmalen Gasse Schutz zu suchen. Und dann sah ich plötzlich, wie sich der Platz mit neuen Humanil füllte. Sie alle trugen silberne Armbänder, die im Licht der Sonne reflektierten. Die meisten von ihnen waren bewaffnet. Ich erkannte sofort, um wen es sich hier handelte. Die monoton aussehenden Gesichter und etwas unbeholfen wirkenden Bewegungen bestätigten es mir: Black Burner. Mit großen und energischen Schritten bahnten sie sich einen Weg in die Mitte des Platzes, in ihrer Hand Waffen, die mir einen eisigen Schauer über den Rücken laufen ließen. *Mit solchen Waffen haben sie Criff mit dem Gift infiziert,* schoss es mir durch den Kopf. *Wo sind die anderen?* In diesem Moment ertönte der erste Schuss, der mir das Blut in den Adern gefrieren ließ.

Es ertönten weitere Schüsse, gefolgt von panischem Geschrei der Dorfbewohner. Mit aufgerissenen Augen stand ich dort und musste zusehen, wie die Burner Kinder fingen, wie sie Eltern erschossen oder ganze Familien. Verwundete versuchten in die Häuser zu kommen, doch aufgrund der Massen ließen sich manche Türen nicht öffnen oder die Häuser waren bereits überfüllt. Getroffene Humanil waren innerhalb von Sekunden mit giftgrünen Linien durchzogen und ich erkannte deutlich, wie schnell Criff hätte sterben können. Ich ließ mich von der Masse in meiner Gasse mitziehen, während vor meinen Augen gemordet wurde. Irgendwo auf diesem Platz waren meine Freunde.

Genau wie Criff damals, versuchten die Dorfbewohner, die silbernen Armbänder von den Armen der Burner zu reißen, ohne sie dabei ernsthaft zu verletzen. Es fiel den Humanil schwer zu töten, es gab Freunde und Familie unter den Burnern. Einigen gelang es tatsächlich, die Armbänder zu entfernen, doch nur wenige von ihnen schafften es frühzeitig, vor den restlichen Burnern zu fliehen. Und dann sah ich die anderen. Line wurde von der Menge in eine Gasse gedrängt, Mara und Kinso jedoch waren mitten auf dem Platz und kämpften gemeinsam mit den Dorfbewohnern. Sie konnten gar nicht anders, denn immer, wenn sie fliehen wollten, stellten sich ihnen neue Burner in den Weg. Sky konnte ich nicht sehen, genauso wenig wie Ale, daher hoffte ich, dass die beiden es geschafft hatten zu fliehen. Und ich wünschte Benju in Sicherheit. Für ihn hier zu kämpfen hielte ich geradezu für unmöglich. Viel zu viele Erschütterungen auf dem Boden, die ihn doch unglaublich verwirren mussten. Die lauten Geräusche um einen herum, nicht zu wissen, wann und wo der nächste Angriff herkam.

Mein Herz schlug mir bis zum Hals, das Geschrei der Leute trieb mir Tränen in die Augen und ich versuchte, meinen Blick abzuwenden. Ich fand eine Nische in einer Mauer, in welche ich mich eilig quetschte, um dem Druck der Masse zu entgehen. Alte Holzbretter und Platten verdeckten das Loch und mich und ich war dankbar dafür. Ich wollte nicht auf diesem Platz sein und diese Bilder sehen. Ich wollte, dass diese Brutalität ein Ende nahm, aber ich hatte keinen Plan. Und deshalb hatte ich Schuldgefühle. Ich spürte das Zittern meines Körpers und drückte mich enger in mein Versteck, wo ich die Augen schloss und meine Ohren zuhielt. Ich wollte keine Leute sterben hören oder sehen. Ich schmeckte Salz auf meinen Lippen, vermischt mit dem Geschmack der Erde, die nach unserer Nacht auf dem Boden in meinem Gesicht getrocknet war, während vor meinem inneren Auge wieder das Bild von Criff auftauchte. Wie er verrenkt und unbeweglich auf der Klippe gelegen hatte.

∽

Ich weiß nicht, wie lange ich in meinem Versteck saß und wartete. Hoffte, dass alles endlich vorbei war. Irgendwann hörte ich nur noch das Rauschen meines Blutes in meinen Ohren, die Hände noch immer gegen den Kopf gedrückt. Ich spürte eine warme Berührung an meinem Arm und zuckte zusammen, doch sie hatte sich genauso schnell wieder entfernt, wie sie gekommen war. Als ich die Hände von meinen Ohren nahm, ertönte ein schmatzendes Geräusch.

„Alles in Ordnung bei dir? Bist du verletzt?", erklang die Stimme einer jungen Frau. Sie wirkte nach dem Druck auf meinen Ohren merkwürdig fremd. Ich schüttelte den Kopf und kroch aus meiner Nische heraus, richtete mich in voller Größe auf und spürte den prüfenden Blick, mit dem die Frau mich musterte.

„Mir geht es gut!", nuschelte ich und wandte mich ab. Als mein Blick allerdings auf den Platz gerichtet war, hätte ich mich am liebsten zurück in meine Nische verkrochen. Überall auf dem Platz lagen Verwundete, viele von ihnen reglos und von grünen Linien übersät. Ich erkannte Burner unter ihnen und wenn es einen Lebenden gab, so versuchten die unverletzten Humanil, ihm das Armband zu entfernen. Waren die Burner bei Bewusstsein, versuchten sie noch immer ihre Retter zu töten, bis das Armband verschwunden war.

Obwohl der Anblick Übelkeit verursachte, ließ ich meinen Blick weiter über den Platz gleiten. Ich musste wissen, dass meine Freunde nicht dabei waren.

„Rina!", hörte ich in diesem Moment eine vertraute Stimme meinen Namen rufen. Als ich mich nach ihr umwandte, sah ich Line langsam auf mich zukommen. Ich ging ihr entgegen und schmiss mich ihr in die Arme.

„Bist du verletzt?", fragte sie mich und drückte mich an sich.

„Nein, was ist mit euch. Hast du die anderen gesehen?"

„Nicht alle", antwortete Line bedrückt. Ich schaute sie alarmiert an.

„Was meinst du mit *'nicht alle?'*"

„Ich weiß nicht, ob du das sehen solltest, Rina."

„Wer ist es?", fragte ich weiter.

In dem Moment, in dem Line ihren Mund öffnete um mir zu antworten, hörte ich Mara schreien.

„Kinso!", rief sie und ich wusste, dass es der Name war, den Line mir ebenfalls genannt hätte.

„Halt sie fest, Rina", rief mir Line zu und rannte los. Ich folgte ihr und versuchte Mara festzuhalten, doch sie war stärker als gedacht. Man sah ihr die Stärke eines jungen Bären körperlich nicht an.

Sobald sie sich losgerissen hatte, lief sie zu einer Person, neben der sich Line bereits hingekniet hatte.

Nun trat auch ich vorsichtig näher, erreichte meine Freunde und wünschte mir in diesem Moment, ich hätte auf Line gehört. Kinso lag unbeweglich auf dem Boden, die Augen geschlossen, die gebräunte Haut fahl. Seine Kleidung war blutdurchtränkt.

„Kinso, wach auf! Bitte!", hörte ich Mara schreien. Ich sah, wie sich ihre Augen mit Tränen füllten, an ihren schmalen

Wangen entlangrannen und auf Kinsos lebloses Gesicht tropften.

„Warum? Warum du? Das hast du nicht verdient. Das hab ich nicht verdient. Wieso?", weinte Mara immer weiter, während ihre Stimme allmählich zu einem leisen Wimmern wurde. Ich musste mich von diesem Anblick abwenden, während Line Mara in den Arm nahm und ihr beruhigend über den Rücken strich. Ich spürte, wie auch in mir langsam die Tränen überhand gewannen. Ich war nicht so stark wie Line, ich konnte mit so etwas nicht umgehen.

Nur wenige Meter von uns entfernt saß eine Frau, in ihren Armen ein kleines Mädchen. Beide weinten, doch als die Frau den Kopf hob und mich ansah, wischte sie sich mit dem Handrücken über die Augen und winkte mich zu sich.

„Es tut mir so leid!", weinte die junge Frau und drückte ihre Tochter enger an sich. „Er hat sie beschützt!"

„Was?", fragte ich verwirrt.

„Der Junge. Er hätte aus dem Ganzen hier heil rauskommen können, aber er hat meine Tochter gerettet. Hat sich auf sie geworfen, als die Burner sie erschießen wollten. Das alles ging so schnell. Ich weiß nicht mal, wer er war. Es … tut mir so leid." Die Frau drückte das kleine Mädchen enger an sich, während sie erneut in Tränen ausbrach.

Kinso hatte ein Leben gerettet. Eine Familie davor bewahrt, so zerrissen zu werden, wie es ihm passiert war. Ich wusste, dass die Burner seine und Maras Familie auf dem Gewissen hatten und ich fragte mich, ob Kinso damals genauso alt gewesen war, wie das kleine Mädchen heute.

Als ich mich abwandte sah ich, wie ein junger Mann und ein etwas älterer Junge auf die Frau und ihre Tochter zuliefen und sie in die Arme schlossen.

Ich sank auf die Knie, versuchte verzweifelt wieder Herr über meinen Körper zu werden und meine Gedanken zu ordnen. Kinso war kurz davor zu sterben, das war nicht zu übersehen. Von Benju, Ale und Sky fehlte jedoch weiterhin jede Spur und ich wusste nicht, ob ich wissen wollte, wo sie waren. Ich hatte Angst vor der Antwort.

ℰↄ

„Rina! Sie haben Kinso mit einer Trage ins Krankenlager gebracht, Mara ist bei ihm", hörte ich Line irgendwann sprechen und sah in ihre rotgeweinten Augen. Auf ihren Wangen zeichneten sich ebenfalls Tränenspuren ab.
„Er hat ein kleines Mädchen gerettet", flüsterte ich. „Weiß sie das?"
„Wir können es ihr später sagen", antwortete Line. „In einem der Häuser halten sie eine Ansprache, vielleicht erfahren wir dort etwas von Benju und Ale", fügte sie wenig später hinzu.
„Ich habe Mara gesagt, wir gehen dorthin und hören uns an, was sie zu sagen haben, während sie bei Kinso bleibt. Kommst du mit?"
Vorsichtig richtete ich mich auf und griff nach Lines Hand, während wir langsam auf das beleuchtete Haus zugingen. Hier sollten alle Angehörigen erfahren, wer gefallen war. Wir hofften, unsere Freunde waren nicht dabei.
In der Halle zeigten sie Fotos der Verstorbenen, lasen ihre Namen vor und wer etwas zu sagen hatte, durfte dies tun. Es waren nicht so viele gestorben, wie ich gedacht hatte. Humanil, deren Namen niemand kannte, waren nicht dabei, also mussten unsere Freunde noch am Leben sein. Schwer verwundet vielleicht, aber am Leben.

Als wir wieder aus der Halle traten, war der Platz sauber und leer, so wie er es zu dieser Zeit sein sollte. Diejenigen, deren Freunde und Verwandten verstorben waren, traten ihren Rückweg an.

In einigen Häusern waren notdürftig Krankenlager eingerichtet worden, um die Verletzen ausreichend zu behandeln. Ich sah viele Humanil geschäftig hin und her laufen, einige saßen weinend neben Klappbetten, andere nahmen sich schluchzend in die Arme. Ich versuchte sie nicht anzusehen, als wir uns unseren Weg durch die Zimmer bahnten, auf der Suche nach Mara und Kinso. Als wir sie endlich erreichten, konnte ich meinen Augen kaum trauen.

„Ale!", rief ich und lief auf den kleinen Marder zu, nahm ihn in die Arme und drückte sein weiches Fell an mich. Ich war froh, ihn unversehrt zu sehen.

„Wo sind Benju und Sky", fragte Line neben uns und schaute sich um. „Sind sie auch hier?"

„Sky ist schon während des Kampfes verschwunden. Ich habe gehört, dass Benju ihm befohlen hat zu fliehen und ich bin mir sicher, es geht ihm gut. Benju liegt da vorne. Er hat eine Verletzung an der Schulter, ist aber nichts wirklich Schlimmes. Sie haben ihm etwas gegen die Schmerzen gegeben, das macht ihn müde. Sie sagen, morgen ist er wieder fit." Ich atmete erleichtert aus.

„Was ist das?", fragte ich, als wir zu Mara und Kinso traten, und zeigte auf eine Kette aus kompliziert verflochtenen, bunten Holzperlen an Kinsos Handgelenk. Er hatte sie vorher nicht getragen.

„Sie ist von einer jungen Frau. Sie sagt, Kinso hat ihre Tochter gerettet, indem er sich vor sie geworfen hat. Die bunten

Holzperlen stehen bei uns für Segen, Frieden und Schutz. Man schenkt sie Leuten, die etwas Heldenhaftes getan haben", erklärte Mara und strich mit dem Daumen über Kinsos Handrücken. Auf ihren Lippen breitete sich ein sanftes Lächeln aus.

ॐ

Ich wachte bereits nach ein paar Stunden Schlaf wieder auf, weil ich Benjus Stimme hörte. Den Worten nach schien er sich mit einer Pflegerin zu streiten, denn seine Stimme klang laut und kräftig. Ich sah es als ein gutes Zeichen an. Doch es gab auch noch eine dritte Stimme, die sanft und beruhigend auf Benju einsprach. Ich erkannte Line sofort.
Langsam trat ich in den Raum, in dem sich Benju, auf der Liege sitzend, Line und eine Frau befanden. Benjus Schulter steckte in einem blutigen Verband, in den Händen der Frau lag frisches Verbandszeug.
„Morgen, ihr alle", grüßte ich und erntete ein gequältes Grinsen von Line.
„Dürfte ich nun endlich den Verband an der Schulter wechseln?", fragte die Frau betont freundlich dazwischen.
„Nein", entgegnete Benju wütend.
„Legen Sie die Sachen doch einfach hier hin", antwortete Line entschuldigend, da auch ihr der flehende Blick der Frau nicht entgangen war.
„Danke", antwortete diese, legte die Utensilien auf einen kleinen Holztisch und verließ das Zimmer.
Benju war ziemlich unnahbar, das hatte ich auch schon selbst gesehen. Aber ich hatte auch gemerkt, dass Line es geschafft hatte, sich einen Tunnel unter seinem inneren Zaun zu graben.

„Darf ich?", fragte sie vorsichtig und berührte Benju vorsichtig am Arm. Er zuckte kurz zurück, blieb aber sitzen und nickte schließlich. Line hatte wirklich ein gutes Geschick für die Versorgung von Wunden. Mit leichten Fingern wickelte sie den Verband von seiner Schulter und strich eine rosafarbene Salbe auf die Wunde, ehe sie sie mit einem frischen Verband wieder verdeckte. Ich drehte mich derweil weg, das war mir zu viel Blut, und auf eine Ohnmacht konnte ich derzeit gut verzichten. Wenn ich jetzt umkippte, würde sich die Fortsetzung unserer Reise nur noch länger hinziehen.

Der frische Verband wirkte viel zu sauber, im Vergleich zu unserem äußeren Anblick, denn wir waren noch immer alle verdreckt von unserer Nacht auf dem Feld.

„Du machst das echt gut", sagte Benju und ich sah, wie meine Freundin rot wurde. Ich glaube, sie war in diesem Moment froh, dass Benju sie nicht sehen konnte. „Danke", nuschelte Line leise.


Nachdem der Verband ausgetauscht und Lines Gesichtsfarbe wieder ins Normale gewechselt war, kehrten wir alle gemeinsam in das Zimmer, in dem Kinso lag, zurück. Seine Verbände waren bereits erneuert worden und Mara saß noch immer neben ihm und hielt seine Hand.

„Hey, Mara. Wir wollten weiterziehen. Wenn du hierbleiben möchtest, dann ist das in Ordnung für uns", begann ich, während hinter mir Ale leise ins Zimmer tapste.

„Nein", antwortete sie, den Blick auf Kinso gerichtet. „Wir haben versprochen, dass wir euch bei eurer Reise helfen werden. Ich glaube nicht, dass es ihm gefallen würde, wenn ich euch jetzt im Stich lasse. Die Humanil werden sich gut um ihn kümmern, sein Zustand ist über Nacht stabiler geworden und sie werden ihm Bescheid geben, wenn er aufwacht. Ich habe es ihm aber auch selbst schon gesagt, für den Fall, dass er uns hören kann."

Ich freute mich über die Antwort von Mara, hatte ich sie in der kurzen Zeit doch bereits in mein Herz geschlossen.

„Dann bist du dabei?"

„Ja." Sie grinste mich an. „Lasst uns zusehen, dass wir schnell vorankommen."

„Nichts lieber als das."

Auf dem Weg nach draußen kam uns ein junger Mann entgegen, der ebenfalls auf dem Weg war, weitere Verletzte zu versorgen. Wir fragten ihn, ob er uns weiterhelfen könnte.

„Einen Heiler? Ja, ich habe tatsächlich von jemandem gehört. Es ist eine alte Dame, sie hat sich aber schon ewig nicht mehr blicken lassen. Sie wohnt nicht weit vom Markt, es ist nur wenige Straßen entfernt. Geht einfach am Gemüsestand vorbei immer geradeaus, bis ihr an ein gelbliches Haus kommt. Dort biegt ihr rechts ab, ihr Haus steht ganz am Ende der Straße. Es ist nicht zu übersehen."

„Vielen Dank für Ihre Hilfe" bedankten wir uns, doch bevor wir endgültig aufbrachen, drehte ich mich noch einmal zu Mara um.

„Bist du dir wirklich sicher, dass du mitkommen willst, Mara?" Ich wusste genau, wie es für sie gerade war. Nicht bei demjenigen sein zu können, bei dem das Herz lag. Nicht da sein zu können, wenn er aufwachte. Falls er aufwachte.

„Hundertprozentig. Außerdem kann ich gar nicht anders. Erstens wird Kia ziemlich wütend werden, wenn sie von all dem erfährt – und zweitens braucht ihr mich!"

Den letzten Satz sagte Mara scherzhaft, doch ich zweifelte nicht daran, dass sie Recht hatte. Bei dieser Reise brauchten wir sie wahrscheinlich wirklich. Und ich verstand auch ihren Wunsch, etwas Sinnvolles zu tun, anstatt zu warten. Ich machte gerade genau dasselbe.

∽

Die Wegbeschreibung führte uns in einen Teil des Dorfes, dessen Häuser noch recht bewohnt aussahen. Es schien, dass der Angriff der Burner am vorherigen Abend nur auf den Marktplatz ausgerichtet gewesen war. Wir bogen an dem kleinen gelbgestrichenen Haus rechts ab und liefen die Straße bis zum Ende durch. Der Mann hatte nicht übertrieben, die Behausung der alten Dame war wirklich nicht zu übersehen. Wir standen vor einer kleinen, alten Hütte, die so aussah, als würde sie jeden Moment einstürzen.

Der Zaun, der den von Unkraut überwucherten Garten umrandete, war morsch, das Gartentor hing lose in den Angeln und auch das Haus wirkte merkwürdig schief. Trotz der Skepsis, ob darin tatsächlich noch jemand lebte, öffneten wir das quietschende Tor und nahmen den Weg zur Haustür. Als wir vorsichtig klopften, hatte ich Angst, dass uns etwas auf den Kopf fallen könnte oder dass gleich das ganze Haus in sich zusammenfiel. Doch nichts dergleichen geschah.

Wir warteten einen Moment ab, ehe wir erneut klopften, doch noch immer blieb es im Inneren des Hauses stumm. Enttäuscht sahen wir uns an. Hier schien niemand mehr zu wohnen. Als wir jedoch gerade drei Schritte zurück zur Straße gemacht hatten, öffnete sich doch noch die Holztür hinter uns. Im Türspalt stand eine alte Frau, deren Hautfarbe leicht ins oliv-grüne überging. Ihre Haut war runzelig und ihr

Körper schien noch wackeliger als das Haus zu sein. Mit einer Hand hielt sie sich an der Tür fest, mit der anderen umfasste sie den Griff eines Stocks. Ihre Stimme klang rau und kratzig, als sie sprach. Fast ein wenig verstaubt.

„Wer seid ihr und was wollt ihr?" Schwarz waren die Augen, mit denen sie uns musterte. Tiefschwarz und einsam.

„Wir würden Ihnen gerne einige Fragen stellen. Wir haben gehört, dass Sie Heilerin sind – und womöglich können Sie uns helfen", versuchte ich unser Anliegen präzise zu erklären. Ihr Blick landete auf Benjus Schulter.

„Kommt rein", flüsterte sie und trat einen Schritt zur Seite, um uns eintreten zu lassen. Im Inneren roch es muffig und feucht, dicke Staubschichten lagen auf den Ablagen und Kommoden. Es wirkte, als sei hier seit Jahren nicht aufgeräumt worden. Doch ich sah auch deutlich, dass die Frau dazu alleine nicht mehr in der Lage war.

Sie ging langsam und schleichend vor uns her.

„Kommt hier keiner zu Besuch?", fragte Line leise und ihre Stimme hallte an den Wänden nach.

„Nein. Ich besuche ja auch keinen, also warum sollte es jemand bei mir anders machen?"

„Sind Sie denn nicht einsam?" Diese Frage hatte ich gestellt, bekam jedoch auch nur eine Verneinung als Antwort.

„Einer Schildkröte wie mir macht es nichts aus, alleine zu sein. Ich bin schon so lange alleine, die paar Jahre mehr oder weniger machen es auch nicht mehr aus. Man gewöhnt sich irgendwann ans Alleinsein." Ihre Antwort überzeugte mich nicht, in ihrer Stimme hörte man deutlich, dass sie sich sehr wohl einsam fühlte.

„Wie alt sind Sie denn?" fragte Benju und orientierte sich an unseren Stimmen, damit er uns folgen konnte.

„Ich bin 100 Jahre alt. Langsam wird es Zeit für mich – oder nicht?" Sie lachte rau und keckernd, doch niemand von uns lachte mit. Betreten schauten wir zu Boden und mir kam der schmerzhafte Gedanke, dass es vermutlich niemand merken würde, wenn die Frau einmal nicht mehr da war.

„Ihr wolltet mich etwas fragen?", riss ihre raue Stimme mich wieder aus meinen Gedanken. Wir befanden uns nun in einem kleinen Wohnzimmer, in welchem ein alter Sessel vor einem Kamin stand. Um einen kleinen Holztisch standen drei hölzerne Stühle, in dessen Mitte sich eine kleine Schale mit Äpfeln und mir unbekannten Früchten befand.

„Ja, das stimmt. Wir haben gehört, dass sie mal als Heilerin gearbeitet haben und viel über Kräuter und Tinkturen wissen. Wir hatten gehofft, sie könnten uns vielleicht etwas über das Bernsteinblut sagen. Wir sind auf der Suche nach den Kräutern und bräuchten jemanden, der weiß, wie man es braut."

Die Augen der Frau verengten sich zu dunkeln Schlitzen, ihre Stimme wurde scharf und sie wirkte plötzlich ziemlich bedrohlich. „Wofür braucht ihr das?"

„Mein Freund wurde zuhause von den Burnern attackiert und schwebt in höchster Gefahr. Wenn wir das Bernsteinblut nicht rechtzeitig finden, wird er sterben", versuchte ich die Situation mit so wenig Worten wie möglich zu erklären.

Das Gesicht der Frau nahm wieder entspanntere Züge an, nun sah sie eher verwundert aus.

„Aber … du bist ein Mensch. Also muss dein Freund … ein Humanil sein!" Ich nickte.

„Ihr Freund ist Criff Ucello, Königssohn und Prinz von Armania", erwiderte Benju an meiner Stelle. Das Gesicht der alten Frau verzerrte sich erneut zu einer Grimasse.

„Das ist unmöglich! Der Prinzenjunge ist tot! Ich war am Palast, als es verkündet wurde. Sie haben ihn tagelang gesucht und nur seinen Umhang gefunden. Zerfetzt und voll von seinem … "

„Nein, das ist bloß die Information, die verbreitet wurde, weil es keine eindeutigen Beweise gab. Warten Sie!", unterbrach ich sie heiser und musste schlucken. Das Wort tot in Verbindung mit Criff jagte mir jedes Mal einen eisigen Schauer über den Rücken.

Ich nahm meinen Rucksack ab und wühlte darin herum, bis ich das Pergament der Königsfamilie in der Hand hielt. Während ich der alten Schildkrötenfrau das Papier hinhielt, holte ich das Medaillon unter meinem Oberteil hervor. Ihr Gesichtsausdruck wechselte fast augenblicklich von Verwirrung zu Ungläubigkeit und schließlich zu Freude.

„Das ich das noch erleben darf! Du sagst tatsächlich die Wahrheit. Der Junge ist am Leben!", jubelte sie und strahlte uns mit einem zahnlosen Lächeln an. In ihren Augen blitzte etwas, von dem ich Criffs Eltern gesagt hatte, dass es womöglich passieren würde. Ich sah Glaube. Ich sah Hoffnung.

„Ja, ist er. Aber er wird es nicht mehr lange sein, wenn wir das Bernsteinblut nicht finden und rechtzeitig nach Hause bringen", erwiderte Line und brachte die alte Frau somit in die Gegenwart zurück.

„Nun, viel kann ich euch nicht sagen. Nur wenige wussten über die Pflanzen Bescheid. Aber ich kannte mal einen Heiler, der fähig war, das Bernsteinblut zu brauen. Kvestor. Guter Freund von mir. Tragischer Tod. Die Burner fanden ihn und brachten ihn um. Er hatte damals einen jungen Schüler, keine Ahnung, ob sie ihn auch getötet haben oder ob er überhaupt gesehen hat, wie dieses Mittel gebraut wird."

„Aber Sie wissen es nicht genau. Also, wo haben die beiden gewohnt?", unterbrach Benju sie und die Frau stockte. Sie sah Benju für einen kurzen Moment nachdenklich musternd an, bevor sie etwas langsamer als zuvor auf seine Frage antwortete, den Blick noch immer auf Benjus Haar.

„Auf der anderen Seite des Schlossberges. Es war eines der Dörfer am Wasser, aber es steht schon lange nicht mehr. Die Dörfer dort fielen den Burnern als erstes zum Opfer und wurden daraufhin nicht mehr aufgebaut. Die übrigen Humanil verteilten sich über ganz Armania."

Enttäuscht sah ich sie an. Wie sehr hätte ich in diesem Moment eine gute Nachricht gebrauchen können. Einen Ort, an den wir uns hätten halten können, sollten wir das Blutblatt tatsächlich finden.

„Und Sie kennen niemand anderen, der uns in irgendeiner Weise helfen könnte?", fragte Mara zögernd, erntete aber ein verneinendes Kopfschütteln.

„Tu mir leid, Kleine. Ich wünschte, ich könnte es, aber ich kann nicht."

„Trotzdem vielen Dank, dass Sie uns zugehört haben. Können wir Ihnen vielleicht irgendwie danken?", wandte ich mich an die alte Frau.

„Für die schlechte Information von mir? Nur wenn es euch möglich ist – ich hätte da eine kleine Bitte: Solltet ihr das kleine Hafendorf nicht weit von hier erreichen, könntet ihr einem alten Freund von mir einen Gruß überbringen? Ich habe ihn schon so lange nicht mehr gesehen. Sein Name ist Gran."

Ich versprach es ihr von ganzem Herzen und bedankte mich nochmals für ihre Zuversicht. Benju beschloss währenddessen, draußen auf uns zu warten und Line schloss sich ihm an. Als die beiden aus der Tür gegangen waren, sah ich erneut den nachdenklichen Blick der Frau, der Benju zur Tür folgte.

„Ist das …?", überlegte sie leise flüsternd und ich führte die Frage zu Ende.

„Benju?"

„Tatsächlich! Er ist groß geworden."

„Woher kennen Sie ihn?", fragte ich erstaunt.

„Ich habe damals im Königshof gearbeitet und bei der Geburt des Prinzen geholfen. Nie hätte ich gedacht, dass ich jemanden von den Kindern noch einmal wiedersehen würde." Ihr Lächeln wirkte ansteckend.

„Moment!", rief ich, nachdem wir nun wieder alle draußen standen und uns von der alten Frau verabschiedeten. Sie wollte die Tür gerade wieder schließen. „Von wem soll ich Gran denn grüßen?"

„Von Fanzy!", antwortete die alte Dame lachend und schloss die Tür. Dass wir in einer solchen Zeit noch jemanden mit so wenigen Worten glücklich machen konnten, fühlte sich gut an.

Es hatte uns zwar nicht viel gebracht zu Fanzy zu gehen, dennoch hatte ich kein schlechtes Gefühl, als wir gingen. Wir hatten einer alten Frau ein Lächeln ins Gesicht gezaubert, einen kleinen Funken Zuversicht und Freude wiedergegeben, den sie wie viele andere bereits verloren hatte.

ॐ

Nachdem wir aus dem Dorf heraus waren und erneut über den lehmigen Boden liefen, erreichten wir einen kleinen See, an dem wir uns ausgiebig wuschen und unsere Trinkflaschen auffüllten.

Ich fühlte mich noch immer schmutzig, doch nicht mehr so mies wie zuvor. Es war angenehm, den harten Dreck im Gesicht und den Haaren los zu sein. Nachdem der Durst gestillt, die Haut gereinigt und die Trinkflaschen gefüllt waren, liefen wir wieder los.

Das Dorf, auf das wir uns zu bewegten, war nicht sehr weit entfernt. Wir benötigten nur wenige Stunden und ich fragte mich, wieso Fanzy und Gran sich nicht einfach gegenseitig besucht hatten. Ich nahm mir ganz fest vor, bei Gran vorbeizuschauen und ihn von Fanzy zu grüßen. *Ich hoffe nur, die Burner haben das Dorf nicht auch angegriffen*, betete ich innerlich.

„Hey, Benju! Wo ist eigentlich Sky?", fragte ich nach einer Weile und gesellte mich zu ihm und Line dazu. Mara lief etwas weiter vor uns und unterhielt sich mit Ale.

„Ich habe ihm befohlen, sich zu verstecken. Er ist ja ziemlich groß, das wäre für die Burner ein ideales Ziel gewesen. Ich wollte nicht, dass ihm etwas passiert. Er wird in den nächsten Tagen zurückkommen und bei Kinso bleiben, damit er nicht alleine ist, da bin ich sicher. Vielleicht gehen sie zurück zu Kia, wenn es Kinso besser geht."

„Okay, gut. Ich hatte mir schon Sorgen um ihn gemacht. Dann lass ich euch beide mal wieder allein. Ich sehe, ihr habt euch viel zu erzählen." Dabei zwinkerte ich Line verschwörerisch zu. Ich ging ich zu Mara und Ale und lief eine Weile stumm neben ihnen her. Hinter mir hörte ich Line und Benju lauthals lachen und aus dem Augenwinkel sah ich, dass Mara hin und wieder wütend nach hinten schielte.

„Alles in Ordnung?", fragte ich sie nach einiger Zeit vorsichtig, doch sie antwortete nur leise zischend: „Nix ist in Ordnung. Deine Freundin nimmt mir Benju weg! Er ist wie ein großer Bruder für mich!"

„Quatsch. Niemand kann ihn dir wegnehmen!", antwortete ich verwundert, doch sie keifte einfach weiter.

„Aber guck doch, wie sie ihn ansieht. So habgierig, so ..."

„Also, wenn du mich fragst, sehe ich zwei Verliebte." Ich verstand nicht wirklich, wie Mara in Lines Blick Habgier sehen konnte.

„Pah!", machte sie nur. „Sie kennt ihn doch gar nicht. Wie kann sie da so etwas fühlen? Er ist ihr doch gar nicht wichtig. Wenn ihm etwas passieren würde, hätte sie das doch nach fünf Minuten vergessen. Ihr vergesst doch so schnell!"

Jetzt wurde ich wütend. „Du hast doch gar keine Ahnung von uns und wie viel wir vergessen! Ich habe mich innerhalb einer Sekunde in Criff verliebt und konnte ihn danach nie vergessen. Also halt dich zurück mit solchen Anschuldigungen, okay?" Mara wirkte bedrückt, aber ich sprach weiter, wenngleich auch ruhiger. „Außerdem hast du ein ganz anderes Bild von Line. So ist sie nicht – und das kannst du mir glauben. Ich kenne Line schon mein Leben lang!"

„Glaub doch was du willst! Das einzige, was ich sehe ist, dass sie sein Herz nur einmal mehr brechen wird. Er hat schon so viel durchgemacht, was soll er denn noch ertragen."

Jetzt schmollte sie, doch ihre Worte hatten mich zum Nachdenken gebracht. Wie könnte Line Benju das Herz brechen, sie war so ein guter Mensch und ich konnte deutlich sehen, dass sie Benju liebte. Und zuhause gab es keinen Jungen, den Line so sehr mochte, das hätte ich gewusst. Also war doch alles in Ordnung, oder nicht?

„Wie meinst du das, sie würde sein Herz nur wieder brechen?", fragte ich daher vorsichtig nach.

„Man, bist du hohl! Ihr seid Menschen! Nach eurer Reise geht ihr zurück in eure Welt und er wird hierbleiben, weil er ein Humanil ist. Wenn er wieder jemanden verliert, den er liebt, dann bricht sein Herz womöglich endgültig. Ein letztes Mal. So viel kann nämlich noch nicht einmal ein Humanil ertragen." Ich schwieg, mir fielen keine Worte dagegen ein. Mara hatte Recht. Wenn wir das Bernsteinblut hatten, würden wir so schnell wie möglich wieder versuchen nach Hause zu gelangen, um es zu Criff zu bringen und sein Leben zu retten. Und weil die Zukunft so unglaublich ungewiss war, bestand tatsächlich die Gefahr, dass wir sie alle nie wiedersehen würden.

„Es gibt doch bestimmt ...", begann ich zögernd, aber Mara unterbrach mich forsch. „Rina, ich ... wäre jetzt gerne etwas alleine. Ist das in Ordnung für dich?"

Ich nickte. „Sag mir Bescheid, wenn du etwas brauchst", bot ich ihr noch an, ehe ich mich entfernte. Ale folgte mir stumm. *Wenn wir gehen, dann lassen wir unsere neuen Freunde hier. In einer Welt, die so gefährlich für jeden von ihnen ist. Werden wir sie jemals wiedersehen? Egal, was passiert? Was ist, wenn Criff es tatsächlich überlebt? Geht er dann zurück? Zurück in diese gefährliche Welt, zu seinen Freunden und seiner Familie, die so lange auf ihn gewartet haben. Wird er mich dann verlassen?* Der Gedanke tat weh, verzweifelt versuchte ich ihn abzuschütteln, doch Maras Worte hatten sich fest eingebrannt. So oder so würden wir später Abschied nehmen müssen, egal, was geschehen würde. Es war eigentlich nur die Frage, in wie viele Scherben unsere Herzen dabei zerspringen würden.

Gegen Nachmittag erreichten wir mit knurrenden Mägen das Dorf, die Wasserflaschen fast gänzlich geleert. Dank vereinzelter weißer Wolken am blauen Himmel hatte die Sonne jedoch glücklicherweise nicht so gnadenlos wie am Tag zuvor auf uns niedergebrannt. Während wir durch die ersten Gassen des Dorfes liefen, entschieden wir uns gemeinsam dafür, als erstes Fanzys Grüße weiterzugeben. Um einen Schlafplatz würden wir uns danach kümmern. Als ein junger Mann mit einem kleinen Mädchen auf dem Arm an uns vorbeiging, sprach ich ihn zögerlich an.

„Entschuldigen Sie bitte. Wir sind auf der Suche nach einem älteren Mann, sein Name ist Gran. Können Sie uns da vielleicht weiterhelfen?"

Der Mann blieb stehen, setzte seine Tochter auf den Boden, die sogleich nach seiner Hand griff und sah uns prüfend an.

„Gran? Den alten Seefahrer? Wieso wollt ihr zu Gran? Seid ihr sicher, dass er der Mann ist, den ihr sucht?" Sein Blick war belustigt und das Mädchen sah ihren Vater fragend an. Ich verstand den Witz genauso wenig wie sie.

„Wir würden ihm nur gerne etwas sagen", antwortete Line bestimmt und der amüsierte Ausdruck auf dem Gesicht des Mannes verschwand und machte einer eher mitleidigen Mine Platz.

„Nun, versuchen könnt ihr es ja, aber ich würde mir nicht zu viel Hoffnung machen, dass er die Tür aufmacht. Also, ihr müsst die Straße hier geradeaus hinunter bis zum Ende. Dort müsst ihr dann rechts abbiegen und danach die zweite Straße links. Auf der rechten Seite steht nach etwa 200 Metern ein altes Ankerhaus. Ist eigentlich nicht zu übersehen. Da wohnt der alte Gran."

„Vielen Dank, das ist sehr freundlich von Ihnen. Einen schönen Tag noch", dankte ich dem Mann, der seine Tochter
bereits wieder auf den Arm gehoben hatte.

„Nichts zu danken. Und viel Glück, ihr werdet es brauchen!",
verabschiedete er sich und ging. Wir versuchten seinen Anweisungen zu folgen und machten uns auf den Weg, die
Straße hinunter. *Was bitte soll ein Ankerhaus sein?*, dachte ich
unterwegs und ärgerte mich über mich selbst, weil ich nicht
nachgefragt hatte.

Am Ende der Straße befand sich eine Kreuzung, die in beide
Richtungen abzweigte. Unsicher wandte ich mich an die anderen. „Sollten wir jetzt rechts oder links gehen?"

„Ich glaube, er hat rechts gesagt", antwortete Line, doch ich
merkte das Zögern in ihrer Stimme. *Wie peinlich, dass wir uns
nicht mal so eine einfache Beschreibung merken können,* dachte
ich, da kam uns Mara zu Hilfe.

„Er hat rechts gesagt und die zweite Straße dann wieder
links." Und weil sie ein Humanil war und Humanil nicht
vergessen konnten, glaubte ich ihr, und wir gingen rechts herum.

Mir fiel auf, dass die Stimmung der Leute, denen wir bisher
begegnet waren, positiv gewirkt hatte. Ich betrachtete es als
Anzeichen dafür, dass es hier keinen Burner-Angriff gegeben hatte. Lediglich ein paar Ruinen wiesen darauf hin, dass
es hier vielleicht vor längerer Zeit schon einmal zu einem
Angriff gekommen war.

Bei der ,*zweiten Straße links*' handelte es sich um eine schmale
Gasse, die zum Ende hin immer breiter wurde. Hier waren
zuvor zerstörte Häuser nicht wieder aufgebaut worden,
doch der dicke Staub auf den Fensterbänken bestätigte meine Vermutung bezüglich eines Angriffes. Nach 200 Metern

war die Gasse dann plötzlich zu Ende und zwischen kaputten Häusern und Trümmern stand lediglich ein einziges Haus noch vollständig erhalten. Der Vorgarten wirkte ungepflegt, aber nicht so verwachsen wie der von Fanzy. Das Gartentor war intakt und der Weg zur Tür deutlich zu erkennen. Jetzt wusste ich auch, was ein Ankerhaus war. Das Haus, vor dem wir standen, hatte die Form eines Ankers, es war dunkel gestrichen und hatte nur winzige Fenster. *Das zu bauen muss ewig gedauert haben,* dachte ich, während wir das Gartentor öffneten und auf die glatte, dunkle Tür zugingen. Zaghaft klopften wir an, doch alles, was wir hörten, war eine Tür im Inneren des Hauses.

„Hallo? Gran? Sind Sie da?", rief Line und klopfte fester gegen die verschlossene Tür.

Wir hörten, wie ein Fenster geöffnet wurde und richteten alle unseren Blick nach oben. Das geöffnete Fenster war durch Vorhänge verdeckt, sodass wir nur die Stimme des Mannes hörten. Sie klang rau und feindselig.

„Verschwindet hier! Und runter von dem Grundstück!" Verblüfft schauten wir uns an.

„Hören Sie mal, sie Runzelrübe! Entweder Sie machen freiwillig auf, oder wir brechen die Tür auf, das können Sie sich aussuchen", brüllte Benju gegen die Wand und seine Stimme war unglaublich wütend. Der Klang seiner Stimme hinderte mich daran, über das seltsame Schimpfwort zu lachen, auch wenn meine Mundwinkel verhalten zuckten.

„Hör auf, das bringt doch nichts", sagte ich beruhigend zu Benju und legte ihm eine Hand auf die Schulter, zog sie aber gleich wieder weg, als er darunter zusammenzuckte. „Ich glaube nicht, dass wir hier mit Drohungen weiterkommen."

Erneut richtete ich mein Gesicht dem Fenster zu und rief in

einem möglichst freundlichen Tonfall nach oben: „Wir wurden von einer netten Dame hierher geschickt. Wir sollen Ihnen bloß einen freundlichen Gruß ausrichten, wir haben es versprochen. Ihr Name ist Fanzy." Nach einem kurzen Augenblick der Stille hörten wir, wie das Fenster sich schloss, kurz darauf ertönte ein dumpfes, hölzernes Geräusch und zu guter Letzt klackte das Türschloss der Eingangstür. Auf unseren Gesichtern breitete sich ein zufriedenes Grinsen aus. „Fanzy schickt euch?", fragte der grauhaarige Mann, der durch einen Spalt in der Tür seinen Kopf gesteckt hatte, um uns musternd anzusehen. Als wir alle synchron nickten, schien er uns zu glauben. Er schaute einmal kurz auf die Straße hinunter, als befürchtete er, beobachtet zu werden, öffnete dann aber die Tür und zeigte uns mit einer Handbewegung, dass wir uns beeilen sollten. „Kommt rein!"

ɛɔ

*Schweiß stand auf Criffs Stirn und die Hände krallten sich in die Bettdecke, während Magnum den Waschlappen auf seiner Stirn erneut austauschte. Daraufhin wandte Magnum sich erneut dem Laptop auf dem Besuchertisch zu. Doch das kleine Bild auf dem Bildschirm war schwarz und still, wie eh und je. Leise fluchend öffnete und schloss er verschiedene Programme, klickte wild auf der Tastatur herum und murmelte unverständliche Worte. Henry tauchte im Zimmer auf und gab dem Jungen eine neue Infusion. Er kontrollierte Criffs Werte, die die Computer ihm anzeigten. Sein Blick wurde dabei immer trauriger.*

*Criffs Augen waren geschlossen, seine Brust hob und senkte sich nur minimal und das Herz schlug bereits etwas langsamer als nor-*

*mal, hielt sich aber in diesem Bereich konstant. Tief in seinem Inneren tauchten noch immer schreckliche Bilder auf, in denen er alles verlor. Das Gift beeinflusste seine Gedanken. Die körperlichen Schmerzen wurden durch seelische verstärkt, die grüne Flüssigkeit vergiftete seinen Verstand, quälte ihn. Das Ziel des Giftes war, seine Opfer bis zum Tode so viel wie möglich leiden zu lassen. Es ließ Visionen entstehen von Dingen, die einem wichtig waren und die man auf brutalste Weise verlor. Rina war ihm wichtig und in seinen Gedanken, die er als Wirklichkeit wahrnahm, war sie in Lebensgefahr. Wegen ihm. Immer und immer wieder durchlebte er Ereignisse, in denen sie von den Burnern getötet wurde, während er unbeweglich danebenstand und zusehen musste. Immer und immer wieder zerriss es ihm das Herz. Das Brennen in seiner Brust wurde bei jedem Mal stärker und er hatte das Gefühl zu ersticken. Doch von irgendwoher kam Luft, die ihn daran hinderte. Die ihm half, stark zu bleiben. Wenigstens noch eine Weile.*

*„Criff!", hörte er die Stimme seiner Freundin ständig rufen. „Criff, hilf mir! Lass mich nicht alleine! Bitte! Komm zu mir! Ich brauche dich! Wo bist du?" Doch er schaffte es nicht zu antworten, seine Kehle war trocken und stumm. Er fühlte sich elend und erst, wenn es zu spät war, konnte er sie erreichen. Erreichte ihren zerschmetterten, verwundeten, verbrannten Körper. Leblos in seinen Armen starrte sie ihn an, immer und immer wieder. Es war ein Höllenritt ohne Ende.*


*Magnum und Henry sahen einen blassen Jungen, dessen Hand sich krampfhaft in die Bettdecke krallte. Sie würden ihn erneut operieren, in der Hoffnung, damit etwas zu bewirken. Es war ihre einzige Chance, um mehr Zeit zu gewinnen.*

Im Inneren des Hauses war es dunkel und stickig. Der weißhaarige Mann führte uns in einen winzigen, länglichen Raum, der mir wie ein Wohnzimmer erschien, denn es standen ein Sessel, ein Sofa und es befand sich ein Kamin darin. Es war ähnlich wie bei Fanzy zuhause eingerichtet, wenngleich auch der hölzerne Tisch fehlte. Gran setzte sich in seinen alten, dunkelblauen Sessel, von dem aus er uns erwartungsvoll ansah. Unschlüssig, was zu tun war, blieb ich neben der Tür stehen und schürzte die Lippen.

„Woher kennt ihr Fanzy?", fragte Gran uns nach einer schnellen Musterung, seine Stimme hatte noch immer einen grimmigen Tonfall, die dicken weißen Augenbrauen waren skeptisch nach unten gezogen.

„Wir waren auf der Suche nach einer Heilerin, die sich mit Kräutern auskennt. Jemand nannte uns ihre Adresse und wir gingen sie suchen. Leider konnte sie uns nicht weiterhelfen. Als wir wieder gingen bat sie uns, Ihnen einen Gruß auszurichten. Darum sind wir hier", erklärte ich Gran und nestelte mit den Fingern an meinem Pullover herum, weil ich nicht wusste, was ich sonst mit ihnen machen sollte.

„Jaja, so war sie damals schon ...", nuschelte der alte Mann nachdenklich in seinen Bart.

Line sprach ihn darauf an. „Sie kennen sich schon länger, oder? Seit wann genau?"

Der Mann brach in ein raues und kehliges Lachen aus und ich hoffte, wir hätten das Eis nun gebrochen.

„Wir sind zusammen aufgewachsen und waren sogar mal ein Paar. Das war damals, in der Schule. Es ist ewig her. Wir wollten beide heiraten, doch unsere Berufe haben uns getrennt. Ich wurde Kapitän und sie Heilerin. Ich hörte irgendwann, dass sie im Palast arbeitet und freute mich für sie. Sie war weise und klug. Dass ich nie zu ihr kam und sie besuchte, zeigt, wie dumm eine Möwe sein kann."

„Ich glaube nicht, dass es Dummheit war. Und auch nicht, dass es daran liegt, dass Sie eine Möwe sind", antwortete Mara. „Vielleicht hatten Sie einfach Angst vor dem, was Sie finden würden. Angst kann einen manchmal zu Entscheidungen bringen, die man hinterher bereut. Das passiert jedem. Aber es ist noch nicht zu spät. Als sie uns von Ihnen erzählt hat, hatte sie so ein Glitzern in den Augen. Sie sind zwar alt, aber nicht zu alt, um sie zu besuchen. Sie wohnt doch im Nachbardorf, es ist bloß einen Tagesmarsch entfernt."

Gran lachte erneut und dankte Mara für ihre aufmunternden Worte. Nun hoben sich seine buschigen weißen Brauen und offenbarten uns Augen, so blau wie das Meer der Karibik.

„Sie sind also Kapitän?", bezog sich Line auf seine vorherigen Worte und Gran hörte auf zu lachen. Stattdessen verdüsterten sich seine Augen wieder und wirkten nun wie das wilde Meer an seiner tiefsten Stelle.

„Ich *war* Kapitän. Ist ewig her."

„Können Sie uns auf die andere Seite des Meeres bringen?", wand sich Mara an ihn uns ich sah sie fragend an.

„Wieso übers Meer?"

„Na, weil dieses Dorf am Meer liegt. Wenn wir weitersuchen wollen, dann müssen wir auf die Inseln auf der anderen Seite. Und dafür brauchen wir jemanden, der segeln kann und

ein Boot hat. Also, wie sieht es aus? Bringen sie uns rüber?"
„Nein!", antwortete Gran auf ihre erneute Frage. „Niemand geht mehr auf diese Gewässer. Ihr solltet das auch nicht tun. Was sucht ihr überhaupt hier?"

Weil ich keine Lust hatte, erneut die ganze Geschichte zu erzählen, die mir jedes Mal ein neues Loch in die Brust riss, wühlte ich in meinem Rucksack nach dem Brief von Criffs Eltern und reichte ihn an Gran weiter.

Er las den Zettel sorgfältig durch, sein Gesichtsausdruck wechselte von verärgert zu besorgt und nachdem er das Lesen beendet hatte, reichte er mir das Blatt wortlos zurück.

„Setzt euch bitte", sagte er müde und bot uns einen Platz auf der Couch an. Es war erstaunlich, wie schnell dieser Brief die Leute verändern konnte. Erst jetzt, wo ich ihm genau gegenübersaß und abwartend ansah, bemerkte ich die blasse Narbe über seinem rechten Auge, wo sie die Augenbraue zerteilte. Ich versuchte, ihn mir in einer Uniform vorzustellen und fand, dass Gran genauso aussah, wie ich mir die Kapitäne in meinen Büchern immer vorstellte. Ein buschiger weißer Bart, eine Narbe am Auge. Nur das Holzbein fehlte. Anstatt jedoch weiter zu reden, stand Gran auf und ging in die Küche. Ich hörte ihn Schränke und Schubladen auf und zu machen, Porzellan klirrte aufeinander und nach kurzer Zeit kehrte er mit einem Tablett zurück, auf welchem neben Tellern und Gläsern Brot, Käse und verschiedene Blütengelees standen.

Gierig machten wir uns alle über das Essen her, während Gran sich wieder in seinem Sessel niederließ und uns nachdenklich beobachtete. Erst nachdem das zweite Tablett bis auf den letzten Krümel verputzt war, wurde uns unser Benehmen klar und wir entschuldigten uns bei Gran dafür.

Zu meiner Erleichterung hatte er ein Schmunzeln auf den Lippen. Ich kam zu dem Entschluss, dass er gar nicht so ein großer Griesgram war. Ich glaube, er war einfach nur schon sehr lange allein.

„Ihr könnt die Nacht hier verbringen und euch an meinen Speisen bedienen, das ist alles, was ich für euch tun kann", sagte Gran und stand auf.

„Sie sind unsere einzige Hoffnung!", meldete sich Benju nun zu Wort. Er hatte seit seinem Wutausbruch an der Tür die ganze Zeit geschwiegen.

„Wir finden noch was, Benju!", wandte sich Line an ihn.

„Benju?", fragte Gran und drehte sich noch einmal kurz um, um uns zu betrachten. „Den Namen habe ich schon mal gehört ... Fanzy hat mir davon erzählt. Du bist doch ... ?"

„Ist das nicht egal? Gran, du bist unsere einzige Hoffnung. Ohne dich kommen wir nicht übers Meer!" Benjus Stimme wurde wieder lauter, seine Muskeln spannten sich an. Als Line seinen Arm berührte, zuckte er kurz zusammen, entspannte sich jedoch daraufhin wieder. Mara funkelte Line böse an, doch ich versuchte, mich auf Gran zu konzentrieren.

„Ich ... Es geht nicht. Tut mir leid," sagte er leise und ging aus dem Zimmer.

„Und was machen wir jetzt?", fragte Mara und blickte angesäuert in die Runde.

„Keine Ahnung. Ich hoffe, wir finden morgen jemand anderen, der uns auf eine Insel bringen kann. Wenn nicht, haben wir ein Problem. Sky ist nicht hier, um uns zu tragen und bis er uns alle rübergebracht hätte, wäre wieder viel zu viel Zeit verloren. Aber wenn dieses Dorf am Wasser liegt, dann muss es hier doch einen Hafen geben, also gibt es bestimmt irgendjemanden, der uns rüberbringt", antwortete ich und versuchte, nicht allzu mutlos zu klingen. Ich fragte mich, was Gran dazu bewegte, nicht mehr über das Meer fahren zu wollen. Das Alter konnte nicht der Grund sein, er wirkte unglaublich fit. Und ich hatte ein wenig das Gefühl, Gran vermisse das Meer. Wieso also fuhr er nicht hinaus?

„Hoffen wir es", antwortete Line leise.

In diesem Moment kam Gran auch schon wieder ins Zimmer. Ich sah ihn erwartungsvoll an, doch er hatte nur einen Stapel Decken in den Händen und unter den Armen einige Kissen.

„Macht es euch bequem und wie gesagt, bedient euch. Ich wünsche euch eine gute Reise und viel Glück. Gute Nacht." Er ließ uns erneut alleine und ich hörte, wie er die Treppe nach oben ging und eine Tür sich schloss. Danach war es still.

Gemeinsam schlugen wir unser Nachtlager auf. Benju, als Fuchs, und Ale teilten sich den Platz auf dem Sessel, Line und ich lagen auf dem Sofa und Mara auf einer Matte auf dem Boden. Sie hatte darauf bestanden, und wir beließen es dabei. Ich hatte keine Lust auf große Diskussionen.

„Meinst du, wir finden jemanden, der uns rüberbringt?", fragte ich Line, die genau wie ich noch nicht sofort schlafen konnte.

„Keine Ahnung, aber wir dürfen die Hoffnung nicht aufgeben. Irgendwie muss es einen Weg nach drüben geben, oder nicht? Es gibt immer einen Weg."

Ich nickte bloß stumm und hätte mich am liebsten zu einer Kugel zusammengerollt, doch unser Schlafplatz ließ das nicht zu. Also lag ich nun langgestreckt neben Line, deren warmer Atem mir in den Nacken blies und starrte in die immer kleiner werdenden Flammen im Kamin. Sie waren so warm und leuchtend wie Criffs Augen und ich bat stumm darum, dass wir eine Lösung finden würden, damit sie mich wieder ansehen und mein Herz erwärmen konnten.

§

Ich sah der Sonne durch das kleine Fenster im Zimmer dabei zu, wie sie den dunklen Himmel über einige Graustufen zu seinem hellen Blau begleitete. Die Sterne verschwanden und an ihrer Stelle bildeten sich rosa- und orangefarbene sowie rote Flecken am Himmel. Als der Mond verschwand und mit ihm die leuchtenden Farben, wurde auch der Rest unserer Truppe allmählich wach. Line streckte sich auf dem Sofa genüsslich aus, doch als sie meinen Körper nicht fühlte, öffnete sie erschrocken die Augen. Hinter mir auf dem Boden ertönte ein lautes Gähnen von Mara, womit sie die beiden Jungs gleich mit aufweckte.

„Lasst uns was zu essen einpacken und so früh wie möglich nach einer Überfahrt Ausschau halten", begrüßte ich meine Freunde anstelle eines guten Morgens.

Gran hatte uns erlaubt, von seinen Lebensmitteln zu nehmen, doch ich fühlte mich dennoch so, als würde ich einbrechen und etwas Verbotenes tun. Ich versuchte nicht daran zu denken und aß nur so viel, wie ich gerade brauchte. Dennoch wollte ich mich bei ihm für die Schlafmöglichkeit und das Essen bedanken und verabschieden.

„Wo ist Gran eigentlich?", richtete ich mich daher an die Gruppe, die gerade ihre Taschen mit Proviant vollpackte.

„Keine Ahnung, du warst doch als erste wach. Wenn du ihn nicht gesehen hast, dann schläft er bestimmt noch. Meine Großeltern schlafen auch immer lange", antwortete Line und begann die Decken, mit denen wir geschlafen hatten, zu falten und ordentlich auf die Couch zu legen. Ich half ihr dabei. Zu dritt schoben wir die Matratze wieder unter die Couch und legten Maras Decken dazu.

Der Himmel war blau und klar und wir warteten draußen, bis alle fertig waren, damit wir losmarschieren konnten. Mara kam als letzte und schloss leise die Tür hinter sich. Gran hatten wir noch immer nicht gesehen.
Ein leichter Wind wehte mir durch die Haare und man hörte das beruhigende Lachen und Zwitschern der Möwen und Vögel. Ich hatte Gran einen Zettel auf den Küchentisch gelegt.

Hallo Gran,
vielen Dank für die Schlafplätze und das Essen. Es ist wirklich sehr freundlich von dir gewesen, uns aufzunehmen. Leider müssen wir so schnell wie möglich weiter und konnten daher nicht darauf warten, bis du auch wach bist. Ich hoffe, du verstehst das, aber die Zeit wartet nicht auf uns. Nochmals vielen Dank und grüß Fanzy von uns, wenn du sie besuchen solltest.
Rina, Line, Mara, Benju und Ale

Die alte Gasse, in der sich das Ankerhaus befand, war eine Sackgasse, daher mussten wir den Weg, den wir gekommen waren, zurückgehen. Das Kreischen der Möwen nutzten wir als Orientierung, um den Hafen zu finden, denn je näher wir ihm kamen, desto lauter wurde es. Erst jetzt fiel mir auf, dass die meisten kleinen Häuser im Inneren des Dorfes Strohdächer besaßen.

Uns kamen immer öfter Humanil entgegen, in ihren Händen Körbe voll mit Obst, Gemüse und anderen Lebensmitteln.

Als wir auf dem großen Platz ankamen, sahen wir, dass er voll mit Verkaufsständen und Personen war. Am anderen Ende konnte ich den Hafen sehen.

„Es ist gleich da drüben, wir müssen einmal über den Platz gehen. Am besten bleiben wir ganz nah beieinander, damit wir uns in dem Gedränge nicht verlieren", teilte Line uns ihre Überlegungen mit und ich sah, wie Mara sich eilig an Benjus Hand hängte. Line erntete von ihr nur einen drohenden Blick. Die Stimmen der Marktschreier hallten über den Platz hinweg. Ich hatte ziemliche Mühe damit, in der Nähe meiner Freunde zu bleiben, denn es war unheimlich eng und immer wieder lief jemand durch unsere Mitte hindurch und trennte für einen kurzen Augenblick unsere Truppe. Ich schielte fast permanent zu den Seitengassen, die zum Marktplatz führten, während sich ein unbehaglicher Gedanke in meinem Kopf breitmachte. *Hier ist es so voll. Was ist, wenn die Burner beschließen, heute auch hier anzugreifen?* Doch zu meiner Erleichterung blieb es ruhig.

Plötzlich kamen wir an einem Stand vorbei, der geschnitzte Figuren aus Stein und Holz anbot. Figuren der Königsfamilie. Es gab das Wappen in verschiedenen Größen, den König und die Königin als Paar oder mit ihren Kindern. Es gab Figuren von Criff als Kind, als Tiger oder als Vogelmensch. Ich konnte nicht anders und musste stehenbleiben, um sie mir anzusehen. Ich nahm die Figur von Criffs Eltern in die Hand. „Entschuldigung, wie viel kostet das hier?", fragte ich den Händler und hielt ihm die Figur unter die Nase.

„Zu viel für dich, Kleine!", antwortete der Händler und widmete sich anderen Käufern.

„Sagen Sie mir doch einfach, wie viel das kostet!", antwortete ich schnippisch.

„Hör zu Mädchen, das hier ist aus echtem Gestein des Schlösser-Berges. Und deshalb ist es bestimmt zu viel für dich." Womöglich hatte der Mann Recht, denn in diesem Moment kam mir der Gedanke, dass man hier vermutlich nicht mit Euro bezahlte. Doch ich wollte mich nicht einfach geschlagen geben und fragte erneut.

„Wie viel?" Der Mann rollte mit den Augen, nahm die Figur in die Hand und maß ab, wie lang sie war. Dann gab er sie zurück und sagte: „30 Tippos." *Tippos? Sind Tippos genauso viel Wert wie Euro? Oder sogar mehr?* Ich versuchte Zeit zu gewinnen und durchsuchte meine Tasche nach dem kleinen Beutel von Criff. Den Händler zu fragen, ob er auch Euro annahm, traute ich mich nicht. Damit würde ich viel zu viel Aufmerksamkeit auf mich ziehen. Außerdem konnte ich mir die Antwort bereits denken. Woher sollten die Humanil Euro kennen?

In Criffs Beutel befanden sich ein paar Münzen und als ich den Händler danach fragte, wie viele Tippos das seien, zog er seine Augenbrauen einen Moment überrascht nach oben, fasste sich aber schnell wieder.

„Das sind 18 Tippos. Eine Menge Geld, aber ich sagte ja bereits. Es ist zu viel für dich." Mit triumphierendem Blick stellte der Händler die Figur wieder zurück auf den Tisch und drehte sich bereits zu neuen Kunden um.

„Sie sollten sich mal überlegen, wie Sie Ihre Kunden ansprechen, sonst verkaufen Sie hier bald gar nichts mehr", motzte ich, richtete den Rucksack auf meinem Rücken neu und stolzierte wütend davon. *Was bildet der sich eigentlich ein!*

Trotzdem war mir durch diese Situation erst klar geworden, dass wir bis hierher tatsächlich ohne eine einzige Münze zu bezahlen, ausgekommen waren. Ich hatte nie einen Gedanken daran verschwendet, dass man hier eine andere Währung besitzen könnte.

Zu meinem Erschrecken waren nun jedoch meine Freunde nirgends mehr zu sehen. Ich versuchte, den Weg zum Hafen alleine zu finden und hoffte, dort auf den Rest meiner Truppe zu stoßen. Zum Glück fand ich sie bereits drei Stände weiter, wo sie warteten und den Platz mit ihren Blicken nach mir absuchten. Ich steuerte sogleich auf sie zu und sah den vorwurfsvollen Blick auf Lines Gesicht.

„Wo warst du, Rina? Wir haben doch gesagt, wir wollen zusammenbleiben! Und dann warst du plötzlich weg. Wir haben uns ziemlich erschrocken."

„Tut mir leid, ich musste mir da was ansehen. Lasst uns jetzt direkt bis zum Hafen gehen, ich verspreche, ich bleibe nicht nochmal stehen", entschuldigte ich mich.

Je näher wir dem Hafen kamen, desto mehr teilte sich die Masse, in der wir uns bewegten, auf – und der Geruch des Meeres wurde immer stärker. Dann – endlich – waren wir da. Der Hafen nahm die gesamte Breite des Dorfes in Anspruch, überall lagen Fischkutter, Segelboote oder einfache kleine Ruderbote an den Stegen. Auf dem Meer hingegen sah ich kein einziges Boot.

Voller Eifer, der sich bei diesem Anblick einstellte, rief ich den anderen zu: „Also los!" und wir machten uns an die Arbeit, die Schiffsbesitzer ausfindig zu machen und nach einer Überfahrt zu fragen.

Mein Enthusiasmus schrumpfte immer weiter. Es gab unglaublich viele Boote und auf den meisten befanden sich sogar deren Besitzer, aber aufs Meer zu fahren weigerten sie sich alle.

„Was sollen wir machen? Niemand will uns rüberbringen!", jammerte ich verzweifelt, als wir stehenblieben, um uns zu beraten. „Wir müssen doch irgendwie auf die andere Seite kommen. Wieso will uns niemand hinüberbringen?"

„Wir könnten ein Boot klauen!", schlug Mara vor und begann sich umzusehen.

„Bitte was? Du kannst doch nicht einfach ein Boot klauen!", zischte ich ihr zu und hoffte, dass uns keiner gehört hatte.

„Wieso nicht?", keifte sie zurück. „Wir brauchen etwas, um auf die andere Seite zu kommen und niemand ist bereit, uns dorthinzubringen. Also nehmen wir uns ein Boot und fahren selbst rüber. Und wenn wir zurückkommen, geben wir es zurück."

„Tja, da gibt es nur ein paar Probleme, abgesehen von den vielen Leuten hier und der Tatsache, dass es illegal ist. Zum einen wissen wir gar nicht, wo wir da draußen landen. Das Boot könnte kaputt gehen oder beschädigt werden. Zudem wissen wir auch nicht, ob wir nicht vielleicht an einer ganz anderen Stelle wieder anlegen, wenn wir zurückkommen und wissen außerdem auch nicht, wie lange wir fort sind. Hinzu kommt der Teil, bei dem man das Ding auch noch fahren muss. Kannst du ein Boot steuern, denn ich kann es nicht!" Jetzt kniff Mara die Lippen zusammen und damit war diese Idee auch vergessen. Und während wir so am Hafen standen und darüber nachdachten, hörten wir auf einmal eine uns bekannte Stimme.

„Braucht hier noch jemand eine Mitfahrgelegenheit?" Ich drehte mich um und sah Gran neben einem großen Segelschiff stehen. Sofort hellte sich mein Gesicht auf, und auch die anderen konnten sich ein Grinsen nicht verkneifen. Gran trug eine alte, dunkelblaue Kapitänsuniform, auf der Brusttasche war eine goldene Möwe aufgestickt. Jetzt sah er wirklich aus wie ein Kapitän, aus einem Buch entsprungen.

Eilig liefen wir zu ihm hin und starrten das große Schiff hinauf. Mit weißer Schrift stand der Name „Fanzy" auf dem dunklen Holz.

„Ich hab es nach ihr benannt, damit sie immer bei mir ist", erklärte uns Gran, als er meinen Blick bemerkte.

„Wie kommt es, dass du dich umentschieden hast, Gran?", fragte Line den weißhaarigen Mann.

„Ich bin seit Ewigkeiten nicht mehr auf dem Meer gewesen, aber wenn ich euch so ansehe und diesen eisernen Willen entdecke, dann muss ich an früher denken. An mich. Ihr müsst einiges durchgemacht haben, hier in Armania, um überhaupt so weit gekommen zu sein. Fanzy hatte schon immer einen guten Riecher dafür, für wen es sich lohnt, etwas zu tun. Also habe ich die ganze Nacht überlegt und bin zu dem Entschluss gekommen, dass ich euch helfen werde. Mir war klar, dass es niemanden geben wird, der euch auf die andere Seite bringt, und ich wollte euch nicht hängen lassen. Die See ist ruhig. Also los, rauf mit euch! Je früher wir starten, desto schneller sind wir da!" Gran zog eine Rampe hervor, über die wir vom Steg auf das Schiff konnten.

„Vielen Dank, Gran! Das bedeutet mir sehr viel!", dankte ich ihm mit einer Umarmung und sah die kleinen Lachfalten um seinen Augen.

Als Gran die Taue losband und die Segel hisste, wurde mir dann aber doch ein wenig mulmig zumute. Ich hatte schon viele Schiffe vom Seeberg aus beobachtet, betreten hatte ich allerdings noch keines. Es war so hoch hier, so wackelig, und unter uns nur das tiefe, undurchschaubare blaue Meer. Dass uns die Dorfbewohner mit einem ungläubigen Blick hinterhersahen, machte es nicht wirklich besser.

*Warum die wohl alle so Angst haben, auf das Meer hinauszufahren?*, fragte ich mich.

Wie Gran bereits gesagt hatte, war die See ruhig und der Wind gerade stark genug, um das Segelschiff schnell nach vorne zu bringen. Schon bald war das Land nicht mehr zu sehen, einzig ein schmaler Streifen mit einigen Bergen erinnerte daran, dass dort Festland war.

Während ich auf das Meer hinausstarrte, den Ausblick genoss und den näher kommenden Inseln entgegenblickte, fragte ich Gran, was mich schon die ganze Zeit beschäftigte.

„Gran? Wieso will keiner auf das Meer hinausfahren? Die See ist ruhig, wieso wollte uns keiner helfen?"

„Tja, weiß du, zwischen den Inseln herumzufahren, ist gefährlich geworden. Eine von ihnen heißt Wölfewald, es ist eine Insel voller Bäume. Man sagt, sie ist wie ein Labyrinth. Gleich daneben liegt die Insel, auf der sich der Big Mountain befindet. Der Sitz der Burner. Aber keine Sorge, ich versuche, mich so weit wie möglich von der Insel fernzuhalten."

Ich starrte auf den hohen Berg der Insel, der von weitem keinesfalls bedrohlich wirkte. Trotzdem konnte ich die Reaktion der Humanil gut verstehen, mir selbst wurde nun auch etwas mulmig zumute. War das nicht der Berg, vor dem Kia uns gewarnt hatte? Ich versuchte, den Blick wieder abzuwenden und an etwas anderes zu denken. Bei meinem Rundumblick blieb ich an Line und Benju hängen. Die beiden saßen auf dem Deck und lachten über irgendetwas, was einer der beiden gesagt hatte. Benju wirkte jedoch ziemlich angespannt. Es wunderte mich nicht. Er orientierte sich mit den Füßen, das war auf einem Boot nicht gerade einfach. Mara stand an der Reling am anderen Ende des Schiffes und unterhielt sich mit Ale. Hin und wieder huschte ihr Blick zu Line und Benju und ihr Kiefer spannte sich an. Ich drehte mich zurück zum Ausblick auf das weite Meer. Ich hatte keine Lust auf Streit. Das Festland, von dem wir gestartet waren, war nur noch winzig klein zu sehen, während die Inseln vor uns immer größer wurden.

Und dann wurde es mit einem Mal kühler und ein leichter Nebel wand sich um unser Boot. Immer dichter wurde er, bis man bald die eigene Hand vor den Augen kaum noch erkennen konnte. Fröstelnd begann ich, mir meine Sweat-Jacke fester um den Körper zu drücken. In diesem Moment schwankte das Boot gefährlich zur Seite und ich hielt mich krampfhaft an der Reling fest. Es gab einen kleinen Ruck und ein dicker Schwall Salzwasser landete in meinem Gesicht. Ich spuckte das Wasser prustend aus. Triefend nass stand ich in dem kalten Wind, die Haare klebten mir feucht am Kopf. Plötzlich begann das Boot zur anderen Seite zu schwanken. Ich sah Gran, wie er versuchte gegenzusteuern, während ich mich an der Reling festklammerte. Benju und Line suchten Schutz an einem der Maste. In Grans Gesicht spiegelte sich eine Härte und Konzentration wider, die mich unruhig machte. Aus Angst vor weiterem Wasser bemühte ich mich, zu dem Mast in der Mitte des Bootes zu kommen und mich dort festzuhalten, bis das Ganze vorbei war. Der Wind wurde immer stärker und blies mir die nassen Haare ins Gesicht. Ich stoppte mit dem Versuch, den Mast zu erreichen, das Boot schwankte zu sehr hin und her, und ich konnte den Mast kaum noch erkennen. Zwischen dem lauten, starken Wind hörte ich die ängstlichen Rufe meiner Freunde, die sich verzweifelt einen Platz suchten, um nicht über das Deck geschleudert zu werden. Sehen konnte ich wegen des Nebels keinen von ihnen. Meine Füße wurden nass, als die Wellen krachend auf das Deck schlugen.

„Gran? Was passiert hier? Wo kommt der Sturm plötzlich her?", hörte ich Line gegen die anderen Geräusche anrufen. *Wie es Benju wohl geht*, schoss es mir durch den Kopf. *Diese Wassermassen, die hier auf das Deck donnern, müssen ihm die Orientierung doch beinahe unmöglich machen. Ob er Angst hat?* Ich könnte es ihm nicht verübeln, denn obwohl ich in dem Nebel wenigstens ein bisschen sehen konnte, hatte ich riesige Angst vor dem, was hier gerade passierte.

„Ich habe keine Ahnung. Ich weiß nicht, woher der Sturm auf einmal kommt, ich hätte ihn sehen müssen! Er muss künstlich erzeugt worden sein, aber von wo, weiß ich nicht", versuchte auch Gran mit seiner dunklen Stimme gegen das Getöse der Wellen und den Wind anzukommen. „Versucht die Segel einzuholen, dann schaffen wir es vielleicht, das Schiff ruhiger zu halten und an Land getrieben zu werden!" Mit vereinten Kräften zogen wir an den Tauen, um die nassen Segel einzuholen. Das Salzwasser strömte über unsere Haut und Kleidung, und ich zitterte von der plötzlichen Kälte der Luft und des Wassers in meinen Kleidern.

Tatsächlich aber schafften wir es, das größte Segel einzuholen und bewirkten so, dass das Boot weniger wankte.

Ale hatte sich auf den Mast geflüchtet und versuchte durch den Nebel zu erkennen, wohin wir fuhren, während wir anderen das zweite Segel einzuholen begannen.

„Gran, wir fahren in die falsche Richtung!", hörte ich ihn leise rufen. „Du musst weiter nach links!" Angestrengt riss Gran das Steuer herum, wodurch das Boot sich allerdings gefährlich nah Richtung Wasser neigte.

„Wieso setzen wir nicht den Anker und warten, bis der Sturm vorbei ist?", rief Mara unsicher.

„Weil wir uns in der Nähe vom Ufer der Gefahren befinden! Außerdem glaube ich nicht, dass der Sturm aufhört, solange wir hier draußen sind. Ich fürchte, die Burner haben uns bemerkt und diesen Sturm und Nebel verursacht", rief Gran zurück und riss das Steuer erneut herum, als Ale ihn warnte, dass wir auf ein paar Felsen zusteuerten. „Wenn du von den Burnern erwischt werden willst, ist das eine gute Idee, allerdings wollen wir das nicht." Im selben Moment rammten wir einen Felsen und das Schiff kippte bedrohlich dem Wasser entgegen. Ein neuer Schwall Wellen strömte auf das Deck und das halb eingeholte kleinere Segel flatterte zwischen uns hin und her. Ich wollte mich gerade an den Mast neben mir klammern, als mir das nasse Segel ins Gesicht schlug. Ich stürzte zu Boden, konnte mich gerade noch mit den Händen abfangen, um nicht mit dem Kopf aufzuschlagen, schlidderte aber unaufhaltsam über den nassen Boden Richtung Reling, weil das Schiff sich erneut bedrohlich neigte. Ich stieß einen schrillen Schrei aus, versuchte den Mast mit meinen Händen zu erreichen, während die nassen Haare in meinem Gesicht und der Nebel verhinderten, dass ich erkannte, wohin ich rutschte. Ich versuchte in Bauchlage einen Halt zu finden und meine Rutschpartie zu stoppen, doch der Holzboden war zu nass und zu glatt. Das Salz des Meeres brannte in meinen Augen und es fiel mir schwer, sie offen zu halten. Viel zu spät erkannte ich das Loch, auf das ich rasend schnell zuschoss. Die Reling musste bei dem Kontakt mit den Felsen abgebrochen sein und ich rutschte genau auf das wilde Meer zu. Ich schrie um Hilfe, sah den Umriss von Mara und ihre Hand, die sie mir helfend entgegenstreckte. Ich versuchte danach zu greifen, erwischte ihre Finger, aber unsere Hände waren zu nass. Noch ehe einer von uns richtig zupacken konnte, gab es einen erneuten Ruck und wir rutschten wieder auseinander. Eine gigantische Welle schwappte auf das Deck und schleuderte mich in hohem Bogen durch das Loch in der Brüstung. Ich hörte, wie die anderen meinen Namen schrien, dann tauchte ich in das eiskalte Wasser ein.

ℰℐ

Prustend durchbrach ich die Wasseroberfläche und paddelte hektisch mit den Armen und Beinen, um mich über Wasser zu halten. Wellen schlugen gegen mein Gesicht, drückten mich unter Wasser und wirbelten meinen Körper auf und ab. Das Salz brannte in meinen Augen und ich schaffte es nur mit Mühe, sie offen zu halten. Der Nebel erschwerte zusätzlich die Sicht. *Keine Panik!*, rief ich mir selbst ins Gedächtnis, weil ich wusste, dass es gefährlich war, ihr in solch einer Situation zu verfallen. Gleichzeitig schrie ein anderer Teil von mir in meinem Kopf: *Wie soll man bitte in so einer Situation ruhig bleiben?* Und als wäre die Tatsache, dass ich alleine mitten im Meer schwamm, nicht schlimm genug, wurde ich auch noch genau auf die Felsenwand zugespült. Ich schrie wie verrückt und strampelte mit den Beinen, versuchte weg von den Klippen zu schwimmen, doch dieses Vorhaben scheiterte kläglich. Die Strömung war zu stark, immer wieder hoben die Wellen mich hoch, um mich gleich darauf wieder unter Wasser zu drücken.

Hilflos sah ich mich nach dem Schiff um. Es trieb einige Meter von mir weg und ich hörte meine Freunde schreien. Die Nebelwand drohte, das Schiff zu verschlucken.

„Hilfe! Hört mich jemand? Hilfe!", rief ich gegen den Wind an. Mein Hals kratzte von dem vielen Salzwasser, das ich geschluckt hatte und raubte mir die Kraft meiner Stimme.

„Fahrt nicht weg! Bitte! Hilfe!" Verzweifelt versuchte ich über Wasser zu bleiben. Mein Herz raste und ich spürte, wie mir schwindelig wurde. Die Wellen schlugen ununterbrochen auf meinen Brustkorb ein und erschwerten mir das Atmen, meine Kleidung war mit Wasser vollgesogen und zog mich nach unten, ich schluckte Literweise Salzwasser. Das Letzte, was ich noch sah, waren die dunklen Umrisse in der Luft über dem Boot. Dann knallte mein Kopf gegen einen Felsen und ich ging unter.

# Das Meer und die Insel

Das Nächste, was ich sah, waren Algen. Mit einigen unbekannten Pflanzen hingen sie an den Felsen fest und wiegten sich im Takt der Wellen, als würden sie zu einer Musik tanzen, die ich nicht hören konnte. Ich blinzelte einige Male müde in die Sonne, ehe ich mich daran erinnerte, was passiert war und die Anspannung mit einem Ruck in meinen Körper zurückkehrte. Ich war nicht tot, das stand fest. Zögerlich nahm ich einen Atemzug, spürte, wie kühle und salzige Luft durch meinen Mund in meinen Körper strömte und ein leichtes Brennen in meiner Lunge verursachte, das mich husten ließ. Ich musste einiges an Wasser geschluckt haben. Ich richtete meinen Blick auf meine Umgebung, um herauszufinden, wo genau ich war. Ich befand mich an einer kleinen Felsengruppe, neben mir klemmte ein Stück Holz in einer Rille. Mein Körper lehnte auf einem kleinen Vorsprung, sodass mein Kopf auf der Wasseroberfläche lag. Das Boot, und somit auch meine Freunde, waren verschwunden. Dafür sah ich etwas anderes. Nur wenige Meter neben mir schauten zwei dunkelgrüne Augen aus dem Wasser, das blassgraue Gesicht, zu dem sie gehörten, von grünem Haar umrahmt. Die spitzen Ohren, wie kleine Flossen geformt, bewegten sich im Takt der Wellen hin und her. Als das Mädchen sah, dass ich sie anstarrte, tauchte sie eilig unter. Ein metallic-silberner Fischschwanz schlug einmal auf der Wasseroberfläche auf. Ich nahm einen tiefen Atemzug und tauchte ebenfalls unter, riss die Augen weit auf und ignorierte das Brennen des Salzes um zu sehen, wohin das Mädchen schwamm. Sie war noch immer an der gleichen Stelle und schaute mich unsicher an. Erst jetzt konnte ich sehen, dass sie noch ein Kind war. Prustend tauchte ich wieder an der Oberfläche auf und schnappte nach Luft, während ich mir das feuchte Haar aus dem Gesicht strich. Der Wind auf meiner Haut und an der nassen Kleidung fühlte sich kühl an und ließ mich zittern. Dennoch zog ich mich ein Stück weiter den kleinen Felsen nach oben, um besser sehen zu können.

„Pass auf!", hörte ich eine leise Kinderstimme sprechen und beendete das Klettern, drehte mich stattdessen um und sah, dass das junge Mädchen nähergekommen war.

„Pass auf, sonst sehen die Burner dich." Ich ließ mich ein Stück absinken.

„Wer bist du?", fragte ich mit rauer Stimme.

„Ich heiße Chib!", antwortete das kleine Mädchen und lächelte mich schüchtern an. Ihr metallic-silberner Fischschwanz bewegte sich langsam hin und her.

„Du hast mich gerettet, oder? Danke!", sagte ich und lächelte zurück, um dem Mädchen zu zeigen, dass ich ihr nichts tun würde.

„Gern geschehen", antwortete Chib.

„Was ist passiert?", fragte ich weiter, in der Hoffnung, einige Informationen zu bekommen.

„Da war dieses Boot, das in den Mechanismus der Burner geraten ist und ein Unwetter ausgelöst hat. Du bist herausgefallen und ich habe dich hier zu den Felsen gebracht, damit dein Kopf über Wasser ist. Die anderen Leute und das Boot wurden von den Burnern mitgenommen, aber du warst wichtiger. Ich wollte nicht, dass sie dich auch finden. Bleibst du bei mir?" Ich hörte die Hoffnung aus der Stimme des

Mädchens aufkommen und spürte Schuldgefühle, weil ich ihre Frage würde verneinen müssen.

„Hör zu … Chib", begann ich zögerlich. „Ich kann nicht bei dir bleiben. Ich muss dringend zurück und meine Freunde suchen. Wir sind auf der Suche nach etwas, um meinen Freund zu retten, und dafür habe ich nicht viel Zeit. Er liegt im Sterben. Und wenn meine Freunde tatsächlich ungebetenen Besuch bekommen haben, dann sind sie in großer Gefahr. Warum gehst du denn nicht nach Hause?" Anstelle einer Antwort begann das Mädchen leise zu schluchzen und schwamm ein Stück weg von mir.

„Du lässt mich auch allein. Alle lassen mich allein. Warum, was habe ich falsch gemacht?"

„Nichts! Du hast nichts falsch gemacht. Es war alles richtig. Obwohl du mich nicht kanntest, hast du mir das Leben gerettet. Dabei bist du noch so jung. Das ist echt sehr, sehr toll von dir, aber wenn ich nicht bald finde, wonach ich suche, dann stirbt mein Freund vielleicht."

Sie sah mich an, senkte ihren Kopf und flüsterte: „Tut mir leid. Ich will nur nicht länger alleine sein."

„Hast du denn keine Eltern?" versuchte ich mehr von ihr zu erfahren, auch wenn ich mir die Antwort bereits denken konnte.

„Viele von uns sind geflohen. Da oben sind böse Leute und sie jagen uns. Uns und alle anderen Humanil im Lande, um uns für Versuche zu missbrauchen. Letztes Jahr haben sie meine Eltern und meine beste Freundin mitgenommen. Jetzt ist niemand mehr da, ich bin ganz allein."

„Hey, nicht weinen! Alles wird gut!", versuchte ich sie zu trösten, glaubte mir aber selbst nicht. Was wusste ich schon davon, ob alles gut werden würde.

„Ich bin sicher, deinen Eltern und deiner Freundin geht es gut und dass sie dich ganz, ganz doll vermissen. Wenn sie wüssten, wie stark und tapfer du bist und wie sehr du mir geholfen hast, dann wären sie sicher sehr stolz auf dich."

„Meinst du?", fragte Chib und sah mich traurig an.

„Ganz bestimmt."

„Dann will ich dir helfen, damit Mama und Papa stolz auf mich sind."

„Das ist lieb von dir, Chib", bedankte ich mich. „Aber es reicht, wenn du mir sagst, wo die Burner meine Freunde hingebracht haben und wie ich unbemerkt dorthin gelangen kann."

„Sie sind zum Ufer der Gefahren. Das ist die Insel mit dem großen Berg dort." Chib zeigte mit dem Finger auf die Insel, die Gran eigentlich großzügig hatte umfahren wollen. Doch das mulmige Gefühl in meinem Bauch blieb aus. Stattdessen spürte ich die Entschlossenheit durch meinen Körper strömen, meine Freunde da rauszuholen. Ich musste nur wissen, wie. Denn ohne meine Freunde würde ich diese Reise nicht beenden können, das wusste ich. Und auf dem Boot war mein Rucksack, darin das Bernsteinkraut, das ich so dringend brauchte. Ich musste dorthin, koste es, was es wolle. Ich musste es wenigstens versuchen.

Das Meer war wieder ruhig und seicht. Weit und breit keine Anzeichen mehr dafür, dass hier zuvor ein Unwetter getobt hatte.

„Wie lange ist der Sturm her, Chib?", fragte ich, bevor wir aufbrachen.

„Ein paar Stunden, glaube ich", antwortete sie nachdenklich. Ich nickte, während auch mein Kopf arbeitete. Wenn der Sturm und somit der Besuch der Burner bereits einige

Stunden her waren, dann bestand die Möglichkeit, dass sich niemand mehr am Ufer aufhielt, weil sie meine Freunde den Berg hinauf brachten. *Das könnte mir von Vorteil sein.*

„Und so ein Sturm wie dieser, der mich vom Schiff katapultiert hat, passiert das öfter mal? Es war so ein schöner Tag und dann wurde es plötzlich kalt und nebelig und stürmisch."

Chib schüttelte verneinend den Kopf: „Es gibt diesen Sturm erst seit ein paar Jahren. Ich weiß nicht genau, wie die Burner es anstellen, aber es gibt einen Mechanismus, den sie um die Inseln gelegt haben. Wenn ein Schiff oder Schwimmer ihn erreicht, wird er ausgelöst und ein Sturm bricht aus. Sie wollen damit verhindern, dass ein Boot unbemerkt an ihnen vorbeikommt oder ein Angriff sie überrascht. Die meisten Schiffe gehen bei dem Sturm unter und anschließend kommen sie und sammeln alle Personen ein. Euer Kapitän war gut, er weiß, wie man das Boot in einem Sturm steuert, also mussten die Black Burner persönlich auftauchen und etwas tun."

Ich blickte erneut zu der Insel hinüber, doch mein Entschluss stand auch weiterhin fest.

„Danke für deine Hilfe. Versprich mir, dass du auf dich aufpasst, okay." Chib nickte, schwamm aber nicht von mir weg. Stattdessen antwortete sie: „Ich begleite dich ein Stück. Ich kann unter Wasser schwimmen und somit den Mechanismus erkennen, den die Burner um die Insel gelegt haben. Du wirst darunter durchtauchen müssen, damit sie dich nicht bemerken." Ich lächelte sie dankbar an. Diesem Mädchen würde ich einiges schuldig sein.

$\wp$

Schon kurze Zeit nachdem wir aufgebrochen waren, fiel mir etwas Merkwürdiges auf. Weit und breit bekam ich keinen einzigen Fisch zu Gesicht. Es machte mich traurig, als ich daran dachte, wie es Chib damit wohl ging. Für sie waren die Fische wie eine Familie, es waren Freunde und Nachbarn, ihre Heimat. Ich stellte mir vor wie es wäre, ganz alleine bei mir im Dorf, ohne meine Familie und Freunde, ohne die vielen Menschen auf dem Marktplatz und im Café – und verdrängte den Gedanken sofort wieder. Die Leere war zu drückend. Chib war erst acht Jahre alt, wie ich unterwegs erfuhr, und ich fragte mich, wie sie das aushielt.

Plötzlich tauchte Chib genau vor mir aus der Wasseroberfläche auf und ich wäre beinahe in sie hineingeschwommen. „Was ist los, Chib? Hast du was gesehen? Hat uns jemand bemerkt?", keuchte ich und versuchte, meinen Körper durch Schwimmbewegungen über Wasser zu halten. Meine Muskeln taten weh, ich war es nicht gewohnt, so lange zu schwimmen. Zu meiner Erleichterung schüttelte sie den Kopf.

„Nein, es ist nur … hier ist der Mechanismus. Wenn wir weiterschwimmen, dann lösen wir einen neuen Sturm aus und die Burner werden merken, dass noch jemand hier ist. Du musst ein ganzes Stück tauchen. Ich werde dich begleiten und dir die Stelle zeigen, aber von da aus musst du alleine weiter. Ich … ich hab Angst, dass sie mich finden. Ich will da nicht hin."

„Keine Sorge, Chib, ab hier schaffe ich es auch alleine. Ich danke dir, du hast mir sehr geholfen. Deine Eltern wären stolz und ich bin mir sicher, sie sitzen irgendwo und denken an dich. Aber jetzt musst du mir etwas versprechen: Sobald du mir gezeigt hast, wo ich hin muss, schwimmst du von hier weg und versteckst dich, okay? Irgendwo, wo dich niemand finden kann. Ich werde sehen, was ich für dich tun kann, wenn ich meine Freunde gefunden habe, das verspreche ich dir." Ich sah sie abwartend an, bis sie nickte: „Okay, versprochen. Aber du musst auch auf dich aufpassen!"

„Das werde ich", gab ich lächelnd zurück.

Gemeinsam tauchten wir unter, wobei ich krampfhaft versuchte, unter Wasser etwas zu sehen und nicht zu viel Luft zu verlieren, während ich den Druck auf den Ohren ausglich. Es ging ein ganzes Stück tief nach unten, bis wir an die Stelle kamen, durch die ich hindurchtauchen konnte. Als ich endlich wieder durch die Wasseroberfläche brach, hatte ich das Gefühl, eine Sekunde länger und ich wäre ertrunken. Von Chib war bereits nichts mehr zu sehen. Auch ich setzte mich wieder in Bewegung und schwamm so schnell ich konnte, bis ich endlich Sand unter meinen Füßen spürte. Mit letzter Anstrengung zog ich mich auf den goldenen Sand und ließ mich erschöpft darauf fallen, um ein wenig zu Atem zu kommen. Ich war fix und alle.

Meine nassen Klamotten klebten eisig kalt an meiner Haut und ein frischer Wind führte dazu, dass ich zitterte. Meine Zähne schlugen laut krachend aneinander. Über dem Meer stand bereits die Sonne mit ihrem orangenen Licht und machte sich bereit dafür, unterzugehen und der Nacht Platz zu machen. Das Meer sah aus wie ein See aus flüssigem Gold. Zusätzlich zu der Kälte in meinem Körper spürte ich nun, da ich wieder festen Boden unter mir hatte, wie sich eine bleierne Müdigkeit in mir ausbreitete. Das lange Schwimmen hatte an meinen Kräften gezehrt und die plötzlichen Adrenalinschübe mich gänzlich ausgepowert.

Noch immer ein wenig angestrengt atmend, sah ich der Sonne dabei zu, wie sie immer weiter ins Meer eintauchte. Langsam schleppte ich mich ein Stückchen weiter den Strand hinauf. Meine Lippen bebten, meine Kleidung war triefend nass und der Himmel über mir wurde immer dunkler. In diesem Moment fühlte ich mich sehr, sehr einsam. *Wie hält Chib das so lange aus?*

Die Tatsache, dass meine Freunde gerade in großer Gefahr waren, weil die Burner uns einen Strich durch die Rechnung gemacht hatten, saß fest in meinen Gedanken. Ich setzte mich aufrecht hin, schlang meine Arme um die angewinkelten Beine und rubbelte an meinen nackten Füßen. Meine Schuhe hatte ich im Wasser verloren.

Ich schaute mich um. Da war das Meer, dort hinten eine kleine Felsengruppe und hinter mir Bäume und Sträucher, die den Big Mountain hinaufwuchsen wie ein dunkelgrüner Teppich. Auf der anderen Seite lag ein kaputtes Schiff in Schräglage im Wasser. Müde schleppte ich mich zu der Felsengruppe, um Schutz vor dem Wind zu suchen. Hier war es tatsächlich nicht mehr ganz so kalt, und ich konnte mich in einer kleinen Kuhle verstecken. Obwohl ich wusste, dass es nicht passieren würde, hoffte ich dennoch, dass meine Freunde plötzlich auftauchten und wir unseren Weg fortsetzen konnten.

Ich war so unglaublich müde und ausgekühlt, dass mein Kopf einen Moment brauchte, das zu verarbeiten, was ich gesehen hatte. Doch plötzlich schoss mir ein Gedanke wie ein Blitz in den Kopf. *Da ist ein Schiff. Da liegt ein Schiff am Strand.* Ruckartig drehte ich den Kopf in die richtige Richtung und starrte auf das dunkle Etwas am Ufer. An seiner Seite blitzte eine weiße Schrift im letzten Licht des Tages auf: Fanzy.

Mit einem Mal war meine Müdigkeit wie weggeblasen, ich sprang in Sekundenschnelle auf die Füße und rannte durch den Sand auf das Boot zu. Je näher ich kam, desto mehr erkannte ich, wie zerstört es war. Die Reling fehlte, an einer Seitenwand war das Schiff mehrfach eingebrochen. Große Löcher klafften in der Holzwand, der Hauptmast war gebrochen und das Segel verschwunden. Was auch immer noch passieren würde, dieses Schiff würde niemanden mehr ans andere Ufer zurückbringen können.

Trotz der erschwerten Sicht kletterte ich vorsichtig das Schiff hinauf. Ich wollte wissen, ob ich Hinweise finden konnte, die mich zu meinen Freunden führten. Aufgrund der schrägen Position, mit welcher das Schiff im Sand lag, war es einfacher hinaufzuklettern, als erwartet. Durch das Loch in der Reling, durch welches ich im Meer gelandet war, konnte ich mich nun auf das Deck ziehen. Oben angekommen sah ich mich um. Die langen dunklen Schatten und Umrisse wirkten bedrohlich. Auf dem Boden waren Salzkrusten und dunkle Flecken. Ich wandte mich ab und versuchte, nicht daran zu denken, woher oder viel mehr von wem diese Flecken sein könnten. Vorsichtig öffnete ich die Holztür am Boden vor dem Steuer, denn hier hatten wir unser Gepäck verstaut gehabt. Weil ich von meinem Standort aus aber nichts sehen konnte, ließ ich mich vorsichtig in das Innere hineingleiten und versuchte, in der Dunkelheit etwas zu erkennen. Und als ich tatsächlich meinen Rucksack sah, wäre ich vor Freude fast gegen die Decke gestoßen. Lines Rucksack war auch dabei und als ich die beiden Taschen auf das Deck gehievt hatte, weil dort mehr Licht war, und anfing darin herumzuwühlen, erkannte ich, dass nicht das Geringste fehlte. Und die Taschen waren trocken.

Begeistert zog ich meine nassen Sachen aus und schlüpfte in trockene Wechselkleidung aus meinem Rucksack. Der warme Stoff tat gut auf meiner kalten Haut, und ich fand sogar noch ein paar Socken, die ich mir glücklich überzog. Über meine nassen Haare legte ich die Kapuze meiner Sweat-Jacke und lehnte mich daraufhin erschöpft gegen den kaputten Mast. Mit schweren Lidern blickte ich auf das Meer hinaus. Die Sonne war verschwunden und zog die letzten orangenen und rosafarbenen Fäden mit sich. *Es wird besser sein, wenn ich mich etwas erhole und morgen früh aufbreche,* redete ich mir ein, während mein Blickfeld kleiner wurde und sich meine Augen allmählich ganz schlossen. Ein leises Knacken ließ sie mich jedoch sogleich wieder aufreißen und ich sah mich suchend in der Dunkelheit um. Nichts. Der Strand war stumm und leer. *Vermutlich ist nur ein Ast heruntergefallen,* versuchte ich mich zu beruhigen und blickte zurück aufs Meer. Die Monde schimmerten und ließen die schwarze Fläche glitzern. Weit entfernt konnte man die blasse Silhouette des Festlandes sehen, von wo wir gestartet waren. Ich legte unsere Taschen dennoch zurück in ihr Versteck, atmete noch einmal tief die salzige Luft ein, lehnte mich dann erschöpft wieder gegen den Mast und schloss meine Augen erneut. Die Müdigkeit übermannte mich schnell, diesmal endgültig. Genau das hinderte mich jedoch daran, die knirschenden und dumpfen Schritte auf dem Holzboden zu hören. Eine große Hand presste sich von hinten auf meinen Mund und riss mich unsanft aus dem Schlaf. Der Schrei blieb mir im Hals stecken, stattdessen schnappte ich eifrig nach Luft. Das Tuch vor meinem Gesicht roch streng und beißend, dass es mir Tränen in die Augen trieb. Fast augenblicklich wurden meine Glieder schwer und ich konnte mich nicht mehr bewegen. Obwohl mein Körper zusammensackte, als würde er schlafen, war mein Verstand hellwach. Was auch immer in dem Tuch gewesen war, es legte nur den Körper lahm.

Erst als ich leblos auf dem Boden lag, ließen sich die beiden Männer blicken und begannen seelenruhig damit, meine Arme und Füße aneinanderzubinden. Und ich konnte nicht das Geringste dagegen tun.

Ich fragte mich, was das für einen Sinn hatte, mich zu fesseln, denn bewegen konnte ich mich ja so oder so nicht.

Plötzlich wurde ich hochgehoben und landete unsanft über der Schulter von einem der Männer. Mein Körper war zwar unbeweglich, Schmerz konnte ich aber noch immer gut spüren. Der Mann unter mir setzte sich in Bewegung und der zweite folgte ihm mit teilnahmslosem Blick. Es war wirklich unheimlich, wie er mich mit leeren Augen anstarrte, und von dem Ruckeln auf der Schulter des anderen bekam ich Kopfschmerzen. Nicht zu vergessen, dass seine Schulter mir unangenehm in den Bauch drückte und die Seile, mit denen ich gefesselt wurde, an meinen Gelenken scheuerten.

Um mich auf etwas anderes zu konzentrieren, versuchte ich mir den Weg, den wir gingen, zu merken, stellte aber schnell fest, dass im Dunkeln alles gleich aussah und meine Idee deshalb schon nach wenigen Minuten zum Scheitern verurteilt war. Das Einzige, was ich auf dem dunklen Waldboden unter mir erkennen konnte, den wir in schnellem Schritt entlanggingen, waren Schleifspuren. An manchen Stellen sah die Erde ähnlich dunkel und feucht aus wie der Boden des Schiffes.

Ich schloss die Augen und versuchte, gegen meine aufkommende Übelkeit anzugehen. Ich hätte ja gerne etwas gesagt, aber ich konnte meinen Mund nicht bewegen, also blieb ich stumm. Als ich es letztendlich fast nicht mehr aushielt, über der Schulter des Mannes zu hängen, blieben wir endlich stehen. Das Narkosemittel begann langsam zu verfliegen und ich schaffte es, meinen Kopf einige Millimeter anzuheben.

Vor uns befand sich eine kleine Lichtung zwischen den Bäumen des Waldes, auf welcher eine ganze Schar Humanils stand und uns mit dem gleichen teilnahmslosen Blick ansah, den auch die beiden Männer besaßen. Mir fiel auf, dass sie allesamt Flügel hatten, die meisten von ihnen Fledermausflügel, also waren sie nachtaktiv und konnten sich besser im Dunkeln orientieren.

Ausnahmslos jeder der hier Anwesenden trug ein klobiges, silbernes Armband mit leuchtend rotem Punkt, der Grund für das seltsame Verhalten der Burner, das wusste ich. Dieses Armband war konzipiert worden, um den Willen der Humanil zu brechen und sie zu emotionslosen Sklaven zu machen. Dazu verdammt, ihren Freunden und Familien Leid anzutun.

*Was ist, wenn sie den anderen auch so etwas angelegt haben? Was ist, wenn sie mir so etwas anziehen wollen? Können sie Line und mich genauso damit steuern? Was ist mit Mara, Benju und Ale?*, schoss es mir durch den Kopf und mein Herz schlug schneller, Adrenalin strömte durch meine Adern und löste meinen Fluchtinstinkt aus. Doch zu meinem Glück kamen die Burner nicht auf die Idee, die Sache mit den Armbändern zu versuchen.

Ich erkannte die Holzkiste auf der Lichtung erst, als ich bereits achtlos hineingeworfen wurde, als wäre ich Abfall. Ich biss die Zähne zusammen, um bei dem Aufprall nicht aufzustöhnen, denn aufgrund meiner unbeweglichen und gefesselten Glieder hatte ich mich nicht auffangen können. Meine rechte Schulter und Hüfte schmerzte und ich schloss einen Moment die Augen.

Während die Humanil die Kiste hochhoben und mit mir in die Nacht flogen, ließ die Narkose langsam nach und ich schaffte es, meine Beine und Arme etwas zu beugen und mich in eine bequemere Position zu bringen. Viel Zeit zum Ausruhen und Nachdenken hatte ich jedoch nicht, denn mit einem unsanften Ruck landete die Kiste wieder auf festem Untergrund und schleuderte meinen Kopf gegen die Holzwand.

Einer der Wachen, eine Frau mittleren Alters, zog mich mit eisernem Griff aus der Kiste heraus, band mir die Füße auseinander und stieß mich vorwärts. Meine Beine waren steif und fühlten sich an wie Eiszapfen. Ich schaffte es nicht sofort mich aufzufangen und fiel der Länge nach zu Boden. Ohne Kommentar hievte die Wächterin mich daraufhin auf ihre Schulter und lief mit mir ein kleines Stück durch eine dunkle Gasse auf einen Hof zu, dessen Rand kleine Hütten aus glattem, dunklem Stein bildeten. Die meisten Fenster der Hütten waren vergittert, ab und an gab es eingezäunte Vorbauten, in denen man höchstens drei Schritte gehen konnte. Im schwachen Licht der Monde erkannte ich die Schatten einiger Geräte, von denen ich mir sicher war, dass sie nicht zum Spaß gebaut worden waren.

℘

Grob ließ mich die Burner-Wächterin von ihrer Schulter gleiten und stieß mich durch eine zuvor geöffnete Tür in eine der dunklen Hütten. Hinter mir ertönte ein dumpfer Knall, als

Tür und Türrahmen zusammenstießen und ich hörte, wie sich der Schlüssel im Schloss drehte. Die Hütte war dunkel und ich versuchte, mich mit meinen verbundenen Händen zu orientieren. Ich fühlte ein längliches Stück Stoff in meiner Nähe. Es war kalt, nass und roch unangenehm, dennoch war es besser als der kalte und harte Steinboden.

„Hallo?", hörte ich plötzlich eine leise Stimme flüstern, als ich mich gerade auf der Unterlage zusammengerollt hatte.

„Hallo? Ist da jemand?" Ich riss meine Augen, die ich zuvor geschlossen hatte, um die Kopfschmerzen zu vertreiben, weit auf. Diese Stimme kannte ich! Ich kannte sie sogar sehr gut. Sie gehörte Line.

„Line? Line, bist du das?", fragte ich dennoch mit kratziger Stimme und setzte mich aufrecht hin. Meine Augen glitten suchend durch die Dunkelheit.

„Rina? Oh mein Gott, du lebst!" Ich spürte eine Hand an meinem Fußgelenk, kurz darauf lagen wir uns in den Armen.

„Ich hatte solche Angst um dich! Du warst plötzlich weg und ich konnte dich nicht sehen, ich …", schluchzte sie und auch meine Augen wurden feucht vor Freude.

„Du glaubst gar nicht, was für Sorgen ich mir gemacht habe. Ich wusste nicht, was mit euch passiert ist. Ich habe das Schiff am Strand gefunden, ich dachte ich hätte Blut gesehen", stammelte ich.

„Wo bist du denn gewesen, Rina?" Line hielt mich eine Armlänge von sich weg und musterte mich besorgt, als wollte sie feststellen, dass ich nicht ernsthaft verletzt war. Meine Augen gewöhnten sich langsam an die Dunkelheit, und ich konnte nun den Umriss ihres Gesichts sehen.

„Ich hab mir den Kopf an einem Felsen gestoßen und bin untergegangen, aber da war ein junges Fisch-Mädchen. Sie hat dafür gesorgt, dass ich nicht ertrinke. Chib hat mir erzählt, dass die Kapitäne nicht mehr aufs Meer fahren wegen der Burner. Dieser Sturm sorgt dafür, dass kein Schiff unbeschadet auf die Inseln gelangt. Und das ganze Meer ist leer gefischt. Chib ist erst acht und ganz alleine da unten, die Burner haben ihre gesamte Familie gefangen. Aber sie hat mich fast bis ans Ufer gebracht, und dort hab ich das Schiff gefunden, unsere Rucksäcke sind auch noch alle da. Aber ich bin eingeschlafen und dann waren da diese Burner und haben mich betäubt und mitgeschleppt. Würdest du vielleicht …?" Ich hielt ihr nach meiner kurzen und hektischen Beschreibung schnaubend meine gefesselten Arme hin.

„Oh, ja, natürlich!", antwortete Line und begann, die Knoten zu lösen, während sie weiterredete.

„Wo sind die anderen, Line? War das wirklich Blut auf dem Schiff?" Das Seil hielt meine Handgelenke nicht länger zusammen und ich rieb mit der Handfläche an den wunden Stellen, während ich sprach.

„Kurz, nachdem du ins Wasser gefallen bist, haben wir Besuch von den Burnern bekommen. Der Sturm tobte um uns herum und Gran hat verzweifelt versucht, das Schiff zu steuern, während wir anderen ihn vor den Burnern abschirmen wollten. Mara konnte sich nicht zu einem Bär verwandeln, denn dazu gab es zu wenig Platz auf dem Schiff, aber sie ist wirklich stark und ihre Menschengröße ist ihr zum Vorteil geworden. Das war vielleicht ein Kampf, sag ich dir: Plötzlich hat einer der Burner Mara gepackt und ihr etwas ins Gesicht gesprüht. Sie ist augenblicklich zusammengeklappt und konnte sich nicht bewegen. Ich dachte im ersten Moment, sie wäre tot, aber ich konnte ihre Schreie hören. Benju hat es auch gehört und wollte zu ihr, aber einer der Burner hat sie geschnappt und ist weggeflogen. Benju wusste ja nicht, warum sie plötzlich nicht mehr zu hören war. Nach und nach haben sie jeden von uns gepackt, betäubt und weggeschleppt. Erst Mara, dann Ale und Gran und zum Schluss mich. Als sie Gran geschnappt haben, konnte man auf dem Schiff kaum noch stehen. Benju hatte ja von vorneherein einen entscheidenden Nachteil, weil er nichts sehen kann und sich mit seinen Füßen orientiert. Ich konnte nur von oben beobachten, wie sie ihn dann mit einem Messer verletzt haben und er zu Boden gegangen ist. Ich weiß nicht, wo sie ihn hingebracht haben, aber ich fürchte, das Blut ist seines." Line begann zu zittern und ihr Atem ging schnappend. Ich nahm sie beruhigend in den Arm.

„Du weißt nicht, wo sie all die anderen hingebracht haben?", fragte ich vorsichtig, aber Line schüttelte an meiner Schulter nur den Kopf. „Sie haben uns zum Strand und anschließend durch den Wald geschleppt, sie haben uns einfach über den Boden gezogen. Nachdem sie uns hierher gebracht haben, wurden wir getrennt und jeder in eine eigene Hütte gesteckt. Von Ale fehlt jede Spur." Ihre letzten Worte ließen mich stutzen.

„Ale ist nicht da?" Sie schüttelte den Kopf.

„Bist du sicher, dass sie ihn nicht auch in eine Kammer gebracht haben? Vielleicht auch einfach nur an einer anderen Stelle", schlug ich vor und sah, wie Line zögerlich nickte. „Ja, kann sein."

Ich versuchte, mich in der Zelle etwas umzusehen, doch es war zu dunkel. Einzig ein Fenster über der steinernen Tür, durch die ich hineingekommen war, stand offen. Es führte zu dem großen Platz mit den Geräten darauf. Doch es war sowohl zu weit oben, als auch viel zu klein, um hindurchzupassen. Es zur Flucht zu benutzen, hätte nicht einmal Ale schaffen können. An Lines Blick, die ebenfalls zu dem Fenster schaute, erkannte ich, dass sie dasselbe dachte wie ich.

„Wir finden einen Weg nach draußen, wir müssen einen finden!", sagte ich und fügte etwas später hinzu. „Und wir werden Benju finden, ohne ihn gehen wir nicht!"

„Wir sollten jetzt schlafen", antwortete Line leise und rollte sich auf meiner Matte zusammen. Ich rollte mich stumm neben sie. Ihre warme Haut wärmte meine und nach einiger Zeit schaffte ich es tatsächlich, die Augen zu schließen und in einen traumlosen Schlaf zu gleiten.

# Vorbei?

Schritte auf dem Boden ließen mich wieder wachwerden und erst jetzt spürte ich die Blutergüsse und Prellungen, die ich mir am Tag zuvor zugezogen hatte. Mein Rücken schmerzte vom Liegen auf der dünnen Matte und es war noch immer unheimlich kalt. Durch das kleine Fenster leuchtete ein schwacher roter Schein der aufgehenden Sonne und gaukelte mir Wärme vor. Line lag neben mir und blinzelte mich verschlafen an.

Die Schritte, die mich geweckt hatten, kamen von einem Mann, der uns ein Tablett mit Essen ins Zimmer geschoben hatte. Mir fiel jedoch auf, dass das Geräusch der Schritte und des Tabletts nicht von der Wand mit dem Fenster gekommen waren. Ich versuchte mich aufrecht hinzusetzen, doch mein Kopf brummte und es dauerte eine Weile, bis ich mich nach oben gestemmt hatte. Ich vermutete, dass es Nebenwirkungen der Betäubung waren in Verbindung mit den gestrigen Schlägen auf den Kopf, die mich so schlapp machten. Vielleicht war ich aber auch einfach nur müde. Im Licht der aufgehenden Sonne konnte ich nun die Zelle deutlich sehen und fand die Ursache dafür, dass die Schritte von einer anderen Wand gekommen waren. Die Zelle war klein und bestand aus grauem, glatten Stein. Auf dem Boden lagen zwei aufgeweichte, braune, faulig stinkende Matten – unsere Schlafstätten. Gegenüber der Wand mit dem kleinen Fenster hingegen gab es keine richtige Wand, sondern Gitter, wie die einer Gefängniszelle. Auch hier gab es eine Tür, allerdings aus Gitterstäben. Und vor ihr auf dem Boden stand unser Frühstück.

Mit grummelndem Magen kroch ich langsam auf allen Vieren zur Tür hin und versuchte, meinen Kopf durch die Stäbe zu stecken, um mich umzusehen. Doch die Eisenstangen waren zu eng beieinander und mein Kopf passte nicht hindurch. Das Einzige, was ich von meinem Standort aus sehen konnte, war, dass die Gitterwand auf einen Steinflur hinausging und ich vermutete, dass wir uns zu dieser Seite hin im Inneren der Festung befanden.

Line saß nun ebenfalls auf der klammen Matte und strich sich verschlafen die Haare aus dem Gesicht. Ihre Augen hatten dunkle Ringe und auch sie hatte einige blaue Flecken auf der Haut.

„Was gibt`s zum Frühstück?", fragte Line nach einem leisen „Guten Morgen" und nun schaute ich erstmals auf unser Tablett. Dort standen zwei Becher mit einer trüben Flüssigkeit und zwei Stücke Rindenbrot, die eine rötlichere Färbung hatten als das, was wir bisher kannten. Als ich es in die Hand nahm, fühlte es sich trocken an und der Versuch, etwas abzubeißen, schlug fehl.

Ich zog das Tablett hinter mir her, als ich zurück zu Line kroch und lehnte mich anschließend an die Wand. In der Hoffnung, dass es somit etwas weicher werden würde, tunkte ich das Brot in den Becher mit der merkwürdigen Brühe. Als ich wenig später etwas abbeißen konnte, schmeckte ich, dass das Rindenbrot einen beißenden, scharfen Geschmack hatte und ich vermisste das nussige Aroma, an das ich mich bereits so gewöhnt hatte. Irgendwann nuckelte ich nur noch an dem Stück Brot herum oder kratzte mit den Zähnen daran, um ein Geräusch zu machen, das die drückende

Stille in der Zelle übertönte. Wir redeten nicht viel. Während der Tag schleichend voranschritt, ließen wir nur ab und an die vergangenen Tage Revue passieren und fragten uns, wie es unseren Freunden wohl ergehen mochte. Durch das kleine Fenster strömte warme Luft von außen und in der Zelle wurde es warm und stickig. Ich bekam schnell keinen Bissen mehr von dem Brot hinunter.

Mit Rücken und Hinterkopf gegen die kalte Wand gelehnt, saß ich eine Weile stumm neben Line. Sie hatte entdeckt, dass Stroh in den Matten war und begann, die Halme zu flechten, um etwas zu tun zu haben. Ich drehte das Medaillon um meinen Hals nachdenklich zwischen den Fingern. Es war den Burnern bisher glücklicherweise nicht aufgefallen, weil es unter meiner Jacke versteckt gewesen war. Ich musste aufpassen, dass sie es nicht in die Hände bekamen. Während ich in meiner ungemütlichen Position saß, dachte ich nach. Immer wieder tauchte Criffs lachendes Gesicht vor meinem inneren Auge auf und ich fragte mich, ob wir jemals zurück nach Hause kommen würden. Ob ich dieses Lachen jemals wieder sehen und hören würde? Ich wollte die Person, die mich glücklich machte, nicht verlieren. Ich wollte meine Familie und Freunde wiedersehen. Wollte noch einmal mit Spyke in den Park gehen und mich abends in sein weiches Fell kuscheln. Noch einmal mit meinen Eltern zu Abend essen. Noch einmal vom Seeberg aus auf das Meer schauen. Doch momentan sah unsere Lage ziemlich aussichtslos aus. „Warum müssen wir uns ausgerechnet in die beiden Jungs verlieben, die schon nach kurzer Zeit in Lebensgefahr schweben? Hätten es nicht ganz normale sein können. Jungs, die uns beschützen und für uns da sind? Und uns nicht sofort wieder verlassen?", fragte ich Line leise. Sofort kam sie zu mir und nahm mich in den Arm.

„Das wollen wir doch gar nicht", flüsterte sie. „Das sagen wir doch nur, weil wir uns überfordert fühlen. Wir schaffen das schon. Und danach ist auch alles wieder normal. Wenn die Burner endlich fort sind, dann sind es auch nur Humanils, so wie die anderen auch. Die haben sich das ja nicht ausgesucht." Sie hatte Recht. Ich wollte niemand anderen als Criff haben, egal, was passierte. Nur, wie sollten wir von hier wegkommen? Und wie sollten die Burner verschwinden?

„Lass uns dafür sorgen, dass die Humanil wieder in Frieden leben können, so wie früher!", sagte ich tapferer als ich mich fühlte, doch diese Worte bewirkten eine tiefe Entschlossenheit in mir.

„Ja! Und jetzt reden wir über etwas anderes. Lass uns darüber reden, was seither passiert ist und was wir bereits geschafft haben, das gibt uns Mut. Und über das, was uns erwartet, wenn wir wieder zuhause sind. Lass uns über lustige Dinge reden, damit die Burner merken, dass wir nicht einfach aufgeben", bestimmte Line und ich bestätigte ihre Idee. Es war allemal besser, als trübselig zu schweigen. Der Anfang ging schleppend, doch nach und nach fiel es uns leichter zu reden.

Wir sprachen darüber, wie die Zeit mit Criff war, als ich ihn gerade kennengelernt hatte. Wir erinnerten uns an die erste Begegnung mit ihm und ich erzählte ihr davon, wie ich herausgefunden hatte, wer Criff wirklich war. Als ich bei meinem damaligen unfreiwilligen Marathon ankam, musste Line tatsächlich herzlich lachen. „Das hat er dir echt abgekauft?", fragte sie bezüglich meiner Ausrede, dass ich angeblich joggen gewesen war und ich bestätigte.

„Na ja, was hätte er machen sollen? Er hat mich ja nicht gesehen, wieso sollte ich sonst außer Atem sein?"

„Stimmt allerdings."

Als wir bei unserem Gespräch schließlich den Zeitpunkt erreichten, wo wir in Armania ankamen, erinnerte ich mich nur zu gut an das Gefühl, welches wir damals empfunden hatten. „Kannst du dir das vorstellen? Ich meine, wenn wir das jemandem erzählen würden, das würde doch keiner glauben. Durch einen See in eine andere Welt! Irgendwie gruselig", sagte Line und ich nickte zustimmend.

„Ja, und dann diese herzliche Begrüßung von Nea und Ale. Als ich die beiden dann gesehen habe, habe ich für einen kurzen Moment gedacht, ich träume."

„Oh ja, ich auch. Aber ich bin froh, dass es kein Traum war. Wir haben so viele nette Leute kennengelernt, Freundschaften geschlossen und ein Abenteuer erlebt, das besser ist als jedes Fantasy-Buch. Weil es echt war."

„Ja", antwortete ich nachdenklich. „Und das ist der Grund, weshalb wir auch niemals jemanden von hier erzählen dürfen. Das hier ist unsere eigene Geschichte, und um sie zu bewahren und unseren neuen Freunden nicht noch mehr Leid anzutun, muss sie geheim bleiben."

„Da hast du Recht." Line machte eine kleine Pause, ehe sie weiterredete. „Sag mal, erinnerst du dich noch an den Tag, als wir das erste Mal alleine zu Frau Mill gegangen sind und etwas kaufen durften? Ich kam mir unglaublich stolz vor."

„Ja", antwortete ich und musste grinsen. „Ich auch. Richtig erwachsen. Es ist so seltsam, wenn man darüber nachdenkt, wieviel Zeit vergangen ist und was man schon erlebt hat. Kindergarten, Schule, das erste Mal alleine zuhause, lesen lernen, das erste Mal kochen, das erste Mal einkaufen. Und all das ist plötzlich so normal. Das ist faszinierend." Es tat gut, sich an schöne Dinge aus der Kindheit zu erinnern und ein wenig zu lachen. Es half dabei, die Sorgen für einen Moment zu vergessen und an die schönen Dinge im Leben zu denken, während sich allmählich Dunkelheit in unserer Zelle ausbreitete. Wenn man die Schatten auch in seine Gedanken lassen würde, könnte man schnell die Hoffnung verlieren und vergessen, wofür wir bis hierher gekämpft hatten. Erst durch das Tablett mit unserem Abendessen, es bestand aus einer kalten Suppe ohne Geschmack und dem gleichen trockenen Brot wie am Morgen, wurden wir wieder in die dunkle Realität gerissen. Mein Magen knurrte und ich versuchte, das Brot in der Suppe aufzuweichen, damit es leichter zu kauen war. Es dauerte seine Zeit, aber dadurch schmeckte das Essen etwas erträglicher. Trotzdem lag das Brot hinterher schwer im Magen und verursachte Bauchweh. „Lass uns etwas Kraft sammeln, und wenn wir aufwachen überlegen wir uns weiter, wie wir hier rauskommen, okay?", entschied Line und rollte sich auf ihrer Matte zusammen.

ℭ

Ich habe keine Ahnung, wie lange wir uns in diesem Kerker aufhielten, denn man verlor unglaublich schnell das Zeitgefühl. Trotzdem muss es sich um mehrere Tage gehalten haben, denn das trockene Brot sammelte sich in unserer Zelle langsam an. Ich bekam einfach nichts mehr davon hinunter. Wir legten uns oft auf die Matten und starrten vor uns hin. Manchmal wanderten wir auch in der Zelle von einer Wand zur anderen, um unsere Beine zu bewegen. Ein Eimer, mit einem Vorhang verdeckt, war unsere Toilette, die wir so selten wie möglich benutzten. Ich merkte schnell, wie unsere Körper immer schwächer wurden. Ich sah an Lines Gesicht, das ziemlich ausgemergelt war, wie die Zeit verging. Irgendwann begann ich mein Magenknurren zu ignorieren, bis es schließlich einfach verschwand. Die stickige Luft machte das Denken schwer und meine Lippen waren rissig und trocken. Hin und wieder rüttelte ich an den Gitterstäben in der Hoffnung, welche zu entdecken, die lose waren und uns einen Fluchtweg boten. Line kratzte mit ihren Nägeln über den steinernen Boden und suchte nach einer weichen Stelle, um einen Tunnel zu graben. Sie fand keine. Das Schlüsselloch war schmal und verdreht. Nichts, was leicht zu knacken gewesen wäre. Während ich mich fragte, wie es den anderen wohl gerade ging, was sie machten und ob sie wenigstens zu zweit irgendwo saßen, verlor ich immer mehr meine Hoffnung, das Bernsteinblut rechtzeitig zu finden und wieder nach Hause zurückzukehren. Die dicken Wände um uns herum verschluckten die Geräusche von den kleinen Hütten, die sich neben unserer befanden, und trotz Lines Anwesenheit fühlte ich mich einsam.

Die Knie an meinen Bauch herangezogen, die Schulter gegen die Gitterstäbe gelehnt, starrte ich auf die kalte, nackte Wand mir gegenüber. Dann auf das Tablett mit dem Wasserkrug vom Morgen. Line lag daneben auf ihrer Matte und schlief, die geflochtenen Strohzöpfe noch immer in ihrer Hand. Gegen Abend erschien einer der Wachmänner erneut und brachte uns den Suppenkrug und das steinharte Brot. Ich beobachtete, wie der Wachmann wie jeden Tag in die Zelle kam und hinter sich abschloss, ehe er das Tablett abstellte. Er war gerade dabei in die Hocke zu gehen, als das Tablett scheppernd aus seiner Hand und er selbst auf den Boden daneben fiel. Ich starrte Line mit großen Augen an, die über dem Wachmann gebeugt stand, den steinernen Wasserkrug in der Hand.

„Line! Was hast du gemacht?"

„Einen Akt der Verzweiflung. Ist mir heute Morgen eingefallen. Los, hilf mir mal den Schlüssel zu finden, bevor er wieder aufwacht."

Mit zitternden Händen durchsuchten wir die Taschen des Mannes, bis wir einen schmalen, silbernen Schlüssel an einem Band fanden und an uns nahmen. Ich versuchte einen kurzen Moment das Armband von der Hand des Mannes zu ziehen, doch es saß zu fest und um es weiter zu versuchen, fehlte uns die Zeit, also banden wir die Arme und Beine des Mannes mit den Tauen fest, die zuvor meine Hände gefesselt hatten. Lines Strohzöpfe halfen uns dabei.

„Los, komm!", flüsterte Line und schloss die Tür der Zelle auf. Als wir auf dem Gang standen, sahen wir uns vorsichtig um, doch es war niemand zu sehen. Um dennoch kein Risiko einzugehen, schlossen wir unsere Zelle wieder ab. Da ich keine Schuhe trug, waren meine Schritte kaum zu hören, und auch Line zog ihre Schuhe aus und nahm sie in die Hand. Wir entschieden uns, in die entgegengesetzte Richtung zu gehen, die der Wachmann immer ging, wenn er unser Tablett wegbrachte, und kamen dabei an einigen weiteren Zellen vorbei. Die meisten von ihnen waren leer, doch wenn wir jemanden sahen, steckten wir den Schlüssel probeweise ins Schloss. Er passte jedes Mal – Generalschlüssel! Wir ließen die Türen ohne einen weiteren Kommentar offen, doch die Humanil dahinter reagierten skeptisch auf die neu gewonnene Freiheit. Manche von ihnen wirkten auch einfach nur schwach. Keiner von ihnen hatte geglaubt, jemals wieder aus der Zelle zu entkommen, die Chance zu erhalten nach Hause zurückzukehren. Mit freiem Willen.

Und dann entdeckten wir Gran. Leise flüsterten wir seinen Namen und bedeuteten ihm, still zu sein, während wir die Zelle aufschlossen. Doch wir hielten uns nicht mit Umarmungen auf, dazu würde später noch Zeit sein, wenn wir hier raus waren. Nur wenig Zellen entfernt fanden wir Mara, sie war schmaler geworden und blass, aber sie war fit genug, um mit uns Schritt zu halten.

„Wo sind Benju und Ale?", fragte Line so leise sie konnte, während wir den Gang entlanghuschten.

„Keine Ahnung. Ale ist ihnen entwischt, als wir kurz vor dem Ufer waren. Er ist ins Meer gesprungen und hat versucht zu schwimmen, ich weiß nicht, wo er ist. Benju haben sie in Ketten gelegt und irgendwo da runtergebracht, er muss hier in der Nähe sein. Ich hab ihn ab und an schreien gehört."

„Du hast ihn schreien gehört?", fragte Line entsetzt – und ihr Gesicht wurde noch blasser als zuvor.

„Ja, ich hab es auch gehört", antwortete Gran unterwegs. „Dadurch wussten wir immerhin, dass er noch am Leben ist."

„Schöne Methode", flüsterte ich ironisch und schloss bereits die nächste Zellentür auf, ehe wir weitergingen. Und dann, nur wenige Meter vor uns, sahen wir ihn.

Mit eisernen Fesseln war er an die Wand seiner Zelle gebunden, sein Körper ausgemergelt und dürr, was man an seinem freien Oberkörper leider sehr gut erkennen konnte. Es schien, als hätten wir im Vergleich zu seiner Nahrung ein Festessen gehabt. Er kniete, der Kopf hing schlapp herunter, seinen Rücken zierten dreckige und blutverkrustete Striemen, und die Augenbinde lag vor seinen Knien auf dem Boden.

Wir wollten gerade zu ihm laufen um ihn zu befreien, als wir Schritte hörten und uns eilig in eine Nische drückten. Nur aus dem Augenwinkel konnte ich Benju noch erkennen und sah, wie zwei Burner die Zelle aufschlossen und Benjus Kopf an den Haaren nach hinten zogen. Der andere Burner holte einen Stab aus seiner Hosentasche und wickelte eine Schnur davon ab. Ich erkannte schnell, dass es sich um eine Peitsche handelte.

„Hast du etwas zu sagen?", fragte der Burner, der Benjus Kopf hielt. Als Benju nicht antwortete, nickte er dem Burner mit der Peitsche zu. Mit einem lauten Knall landete sie auf seinem Rücken und hinterließ neue Wunden. Benjus Schrei hallte fürchterlich zu uns herüber.

„Warum seid ihr hier?" Obwohl noch immer leiernd, hatte die Stimme des Burners nun etwas Bedrohlicheres, als er Benju mit lautem Organ ansprach und die Peitsche erneut über seinen Kopf hob, jederzeit bereit für den nächsten Hieb.

„Für nichts auf der Welt würde ich meine Freunde verraten!" Benjus Stimme war leise und schwach, doch ich konnte die Entschlossenheit darin deutlich hören. Die Peitsche knallte auf die wunde Haut und sein Rücken bog sich vor Schmerzen durch.

„Was weißt du über den jungen Prinzen?", fragte der Burner weiter.

„Nichts!", stöhnte Benju und die Peitsche hinterließ erneut blutige Striemen auf seinem Rücken.

„Ich frage dich noch ein letztes Mal!" Der Burner war nun sichtlich wütend, die Knöchel an seiner Hand, mit der er den Peitschengriff umfasste, traten weiß hervor.

„Ich sage die Wahrheit, ich habe keine Ahnung! Ich weiß nicht einmal, wonach ihr sucht." Benjus Stimme wurde zu einem flehenden Wimmern, verschluckt von dem lauten Knall der Peitsche.

„Du lässt uns keine Wahl. Muck, hol die drei Mädchen und den alten Mann und dreh ihnen vor seinen Ohren den Hals um." Der Burner hatte sich an einen dritten gewandt, der unserer Sicht bisher verborgen geblieben war. Ein hässliches Grinsen erschien in dem Gesicht des Peitschenburners, welches zu den leeren Augen unglaublich beängstigend wirkte.

Meine Arme stießen dauernd gegen die kalte Steinwand, weil ich so sehr zitterte. Was immer die Burner so steuerte, es machte sie zu wahren Kampfmaschinen.

„Nein, bitte nicht! Lasst sie in Frieden, sie haben doch nichts gemacht! Bitte!", flehte Benju hinter Muck her, der eilig an uns vorbeihuschte, ohne sich auch nur einmal nach uns umzudrehen.

„Deine Mitleidsnummer kannst du dir sparen", sagte der Burner, der zuvor Benjus Haare gehalten hatte. Kurz darauf erklangen die eiligen Schritte von Muck erneut durch den Gang, ehe er seine Begleiter erreichte. Ich presste mich noch enger mit dem Rücken an die Wand und hielt die Luft an, um mich nicht zu verraten.

„Meno? Die Mädchen und der Alte sind weg!", leierte Muck und blieb vor dem Mann mit der Peitsche stehen.

„Was?" Meno drehte sich um, die Peitsche bereits zum erneuten Schlag erhoben.

„Sie sind nicht mehr in ihrer Zelle, dafür lag Haku darin. Und die Türen der anderen Humanil sind aufgeschlossen. Sie müssen einen Schlüssel gehabt haben", antwortete Muck.

„Bist du sicher?"

„Ja. Die Schlösser sind alle aufgeschlossen worden und die Zellen leer. Alle."

„Hol Saragan! Na, was ist. LOS!" Meno schickte ihn fort und Muck stolperte auch sogleich los, während er sich selbst wieder Benju zuwandte.

„Hast du gehört? Deine Freunde sind abgehauen. Und dich haben sie hiergelassen. Sie haben nicht einen einzigen Gedanken an dich verschwendet."

Ich spürte, wie Line sich neben mir regte und packte sie am Arm. Wir konnten es uns nicht erlauben, jetzt aufzufliegen.

„Sie haben dich einfach hiergelassen, um ihre eigene Haut zu retten. Aber sei unbesorgt, wenn sie ganz viel Glück haben, werden sie von meinen Freunden herzlich empfangen und dürfen ein Bad im ‚Blitzmeer' nehmen. Das geht ganz schnell."

In diesem Moment hörte ich erneut Schritte durch den Gang eilen, Muck war der erste, den ich aus dem Augenwinkel sah, ihm folgte ganz dicht ein Mann in einem weißen Kittel. Sein Blick war klar und feindselig, seine Handgelenke frei von silbernen Armbändern, wie sie die drei anderen Burner trugen. Ich wusste sofort, um wen es sich handelte. Er war der Anführer, der Schuldige für dieses ganze Leid. Seine Stimme klang hinterlistig und schadenfroh.

„Hallo, Benju. Schön, dich zu sehen. Es ist ja doch schon einige Jahre her, damals warst du um einiges kleiner ... und nicht so verkrüppelt und hilflos. Und dein Freund, der kleine Prinz, war auch dabei, nicht? Mit seiner Schwester. Es hätte ein so schöner Abend werden können, aber du musstest ihn mir ja kaputtmachen. Aber weißt du, das ist okay. Denn jetzt habe ich ja die Möglichkeit, dir etwas wiederzugeben, und dein Herz damit endgültig zu zerbrechen. Dich zu zerbrechen, bis du mich anbettelst, dich zu töten. Klingt gut – oder?" Er stieß ein unheimliches, kehliges Lachen aus, bevor er fortfuhr zu sprechen.

„Nun, falls du es genau wissen willst und damit du nachher nicht so viel Stress machst, sag ich es lieber gleich. Deine Freunde sind mir geradewegs in die Arme gelaufen. Ich habe sie vorzeitig entsorgt, um dir einiges zu ersparen. Ist das nicht nett von mir? Aber keine Sorge, sie hatten keine allzu großen Schmerzen." Er lachte erneut laut auf, wurde jedoch von Benju unterbrochen.

„Du lügst! Sie sind am Leben, und sie werden dich finden! Und wenn du ihnen auch nur ein Haar gekrümmt hast, dann glaub mir, lass ich keinen deiner Knochen ganz. Du bist doch nur ein erbärmlicher Lügner, ohne Freunde und Familie. Du hast es nicht verdient hier zu sein, in einem Land voller Frieden und Liebe. Also verschwinde und lass die Humanil frei, oder du wirst es bereuen, denn ..." Benjus zornige Ansprache, bei der er versuchte, den Chef der Burner zu erreichen und nur seine Fesseln ihn daran hinderten, wurde durch eine Handbewegung des Chefs unterbrochen, denn dadurch stürmte Muck heran und stieß Benju eine Spritze in den Arm. Fast augenblicklich hing sein Körper schlaff in den Fesseln an der Wand.

„Falls du es mir immer noch nicht glaubst, hab ich hier einen kleinen Beweis." Der Mann in Weiß holte einen kleinen Gegenstand aus seinem Kittel und kurz darauf hörten wir unsere Stimmen. Es war meine Stimme, die um Hilfe schrie, nachdem ich ins Wasser gefallen war, die Schreie unserer Freunde und Lines Stimme, die nach Benju rief. Erschrocken hielt sich Line die Hand vor den Mund.

„Das hab ich gerufen, als er auf dem Schiff zu Boden ging", flüsterte sie lautlos. Benju hatte in dieser Situation jedoch mit Sicherheit andere Bilder im Kopf.

„Weißt du, es ist wirklich schade, dass Malias Gruppe es nicht geschafft hat, eine einfache Aufgabe zu erledigen und mir die Blutprobe des Prinzen zu bringen. Aber du bist ihm ähnlich. Ich habe gehört, ihr habt den gleichen Geburtstag. In diesem Falle werde ich mir einfach erst einmal dein Blut ansehen und dann erneut nach dem Prinzen suchen lassen. Es soll ja nicht gleich alles umsonst gewesen sein. Immerhin, weit kann eine vom Gift infizierte Leiche nicht gekommen sein, oder was meinst du?", fragte der Forscher, während er schadenfroh dabei zusah, wie Benjus Körper sich gegen den Inhalt der Spritze wehrte.

„Nein!", flüsterte Benju leise, ehe das Betäubungsmittel seinen ganzen Körper lahmgelegt hatte und er zusammensackte.

„Macht ihn los und bringt ihn in mein Labor. Ich will endlich die nötigen Informationen haben. Ich habe schon viel zu lange auf diesen Tag gewartet."

Mit zuckendem Mund ging der Anführer der Burner zurück in die Richtung, aus der er gekommen war. Bevor er sich abwandte, hörte ich noch, wie er ein „Und findet diese Mädchen", zischte. Meno und Muck machten sich sogleich auf den Weg, während der Burner, der Benjus Haare gehalten hatte, nun dessen Fesseln löste. Es gab ein dumpfes Geräusch, als Benjus schlaffer Körper auf dem Steinboden aufschlug. Der Burner hob ihn hoch, als würde Benju nicht viel mehr als eine Feder wiegen, warf ihn sich über die Schulter und folgte seinem Boss. Wir warteten in unserer Nische, bis alles ruhig war, ehe wir uns aus der unangenehmen Position lösten und einen kurzen Moment tief durchatmeten. Doch ein einziger Blick in die Gesichter meiner Freunde reichte um zu sehen, dass sie die gleiche entschlossene Idee hatten wie ich: Wir mussten Benju so schnell wie möglich aus dieser Situation befreien.

&#8451;

So leise wir konnten folgten wir dem Gang, in den Saragan mit dem Burner und Benju verschwunden war, wobei wir erneut an einigen Zellen vorbeikamen und diese aufschlossen. Als wir schließlich das Ende des Ganges erreicht hatten, standen wir vor einer großen Tür, die zu unserem Glück nicht verschlossen war. Ich erkannte auf den ersten Blick, dass hier ein anderer Schlüssel nötig gewesen wäre. Der dahinterliegende Flur war frei und ich war einerseits sehr froh darüber, denn so konnte man uns nicht erwischen. Ein Nachteil daran war allerdings, dass wir nicht wussten, durch welche Tür sie mit Benju verschwunden waren. Der Flur vor uns enthielt nämlich keine weiteren Zellen mehr, in die man einen Blick hätte hineinwerfen können, sondern verschlossene Türen, durch die kein Laut drang. An der Wand hingen kleine Schilder mit Raumnummern, wie ich sie aus dem Krankenhaus kannte. Ein weiterer Nachteil waren die großen Fenster, die in die Wand eingelassen waren und uns die Sicht auf den Platz ermöglichten. Im Licht des frühen Abends tummelten sich dort manipulierte Humanil, um die Ausgänge zu bewachen.

Das spärliche Licht allerdings reichte nicht aus, den Flur zu erhellen. Es fiel uns schwer, die Inschrift der Türschilder zu lesen. Das mussten wir aber auch gar nicht, denn unter einer der Türen drang ein düsteres und schwaches Licht hervor. Ohne die Absprache eines Plans, einzig mit der Hoffnung früh genug zu kommen, zog ich die schwere Tür auf.

ॐ

*Saragan Princen trug einen Helm, an dessen Vorderteil sich ein durchsichtiger Sichtschutz befand. Auf dessen rechter Seite erschien in grüner Schrift das, was der Forscher leise vor sich hin murmelte. Seine Hände waren durch schwarze Handschuhe geschützt, wobei sich auf dem linken Handschuhrücken ein kleiner*

Monitor mit Tasten befand, von dem aus Kabel wie rote „Adern" zu den Fingerspitzen führten. Daran wiederum befanden sich kleine Sensoren, um Informationen an den besagten Monitor zu senden.

Auf dem Tisch vor dem Forscher lag Benju. Narkotisiert, damit er sich nicht wehrte oder bewegte. Sollte die Narkose jedoch frühzeitig aufhören zu wirken, hatte Saragan bereits vorgesorgt und Benju mit Riemen und Gurten an den Tisch geschnallt. Zur Not würde er im wachen Zustand Benjus weitermachen. Dieses Exemplar eines Humanils war genauso einzigartig wie der Prinz, eine Trophäe in seiner Sammlung. Es würde seine Forschung enorm weiterbringen, wenn er die nötigen Informationen gesammelt, ausgewertet und mit denen der anderen Humanil verglichen hatte, da war er sich sicher.

Während die linke Hand durch den verkabelten Handschuh verschiedene Informationen aufnahm, wann immer Saragan etwas berührte, hielt er in der rechten Hand eine Art Skalpell, dessen Spitze jedoch an eine dreizinkige Gabel im Miniformat erinnerte. Vorsichtig schnitt Saragan in Benjus Haut und schob den Schnitt etwas auseinander, um anschließend mit seiner Sensoren-Hand die Wunde zu betasten und mehr Informationen zu sammeln. Immer und immer wieder machte er Schnitte, tastete sie ab und setzte neue. Er sammelte Informationen von dem fuchsroten Haar, den spitzen Zähnen und dem Tattoo. Saragan war immer wieder fasziniert von diesem Hautmal der Humanil, die alle so unterschiedlich waren. Er fragte sich, ob sie starben, wenn man es ihnen entfernte und entschied, es bei seinem nächsten Projekt sogleich auszuprobieren. In diesem Moment schnitt er lediglich ein kleines Stück davon heraus.

Um Informationen aus dem Speichel, der Zunge und den Schleimhäuten zu erhalten, steckte er dem bewusstlosen Benju einen *saugenden Schlauch in den Mund, ein Computer an der Wand sammelte die nötigen Informationen.*

*Das Blut rann aus den tieferen Schnitten in Benjus Oberkörper, während sich Saragan schmunzelnd zu den Beinen vorarbeitete. Mit einem siegesgewissen Lächeln brach er Benju ein Bein.*

*„Knochen, gleiche Stabilität denen der Menschen und anderen Humanil", murmelte er in seinen Helm und die Worte erschienen auf dem Sichtschutz, während er bereits mit einer Spritze Blut aus Benjus Unterarm entnahm.*

*Im Anschluss holte er eine Kanüle mit einer giftgrünen Flüssigkeit aus seiner Tasche. Während er die Spritzenspitze daran befestigte, wandte er sich leise an Benju, als könne dieser ihn hören und flüsterte: „So, mein lieber Fuchs. Ich habe alle Informationen beisammen, die ich von dir brauchte, ich habe keine Verwendung mehr für dich. Ich könnte dich qualvoll an deinen offenen Wunden verrecken lassen, aber ich mach es lieber schnell. Wofür habe ich denn sonst dieses Gift erfunden? So bleibt mir die lange Arbeit und Zeit erspart. Mal sehen, ob du es länger schaffst als die anderen. Wie die Humanil wohl reagieren, wenn ich ihnen den Beschützer des Prinzen präsentiere?"*

*Er schoss den Inhalt der Spritze gehässig lachend probeweise in die Luft, beugte sich gerade ein wenig herunter, als die Labor-Tür mit einem lauten Knall aufschwang.*

᧝

Der Anblick, der sich uns bot, verschlug mir den Atem: Benju lag bewusstlos und über und über mit Schnittwunden übersät festgeschnallt auf einer Art Operationstisch, in seinem Mund ein schmaler Schlauch, der ein saugendes Geräusch von sich gab. Sein Brustkorb hob und senkte sich

379

leicht und ich sah es in der momentanen Situation durchaus als gutes Zeichen an, denn es hieß, dass Benju lebte. Noch! Neben dem Tisch stand Saragan, in der Hand eine Kanüle mit heller, giftgrüner Flüssigkeit, dessen Farbe ich nur allzu gut kannte. Ich war mir sicher, dass es dasselbe Gift wie in Criffs Blutbahn war. Und weil ich wusste, dass Benju keine Selbstheilungskräfte wie Criff besaß, zweifelte ich daran, dass er eine Injektion lange überleben würde. Im ersten Moment wirkte der Forscher überrascht und erstaunt uns zu sehen, fasste sich jedoch recht schnell wieder und warf uns daraufhin ein hämisches Grinsen zu.

„Oh, hallo. Ihr seid ja doch noch hier. Es dürfte mich eigentlich nicht so wundern, dass ihr nicht ohne diesen Jungen gehen wollt. Aber mal ganz im Ernst, mit dem kommt ihr doch keine fünf Meter weit!", redete er betont langsam und gelangweilt, während er seinen Blick belustigt auf die dünne Nadel in seiner Hand gleiten ließ.

„Lassen Sie ihn los!", schrie Line aufgebracht und funkelte ihn wütend an.

„Wieso sollte ich das tun, du dumme Göre?", fragte er und lächelte falsch.

„Was hat er denn gemacht? Was haben die Humanil gemacht, dass Sie sie so behandeln?", versuchte Line Zeit zu gewinnen.

„Nun, das ist einfach zu beantworten. Sie EXISTIEREN!" Mit diesen Worten drehte er sich wieder zu Benju und hob den Arm, um den entscheidenden Stich zu setzen. *Sobald die Nadel Benjus Haut durchdringt und das Gift in seinem Blut ist, wird er hier, vor unseren Augen, qualvoll sterben.*

„Stopp!", rief ich, nachdem mir dieser Gedanke in Sekundenschnelle durch den Kopf geschossen war, stürmte auf den Mann zu und stürzte ihn zu Boden. Die Spritze flog ans andere Ende des Raumes, prallte an der Wand ab und blieb dort zerbrochen liegen. Giftgrüne Flüssigkeit sickerte langsam aus ihr heraus. Der Forscher allerdings war nun erst richtig wütend, schubste mich von sich herunter, packte meinen Hals mit seiner behandschuhten Hand und zog mich hoch. Ich konnte sehen, wie sich Worte auf seinem Bildschirm bildeten, während mein kleiner werdendes Blickfeld mich daran hinderte, sie zu lesen. Ich versuchte verzweifelt, seine Hand von meinem Hals zu lösen, um nicht zu ersticken, während meine Zehenspitzen gerade eben den Boden berührten.

„Was sollte das denn?", fragte Saragan wütend.

„Las … sen sie … ihn in … Ruhe!", keuchte ich.

„Oh, lass mich kurz überlegen … NEIN!" Er stieß mich von sich und ich landete unsanft mit dem Kopf gegen einen der Computer. Ich versuchte, den kurz aufgetretenen Nebel in meinen Gedanken durch leichtes Kopfschütteln zu vertreiben, während sich Saragan an Benju wandte. Die Spritze war zerbrochen, doch ich bezweifelte, dass es die einzige Spritze war, die das Gift beinhaltete. Gran schien den gleichen Gedanken wie ich zu haben, denn innerhalb kürzester Zeit wurde er zu einer Möwe und flog auf Saragan zu, während Line und Mara sich an den Computern vorbei auf den Weg zu Benju machten. Mit seinem Schnabel hieb Gran immer wieder auf Saragan ein, um ihm die Sicht zu nehmen und uns freie Bahn zu gewähren. Auch der Moment, bei dem der Forscher Grans Bein zu fassen bekam und ihn gegen die Wand schleuderte, hielt Gran nicht davon ab, es weiterhin zu versuchen. Noch immer etwas benebelt, versuchte ich mich aufzurappeln, doch noch bevor ich wirklich aufrecht stand, schwang die Labortür auf und einige Burner stürmten herein. Mit leerem Gesicht schauten sie uns an. Sie setzten sich erst in Bewegung, als Saragan sie dazu beauftragte, ihm zu helfen.

„Schafft mir diese Kinder vom Hals! Wird's bald?"

Sogleich stürmten die Burner auf Line und Mara zu und zogen sie von Benju weg. Als Line wütend aufschrie, konnte ich sehen, wie Benjus Körper sich bewegte. Er war dabei, aufzuwachen. Noch ehe einer der Burner mich, noch immer auf dem Boden hinter dem Tisch sitzend, wirklich wahrnahm, sprang ich auf die Beine, rannte zu Benjus Tisch und versuchte, die steifen Gurte zu lösen, so wie Mara und Line zuvor.

„Benju? Kannst du mich hören? Ich bin es, Rina. Keine Sorge, ich mach dich los!", sprach ich auf ihn ein, während ich an einer Beinfessel hantierte. Sein Bein sah merkwürdig geknickt aus.

„Rina?", reagierte Benju verwirrt, seine Stimme war leise und schwach. Ich zog den Schlauch aus seinem Mund, um ihm das Sprechen zu erleichtern, wobei ich darauf achtete, mir die restlichen Wunden nicht allzu genau anzusehen.

„Ja, ich bin es, Benju. Wir sind alle hier und bringen dich hier raus."

Im selben Moment hörte ich, wie Line schrill aufschrie. Meine Nackenhaare stellten sich senkrecht, kurz darauf hatte mich einer der Burner fest im Griff und warf mich zu Boden. Sein Gewicht lastete schwer auf meinem Rücken, mit einer Hand wurde mein Gesicht gegen den Boden gedrückt. Ich brüllte wütend auf, versuchte mich unter dem Druck herauszuwinden, doch gegen die Kraft des Burnerns hatte ich keine Chance. Der Mann war nicht nur größer, sondern auch um einiges muskulöser als ich. Dann erschien Line in meinem Blickfeld. Gran wurde ebenfalls von einem Burner auf den Boden gedrückt, irgendwo hinter mir hörte ich Mara kämpfen, während sich Saragan mit Line beschäftigte.

„Hey, Benju! Ich hab hier deine kleine Freundin. Und weißt du, was ich jetzt mit ihr mache?" Die Stimme des Forschers hallte schadenfroh durch den Raum, während er seine Fingernägel in Lines Hals krallte. Ich hörte sie verzweifelt nach Luft schnappen.

„Nein!", brüllte Benju und ich konnte von meiner Position aus dem Augenwinkel erkennen, wie sich seine Muskeln unter den Gurten anspannten. Das Blut floss nun ein wenig stärker aus seinen Schnittwunden und tropfte neben mir auf den Boden.

„Hahahahaha", lachte Saragan lauthals: „Als ob du mich daran hindern könntest, das zu tun, was ich tun will. Das hast du doch vorher auch nicht geschafft. Du bist ein nichtsnutziges Ding, vollkommen wertlos. Genau wie dieses Mädchen hier. Und ich freue mich dir zeigen zu können, was ich mit Dingen mache, die wertlos sind." Saragan drückte seine Fingerkuppen noch ein wenig mehr in Lines Hals, sie schrie verzweifelt auf, ich brüllte ihren Namen. Dann ertönte das Geräusch von reißendem Leder. Die dicken Gurte um Benjus Körper zerrissen, als wären sie aus Papier. Jeder einzelne Muskel war bis aufs Äußerste angespannt, als sich Benju mit einem einzigen Sprung auf Saragan stürzte und ihn gegen die Wand drückte. Dabei ließ der Forscher Lines Hand los und sie sank zu Boden, wo sie einen Moment liegenblieb. Ich sah sie erschrocken an, konnte dann jedoch erkennen, dass ihre Augen geöffnet waren und ihre Halsschlagader pochte. Sie tat nur so, als sei sie bewusstlos. Ich blickte zurück zu

Benju, der immer und immer wieder auf den Forscher ein-schlug, dessen Rücken mittlerweile gegen die Laborwand gedrückt war. Jeder Hieb traf mitten ins Schwarze, obwohl Benju nicht das Geringste sehen konnte. Doch Saragan gab sich nicht kampflos geschlagen, auch er schlug Benju immer wieder ins Gesicht und auf die vielen Wunden, die dessen Körper bedeckten. Doch Benju war wütend, richtig wütend. Obwohl sein Bein definitiv gebrochen war, bewegte Benju es, als ob es gesund sei. Jeder Hieb von Saragan schien seine Kraft ein wenig mehr zu entfachen. Wie in Trance stand er da und drückte den Forscher gegen die Wand, während sein Tattoo langsam zu leuchten begann.

Ich wand mich von dem hellen Licht ab, blickte zurück zu meiner Freundin, die sich ein wenig zur Seite gedreht hatte und einen merkwürdigen Apparat in der Hand hielt. Dann erkannte ich, was es war. In Lines Hand befand sich eine Fernbedienung. Als sie meinen Blick sah, grinste sie mir wis-send zu. Ehe einer der Burner um uns herum erkennen konn-te, dass Line bei Bewusstsein war, drückte sie den Knopf auf der Fernbedienung. Im selben Moment ertönte das Klirren von Metall neben meinem Kopf und der Druck auf meinem Rücken ließ nach. Ich rappelte mich eilig auf, rutschte ein wenig weg von dem Burner über mir, ehe ich mich zu ihm umdrehte. Das Gesicht des Mannes blickte verwirrt drein, suchend schaute er sich um und betrachtete seine Umge-bung. Auch die anderen Burner standen verwirrt im Raum und versuchten sich zu orientieren, während Mara und Gran sich keuchend aufrappelten. Währenddessen spürte ich eine weitere Veränderung hinter mir. Es war wärmer geworden, fast schon heiß. Ich drehte mich zurück zu Benju, der noch immer Saragan gegen die Wand drückte, das Tattoo mittlerweile feuerrot. Das Gesicht des Forschers wirkte nun alles andere als gefasst, ängstlich schaute er zu Benju auf, während er verzweifelt in seiner Manteltasche nach der Fernbedienung tastete.

„Nein! Das gibt es nicht. Das kann doch nicht sein!", wimmerte Saragan leise, bevor Benju nun nach seinem Hals griff und ihn an der Wand hochzog. Saragans Haut begann zu dampfen, die Hitze in diesem Raum musste von Benju stammen. Ich konnte deutlich sehen, wie Saragans Haut unter Benjus Griff Verbrennungen bekam.

„All die Jahre habe ich auf diesen Tag gewartet. Auf den Tag, an dem ich mich dafür räche, was du meiner Familie angetan hast", flüsterte Benju, während nun sogar Flammen aus seinen Fingerspitzen krochen. Saragan wimmerte keuchend vor Schmerz. Wie aus dem Nichts loderten plötzlich auch Flammen aus dem Boden zu Benjus blanken Füßen, verformten sich flackernd und bildeten einen Fuchs aus Feuer, der immer größer zu werden schien. Inmitten der beißenden Flammen stand Benju, als würde er sie nicht bemerken, während das Gesicht von Saragan schmerzverzerrt war. Der riesige Fuchs aus Feuer wurde immer größer und setzte langsam den kompletten Raum in Brand. Der Putz an den Wänden begann abzublättern und sich dunkel zu verfärben, die technischen Geräte, mit denen Saragan zuvor Benju untersucht hatte, begannen zu schmelzen, und die Luft flimmerte aufgrund der Hitze immer stärker. Ich hatte das Gefühl, mitten in einem Ofen zu sitzen und wandte mich suchend zu den anderen um, als ich Grans Stimme hörte.

„Wir müssen die Humanil aus ihren Zellen holen, los!" Der Mann mir gegenüber schaute nickend zu Gran herüber, sprang auf die Beine und lief mit unseren Freunden und den restlichen Humanil aus dem Raum nach draußen. „Los, kommt. Hier brennt alles nieder!", hörte ich Mara rufen und schrie zurück: „Wir kommen nach!" Line saß auf dem Boden und starrte erschrocken zu Benju.

„Du kannst doch eh nicht mehr alles rückgängig machen!", keuchte Saragan und versuchte zu lachen, doch das Grinsen blieb in seiner schmerzerfüllten Miene stecken. Benju hingegen schien von den Flammen verschont zu werden.

„Ich kann die Zeit nicht zurückdrehen, aber ich kann verändern, dass es weitergeht. Wie fühlt es sich an, so festgenagelt zu sein, mit dem Wissen, gleich zu sterben?" Ich erkannte Benju nicht wieder, als er so sprach. Das Tattoo noch immer leuchtend rot.

„Wir müssen hier raus, Mädchen!", hörte ich hinter mir eine Stimme. Es war einer der ehemaligen Burner. Er stand in der Tür und forderte den Rückzug.

„Benju, lass es, wir müssen hier raus, los!", schrie Line, doch er hörte sie nicht. Wie in Trance stand er da, während das Feuer um uns herum brannte und langsam immer mehr auf uns zukam. Der Mann an der Tür holte einmal tief Luft, rannte zu uns in den verqualmten Raum und packte Line unter seinen Arm, da sie genau in seinem Blickfeld gesessen hatte.

„Nein, wir müssen ihn mitnehmen!", schrie sie und wehrte sich, doch der Mann ließ sich nicht beirren und rannte weiter. Strampelnd und schreiend rief Line nach Benju und auch nach mir. Doch niemand hörte auf sie. Ich vermutete, dass man mich nicht gesehen hatte in dem Rauch zwischen den hellen Flammen und verkohlten Geräten.

„Benju! Benju hör auf, es ist genug!", brüllte ich gegen das laute Geräusch, das die herabstürzenden Deckenteile und Geräte verursachten.

„Hör auf! Line und die anderen Humanil sind in Sicherheit, lass es gut sein!"

Als ich Lines Namen brüllte, bewirkte ich eine Veränderung in Benju. Seine Muskeln lockerten sich und er ließ erschrocken den Hals des Forschers los, der leblos auf den Boden rutschte. Mit den Händen stützte Benju sich an der Wand ab, sein gebrochenes Bein knickte ein und er landete auf den Knien. Ich wollte zu ihm kriechen, doch die Flammen blockierten meinen Weg und der dichte Rauch ließ mich husten. Ein vorbeirennender Humanil musste es gehört haben, denn in diesem Moment spürte ich einen Arm um meine Taille und merkte, wie ich hochgehoben wurde. Kurz darauf hing ich über der Schulter eines riesigen Mannes.

„Loslassen! Du musst ihn tragen, ich kann alleine laufen!", rief ich, mit den Fäusten auf seinen Rücken trommelnd, während der Humanil-Mann mit mir zum Ausgang lief.

„Bitte! Er ist verletzt! Du musst ihm helfen! Er sieht doch nichts!", brüllte ich noch, während wir schon durch den Flur eilten. Riesige Flammen schossen hinter uns aus den Wänden und versperrten den Weg zurück. „Nein!", flüsterte ich leise und rief dann lauter: „Benju! BENJU!" Dann hörte ich das Geräusch von einbrechendem Gestein, gefolgt von einer gewaltigen Explosion, die mich und den Mann durch eines der großen Fenster auf den Platz schleuderte.

Aufgrund der Wucht rutschten wir noch einige Meter über den Boden, während uns Glas und Steine um die Ohren flogen. Ein Fiepen in meinem Ohr zeigte mir deutlich, wie laut der Knall gewesen sein musste. Für einen Moment nahm ich kein anderes Geräusch als das Fiepen war. Ich sah verschwommen, wie einige Humanil auf mich zukamen, ich sah, wie sich ihre Münder bewegten, aber ich hörte sie nicht.

Ich spürte, wie mich jemand hochhob und ein Stück mit mir ging. Mir tat alles weh und als ich mich benommen umsah, sah ich Line, die gewaltsam festgehalten wurde, das Gesicht schmerzverzerrt. An ihren Lippenbewegungen konnte ich sehen, was sie rief: Benju! Er war noch in dem Gebäude gewesen, als es explodierte. Eingeschlossen von dem fallenden Gestein, lebendig begraben.

Vorsichtig wurde ich auf einen weichen Untergrund gelegt, doch unter meiner wunden Haut wirkte sie rau und verursachte Schmerzen. Ich schloss die Augen und versuchte gleichmäßig zu atmen. *Einatmen, ausatmen. Einatmen, ausatmen.*

Doch nicht nur die körperlichen Schmerzen machten mir zu schaffen, die seelischen Schmerzen waren um einiges schlimmer. Ich wollte hier weg. Den Schmerz vergessen. Niemals mehr aufwachen.

Allmählich drangen die Geräusche der Umgebung wieder an mein Ohr, wenngleich das Fiepen noch immer die Überhand besaß. Ich schmeckte Blut in meinem Mund. Ich hörte Lines Schreie. Ich hörte die Stimmen der Humanil: „Hier liegt jemand!" Ich hörte, wie Steine geworfen wurden, dann erneute Stimmen. „Der hier ist tot!"

*Was auch sonst*, dachte ich. *Feuer, Explosionen und einstürzende Gebäude überlebt man nicht.* Dann drangen erneut Stimmen an mein Ohr. „Hey, hier ist noch ein Junge, helft mir mal beim Graben." Schritte erklangen, Steine wurden verschoben, Line wimmerte leise.

„Ich glaube, er lebt noch! Beeilt euch, sonst verblutet er. Ist hier ein Heiler in der Nähe? Line verstummte, ich vermutete, sie war zu den Humanil gelaufen.

Ich hörte, wie jemand rief: „Legt ihn neben das Mädchen!"
und bemerkte, wie etwas neben mir abgelegt wurde. Vorsichtig drehte ich meinen Kopf und öffnete die Augen. Damit
beging ich einen großen Fehler. Blutüberströmt lag Benju vor
mir. Die Wunden dreckig, aus einigen floss noch immer Blut.
Sein Brustkorb hob und senkte sich stockend und unregel-
mäßig. Irgendwo rief jemand: „Wir brauchen Hilfe, er schafft
es nicht!" Das war der Moment, in dem ich mich endgültig
der Schwärze meines Bewusstseins hingab.

# Wer ist Marik und wo ist Benju?

Ich schlug meine Augen auf, nur um sie gleich darauf wieder zu schließen. Obwohl das Licht nur sehr schwach war, brannte es in den Augen und schickte einen unbeschreiblichen Schmerz in den Kopf. *Erst einmal tief einatmen und dann ganz langsam nochmal,* redete ich mir ein und befolgte meine eigenen Anweisungen, während ich in Gedanken meinen Körper durchwanderte. Ich spürte ein taubes Gefühl an meiner Schulter und einen spitzen Schmerz an der Schläfe. Vorsichtig hob ich einen meiner müden Arme und tastete mit wunden Fingern nach der Stelle an meiner Stirn. Ich fühlte etwas Weiches, dort, wo meine Haut hätte sein sollen, und als ich die Stelle berührte, wurde der Schmerz stärker und ich zuckte zurück.

„Du bist wach!", hörte ich Lines Stimme sanft neben mir. Vorsichtig drehte ich den dröhnenden Kopf. Sie saß gewaschen und in frischer Kleidung auf einer Liege neben mir. Ihr Kopf ruhte auf den Knien, ihre Arme waren eng um die angewinkelten Beine geschlungen. Sie wirkte besorgt.

„Alles o.k. bei dir? Wie fühlst du dich?"

„Ganz gut, glaube ich, was ist mit dir?", krächzte ich mit rauer Stimme und versuchte, mich ganz langsam aufzusetzen.

„Bleib lieber liegen", sagte Line sanft und ließ ihre Beine los. Ich versuchte, den Kopf zu schütteln, doch der Schmerz hielt mich davon ab.

„Bei mir ist auch alles in Ordnung. Ich hab nichts von der Explosion abbekommen ..." Sie stockte in der Antwort auf meine Frage und seufzte einmal kurz auf. Vorsichtig zog ich mich an der Wand neben meiner Liege hoch und lehnte mich dagegen, damit ich sie angucken konnte.

„Was ist mit Benju?"

Line schaute stumm auf ihre Fingernägel.

„Line?" Ich dachte daran, was ich gesehen hatte. Wie er verletzt und schwach in diesem brennenden Raum gesessen hatte, wie das Gebäude mit ihm in die Luft geflogen war und wie es daraufhin über ihm einstürzte. Ich erinnerte mich daran, wie er neben mir lag, voller Blut, und irgendjemand sagte, er würde es nicht schaffen. „Oh Gott!", stöhnte ich und schloss zittrig atmend die Augen.

„Nein", sagte Line leise. „Er lebt noch. Aber es geht ihm sehr schlecht. Willst … willst du ihn trotzdem sehen?" Ihre blauen Augen schauten mich müde an.

„Ja", sagte ich und stand langsam auf. Ich musste mich selber davon überzeugen, dass Line Recht hatte. Als ich mich aufrappelte und zum Stehen kam, wurde mir im ersten Moment ein wenig schummrig, doch nachdem ich erst einmal richtig stand und mich an der Wand abgestützt hatte, flaute das Gefühl wieder ab.

„Du kannst dich auch erst noch etwas ausruhen, Rina!", sagte Line besorgt, aber ich schüttelte einmal kurz vorsichtig den Kopf.

„Nein, lass uns gehen".

„Wo sind wir eigentlich?", erkundigte ich mich, während wir langsam durch mehrere Gänge wanderten.

„Im Wölfewald", antwortete Line. „Genauer gesagt in der Höhle eines Wolfrudels."

„Echt?", fragte ich überrascht, während Line eine Tür mit der Inschrift PZ4 öffnete.

„Echt!"

Das Erste, was ich sah, war eine große blau-schimmernde Röhre in der Mitte des Raumes. Auf den zweiten Blick sah ich, dass sich jemand in dieser verglasten Röhre befand. Als ich das dritte Mal hinschaute, erkannte ich auch, wer es war: Benju! Sein rotes Haar war nicht zu übersehen.

Fassungslos betrat ich den Raum und ging geradewegs auf die Röhre zu, Line dicht hinter mir. Die Tür fiel leise ins Schloss. Vorsichtig glitten meine Fingerspitzen über das kühle Glas der Röhre. Erst jetzt bemerkte ich die zahlreichen Schürfwunden und Schnitte in meiner Haut, auf welchen sich bereits eine dünne Kruste gebildet hatte.

„Line? Wie lange habe ich geschlafen?", fragte ich vorsichtig und löste meine Hand von dem Glas, den Blick jedoch noch immer auf dessen Inneres gerichtet. Benju sah aus, als würde er schweben, doch eigentlich schwamm er nur in einer durchsichtig-blauen Flüssigkeit. Seine weite, schwarze Shorts bewegte sich kaum merklich. Ein Sauerstoffgerät an seinem Mund und seiner Nase gab ihm die Luft, die er brauchte, während das Wasser, wenn es denn welches war, den Dreck aus seinen Wunden filterte. Es waren unendlich viele. Ich wandte mich von dem Anblick ab und ließ mich, mit dem Rücken gegen das kühle Glas gepresst, auf den Boden gleiten.

„Drei Tage", antwortete Line mir leise und ich nickte, presste meine wunden Hände zu Fäusten zusammen, während ich ihre Antwort flüsternd wiederholte.

„Ich hab mir echt Sorgen um dich gemacht", sagte Line und setzte sich neben mich. „Die wollten dich auch erst in so ein Ding stecken, aber weil du ein Mensch bist, wussten sie nicht, wie du es aufnimmst, also haben sie es gelassen. Du hast echt übel ausgesehen."

Ich presste meine Lippen aufeinander, während Line sprach. „Ich glaube, es wäre besser, du legst dich noch eine Weile hin und ruhst dich aus, Rina. Ich meine, du bist bei der Explosion plötzlich mit einem Mann durch ein Fenster geflogen und einige Meter über den Boden gerutscht. Als du dann nicht aufgestanden bist, hab ich echt Panik bekommen. Die haben dich auf eine provisorische Liege gelegt. Dann bist du plötzlich ohnmächtig geworden und hast Blut gespuckt. Als wir hier waren, mussten sie dir Glas und Steine aus der Haut ziehen und eine Menge Blutungen stoppen." Sie tippte sich mit der Hand gegen die Schläfe, um mir ein Beispiel zu geben.

Ich tastete erneut mit der Hand nach dem Verband und zuckte vor Schmerz zusammen.

„Zum Glück ist nichts wirklich tief eingedrungen, als du über den Boden gerutscht bist. Nicht zu vergessen die Verbrennungen von dem Brand in dem Raum und der Explosion. Es wäre mir lieber, du gehst das Ganze ruhiger an, das steckt man nicht einfach so weg." Jetzt gerade sprach wohl die angehende Ärztin aus meiner Freundin heraus. Ich wusste, dass ich eigentlich auf sie hören sollte, schüttelte aber dennoch verneinend den Kopf. Ich hatte mich drei Tage ausgeruht, das musste reichen. Uns war schon viel zu viel Zeit verloren gegangen.

„Was ist passiert, nachdem ich ohnmächtig geworden bin, Line? Wie konnte Benju das überleben und wie sind wir hierhergekommen?"

Ihr Gesicht wandte sich zu Benju und sie schaute ihn für einen kurzen Moment stumm an, ehe sie sich erneut zu mir umdrehte. „Als die ersten Humanil hörten, dass noch jemand im Gebäude war, haben sie sich zusammengetan und unter den Trümmern gesucht. Dieser Forscher, Saragan, wurde zuerst gefunden, aber er war bereits tot. Als sie kurz darauf Benju fanden, habe ich zuerst gedacht, er wäre ebenfalls nicht mehr am Leben, aber ich konnte die Bewegung seines Brustkorbs sehen. Sie hatten ihn unter dicken Trümmern herausgezogen, er hat so stark geblutet und sich nicht bewegt ... Ich wusste nicht, was ich tun sollte. Wir hatten keine Verbände, keine Medikamente ... " Sie holte einmal tief Luft, ehe sie weitersprach. „Sie haben ihn dann zu dir auf die Matten gelegt und wir haben versucht, seine Blutungen mit Kleidungsstücken zu stillen. Aber die Wunden hörten nicht auf zu bluten, innerhalb kurzer Zeit war alles rot verfärbt. Sein Atem war schwach. Ich hatte so eine große Angst. Und dann war da plötzlich jemand, der sich als Heiler bezeichnet hat. Er hat sich Benju kurz angesehen und dann Ale gebeten, ihm schnell seine Tasche zu geben."

„Ale? Ale war da?", unterbrach ich und Line bestätigte nickend.

„Ja, er hat Hilfe geholt und ist wiedergekommen. Also, er hat dann auf jeden Fall dem Mann die Tasche gegeben und sich anschließend auf deine Füße gelegt, weil du so kalt warst. Der Heiler hat Benju eine Spritze gegeben. Ich wollte erst protestieren, doch er meinte, sonst könnte Benju es nicht bis hierher schaffen, also habe ich ihn machen lassen. Nach kurzer Zeit haben die Wunden tatsächlich eine Zeitlang aufgehört zu bluten. Aber er sagte auch, wir müssten schnell aufbrechen, ehe die Wirkung aufhört. Nach und nach haben sich dann auch die Humanil verabschiedet und sind losgeflogen oder gelaufen, um zu ihren Familien zurückzukehren."

„Und wie seid ihr hierhergekommen?", fragte ich weiter.

Ich hatte das Schiff von Gran doch gesehen, damit hätten wir es nirgendwohin geschafft.

„Durch die Wölfe. Der Wölfewald ist ja die Insel direkt nebenan und man kann den Big Mountain gut sehen. Eigentlich wollten Marik und seine Wölfe uns helfen zu entkommen, stattdessen transportierten sie uns hierher, wo wir sofort medizinisch versorgt wurden. Es ist unglaublich, genau wie einige der Raubkatzen haben auch viele der Wölfe hier Flügel."

Ich reagierte nicht auf Lines Begeisterung, es waren zu viele Fragen in meinem Kopf, die nach Antworten suchten.

„Wie hat Ale denn diesen Arzt überhaupt gefunden?"

„Wenn ich es richtig verstanden habe, wurde eigentlich er von den Wölfen entdeckt. Ale ist bis ans Ufer der Insel geschwommen und hat sich dort erschöpft in den Sand gelegt. Die Wölfe haben ihn gefunden und zu Marik gebracht, damit er ihn im Notfall behandeln konnte, was aber zum Glück nicht nötig war."

„Und wer ist dieser Marik?", fragte ich weiter und drehte mich erschrocken zur Tür, als ich eine sanfte Stimme hörte.

„Das wäre dann wohl ich!" Ein riesiger Wolf stand in der Tür und betrat nun den Raum. Sein Fell schimmerte silbern, seine Pfoten und sein Bauch waren weiß. Auf dem Rücken und im Gesicht hatte er dunkelgraue Muster, Nasenspitze und Körperseiten hingegen hatten weiße Muster. Er war atemberaubend schön, wie er uns mit stolzen, hellgrauen Augen ansah. Mit eleganten Schritten lief er auf uns zu, während er langsam zu einem etwa 30 Jahre alten Mann wurde. Sein Haar hatte das gleiche helle Grau wie sein Wolfsfell.

„Ich bin Marik. Freut mich, dich auch einmal wach zu sehen, Rina. Geht es dir besser?" Ich nickte, noch immer sprachlos von dem Anblick.

„Es gibt gleich Essen, wenn du magst kann ich dir vorher noch den Verband wechseln."

Line half mir auf die Beine und gemeinsam folgten wir Marik zurück in unser Zimmer. Ich setzte mich auf mein Bett und ließ Marik den Verband entfernen. Er machte das sehr vorsichtig und seine Finger waren so sanft, dass ich kaum etwas merkte.

„Das sieht schon ganz gut aus. Ich klebe dir ein wasserfestes Pflaster auf die Wunde, damit du duschen gehen kannst, wenn du magst." Während er sprach tupfte er mir mit einem feuchten Schwamm vorsichtig eine Salbe auf die Wunde. Zum Schluss klebte er noch ein weißes Pflaster auf. „Ich stelle dir etwas Brandsalbe hin, für später", sagte er und ließ mir ein kleines Döschen mit einer gelben Creme da, bevor er ging.

஺

Das warme Wasser der Dusche tat gut und ich fühlte mich gleich erholter, nachdem ich endlich meine Haut von Dreck befreit hatte. Zur Wundversorgung war meine Haut zwar provisorisch gereinigt worden, aber frisch geduscht zu sein, war einfach etwas anderes. Als ich aus der Dusche kam, betrachtete ich mich zum ersten Mal seit langer Zeit wieder im Spiegel. Ich sah anders aus als zu Beginn unserer Reise. Meine ganze linke Seite war aufgeschürft und wund. Durch das Duschwasser hatte sich die bereits gebildete Kruste gelöst und entblößte rosige Haut. Auf meiner rechten Schulter befand sich eine Brandwunde von etwa zehn Zentimetern Durchmesser, die ich mit der kühlen Salbe bestrich. Während ich die Stelle mit einer Mullbinde bedeckte, betrachtete ich den Rest meines Körpers. Aufgrund der langen Märsche und dem wenigen Essen, vor allem in den letzten Tagen, hatte ich ziemlich abgenommen. Kein Wunder, dass die Kleidung, die ich anzog, viel zu groß war. Unter meinen Augen lagen tiefe, dunkle Schatten. Ich hatte überall blaue Flecken und meine Haare bedeckten das große Pflaster auf meiner Stirn gerade eben. So also sah mein Körper aus, wund und vernarbt. *Wird sich mein Innerstes bald anpassen?* So viel Zeit war vergangen, ohne dass wir irgendwie weitergekommen waren.

Niedergeschlagen kehrte ich ins Zimmer zurück, wo Line auf ihrem Bett saß und auf mich wartete. „Hey, kein Grund zur Sorge. Ich hab was für dich", erriet sie meine Gedanken und bückte sich unter ihr Bett. Als sie wieder auftauchte, erkannte ich, was dort in ihren Armen war: Mein Rucksack! „Woher ...?", fragte ich Line und ging eilig auf sie zu, um ihn entgegenzunehmen.

„Du hast mir doch erzählt, dass die Rucksäcke noch im Schiff waren. Also habe ich es weitererzählt, und die Wölfe haben unsere Sachen geholt und hergebracht." Sie grinste mich an und ich hockte mich auf den Boden, um den Inhalt zu überprüfen. Es war alles da, auch die Papiere der Königsfamilie und das Bernsteinkraut. Es wirkte etwas mitgenommen, aber keinesfalls unbrauchbar.

„Hier!", sagte Line dann noch einmal und hielt mir das Medaillon von Criff und Magnums Uhr entgegen. „Das mussten sie dir abnehmen, also habe ich darauf aufgepasst!" Dankbar nahm ich ihr die Kette ab und hängte sie mir wieder um den Hals, ehe ich die zerkratzte Uhr an mein dünnes Handgelenk zog.

„Sag mal, Line. Weißt du, wie lange wir in der Festung waren?"

„Ale sagt, ungefähr sieben Tage, also eine Woche. Aber denk nicht daran, Rina. Morgen sieht schon wieder alles ganz anders aus", versuchte sie ihre Antwort herunterzuspielen. Ich nickte stumm. Sieben Tage, die wir verloren hatten, zusätzlich zu den drei Tagen in denen ich hier gelegen hatte. Hatten wir überhaupt noch genügend Zeit?

„Komm mit, wir gehen in den Speisesaal, dort sind bestimmt auch die anderen", holte mich Line aus meinen Gedanken. Ich ließ nicht lange auf mich warten, wollte ich doch unbedingt mit eigenen Augen sehen, dass es den anderen gut ging und eilte hinter Line her.

Der Speisesaal bestand aus einem großen Raum mit einigen Holztischen. An einem von ihnen saßen Mara, Ale und Gran, vor jedem von ihnen ein Teller mit dampfendem Essen.

„Hallo, Rina, schön dich zu sehen. Wie geht es dir?", fragte mich Gran und drückte meine Hand, als ich mich ihm gegenüber auf einen Stuhl setzte.

„Es geht mir gut, Gran, danke. Was ist mit euch?"

„Bei uns ist alles in Ordnung, keine Sorge. Nur ein paar blaue Flecken, das ist alles. Ist ja nochmal gut gegangen, so irgendwie …", beantwortete Mara meine Frage lächelnd.

„Vorsicht!", hörte ich plötzlich eine leise Stimme neben mir, und schon wurde mir von einem braunhaarigen Mädchen ein Teller mit Essen vorgesetzt. Er duftete herrlich und ich musste mich beherrschen, um mich nicht sogleich darauf zu stürzen. Ich hatte mir gerade den ersten Bissen in den Mund geschoben, als Marik durch die Glastür kam und sich zu uns setzte.

„Der Fuchsjunge, er ist ein Freund von euch, oder?", fragte er ruhig und kratzte sich an der Schläfe, während seine grauen Augen uns nachdenklich musterten. Ich nickte, ebenso wie die anderen auch. Seufzend strich er sich mit einer Hand mehrfach durch sein kurzes, silbernes Haar, um dann mit beiden Händen das Gesicht entlangzustreichen, den Blick auf die Tischplatte vor sich gerichtet. „Es tut mir leid, euch das sagen zu müssen, aber ich bin nicht sicher, ob euer Freund das überlebt. Seine äußeren Wunden heilen gut, dank dem Medikament in der Röhre. Was mir Sorgen macht, sind seine inneren Verletzungen. Ich kann sie mit der Röhre nicht behandeln, aber er ist noch zu schwach, um ihn dort rauszuholen. Er hat viel zu viel Blut verloren, die Zeit in Gefangenschaft hat seinen Körper enorm geschwächt. Dann die Explosion und die Wände, die über ihm zusammengekracht sind. Wenn man es so nimmt, hat er noch enormes Glück gehabt. Aber ich weiß nicht, wie ich ihm helfen soll. Die wenigen Medikamente, die ich verstecken konnte, reichen für so etwas nicht aus. Es tut mir leid."

Er legte seine Stirn auf den Handballen ab, die Ellenbogen auf den Tisch gestützt. Ich sah, wie Mara neben Gran aufstand, um den Tisch ging und Marik von hinten umarmte.

„Danke. Ohne dich wäre Benju vermutlich noch an Ort und Stelle gestorben. Dank deiner Hilfe konnten wir uns von der Reise erholen. Du hast alles getan, was du konntest und uns damit sehr geholfen, wirklich." Ihre Worte taten Marik gut, das sah ich ihm an.

„Da gibt es nichts zu danken, das ist Ehrensache", antwortete er, stand auf und ließ uns allein.

Ich schob meinen Teller von mir weg, die Nachricht hatte mir den Appetit verdorben. Ohne ein weiteres Wort stand ich auf, wartete die Reaktion meiner Freunde aber nicht ab, sondern stolperte eilig den Gang entlang bis zu unserem Zimmer, wo ich sofort ins Bad ging und mich über der Toilette erbrach. Mein Abendessen landete vollständig im Kübel, gefolgt von Galle und Wasser. Ich hatte gesehen, wie schlecht es Benju ging. Dass es eine Weile dauern würde, bis er wieder auf dem Damm war, war nicht zu leugnen gewesen. Dennoch hatte ich gehofft, dass die Explosion ihn nicht richtig getroffen hatte. Dass er das überstehen würde. Dass er Criff wiedersehen könnte.

Keuchend ließ ich mich auf mein Bett fallen und versuchte, tief durchzuatmen. Mein Schädel pochte und ich schloss meine Augen für einen kurzen Moment, um gegen die erneut aufgekommene Übelkeit anzugehen.

*Erst wurde Criff verletzt, dann Kinso und nun auch noch Benju. War das wirklich nötig?* Ich spürte, wie mir Tränen über das Gesicht rannen.

ॐ

Mein Körper war viel zu unruhig und angespannt, um einfach nur auf dem Bett zu liegen. Ich warf mich mehrfach hin und her, streifte den Blick durch das helle Zimmer, bis er an meinem Rucksack hängen blieb. Ich erinnerte mich an das kleine Buch von Criff. Aus seiner Kindheit. Ich hatte es ganz am Anfang in Neas Haus gelesen, doch nie bis zum Ende. Um mich abzulenken stand ich auf und suchte in meinem Rucksack herum, bis ich es in den Händen hielt. Ich legte mich zurück auf mein Bett und begann die Stelle zu suchen, bei der ich aufgehört hatte zu lesen. Es gab nicht mehr viele Seiten, die Criff beschrieben hatte.

Mama ist sauer, weil ich mit Fieber draußen spielen
war. Aber ich wollte doch nur nach vier Tagen mal
wieder aufstehen. Mit Benju darf ich jetzt nur noch
spielen, wenn ich lieb bin, weil er auch so viel lernen
muss. Sagt Papa. Das ist doof. Marina will nie meine
Spiele spielen. Sie kann auch nicht so gut klettern
wie Benju.
Gestern hat Papa mit Mama geschimpft, weil sie
immer so lieb ist. Ich mag das, wenn Mama lieb ist.
Ich mag es nicht, wenn Papa böse ist. Also hab ich
mir die Ohren zugehalten. Als ich meine Hände wieder
weggenommen habe, stand sie in der Tür und sagte,
ich solle aufhören zu schreien. Danach hat sie mich
ganz doll in den Arm genommen. „Was ist los mit mir,
Mama?", hab ich gefragt. Sie meint, dass ich Schüt-
telkrämpfe habe. Sie hat nicht erklärt was das ist,
aber so wie Mama redet, ist das nichts Gutes.


Letztens hat Mama ganz doll Angst gehabt. Marina und
Benju dürfen jetzt erst mal nicht zu mir kommen.
Als ich fünf geworden bin, bin ich durch den Flur gelaufen und hab Benju gesucht, um ihm die Pfeife zu
zeigen, die ich bekommen habe. Mein Tattoo ist jetzt
ausgewachsen und Mama hat es auf die Flagge von
Armania gemacht. Weil ich ja auch bald König werde. Wenn ich groß bin. Ich habe Benju gesucht, weil
Mama meinte, an meinem Geburtstag hätte er frei,
weil er auch Geburtstag hat. An einer Tür habe ich
Papa dann ganz laut brüllen gehört. Obwohl ich Angst
hab, wenn Papa brüllt, bin ich hingegangen. Hab gesehen, dass er Benju am Arm hält.

Benjus Arm war da schon ganz rot und sein Gesicht war an einer Seite auch ganz wund. Ich hab gesehen, wie Papa Benju gehauen hat.
„Was machst du da, Papa?", hab ich gefragt und Papa hat mich ganz böse angeguckt und gesagt, ich soll ins Bett gehen, aber ich wollte nicht ins Bett und hab gesagt, er soll Benju loslassen. Aber er hat Benju nicht losgelassen und weiter gebrüllt. Benju meinte, ich solle besser gehen. Es ginge ihm gut. Aber ich hab gehört, dass er Aua hat und meinen Papa ange-brüllt. Ich hab gar nicht gemerkt, dass ich auf Papa gesprungen bin, bis mich die Wächter von ihm runter-geholt haben. Mama hat mir später erzählt, Papa hätte gesagt, ich hätte ganz gelbe Augen gehabt und ihn gebissen und angefallen, als wäre er Beute. Ich woll-te Papa nicht wehtun, aber er hätte Benju nicht so behandeln dürfen. Ich hab Angst, dass ich allen so wehtue wie meinem Papa. Ich will keinem wehtun. Was ist los mit mir?

Daraufhin hatte er lange Zeit nicht geschrieben, denn der nächste Eintrag stammte von einem ganz bestimmten Tag, als Criff bereits sechs Jahre alt war.

Ich bin heute sechs geworden. Benju auch. Als Be-lohnung, weil wir so lieb waren und fleißig gelernt ha-ben, durften wir zum Spielen mit Marina in den Wald. Aber nur, wenn wir ganz doll aufpassen, obwohl jetzt schon ganz lange nichts mehr passiert ist, mit diesen bösen Leuten. Aber ich bin ja jetzt groß und Benju ist ganz stark geworden. Er passt ganz doll auf uns auf, hat er gesagt. Ich freue mich total, das wird bestimmt lustig.

Etwas weiter runter hatte er mit einem Stift und sehr unsauber einen flüchtigen Satz geschrieben.

*Ich hab Angst. Da sind so komische Männer im Wald, die uns hinterherlaufen und schießen. Sie haben W_____*

Das letzte Wort endete in einem langgezogenen Strich, doch ich wusste, was es bedeutete. Sie haben Waffen. Ich legte das Buch zur Seite und versuchte verzweifelt, die Tränen zu unterdrücken, denn das Weinen schmerzte in meinem Kopf. Das alles war so ungerecht. Warum waren all diese Dinge passiert. Warum passierten sie noch immer? Als ich es schließlich nicht mehr aushielt, einfach bloß dazuliegen und mit meinen Gedanken allein zu sein, wischte ich mir mit dem Ärmel die Augen trocken und machte mich auf die Suche nach Marik. Der Geruch von Essen erfüllte den Flur, aber allein bei dem Gedanken daran drehte sich mir der Magen um. Vorsichtig betrat ich den abgedunkelten Raum mit der Röhre in der Mitte. Die Flüssigkeit sah mittlerweile grünlich aus, außerdem gab es nun einen weiteren Schlauch, der einen von Benjus Armen mit einer Maschine außerhalb der Röhre verband.

Marik stand neben der Röhre und hielt ein Klemmbrett in der einen Hand, während er mit der anderen etwas in den Computer eingab. „Ich möchte bloß einige Reaktionen testen", sagte er anstelle einer Begrüßung. Ich starrte ihn abwartend an. Marik drückte eine Taste und im gleichen Moment öffnete Benju seine Augen. Nein, er öffnete nur eines der beiden Augen, denn das andere war von einer Narbe überzogen und daher nicht zu öffnen. Doch aus Benjus Gesicht starrte uns nun ein einzelnes mintgrünes Auge an, ich kannte die Farbe von den Bildern aus dem Schloss. Genau wie Criffs Augen faszinierte mich auch hier die ungewöhnliche Farbe der Iris. Marik kletterte ein paar Stufen nach oben und lehnte sich dann so zur Seite, dass er mit einem grellen Licht genau in Benjus Auge leuchten konnte. Schon von der Reflektion des Glases musste ich meine Augen zusammenkneifen.

„Interessant", murmelte Marik leise vor sich hin.

„Was ist mit ihm?" Ehe Marik mir auf die Frage antwortete, stieg er die Treppe wieder hinunter. Nachdenklich schaute er Benju von unten aus an.

„Dieses Auge lässt mir keine Ruhe. Immer wieder scheint es, als könne er darauf nichts erkennen und dann, ganz plötzlich, reagiert es wie jedes andere Auge auch. Höchst eigenartig. Ich wünschte, ich hätte mehr Zeit und die Gelegenheit, ihn danach zu fragen. Aber er wird immer schwächer und schwächer, wenn ich doch nur etwas Bernsteinkraut hätte."

Mit einem Mal war mein Verstand hellwach. „Was sagtest du? Wenn du was hättest?"

„Bernsteinkraut. Wenn ich etwas davon hätte, dann könnte ich versuchen, ein Medikament herzustellen."

„Moment." Ich hob meine Handfläche nach oben, um Marik zu signalisieren, dass ich gerade nachdenken musste. „Willst du damit sagen, dass du das Bernsteinblut brauen könntest, wenn du Bernsteinkraut hättest? Wie?"

„Mein Meister, Kvestor, konnte es brauen. Das ist allerdings schon eine ganze Weile her. Es war der Grund, weshalb die Burner ihn töteten. Ich habe ihm ein paar Mal dabei zugesehen und nach seinem Tod etwas getrocknetes Blutblatt versteckt, um die Samen aussähen zu können, sollte ich jemals die Gelegenheit dazu bekommen. Nur von dem Bernsteinkraut fehlt jede Spur."

„Das gibt's nicht", keuchte ich und lief aus dem Raum, hinein in das Zimmer von Line und mir, schnappte mir meinen Rucksack und rannte zurück. Marik schaute mich verwirrt an, als ich schliddernd vor ihm zum Stehen kam und mich auf den Boden hockte.

„Was hast du vor?"

„Dir die Chance zu geben, Leben zu retten. Hier!" Ich hatte es gefunden und hielt Marik triumphierend das etwas mitgenommene Bernsteinkraut unter die Nase.

„Unglaublich …Woher …?", keuchte Marik und nahm das Kraut mit zitternden Händen entgegen.

„Ist doch unwichtig. Versuch dein Glück! Wenn du es wirklich schaffen solltest, dieses Medikament herzustellen, kannst du nicht nur Benjus Leben retten, sondern auch das von Criff Ucello, dem Prinzen von Armania. Wegen ihm sind wir hier."

„Ja, du hast Recht."

Den Blick noch immer fasziniert auf das seltene Kraut geheftet, verließ Marik eilig den Raum.


„Ich hab dich gesucht", ertönte irgendwann die Stimme von Line hinter mir, als sie vorsichtig in den Raum trat und sich neben mich auf den Boden setzte. Sie musterte mich einen Augenblick mit sorgenvoller Miene.

„Du siehst furchtbar aus, Rina. Du solltest dich wirklich noch etwas ausruhen und deinem Körper die Möglichkeit geben, neue Kraft zu tanken. Hier." Sie hielt mir eine Flasche Wasser hin, aus der ich auch gleich ein paar Schlucke nahm, den

Blick noch immer auf Benju gerichtet. Aus seinem Mund löste sich feiner, roter Blutnebel und ich war mir sicher, dass es von den inneren Verletzungen stammte.

„Rina! Bitte!" Lines Stimme wurde flehend, doch ich ignorierte den Klang ihrer Worte.

„Es gibt Hoffnung, Line", antwortete ich stattdessen.

„Was?"

„Ich habe mit Marik geredet und ihm das Bernsteinblut gegeben. Er sagt, er hat getrocknetes Blutblatt vor den Burnern verstecken können. Jetzt versucht er sich zu erinnern, was sein Meister ihn damals gelehrt hat."

Ich wartete auf Lines Reaktion. Als ich sie anschaute, konnte ich sehen, wie es in ihrem Gehirn arbeitete. Als dann ihre Augen mit einem Mal groß wurden und ihr Mund aufklappte, wusste ich, dass sie verstanden hatte.

„Warte, heißt das ...?" Ich nickte.

„Ja. Er hat seinem Meister damals einige Male zugesehen und jetzt versucht er es selbst. Wenn Marik es schafft, Line, dann können wir Benju und Criff damit helfen!"

„Oh mein Gott", keuchte Line beinahe hysterisch.

Ich musste lachen, als ich ihr strahlendes Gesicht sah.

„Ja, das habe ich auch gedacht. Jetzt müssen wir nur hoffen, dass Marik es schnell genug schafft und wir aufbrechen können."

$\infty$

„Hey, Rina, kannst du vielleicht den Wecker von deiner Uhr ausmachen?", bat mich Mara, nachdem Line und ich den anderen im Speisesaal die Neuigkeit erzählt hatten. Wir alle hofften, dass Marik bald wieder zurück wäre, und das hoffentlich mit einer guten Nachricht und einem Medikament, das wirkte. Die Worte von Mara jedoch ließen mich stutzen.

„Wecker? Ich habe keinen …" In diesem Moment nahm ich nicht nur das leise Piepen, sondern auch das gelb aufleuchtende Ziffernblatt an meinem Arm wahr. Ohne weiter darüber nachzudenken, klappte ich das Ziffernblatt auf und starrte auf den kleinen Bildschirm an meinem Handgelenk. Anstelle der schwarzen Fläche blickte mir nun ein klares und deutliches Bild von Magnum entgegen.

„Magnum?", fragte ich ungläubig, da ich fest davon überzeugt gewesen war, dass die Uhr nach all dem, was passiert war, nicht mehr richtig funktionierte. Doch ich konnte Magnum nicht nur perfekt sehen, sondern auch hören.

„Es hat geklappt! Rina, wie geht es euch!", brüllte Magnum in sein Headset und ich verzog das Gesicht.

„Ich kann dich gut hören, Magnum, du brauchst nicht so zu schreien. Es geht uns gut, Line sitzt neben mir und frühstückt. Oh, wie schön, dass ich mit dir sprechen kann, es ist etwas passiert, Magnum. Ich hab dir doch erzählt, dass wir bereits das erste Kraut gefunden haben. Stell dir vor, wir haben die Black Burner besiegt und sogar jemanden gefunden, der das fehlende Kraut hat und vermutlich weiß, wie man das Bernsteinblut braut. Wir warten gerade darauf, dass es fertig wird!" Magnums Augen weiteten sich. Er drehte sich kurz nach hinten und rief in den hinteren Teil des Zimmers, in dem er saß: „Henry, sie haben es gefunden!"

„Henry? Er weiß, wo wir sind?" Ich war überrascht, war Magnum doch sehr erpicht darauf gewesen, niemandem von diesem Ort und dieser Reise zu erzählen.

„Ja, ich musste es ihm sagen. Er hat mir keine Ruhe gelassen, und irgendwie war er nicht überrascht, als ich ihm alles erzählt habe. Aber genug über uns, Rina. Henry fragt, wie lange ihr noch braucht, bis ihr zurück seid."

„Hmmm. Jetzt, wo die Gefahr durch die Burner gebannt ist, müssten wir zu Fuß gut durchkommen. Ich schätze nur ein paar Tage, wir machen uns auf den Weg, sobald wir das Bernsteinblut haben und wissen, dass es wirkt. Wir …" Ich brach ab als ich sah, wie Magnums Gesicht bei meinen Worten in sich zusammenfiel.

„Was ist los, Magnum? Warum guckst du so? Was ist mit Criff?" Seine Reaktion machte mich unruhig, irgendetwas stimmte nicht.

„Es … ist nur so … ich glaube nicht, dass er es noch ein paar Tage schafft, Rina." Magnums Stimme klang müde und kraftlos.

„Was? Aber er muss, Magnum! Wieso glaubst du, er schafft es nicht? Magnum?" Ich brüllte fast in die Uhr, während sich mein Puls beschleunigte, als hätte ich gerade einen Marathon hinter mir. Ich hatte das Gefühl, ich würde jeden Moment verrückt werden vor Ungewissheit.

„Criffs Zustand ist wirklich kritisch. Die wenigen Medikamente, die wir Criff verabreichen können verlieren allmählich ihre Wirkung. Sein Körper beginnt sie immer mehr abzustoßen und ich weiß nicht, was ich dagegen machen soll. Sein Magen nimmt keine Nahrung mehr an und seit gestern Abend passiert dasselbe mit Flüssigkeit. Wenn nicht bald etwas geschieht, dann trocknet er aus. Seine Wunden reißen wieder komplett neu auf und fangen an zu bluten, viele haben gar nicht erst begonnen zu heilen und sind stark entzündet. Dieses Gift zerstört ihn immer schneller, er hat gar keine Chance, sich von alleine zu regenerieren und zu erholen. Wir haben ihn vor ein paar Tagen nochmals operiert, somit konnten wir für einen kurzen Moment den Zerstörungsprozess in seinem Körper etwas hinauszögern. Noch einmal könner wir es nicht machen, dafür ist Criff zu schwach und die notwendigen Medikamente wirkungslos."

„Wie lange haben wir noch?", fragte ich zittrig und Magnum warf einen Blick nach hinten.

„Ich weiß nicht. Ein paar Stunden vielleicht. Vielleicht bis morgen, ich kann es nicht genau sagen. Es hängt davon ab, wie lange sich Criffs Geist noch gegen die Schmerzen wehren kann. Solange er es schafft, sich nicht von ihnen übermannen zu lassen und geistig wach zu bleiben, könnte er es bis morgen schaffen. Aber das Gift ist mittlerweile fast in seinem ganzen Körper und ich glaube nicht, dass er das noch lange aushält."

„Er muss, Magnum! Wir sind fast fertig. Sobald wir wissen, dass das Bernsteinblut fertig gebraut ist und wirkt, brechen wir auf und versuchen, so schnell wie möglich bei euch zu sein. Bleibt bei ihm und tut alles was ihr könnt, um ihn am Leben zu erhalten. Und sagt Criff, dass wir das Medikament gefunden haben und die Burner fort sind. Wenn er es schafft durchzuhalten, bis wir bei euch sind, kann er bald wieder nach Hause und seine Familie sehen."

„Ich glaube nicht, dass …", begann Magnum, wurde aber sogleich wieder von mir unterbrochen.

„Ist mir egal, ob du glaubst, dass er dich hört oder nicht. Du wirst es ihm sagen und am besten fängst du endlich damit an, daran zu glauben, dass Criff stark ist und er das übersehen wird. Nach allem, was ich hier gesehen habe, hätte Criff schon nach wenigen Minuten durch das Gift sterben können. Das ist aber nicht passiert."

„In Ordnung", seufzte Magnum nach einer Weile. „Wir werden sehen, was sich machen lässt. Passt auf euch auf und …
danke." Mit diesen Worten legte Magnum auf und der Bildschirm in meiner Uhr wurde schwarz. Erst jetzt blickte ich das erste Mal wieder auf und sah in die Gesichter meiner Freunde. Jedem von ihnen war das Lachen und die Freude über die Nachricht von Marik aus dem Gesicht gewichen. Wortlos schaute ich einen Moment jeden von ihnen an, dann sprang ich von meinem Stuhl auf, packte meinen neben mir stehenden Rucksack und eilte ins Schlafzimmer, wo ich mich eilig anzog. „Rina, warte!", hörte ich Line, die nun ebenfalls ins Zimmer kam und sich anzuziehen begann.
Wir schaffen das schon, okay?", begann sie und ich nickte.
„Ich weiß. Er wird das schaffen, da bin ich sicher. Ich will nur sogleich aufbrechen können, wenn Marik das Bernsteinblut hat. Wir dürfen einfach keine Zeit mehr verlieren."
„Am besten wir warten in Benjus Zimmer. Marik wird dort als erstes hingehen."

Sobald wir angezogen waren, eilten Line und ich zu dem Zimmer, in dem sich Benju befand. Die Hoffnung, das Marik womöglich schon dort gewesen war, verflog sogleich, als ich die Türe aufstieß. Alles war unverändert. Lediglich die Flüssigkeit, in der Benju sich befand, hatte eine dunklere Farbe angenommen. Es war, als könnte ich durch das Blut, das aus Benjus Körper strömte, sehen, wie Criffs Geist immer schwächer würde. Irgendetwas sagte mir, wenn Benju das hier nicht überleben würde, dann würde Criff es auch nicht.
Nach und nach gesellten sich auch Mara, Gran und Ale zu uns. Ich war die Erste, die das Schweigen brach. Ich hatte bemerkt, dass Line mich die ganze Zeit mit einem seltsamen

Blick ansah, von dem ich nicht wusste, was er bedeuten sollte. „Was ist?", fragte ich daher und blieb stehen. Line schaute eilig weg.

„Line, was ist los?"

„Nichts. Es ist nur ... ich merke gerade, wie sehr du dich verändert hast." Ich hob die Augenbrauen.

„Verändert?" Sie nickte.

„Ja. Ich kenne dich jetzt fast mein ganzes Leben lang, Rina. Ich weiß, wie du früher warst. Du warst immer das kleine Mädchen, das Angst hatte vor der großen Welt und in seinen Büchern Zuflucht gesucht hat. Du hast dich nicht gewehrt, wenn jemand gemein zu dir war und du hast immer getan, was die Leute von dir erwartet haben. Und dann hast du Criff umgerannt und es war, als hätte dieser Stoß etwas in dir ausgelöst. Plötzlich warst du mit deinen Gedanken woanders, hast vergessen das zu tun, was man von dir erwartet hat und hast auch mal Nein gesagt. Du bist dazwischen gegangen, als Jörn und seine Gruppe Criff verprügelt hatten. Und nein, das hätte nicht jeder getan! Du hast dir das nicht mehr gefallen gelassen, wenn jemand einen blöden Spruch geklopft hat. Und als diese Reise bevorstand, hast du ohne zu zögern gesagt, dass du sie antreten wirst, egal, was passiert. Und jetzt stehst du hier und schlägst alle Bitten in den Wind, dich doch wenigstens einen Moment zu setzen oder etwas zu essen, damit du zu Kräften kommst. Aber du willst nicht. Und ich kann das verstehen. Aber erst jetzt ist es mir so richtig bewusst geworden, wie sehr dich diese Beziehung und diese Reise verändert haben."

Ich starrte Line für einen Moment schweigend an, nachdem sie ihren Monolog beendet hatte. Ihre Worte hatten mich verunsichert, für einen Moment die alte Rina hervorgeholt.

„Und … findest du es schlimm? Diese Veränderung."

„Nein", antwortete Line und grinste. „Ich bin froh, weil ich jetzt weiß, dass du dir nicht mehr alles gefallen lässt und du auf dich aufpassen kannst. Es steht dir gut."

„Danke", sagte ich und lachte zurück. Und dann lief ich weiter durch das Zimmer um mich zu beruhigen, während die anderen schweigend auf dem Boden saßen und vor sich hinstarrten.

Ich hatte das Gefühl, dass es Stunden dauerte, bis sich etwas tat. Als die Türe dann endlich aufgestoßen wurde und Marik ins Zimmer eilte, schreckten wir alle hoch und schauten ihn erwartungsvoll an. In Mariks Hand befand sich ein kleiner Flakon mit bernsteinfarbener Flüssigkeit, das bei seinen Schritten langsam hin und her schwappte.

## ℘

„Du hast es geschafft!", flüsterte ich und zitterte vor Aufregung am ganzen Körper, während ich hinter Marik herlief, den Bick fest auf das kleine Fläschchen in seiner Hand gerichtet.

„Das wird sich zeigen", antwortete Marik und ging mit gleichmäßigen Schritten auf die Röhre zu. Durch eine kleine Öffnung konnte er das Bernsteinblut in einen der Schläuche füllen, die mit Benjus Mund verbunden waren. Gebannt verfolgten wir den Weg des Medikamentes durch den Schlauch bis hin zu Benju und hielten den Atem an, als es in ihm verschwand. Ich wartete auf eine Reaktion, die bewies, dass es wirkte. Doch da war nichts. Kein Zucken, kein Leuchten. Nichts! Ich schloss enttäuscht meine Augen und versuchte konzentriert und ruhig zu atmen. In meiner Brust breitete sich eine große Leere aus, als ich daran dachte, was es bedeutete, wenn das Bernsteinblut nicht wirkte. Dabei war ich mir so sicher gewesen, dass er es schaffte. Auch Marik und die anderen schauten ein wenig enttäuscht.

„Ich war mir sicher, ich habe es genauso gemacht wie mein Meister früher. Es hat sich so richtig angefühlt", nuschelte Marik und ich wusste, was er meinte. Auch ich hatte das Gefühl gehabt, dass alles gut werden würde, als ich die bernsteinfarbene Flüssigkeit gesehen hatte. Doch wie es aussah, funktionierte es nicht.

Dann bekam ich einen Ellenbogen gegen die verletzte Schulter und der einsetzende Schmerz ließ mich aufblicken.

„Rina, schau mal." Ich folgte Lines Blick. Benjus blasse Haut verfärbte sich langsam und erhielt wieder die sanfte braune Tönung, die sie zuvor gehabt hatte. Gesunde Hautfarbe nannte meine Mutter es immer, wenn ich im Sommer braun geworden war – und jetzt verstand ich auch wieso. Der Blutnebel aus Benjus Nase hörte auf. Marik eilte zu seinen Messcomputern, tippte auf der Tastatur herum, ehe ein breites Lächeln auf seinem Gesicht erschien.

„Die Werte bessern sich, die inneren Wunden fangen an, sich zu regenerieren!", erklärte er uns und ich warf mich ihm ohne Vorwarnung in die Arme.

„Du hast es geschafft! Du hast es tatsächlich geschafft!"

*Benju wird es tatsächlich schaffen, da bin ich mir sicher. Das Bernsteinkraut wird seinem Körper helfen, sich zu regenerieren und vollständig zu erholen. Und wenn Benju es schafft, dann wird auch Criff dank diesem Mittel überleben. Wir müssen es ihm nur so schnell wie möglich bringen,* dachte ich noch.

# Eine Geschichte nimmt ihr Ende

„Ich komme mit euch, mein Zuhause liegt doch am See", sagte Ale, als wir uns nach und nach zügig von unseren Freunden verabschiedeten. Mara schlang ihre Arme eng um meinen Körper und ich drückte meine Nase in ihr dichtes Haar. Ich hatte sie während unserer Reise unheimlich liebgewonnen und war dankbar gewesen für jegliche Unterstützung.

„Grüß Kinso von uns, wenn du bei ihm bist", flüsterte ich.

„Versprochen", flüsterte sie zurück. Auch Gran waren wir zu großem Dank verpflichtet, denn er hatte sein Boot geopfert- bei einer Reise, die er eigentlich nicht antreten wollte. Jetzt war er froh, dass er es doch getan hatte und informierte uns, dass er auf dem Rückweg bei Fanzy vorbeischauen würde. Auch sie sollte er von uns grüßen. Dass Ale uns bei der letzten Reise begleitete, freute mich. Dank seiner Hilfe hatte die Reise überhaupt losgehen können. Ich hob ihn auf meinen Arm und wandte mich an Line, in deren Augen sich Abschiedstränen gesammelt hatten.

„Bereit?" Sie nickte, woraufhin wir Marik aus dem Zimmer und durch den Flur folgten. Er wollte uns zwei seiner Wölfe mit Flügeln zur Verfügung stellen, um so schnell wie möglich übers Wasser und bis zum lila See zu gelangen.

In einem großen Raum, in dem sich einige der Wölfe tummelten, blieb er stehen und Marik schaute sich um.

„Wemmela! Kastine! Kommt bitte kurz her", rief er. Zwei Wölfinnen blickten auf und lösten sich aus der Gruppe.

„Die beiden Mädchen und der Waschbär-Marder brauchen jemanden, der sie zum lila See bringt. Ihr seid zwei meiner schnellsten Wölfe. Wärt ihr bereit, sie zum Wald der Wipfler zu bringen?

„Klar", antworteten die beiden Wölfinnen ohne zu zögern.

„Okay, Rina, du wirst auf Wemmela reiten", er zeigte auf die schwarze Wölfin mit den blauen Augen. „Line, du nimmst Kastine." Kastine hatte ein hellbeiges Fell und kastanienfarbene Augen.

„Ich wünsche euch viel Glück. Hoffentlich reicht die Zeit aus. Wemmela, Kastine, ihr kommt sofort zurück, wenn ihr angekommen seid." Marik half uns dabei, auf die riesigen Wölfe zu steigen und zeigte uns, wo man sich festhalten musste. Mit eisernem Griff krallte ich mich in Wemmelas Nackenfell und lehnte mich nach vorne, als wir durch einen Tunnel nach draußen in den Wald gelangten. Dort nahm sie an Geschwindigkeit zu. Kastine dicht neben ihr. Dann hoben wir ab. Die riesigen Schwingen neben mir schlugen kräftig auf und ab, während wir immer höher in die Luft stiegen. Mein Magen fühlte sich an, als hätte ich ihn unten am Boden vergessen, und ich kniff im ersten Moment die Augen zu. Erst als wir nicht mehr weiter anstiegen, öffnete ich die Augen und schaute mich um.

Der Wind sauste kalt an mir vorbei und meine Haare flogen mir trotz Zopf immer wieder ins Gesicht, während der Wölfewald hinter uns kleiner wurde und das Meer unter uns dahinzog.

„Sag, Wemmela, kannst du vielleicht noch ein wenig schneller fliegen? Wir müssen ein Medikament dringend zu jemanden bringen und die Zeit läuft uns davon", fragte ich vorsichtig gegen den Wind und spürte kurz darauf, wie der

Wind noch etwas stärker gegen mein Gesicht drückte und die Welt unter uns noch ein wenig mehr verschwamm.

Wir flogen über das Meer, über die Dörfer von Gran und Fanzy, über das Schloss und den Dschungel der großen Katzen, immer weiter und weiter, während die Sonnen am Himmel langsam tiefer sanken. Den heißen Dampf der Tropeninsel konnten wir selbst hier oben deutlich spüren und ich sah die wenigen kleinen Inseln Armanias, die wir nicht besucht hatten. Eine davon vollkommen mit weißem Schnee bedeckt.

Nachdem wir die Tropeninsel überquert hatten, begannen Wemmela und Kastine dann auch schon mit dem Landeanflug. Wir landeten genau vor dem lila See.

„Vielen, vielen Dank!", rief ich, während ich Wemmelas Hals umarmte, ehe ich von ihrem Rücken sprang.

„Steht's zu Diensten für das Gute!", antworteten sie und Kastine im Chor. Nachdem auch Line abgestiegen war, hoben die beiden ab und flogen zurück zum Wölfewald. Ich winkte ihnen hinterher, bis sie kleine Punkte wurden und zwischen den hohen Wipfeln der Bäume nicht mehr zu sehen waren.

„Auf Wiedersehen Ale!" Ich kniete mich zu ihm auf den Boden und kraulte seinen Nacken.

„Besucht ihr uns bald wieder, ja? Jetzt, wo Armania wieder sicher ist", meinte er und ich versprach es ihm hoch und heilig.

„Viel Glück", rief er noch, dann wandte auch er sich ab und lief in den Wald. Ich stand auf und sah Line an, die mir aufmunternd zunickte. Vorsichtig holte ich das Medaillon unter meinem Shirt hervor und hielt es an der Kette in der Hand. Bis zu den Knien stieg ich ins Wasser und meine Hose sog sich mit Wasser voll. Dann ließ ich vorsichtig das Medaillon in den See gleiten, die Kette fest in der Hand. Mit der anderen griff ich eilig nach Lines Hand. Doch nichts passierte. Kein Strudel weit und breit und als ich nach dem Stein des Medaillons tastete, war er leicht und kalt wie eh und je.

„Das versteh ich nicht", sagte ich und betrachtete stirnrunzelnd das Medaillon. „Es muss doch mit dem Medaillon funktionieren. Criff hatte doch nichts anderes, als er in unsere Welt kam. Und wir sind doch auch nur dank des Medaillons hierhergelangt."

„Keine Ahnung. Vielleicht muss man noch etwas anderes machen, was wir auf der Hinreise ganz unbewusst getan haben. Die Frage ist nur, was es ist."

„Okay, lass uns das Ganze nochmal gut durchdacht betrachten. Als wir mit den Fahrrädern im Silberwald angekommen sind, haben wir sie abgestellt um zu Fuß weiterzugehen. Dann sind wir den Fluss suchen gegangen, um uns abzukühlen. Dabei wurde das Medaillon immer schwerer, je näher wir dem Wasser kamen. Wir wollten dann aber doch noch auf der anderen Flussseite weitersuchen", überlegte ich laut und Line dachte mit.

„Stimmt. Da waren doch diese Steine, die uns auf die andere Seite bringen sollten. Und dann hast du plötzlich geschrien und einen Schritt nach hinten gemacht und bist im Fluss gelandet, der dich bis zum See und in den Strudel gebracht hat."

„Ja, das Medaillon wurde richtig heiß. Es hat mir fast die Haut verbrannt und war so schwer, dass es mich immer unter Wasser gezogen hat. Aber es ist erst passiert, als ich mitten auf dem Steinweg stand. Warum? Haben wir über irgendwas geredet?"

„Ja!", sagte Line plötzlich und ihre Miene hellte sich auf. „Ich hab zu dir gesagt, dass wir den Eingang nach Armania bestimmt auf dieser Seite finden werden. Und diesmal suchen wir den Ausgang aus Armania." Und dann geschah es. Sobald Line die letzten drei Wörter gesagt hatte, wurde das Medaillon schwer und erhitzte sich. Gleichzeitig wurde das Wasser des lila Sees unruhig und begann, sich in eine Richtung zu drehen. Wir konnten deutlich erkennen, wie sich der Strudel in der Mitte des Sees bildete und die Strömung an uns zog.

„Okay, los geht's", seufzte ich und griff erneut nach Lines Hand, ehe wir gemeinsam in den Strudel stiegen.

Obwohl wir diesmal darauf gefasst gewesen waren, was passierte, musste ich mich zusammenreißen, in dem Strudel nicht das Bewusstsein zu verlieren. Angestrengt krallte ich meine Hand um die Kette des Medaillons, während ich mich im Wasser mehrfach überschlug. Und dann kamen wir an. Nass, keuchend und ein wenig verwirrt, aber dennoch unversehrt. Mit einem prüfenden Blick in meinen Rucksack kontrollierte ich, dass auch das Flakon noch heil war, ehe ich mich aufrappelte und Line aufhalf.

„Los, komm!", rief ich, sobald wir wieder standen und rannte los, auf der Suche nach unseren Fahrrädern. Wir mussten ein Stück am Fluss entlang, bis wir die Stelle fanden, an der ich ausgerutscht und ins Wasser gefallen war, doch nachdem wir sie entdeckt hatten, fanden wir die Räder schnell. Diesmal konnte ich erfolgreicher gegen den Druck angehen, den das Medaillon ausübte, weil es zurück nach Armania wollte. Nachdem wir bereits auf den Rädern saßen, wurde der Druck immer schwächer und verschwand schließlich ganz. Ich glaube, ich bin noch nie in meinem

Leben so schnell Fahrrad gefahren wie an diesem Abend. Während die heimische Sonne allmählich den Himmel verfärbte und es zu dämmern begann, rasten wir aus dem Wald und an der Straße entlang in Richtung unseres Dorfes.

ℰℭ

Dicht gefolgt von Line bog ich in die Straße ein, in der sich Henrys Praxis befand, warf mein Fahrrad auf den Boden und stürmte ins Gebäude. Ich rannte so schnell ich konnte den Gang entlang und riss die Tür von Criffs Zimmer auf, doch es war leer. Hektisch sah ich mich um, als Henry auf dem Gang erschien.

„Line, Rina, hierher!", rief er und führte uns in ein dunkleres Zimmer. Die Vorhänge waren zugezogen und die Sonne nun endgültig hinter dem Horizont verschwunden. Und in diesem Zimmer lag Criff, das Bett umgeben von Maschinen jeglicher Art und sein Körper noch immer voll von den Wunden seines Sturzes. Die Verbände waren blutig und feucht, die Schnittstellen entzündet. Jede Stelle, an der sich keine Wunde befand, war übersät mit den giftgrünen Linien, dessen Farbe mir nur zu gut bekannt war. Ich erinnerte mich noch genau an diese Linien, die sich bei meinem Aufbruch lediglich um die Schusswunde an der Brust befunden hatten. Jetzt hatte ich das Gefühl, sie wären überall. Um jeden Atemzug kämpfend lag Criff dort vor mir, der Körper bis auf die Knochen abgemagert, seine Lippen spröde und aufgerissen, seine Haut kalt und trocken. Er sah so anders aus, so verletzlich. Doch ich wusste, ich wollte ihn für nichts auf der Welt verlieren.

Mit zitternden Händen holte ich das Flakon aus meinem Rucksack, zog den Korken heraus und hielt es Henry hin.

„Marik hat es Benju in den Mund gegeben." Henry fragte nicht nach, wer Marik oder Benju waren, sondern nahm wortlos das Flakon entgegen. Vorsichtig knickte er Criffs Hals nach hinten, damit sich sein Mund öffnete, zog das Atemgerät zur Seite und gab einige Tropfen in Criffs Mund, ehe er das Atemgerät zurückschob. Um auf Nummer sicher zu gehen, gab Henry dennoch etwas vom Bernsteinblut in eine Spritze und verabreichte es Criff in die Vene seiner linken Armbeuge, damit es sich in seinem Blut verbreiten konnte. Ich konnte zusehen, wie die grünen Schlieren langsam verschwanden und die Kratzer auf seiner Haut sich zu schließen begannen. Wie gebannt starrte ich auf die kleinen Wunden, wartete auf die ersehnten Veränderungen. Das Bernsteinblut war in seinem Organismus, der Selbstheilungsprozess von Criff begann sich aufzubauen. Nicht mehr lange, dann wären all diese Wunden endlich verschwunden und er würde mich wieder mit seinen warmen Augen ansehen und mein Herz zum Strahlen bringen. Und dann hörte es auf. Die grünen Schlieren waren gänzlich verschwunden, das war alles. Kein Kratzer, der sich schloss, keine Wunde, die sich zu schließen begann und keine Bewegung seines Brustkorbes.

„Criff?", fragte ich leise, nur um danach noch einmal lauter nachzuhaken. „Criff? Hörst du mich? Wach auf!" Ich tastete nach seinem Hals, legte meine Finger auf seine blasse Haut im Gesicht und suchte nach einer Stelle, an der ich ihn anfassen konnte, ohne eine Wunde zu berühren. Ich hoffte so sehr, dass er aufwachte und mich ansah. Dann spürte ich, wie Hände von hinten nach mir griffen und mich wegziehen wollten, während sich Henry an mir vorbeischob. „Line, ich brauche deine Hilfe, gib mir das Gel da vorne", wandte er sich an seine Tochter, die sogleich reagierte, während ich mich aufbäumte und gegen die Hände wehrte, die mich von meinem Freund wegzogen.

„Nein! Lass los, ich will zu ihm. Criff, sieh mich an! Bitte, sieh mich an. Criff!", brüllte ich, das Fiepen des Herzcomputer in meinem Ohr, der mir mitteilte, das Criffs Herz nicht schlug. Nicht mehr. Es hatte aufgehört zu schlagen, einfach so, genau vor meinen Augen, wo wir es doch eigentlich geschafft hatten. Wo doch alles hätte gut werden sollen. Stattdessen sah ich nun Henry und Line um das Bett herumstehen, sah, wie sie versuchten ihn wiederzubeleben und wie die Linie auf dem Computer blieb, wie sie war. Geradlinig. Tot. Ich spürte das Blut durch meinen Schädel rauschen und nach und nach alle Geräusche übertönen. Mein Blick verschwamm, als würde ich durch eine Nebelwand blicken, während mein Körper sich kraftlos in die Arme fallen ließ, die mich noch immer umschlungen hielten. Trotzdem hörte ich nicht auf, seinen Namen zu rufen. Mein Körper begann unkontrolliert zu vibrieren, mein Atem wurde schnappend. Ich bekam keine Luft mehr, ich hatte das Gefühl, meine Luftröhre weigerte sich, Luft anzunehmen und an meine Lunge zu schicken. Mein Kopf fühlte sich an, als würde er jeden Moment platzen. Ich hörte das Blut wie einen tobenden Fluss in meinen Ohren rauschen und mein Körper schmerzte. Ich erbrach Galle und Wasser auf den Boden, dazwischen schnappendes Atmen und verzweifeltes Rufen. Der Schmerz in meiner Brust brannte wie Feuer, ich hatte das Gefühl, als würde ich innerlich verbrennen. Etwas Spitzes drang durch meine Haut und bewirkte nach kurzer Zeit, dass ich wieder atmen konnte. Der weiße Nebel und die Stille blieben. Dann schlossen sich meine Augen.

ℰ

Ich wachte in einem hellblau gestrichenen Zimmer wieder auf und blinzelte müde in das Licht an der Decke. Ich hatte meine Augen erst einen kurzen Augenblick geöffnet, da hörte ich eine Stimme. Sie klang rau und warm und vermittelte mir augenblicklich das Gefühl von Geborgenheit.

„Hey, kleiner Schmetterling, du bist ja wach!"

Ich drehte meinen Kopf ein kleines Stück nach rechts und blickte in warmes Orange. Ein Orange, schöner als die untergehende Sonne. Eine Wärme, die meinen Verstand beruhigte und mein Herz gleichmäßig schlagen ließ. Wie sehr ich diese Augen vermisst hatte. Und mit einem Mal wurde mir bewusst, wen ich da gerade vor mir hatte. Mit einer einzigen schnellen Bewegung setzte ich mich auf und schlang meine Arme um Criffs Hals, wobei ich ihn fast umgeworfen hätte. Er war noch immer etwas wackelig auf den Beinen und unglaublich dünn. Als er mich mit seinen Armen an seine Brust drückte, hörte ich, wie seine Krücke scheppernd zu Boden ging. Sein Körper war warm und ich hörte seinen Herzschlag laut und deutlich in meinem Ohr. Seine Halsschlagader pochte mir gegen den Hals und ich benetzte sein T-Shirt mit meinen Tränen, während seine Hände behutsam über meinen Rücken strichen.

„Du ... du ... ich dachte, du wärst ..." stotterte ich, brachte den Satz aber nicht zu Ende.

„War ich auch", flüsterte er zurück. Bei jedem Wort spürte ich die Vibration seines Körpers. „Aber du warst rechtzeitig da. Das Bernsteinblut war bereits in meinem Körper und hat mir dabei geholfen, zurückzukehren. Henry und Line haben nicht aufgehört, mich ins Leben zurückzuholen. Und nachdem das Medikament meinen Geist von dem Giftschleier befreit hatte, konnte ich dich hören. Du hast meinen Namen geschrien, hast mir gezeigt, in welche Richtung ich gehen muss, um wieder bei dir zu sein. Es tut mir so leid, was passiert ist, Rina."

Ich hob meinen Kopf und sah in sein braungebranntes Gesicht, als hätte er die letzten Wochen jeden Tag in der Sonne gelegen und nicht in einem Krankenhaus, nur darauf wartend, dass der Tod ihn von seinem Schmerz befreite. Fast augenblicklich strömte eine wohlige Wärme durch meinen Körper und schloss die Wunde in meinem Herzen.

„Die haben mich ausgeknockt", murmelte ich und spürte Criffs Hand an meiner Wange streichen, bis seine Finger verharrten und sein Blick besorgt auf meiner Schläfe liegen blieb.

„Du hattest einen Nervenzusammenbruch, hast fast das ganze Haus zusammengeschrien. Sie mussten dich ruhigstellen, damit du aufhörst. Dein Körper war vollkommen unterzuckert. Line hat gesagt, du hättest dich gar nicht richtig ausgeruht, nachdem hinter dir ein brennendes Gebäude explodiert ist. Du hast nicht einmal etwas gegessen." Er senkte seinen Blick auf meine Schulter hinunter. Als er mit den Fingerspitzen über die Brandwunde streifte, zuckte ich ein wenig zusammen.

„Es tut mir so leid, dass dir wegen mir so etwas passiert ist." Er gab sich die Schuld. Er war genau wie Benju, überzeugt davon, dass er allein für das Leid und die Gefahr verantwortlich war.

„Nein!", antwortete ich daher mit ernster Stimme und schaute ihn streng an. „Nein, du hast keine Schuld. Schuld war dieser ... dieser Saragan Princen, der so besessen von seiner Forschung war, dass es ihn überhaupt nicht interessiert hat, was er damit anrichtete. Dass er Familien zerstörte und Leben genommen hat. Er hat dir deine Kindheit geraubt, dich dazu gezwungen, deine Familie zu verlassen, ohne dich zu verabschieden und ohne jemals wiederkommen zu können. Aber das ist jetzt vorbei. Er ist tot und du kannst wieder nach Hause. Zu deinen Eltern, zu Benju."

„Hast du ihn getroffen?", fragte Criff leise.

„Ja", flüsterte ich zurück. „Ohne ihn wären wir nicht hier. Ohne ihn wäre Armania vermutlich noch immer in Gefahr. Und er hat dich vermisst, sehr sogar. Er war immer überzeugt davon, dass du den Angriff damals überlebt hattest, obwohl er dir nicht helfen konnte."

„Doch, er hat mir geholfen. Wäre er an diesem Tag nicht bei mir gewesen, dann hätte ich es niemals bis zum See geschafft." Ich bat Criff, sich zu mir ins Bett zu legen und schmiegte mich eng an seinen Körper. Unter seinem T-Shirt zeichnete sich ein Verband ab, der um seinen Brustkorb gebunden war. Als ich ihn darauf ansprach, erklärte er mir, dass es ein wenig Zeit brauchen würde, bis sein Körper wieder wie vorher war und alle Wunden verheilt.

ℰℴ

Ich muss eingeschlafen sein, denn als ich wieder aufwachte, schien die Sonne in einem anderen Winkel in das Zimmer. Criff lag noch immer neben mir und grinste mich an, als ich meinen Kopf zu ihm drehte.

„Du bist einfach unglaublich, Rina!"

„Wieso?", fragte ich und schaute ihn verwundert an. Ich hatte doch bis gerade einfach nur geschlafen.

„Du und Line, ihr beide habt nicht nur mein Leben gerettet, sondern auch ganz Armania. Wie auch immer ihr das geschafft habt, das kann man nicht wiedergutmachen."

Mir stieg die Röte ins Gesicht. „Na ja … wir hatten Hilfe. Und ganz viel Glück. Außerdem bin ich einfach nur froh, dass es vorbei ist und du wieder bei mir bist."

„Gehst du wieder nach Armania zurück?", fragte ich nach einer kurzen Pause.

„Ja, ich würde meine Familie gerne wiedersehen. Ich möchte zurück an den Ort, an dem ich sein kann, wie ich bin. Was ich bin. Ohne mich verstecken zu müssen. Aber ich möchte, dass du mich begleitest. Traust du dir das zu, Schmetterling?"

„Ja", antwortete ich und musste lächeln.

# Aufhören, wenn's am schönsten ist!

Bereits am nächsten Tag durften Criff und ich das Krankenhaus verlassen, mussten Henry allerdings versprechen, alles ruhig anzugehen. Mein Körper war von den Strapazen in der letzten Zeit noch immer geschwächt und auch Criff musste sich noch eine Weile erholen. Da meine Eltern noch immer im Urlaub waren, ich aber bei Criff bleiben wollte, schlief er die nächsten Tage bei mir. Magnum hatte nichts dagegen, wollte seinen Ziehsohn aber wenigstens einmal am Tag zu Gesicht bekommen, weshalb wir jeden Abend bei ihm zum Essen erschienen.

Es tat gut, Criff in meiner Nähe zu haben und jeden Morgen in seinen Armen aufzuwachen. Wenn ich nachts einen Albtraum hatte, weil ich die vergangene Zeit verarbeitete, weckte er mich sanft und der Anblick seiner Augen beruhigte mich. Wir verbrachten viel Zeit am Seeberg an der frischen Luft und schauten auf das Meer hinaus. Ich fragte ihn einmal, wann er nach Armania zurückkehren wollte, doch er hatte darauf keine Antwort. Ich denke, er brauchte einfach ein wenig Zeit, um sich darauf vorzubereiten, nach all den Jahren nach Hause zurückkehren zu können.

Criffs Körper erholte sich von Tag zu Tag mehr. Nun, da er wieder ordentlich essen konnte, wirkte sein Körper längst nicht mehr so knochig, und auch die Wunden an seinem Körper waren beinahe nur noch blasse Striche auf seiner Haut. Auch ich erholte mich gut. Eine Woche nach meiner

Rückkehr aus Armania kamen meine Eltern aus dem Urlaub. Sie sprachen mich zwar auf die Schürfwunden und Prellungen an, die bei mir noch immer gut zu sehen waren, glaubten aber die Geschichte von der Wanderung mit Line und Criff, bei der ich ausgerutscht war, ohne Probleme. Ich hatte Magnum versprochen, ihnen nichts zu erzählen. Dass Henry davon wusste, war notwendig für die Behandlung gewesen. Wir waren genug Leute, die das Geheimnis kannten. Ich wollte meine Eltern nicht damit belasten, dass sie wussten, wo ich wirklich gewesen war und woher all die Wunden tatsächlich kamen. Sie machten sich schon Vorwürfe genug, dass sie nach meiner „Wanderung" nicht zuhause gewesen waren um sich um mich zu kümmern.

Bereits kurz nach unserer Rückkehr aus Armania bekam Line eine kleine Schwester. Mia hatte braune Augen und blonde Härchen auf dem kleinen Kopf. Line trug sie fast permanent durchs Krankenhaus und strahlte, genau wie ihre Mutter, vor Glück.

Gemeinsam mit meiner Mutter fuhr ich einige Tage später aus Wabel heraus um ein Abschlussball-Kleid zu finden. Nach einigem Hin und Her entschied ich mich für ein eisblaues Kleid ohne Träger und mit einem weiten Rock. Meine Brandnarbe an der Schulter und die verkrustete Haut am Oberkörper würde es zwar nicht verdecken, aber es war mir egal. Sollten sich die anderen doch darüber ihre Köpfe zerbrechen, es interessierte mich nicht. Nicht mehr. Ich hatte alles, was mir wichtig war.

෨

Am Tag des Abschlussballs ging ich mit Line und unseren Müttern zu Marcello, dem Friseur auf dem Marktpatz, damit er uns eine schöne Frisur zauberte, ehe ich mich zuhause für den Abend fertigmachte. Zu meinem neuen Kleid hatte ich passende Riemchensandalen mit Absatz gefunden. Als es am frühen Abend dann an der Tür klingelte, schlug mein Herz bereits Purzelbäume vor Freude. Ich fiel beinahe die Treppe hinunter, als ich Criff mit meiner Mutter sprechen hörte. Er fing mich auf und strahlte mich an. Ich strahlte zurück. Criff sah umwerfend aus in seinem weißen Hemd und dem dunklen Sakko darüber. Um seinen Hals trug er eine locker gebundene Krawatte.

Das Organisationsteam meiner Stufe hatte ganze Arbeit geleistet, die Schule war wunderschön geschmückt. Nachdem wir in der Aula feierlich unsere Zeugnisse überreicht bekommen und uns an einem großen Buffet bedient hatten, legte draußen ein DJ für uns auf und wir tanzten ausgelassen über den Schulhof. Criff tanzte auch einige Male mit Line, weil sie keine Begleitung hatte, und wir beide wurden sogar das ein oder andere Mal von den Jungen aus unseren Parallelklassen aufgefordert.

Um 24.00 Uhr beschlossen Line und ich, einen letzten Rundgang durch unsere Schule zu machen. Während unserer Abwesenheit in Armania hatte Line per Post eine Bestätigung für ein Medizinstudium erhalten und würde demnächst mit der Suche nach einer eigenen Wohnung anfangen. Auch ich musste mir überlegen, wie es von nun an weitergehen sollte. Gedankenverloren liefen wir durch die Gänge, an den Türen der Klassenräume vorbei, die dreizehn Jahre lang unser zweites Zuhause gewesen waren. Grundschule und weiterführende Schule lagen direkt nebeneinander und teilten sich aus Platzgründen das Gebäude. Dadurch war nie ein Schulwechsel nötig gewesen. Genau wie einige andere Schüler vor uns, hinterließen auch wir ein paar nette Worte an den Tafeln in unseren Klassenräumen und lachten mit alten Klassenkameraden. Ab jetzt würden wir alle getrennte Wege gehen.

Unser Rundgang endete auf dem Schulhof des Grundschulgebäudes, wo wir uns auf die alten Tischtennisplatten setzten und zu den Sternen aufschauten. Links von mir saß Line, deren Hand ich fest in meiner hielt, rechts saß Criff, dem ich meinen Kopf auf die Schulter legte. Im Hintergrund hörte ich leise Musik, vermischt mit dem Lachen der Ballgäste.
„Ich werde die Schule echt vermissen, glaube ich", flüsterte Line und ich stimmte ihr mit einem leisen „Mmmh" zu.
In diesem Moment hörte ich ein Rascheln im Gebüsch. Ich löste meinen Kopf von Criffs Schulter und sah mich fragend um. Auch Criff drehte seinen Kopf suchend hin und her.
„Was war das?", fragte ich und stand auf.
„Keine Ahnung", antwortete Line und stand ebenfalls auf. Er raschelte erneut fast unmerklich neben mir. Kurz darauf schaute eine kleine Mardernase aus dem Gebüsch. Doch es war kein gewöhnlicher Marder, es war wie eine Mischung aus Marder und Waschbär. Ich kannte ihn sehr gut.
„Ale!", rief ich, während ich auf ihn zulief, hockte mich hin und drückte ihn an mich.
„Hey, Rina! Hallo Line! Hab ich euch endlich gefunden. Das war gar nicht so einfach, kann ich euch sagen", begrüßte uns unser kleiner Freund, dem Line freudig den Kopf streichelte. Doch dann schaute Ale über meine verletzte Schulter und fragte etwas leiser: „Ist er das?"

Ich drehte mich um und sah in Criffs Gesicht, seine Augenbrauen waren zusammengezogen und er wirkte verunsichert, als würde sein Kopf über irgendetwas ernsthaft nachdenken.

„Ja, das ist Criff", gab ich Ale zu verstehen und ging langsam auf Criff zu, der noch immer mit dem gleichen Gesichtsausdruck vor der Tischtennisplatte stand, eine Hand darauf abgestützt. Ich setzte Ale auf der Tischtennisplatte ab.

„Criff? Das ist Ale, er hat uns bei unserer Reise begleitet. Er ist aus Armania", sagte ich leise und ging noch ein wenig näher an Criff heran. Seine warmen Augen huschten zwischen Ale und meinem Gesicht hin und her.

„Sehr erfreut, Sie zu sehen, Hoheit", begrüßte Ale meinen Freund und nickte einmal kurz mit seinem Kopf, als würde er eine Verbeugung andeuten. Das war der Moment, in dem Criff sein Schweigen brach und sich aus seiner Erstarrung löste.

„Hat er mich gerade Hoheit genannt?", wandte sich Criff an mich und ich grinste schulterzuckend zurück. „Du bist der Prinz … Hoheit."

„Mein Name ist Criff, sehr erfreut dich kennenzulernen, Ale. Und vielen Dank für deine Hilfe."

„Immer", entgegnete Ale und zeigte uns seine spitzen Räuberzähne.

„Erzähl mal, Ale. Wie geht es euch allen? Was ist passiert, nachdem wir so überstürzt aufgebrochen sind? Hast du etwas mitbekommen?", wandte ich mich interessiert an unseren kleinen Freund und setzte mich zu ihm auf die steinerne Tischplatte.

„Soweit ich es weiß, sind alle wohlauf. Mara und Kinso sind zurück bei Kia, wobei Kinso sich gut erholt. Sie hat ihm aber dennoch etwas Bernsteinblut mitgebracht. Sky kam auch vorbei und sagte, Benjus Zustand verbessert sich auch von Tag zu Tag und er fragt oft nach dir, Line." Ich sah, wie sich die Wangen meiner besten Freundin in der Dunkelheit verfärbten und ein Strahlen ihr Gesicht erhellte. „Er kann es kaum erwarten, bis Marik ihn gehen lässt. Er will wissen, ob ihr es rechtzeitig geschafft habt. Das ist auch einer der Gründe, weshalb ich hier bin. Ich habe versprochen, dass ich mich auf die Suche nach euch mache. Wir waren der Meinung, ich wäre am unauffälligsten hier draußen." Ale blickte mit einer ungeheuren Ehrfurcht zu Criff auf, der unschlüssig neben mir stand und gespannt den Worten des Marders lauschte.

„Was haltet ihr davon, wenn ihr mich nach Hause bringt?", fragte Ale uns nun alle und starrte fragend in die Runde.

„Ähm ... okay? Ich würde wahnsinnig gerne, was ist mit euch?", antwortete ich und erntete ein Schulterzucken von Line. „Warum nicht?"

„Criff?", wandte ich mich nun an meinen Freund und griff nach seiner Hand.

„Ich ... weiß nicht ... Ich ... Okay ...." stotterte er. Ich konnte ihm seine Verunsicherung nicht verübeln. Immerhin war es ihm 15 Jahre lang nicht möglich gewesen, nach Hause zurückzukehren. Ich konnte spüren, dass ihn diese spontane Aktion verunsicherte. Er wusste nicht, was ihn erwartete. Wie sich Armania während seiner Abwesenheit womöglich verändert hatte.

∞

„Sag mal, Ale? Wie hast du uns eigentlich gefunden? Woher wusstest du, wo wir sind?", fragte ich, nachdem Line und ich unseren Eltern gesagt hatten, dass sie nicht auf uns würden warten müssen und wir nun mit dem Fahrrad Richtung Silberwald fuhren.

Ale saß in meinem Fahrradkorb und genoss den Fahrtwind. Ich bemerkte, wie Criff ihn immer wieder ansah. Es war seit all den Jahren der erste Humanil, den er zu Gesicht bekam.

„Na ja, dass ihr heute ein Fest feiert, wusste ich nicht. War also Zufall, wenngleich auch ein glücklicher. Aber ich wollte unbedingt wissen, ob ihr es rechtzeitig geschafft habt. Da habe ich kurzerhand beschlossen, euch hinterher zu reisen. Das war gar nicht so einfach, nach dieser Zeit noch eurer Spur zu folgen, aber es hat ja zum Glück geklappt."

Wir fuhren vorsichtig in den dunklen Wald hinein, in dem einzig unsere Fahrradlampen ein wenig Licht spendeten. Ähnlich wie bei unserem ersten Besuch, stellten wir auch nun wieder unsere Räder ab und gingen den letzten Teil am Fluss entlang zu Fuß. In diesem Moment fiel mir ein, dass ich das Medaillon gar nicht bei mir hatte. Dann schoss eine weitere Frage in meinen Kopf.

„Sag mal, Ale? Wie bist du eigentlich ohne Medaillon hierhergekommen?" Doch anstelle einer Antwort grinste er mich nur an. Wir standen nun genau vor dem See, der im Licht des Mondes noch ein wenig mehr wie flüssiges Silber aussah – Ale warf einen der Steine, die am Ufer lagen, ins Wasser. Die sanften Schwingungen wurden immer größer, kurz darauf schienen zwei Säulen aus Wasser emporzusteigen. Wie gebannt starrten wir auf das Schauspiel, das sich uns bot. Beobachteten, wie sich die Säulen zu einem Bogen verbanden und der Wald der Wipfler auf der anderen Seite erschien. Im See selbst stand Nea, in ihrer Hand ein Medaillon wie das von Criff.

„Ich habe doch ein Medaillon!", antwortete mir Ale nun auf meine zuvor gestellte Frage und schlüpfte durch den Torbogen. Mit offenem Mund und weit aufgerissenen Augen folgten wir ihm, wobei ich vorher nach Criffs Hand griff und ganz fest hielt, bevor sich der Wasserbogen hinter uns schloss.

§⌒)

Was wir dann sahen, verschlug uns den Atem. Überall um den lila See herum hingen Lampions in verschiedenen Farben. Die Himmelswipfler hatten ein Buffet aufgebaut und einige Humanil machten Musik. Auf einer großen Fläche konnte dazu getanzt werden. Die Lampions und Lichter erhellten den dunklen Wald auf magische Weise. Was uns aber letztendlich glücklich aufkreischen ließ, waren die Gäste unseres ganz persönlichen Abschlussballs: Unsere neu gewonnenen Freunde. Ale sprang voran zu den anderen, die alle auf uns zuströmten. Nea war die Erste, die ich freudig in die Arme nahm. Auch Keera und Bubsy grüßten höflich. Dann tauchten nach und nach auch die anderen auf: Sifus, Pipitus Alus, Kia, Gran, Fanzy, Mara, Kinso, sie alle waren hier, um uns zu sehen. Tränen der Freude liefen mir über die Wangen. Ich war froh, Kinso gesund und munter zu sehen. Als ich mich wieder zu Criff umdrehte, sah ich ihn in angespannter Haltung am See stehen und mit großen Augen all diejenigen ansehen, die um uns herum standen. Ich ging langsam auf ihn zu, nahm in bei der Hand und zog ihn zu den anderen. „Leute? Das ist Criff", stellte ich ihn vor und sah das Staunen in ihren Gesichtern. Einige der Humanil knicksten sogar, der ganze Wald schien den Atem anzuhalten und ihn anzustarren. Sie alle, die hier standen, hatten ihn jahrelang für tot gehalten. Einige waren mit dieser Information aufgewachsen.

Doch das Emotionalste und Schönste, was an diesem langsam hereinbrechenden Morgen passierte, war die Ankunft der Wölfe aus dem Wölfewald. Denn neben Marik, der auf einem großen, beigen Wolf mit Flügeln saß, war jemand ganz besonderes für Criff dabei: Benju.

Mit einem freudigen Aufschrei rannte Line auf Benju zu und schmiss sich ihm in die Arme, wobei dieser beinahe das Gleichgewicht verlor. Viele Stellen seines Körpers waren noch immer mit Verbänden geschützt, doch mir fiel etwas anderes weitaus mehr auf. Seine Augenbinde war fort, stattdessen schaute ein mintgrünes Auge aus seinem Gesicht hervor, das vernarbte Auge von einer Augenklappe verdeckt. Als Benju Line sah, erhellte sich sein Gesicht augenblicklich und er drückte ihr einen Kuss auf das Haar.

Was mich aber am meisten bewegte war, als sich die beiden „Brüder" sahen. Zögerlich gingen sie aufeinander zu und nahmen sich schließlich in den Arm. Beiden von ihnen liefen Tränen der Erleichterung und Freude aus den Augen und ich griff mit bebenden Lippen nach Lines Hand.

Kurz darauf kam sogar die Königsfamilie, also Criffs Eltern, zum Fest. Tränenüberströmt rannte die Königin auf ihren verloren geglaubten Sohn zu, dicht gefolgt von Castor, der Benju und seinen Sohn in seine starken Arme nahm. Die Familie war nach all den Jahren endlich wieder vereint.

∽

Dieses Wiedersehen neu gewonnener Freunde, umgeben von tausenden Lichtern zwischen dem sanften Nebel der Nacht, wird für immer eines der schönsten Erlebnisse in meinem Leben sein. Die lachenden Stimmen zwischen den riesigen Bäumen, die himmlische Musik und all die strahlenden Gesichter werden für mich immer ein Zeichen sein, dass es Wunder tatsächlich gibt.

# Danksagung

Als Allererstes möchte ich meiner ältesten Freundin Jacqueline L. danken. Sie hat die allererste Version dieses Romans gelesen und mir durch ihre Worte Mut gemacht, diese Geschichte in jedem Falle an die Öffentlichkeit zu bringen. Trotz ihrer Aussage, eine Überarbeitung wäre nicht nötig, habe ich mich dennoch viele Male hingesetzt, um dieses Buch zu verbessern. Dank ihres Lobes und ihrer Zuversicht haltet ihr das fertige Buch nun in den Händen. Ich hoffe, ihr gefällt die überarbeitete Version genauso gut.

Als zweites möchte ich meinem Opa Peter L. für seine hilfreichen Tipps danken. Dank seiner ehrlichen Kritik an manchen Textstellen habe ich mir das Manuskript des Buches zu Herzen genommen und etwas Brauchbares daraus gemacht. Ich hoffe, mit diesem Buch ein Werk geschaffen zu haben, welches er mit Freuden zu seiner Fantasy-Sammlung dazustellt. Ein weiterer Dank geht an meinen Trainer Jörg T. Seine Worte waren hart, aber sein Interesse groß. Dank seiner Hilfe sind Line und Rina viele Dinge nicht einfach zugeflogen, sondern mussten erarbeitet werden. Dank ihm haben die beiden Mädchen ein spannendes Abenteuer erlebt, welches trotz seiner Zugehörigkeit zum Thema Fantasy auch ein wenig Realität beinhaltet.

Nun danke ich natürlich auch noch meiner besten Freundin Vera L. Sie hält zwar bei weitem den Rekord für das langsamste Lesen, ihre Notizen waren aber definitiv Gold wert. Viele Male hat sie mir gezeigt, an welchen Stellen etwas fehlt und dass es auch ruhig einmal ein wenig kitschig werden darf. Gemeinsam mit ihr habe ich Skizzen der verschiedenen Orte kreiert und auch wieder verworfen. Danke für dein ehrliches Interesse und deine Unterstützung, liebes Verakind!

Nun sind da natürlich auch noch meine Eltern. Meine Mutter liest langsam, aber dafür gründlich. Mit einem Kugelschreiber bewaffnet hat sie sich durch die erste und auch die letzte Version dieses Buches geschlichen und mir letztlich das Gefühl gegeben, dass ich mit dieser Geschichte durchaus an die Öffentlichkeit gehen kann. Dank meines Vaters, der eher selten Fantasy liest, sich aber dennoch dieses Buches angenommen hat, haltet ihr das fertige Werk nun in euren Händen. Ohne seine Unterstützung wäre das vermutlich nicht möglich gewesen.

Zu guter Letzt danke ich natürlich auch dem Buchprojekt Verlag. Vielen Dank für das nötige Interesse und die Möglichkeit, dieses Buch an die Öffentlichkeit zu bringen. Nach vier Jahren harter Arbeit ist es nun endlich soweit und ohne diesen Verlag wäre es nicht möglich, diesen Wunsch wahr werden zu lassen! Ihr seid klasse!

Ich danke natürlich auch allen anderen Freunden und Verwandten, die mir mit ihrem Interesse und der Frage, ab wann das Buch zu kaufen sei, Mut gegeben haben, nicht aufzuhören.

Außerdem muss ich der Schule danken, denn ob man es glauben will oder nicht, sie war die Ursache für diese Geschichte. Der Philosophieunterricht war trocken und ein Jahr durchaus genug.

Danke auch an euch, liebe Leser, die ihr dieses Buch gekauft habt. Ich hoffe, ihr habt Spaß daran und seid genauso in der Geschichte gefangen, wie ich es beim Schreiben war. Sie hat mich einfach nicht mehr losgelassen.
Viel Spaß beim Lesen wünscht euch

Eure
Shanti M. C. Lunau

# Noch Fragen?
## Hier sind Antworten!

Wo die Geschichte spielt

Die Geschichte spielt anfangs in einem kleinen, erfundenen Dorf namens Wabel. Rina wohnt dort mit ihren Eltern Manuel (Manni) und Tamara (Mara) in einem Haus. Der große Garten der kleinen Familie blüht stets in voller Pracht, denn Rinas Mutter züchtet dort ihre Blumen für ihr Floristik-Geschäft. Rinas Vater zieht dort Gemüse und Obst für sein Restaurant-Café auf dem Marktplatz.

Das Dörfchen Wabel ist ländlich gelegen und recht klein. Besonders im Dorf und der näheren Umgebung wird so gut wie nie ein Auto benutzt.

Um den Park, der die Mitte von Wabel bildet, gibt es vereinzelte Siedlungen, die den Namen „Wilde Siedlungen" tragen. Der Grund dafür ist, dass die Häuser nicht in Reih und Glied stehen, sondern wild durcheinander. Zur Orientierung ist jedes Haus daher ganz individuell gestrichen und gebaut. Rinas beste Freundin Line und auch Criff wohnen jeweils in einer dieser Siedlungen.
Im Dorf gibt es eine Sport- und eine Hundeanlage. Mittig vom Park befindet sich der Wabel-See mit einer Holzbrücke darüber.
Am Rande des Parks liegt der Markplatz, wo sich die meisten Geschäfte und Cafés befinden, darunter auch das von

Rinas Vater. In der Mitte des Marktplatzes steht ein steinerner Brunnen.

Rinas Lieblingsplatz ist der Seeberg, ein riesiger Felsvorsprung, der den Strand von Wabel in zwei Hälften teilt. Seine steinerne Zunge ragt über das Meer hinaus und bietet einen sagenhaften Ausblick. Der Zugang ist eigentlich verboten, daher hat Rina diesen Felsvorsprung für sich und zieht sich oft dorthin zurück. Am unteren Ende des Seebergs, ebenfalls zwischen den Stränden, befindet sich die Praxis von Henry, dem Vater von Rinas Freundin Line.

Seit wenigen Jahren, nach einem Scherz des Bürgermeisters, ist das Dorf Wabel der einzige Ort, an dem im Winter ein riesiger Schlitten kommt, der von Pferden gezogen wird und die Kinder morgens in die Schule bringt.

Im zweiten Teil des Buches befinden sich Rina und Line in Armania, einer Parallelwelt zu unserer. Armania hat zwei Monde und doppelt so viele Sterne wie die Erde.
Mittels eines Medaillons gelangen die beiden Mädchen durch den Silbersee im Silberwald an den lila See in Armania. Armania bezeichnet eine Welt, kleiner als die unsere. Die in Armania lebenden Humanil sind ein Sinnbild von Frieden, Freundlichkeit und Hilfsbereitschaft untereinander. Sie bekriegen sich nicht und halten zusammen.

### Rina Becks

Die 18-jährige Hauptperson mit den blonden Haaren und grünen Augen begibt sich auf ein Abenteuer in eine fremde und gefährlich gewordene Welt, um ihre große Liebe zu retten.

### Manni (Manuel) Becks

Der 48-Jährige ist Vater von Rina und besitzt ein eigenes Restaurant-Café auf dem Marktplatz, das gerne besucht wird. Er hofft, dass Rina in das Geschäft mit einsteigt und das Lokal irgendwann übernimmt.

### Mara (Tamara) Becks

Rinas Mutter ist 45 Jahre alt und begeisterte Floristin. Sie betreibt ein eigenes Floristik-Geschäft in Wabel und kümmert sich um die öffentlichen Grünanlagen im Dorf. Ihr ist wichtig, dass Rina sich nicht versteckt und die Welt erkundet.

### Spyke

Der acht Wochen alte Berner Sennenhund gehört der Familie Becks.

### Line Buschke

Das Mädchen mit dem rot-braunen Haar und den blauen Augen ist Rinas beste Freundin seit Kindheitstagen. Die 19-Jährige begleitet Rina auf ihrer Reise durch Armania und behält dabei stets einen kühlen Kopf. Sie will später Medizin studieren.

### Henry Buschke

Der 46-Jährige mit dem schwarzen Haar und den blauen Augen ist der Vater von Line. Er leitet die ambulante Praxis in Wabel und kümmert sich um Criff, währen die Mädchen unterwegs sind. Er liebt seine Tätigkeit als Arzt und ist jemand, dem man guten Gewissens ein Geheimnis anvertrauen kann.

### Klara Peters

Die 40-Jährige mit den roten Haaren ist die Mutter von Line. Sie ist eine herzliche und aufgeschlossene Person, die ihr zweites Kind erwartet. Mia kommt am Ende der Geschichte auf die Welt.

### Michael Peters

Der 41-Jährige ist der neue Mann von Klara, er ist sehr sympathisch und hilfsbereit.

### Magnum Menius

Der 70-jährige Wissenschaftler und Forscher fand den jungen Criff und zog ihn groß. Ihm ist die Geheimhaltung von Criffs Vergangenheit und Herkunft sehr wichtig, er ist daher sehr verschlossen.

### Criff Ucello

Der 21-Jährige mit den orangefarbenen Augen ist Rinas Freund und Prinz von Armania. Vor 15 Jahren musste er aus seiner Heimat fliehen und landete daraufhin in der Welt der Menschen. Er ist ein Humanil mit der Kraft von Adler, Tiger und Bär.

**Marco Resser, Luis Meier und Jörn Feber**
Schüler von Rinas Schule, sie verprügelten Criff am See und wurden später von der Polizei gefasst.

**Kai Minsk**
Der 29-jährige etwas mollige Sanitäter arbeitet bei Henry in der Praxis, er weiß gut mit Menschen umzugehen.

# In Armania

**Bubsy**
Das braun-weiße Fledermaus-Kaninchen mit den grünen Augen ist einer der ersten Humanil, denen Rina und Line in Armania begegnen.

**Keera**
Die grau-weiße Fledermaus-Ratte mit den blauen Augen findet ihren Freund Ale sehr toll, von der Reise der Mädchen ist sie anfangs hingegen weniger überzeugt.

**Ale**
Der Waschbär-Marder mit den beigen Augen begleitet Line und Rina auf ihrer Reise durch Armania.

**Nea**
Die 26-jährige Rehkuh-Zentaurin mit dem dunklen Haar und der braunen Haut wohnt mit Bubsy, Keera und Ale im Dorf der Wipfler.

## Sifus

Sifus lebt auf der Tropeninsel; er ist eine Mischung aus einem Feuersalamander und einem Chamäleon. Er ist daher nicht giftig.

## Pipitus Alus

Die Drachenechse ist steinalt und sehr weise. Sie lebt auf der Tropeninsel und weiß viele unerklärliche Dinge.

## Gila

Die Hundeschlange lebt im Lianen-Dschungel und weiß mit Affengift umzugehen.

## Jasan

Der Jaguar nimmt Line, Ale und Rina mit sich und bringt sie zu seiner Anführerin Avin; er hat einen braunen, sternförmigen Fleck über dem rechten Auge.

## Kaver

Der weiße Kapuzineraffe kennt sich mit Affengift aus und behandelt Line. Er lebt bei den großen Katzen.

## Avin

Die Löwin mit dem schwarzen Fell ist Anführerin der großen Katzen im Lianen-Dschungel, sie hilft Rina und Line.

## Benja

Der 21-jährige Fuchs-Mensch mit den mintgrünen Augen und dem fuchsfarbenen Haar trägt seit seinem 6. Lebensjahr eine Augenbinde. Er begleitet die beiden Mädchen auf ihrer Reise. Er ist Criffs bester Freund und „Bruder."

## Sky

Ein brauner Pegasus und Benjus steter Begleiter, eine Art Blindenpferd.

## Kia

Sie ist ein Libellen-Mensch mit türkisfarbenem Haar; die 30-Jährige nahm Benju, Mara und Kinso als Kinder bei sich auf und kümmerte sich um sie.

## Mara

Die 13-Jährige ist ein Bären-Mensch und lebt bei Kia; sie ist zwar klein aber auch taff und stark, sie sagt stets, was sie denkt; Mara verlor ihre Eltern an die Burner.

## Kinso

Der junge Igel-Mensch ist 15 und eine treue Seele. Er bewahrt Mara oft davor, sich bei anderen Leuten durch ihre direkte Art unbeliebt zu machen; ihm ist Gerechtigkeit sehr wichtig; er verlor seine Eltern früh an die Burner.

## Senso

Einer der Elefanten-Bullen des Königshofes, die Rina und ihre Freunde auf das Schloss bringen; Wachmann am Rande der Wüste.

## Kelyon

Der Fledermaus-Mensch ist 25 Jahre alt und arbeitet in den Verliesen des Schlosses.

## Kalef

Wachmann im Schloss der Königsfamilie Ucello.

## Manxo

Der Löwen-Mensch ist einer der ältesten Wächter im Königshof.

## Leona

Löwen-Wächterin im Königshaus, bringt Rina zu Maggy.

## Hevo

Der blasse Zentaur mit den schwarz-grauen Haaren und dem schwarzen Pferdekörper ist einer der obersten Diener der Königin.

## Maggy

Die Elster-Humanil ist eine Magd am Königshof.

## Marina

Criffs Schwester wäre nun 29 Jahre alt gewesen, sie war ein Schmetterlings-Mensch mit blondem Haar und türkisfarbenen Augen. Die junge Königstochter fiel vor 15 Jahren den Burnern zum Opfer, um ihren Bruder Criff zu retten.

## Castor

Vater von Criff und Marina; König von Armania.

## Lira

Mutter von Criff und Marina; Königin von Armania.

## Kvestor

Er war der Meister von Marik und ein guter Freund von Fanzy. Er konnte das Bernsteinblut brauen; er starb durch die Burner.

### Fanzy

Ein Schildkröten-Mensch, sie war Heilerin im Königshof und half bei der Geburt des Prinzen.

### Gran

Gran ist ein weißhaariger alter Kapitän und ein Möwen-Mensch. Seine blauen Augen wirken wie der weite Ozean mit seinen wechselnden Blautönen. Er bringt die Truppe übers Meer.

### Chib

Sie ist ein 8-jähriger Aal-Mensch mit grünem Haar, sie rettet Rina vor dem Ertrinken und bringt sie sicher an den Strand, ihre Eltern wurden von den Burnern gefangen.

### Marik

Der Wolfs-Mensch ist ein Heiler aus dem Wölfe-Wald, er ist in der Lage, das Bernsteinblut zu brauen.

### Wemmela

Die schwarze Wölfin mit Flügeln und hellblauen Augen bringt Rina zurück zum lila See.

### Kastine

Die beige Wölfin mit Flügeln und braunen Augen bringt Line zurück an den lila See.

### Saragan Princen

Der Forscher aus der Menschenwelt hat sich in den Kopf gesetzt, die Humanil um jeden Preis zu erforschen. Er ist der Anführer der Black Burner.

### Rindenbrot

Bestimmter Rindenteil einiger Bäume, lässt sich aufbacken und verarbeiten wie Brot; es gibt verschiedene Sorten.

### Perlfrucht

Die runde Frucht mit der glatten lila-farbenen Schale gibt es im Lianen-Dschungel, sie macht lange satt und gibt nötige Energie.

### Kikosuskapsel

Befindet sich in Criffs Blut und bewirkt die Verbreitung des Giftes im Organismus der Humanil, Erfindung von Saragan Princen.

### Kaktaron

Gift für Humanil, wirkt bei Kontakt mit Blutbahn der Humanil; für diese in Sekundenschnelle tödlich, hat eine helle giftgrüne Färbung.

### Bernsteinblut

Das seltene Medikament wird aus Blutblatt und Bernsteinkraut hergestellt. Es bekämpft Krankheiten und Verletzungen schnell und setzt den natürlichen Genesungsvorgang der Humanil wieder in Gan. Nur sehr wenige wissen das Blut zu brauen.

### Pampuskraut
Kraut aus dem Lianen-Dschungel, hilft bei offenen Wunden und Prellungen.

### Magoliblüten
Gelbe und grüne Blüten aus Armania, welche gerne zu einem nahrhaften Eintopf verarbeitet werden.

### Humanil
Es gibt drei Arten der unbekannten Lebensform: Mischung aus Mensch und Tier (sichtbar, wie bei Kia), Mischung aus Tier-Tier (siehe Ale, Keera und Bubsy) sowie Menschen mit der Fähigkeit, sich in ein Tier zu verwandeln (Benju), Ursprung der Lebensform unbekannt, sprechen alle Sprachen und können Geschehenes nicht vergessen, kennen keine Kriege, leben friedlich beisammen.

### Himmelswipfel
Riesige Bäume, Pilze etc., Stämme so hoch und breit wie Häuser; bilden den Wald am lila See.

### Wipfler
Humanil, die im Wald der Himmelswipfel leben.

### Black Burner
Manipulierte Humanil, deren Wille mittels eines Armbands gesteuert wird; werden von Saragan Princen eingesetzt, um weitere Humanil für Forschungen zu bekommen.

### Tippos
Geld in Armania.

### Armania

Parallelwelt zu der Menschenwelt, sehr klein (besteht aus einem großen Festland und einigen kleinen Inseln), Wetterbedingungen anders als auf der Erde (Eis-Insel neben Wüsten-Insel möglich).

### Ort der Wipfler

In Armania, Wald voller Himmelswipfel, hier liegt der lila See.

### Lila See

Wirkt durch Farbe der darin enthaltenen Steine lilafarben, Verbindung zu Menschenwelt.

### Tropeninsel

Eine Insel inmitten des Festlandes, umrandet von kochendem Wasser, welches das Festland in zwei Teile trennt, feuchtes Klima.

### Lianen-Dschungel

Unbekannte Bäume und Pflanzen wachsen hier und bilden einen Dschungel, hier leben die Schlange Eila, die Affen und die großen Katzen.

### Wabel

Ein erfundenes Dorf in ländlicher Gegend bildet die Heimat von Line, Rina und ihren Familien.

### Silbersee
Der See mit dazugehörigem Fluss fließt durch den Silberwald. Genau wie das Dorf Wabel und der Ort Brinx ist auch
dieser See und Wald erfunden, der See bringt Rina und Line
nach Armania.

### Seeberg
Hoher Steinfelsen mit Blick auf das Meer, Rinas Zufluchtsort.

### Wölfewald
Wald-Insel, auf der die Wölfe mit Marik, dem Leitwolf,
leben. Sie ist wie ein Labyrinth, hier hielten sich Marik und
seine Wölfe während der Anwesenheit der Burner versteckt.

### Ufer der Gefahren
Erhielt seinen Namen, nachdem die Burner die Festung auf
dem Berg bezogen.

### Big Mountain
Auf diesem Berg steht die Festung der Burner.

### Schlossberg
Hier steht das Schloss der Familie Ucello.

**Shanti M. C. Lunau**

wurde 1994 in NRW geboren. Seit ihrer Kindheit fasziniert sie das Schreiben und die Erschaffung von anderen Welten.

Mit zwölf begann sie, erste Geschichten zu schreiben, mit 16 legte sie den Grundstein für den Roman Armania, der sie gänzlich in ihren Bann zog.

Nebenbei widmet sich die junge Frau weiteren Roman-Projekten.